Lawrence Block est né à Buffalo (État de New York) le 24 juin 1938. Auteur entre autres de *La Balade entre les tombes, Le Diable t'attend, Tous les hommes morts* et de *Mensonges en tous genres*, il est l'écrivain de romans policiers le plus récompensé aux États-Unis. Il a été fait récemment Grand Maître du roman policier par la *Mystery Writers of America*. Lawrence Block réside à New York, la ville même qui sert de cadre à ses romans.

Lawrence Block

LA BALADE ENTRE LES TOMBES

ROMAN

Traduit de l'anglais (États-Unis)
par Robert Pépin

Éditions du Seuil

TEXTE INTÉGRAL

TITRE ORIGINAL
A Walk among the Tombstones
ÉDITEUR ORIGINAL
William Morrow and Company

ISBN original : 0-688-10350-2

ISBN 978-2-02-025577-6
(ISBN 2-02-020572-6, 1re publication)

Pour Lynne

L'enfant, mon enfant, mon vilain enfant,
Chut, petite brute, arrête, je te dis,
La paix, s'il te plaît, la paix ou attends
Que Bonaparte lui-même s'en vienne céans.

L'enfant, mon enfant, c'est un géant,
Comme la flèche de Monmouth il est noir et grand,
Et déjeune et soupe et, tous les jours à son dîner,
Boulotte les gens qui comme toi sont méchants.

L'enfant, mon enfant, si jamais il t'entend
En passant devant la maison au galop,
Un membre après l'autre il t'arrachera dans l'instant,
Comme le chat la souris tout cruellement.

Et alors il te battra, battra et battra,
Et en petits morceaux te réduira,
Et mangera, mangera, mangera,
Comme ça, comme ça et comme ça.

Berceuse anglaise

Remerciements

Je suis heureux de souligner ici l'aide substantielle que m'ont apportée la Writers Room[1], où j'ai pu effectuer mes travaux de recherche préliminaires, et la Ragdale Foundation, où j'ai rédigé ce livre. Je tiens à remercier George Cabanas et Eddie Lama, et aussi Jack Hitt et Paul Tough, qui m'ont présenté les Kong. Et encore une Sarah Elizabeth Miles qui jure ses grands dieux qu'elle est prête à tout – à tout ! – pour avoir son nom dans un livre.

1. Association qui aide les écrivains à travailler en leur fournissant des bureaux aménagés lorsqu'ils n'en disposent pas. *(Toutes les notes sont du traducteur.)*

1

Le dernier jeudi de mars, aux environs de 10 h 30-11 heures du matin, Francine Khoury dit à son mari qu'elle allait sortir – elle avait des courses à faire.

– Prends ma voiture, lui proposa-t-il. Je ne bouge pas.

– Elle est trop grande, lui répondit-elle. La dernière fois que je l'ai prise, j'ai eu l'impression de piloter un navire.

– Comme tu voudras.

La Buick Park Avenue était à lui, la Toyota Camry à elle. Les deux véhicules étaient rangés dans le garage derrière la maison, celle-ci se présentant sous l'aspect d'une bâtisse de style faux Tudor avec façade en stuc et poutres jusqu'à mi-hauteur, le tout planté dans Colonial Road, quartier de Bay Ridge, à Brooklyn. Francine fit démarrer la Camry, sortit en marche arrière, enclencha la télécommande pour fermer la porte du garage, puis recula jusque sur la chaussée. Au premier feu rouge, elle glissa une cassette de musique classique dans le lecteur. Beethoven, un des derniers quatuors. Chez elle, elle écoutait du jazz, la musique préférée de Kenan, mais c'était toujours du classique qu'elle mettait lorsqu'elle prenait le volant.

C'était une femme séduisante : un mètre soixante-cinq, cinquante-deux kilos, belles épaules, taille fine, hanches minces. Cheveux noirs, lustrés et bouclés, peignés en arrière. Yeux noirs, nez aquilin, bouche généreuse, lèvres pleines.

Sur les photos, sa bouche est toujours fermée. Francine avait, je crois, des incisives supérieures proéminentes, l'importance de ce défaut l'angoissant assez pour qu'elle ne sourie jamais beaucoup. Sur ses photos de mariage, elle rayonne de joie, mais ne laisse pas voir ses dents.

De teint olivâtre, elle bronzait vite et fort. Elle avait déjà pris un acompte avant l'été, Kenan et elle ayant passé la dernière semaine de février sur les plages de Negril, à la Jamaïque. Elle aurait été plus noire encore si Kenan ne l'avait pas obligée à se couvrir de crème solaire et à limiter la durée de ses expositions au soleil. « Ça ne te fait pas de bien, lui avait-il dit. Te brûler la peau comme ça ne te va pas. Rester trop longtemps au soleil te transforme en pruneau et, moi, je préfère les prunes. » Elle avait voulu savoir ce qu'il trouvait aux prunes, il lui avait répondu que les prunes, c'était bien juteux quand c'était mûr.

Elle avait déjà roulé un peu et arrivait presque au croisement de Colonial Road et de la 78e Rue lorsque le conducteur d'une camionnette bleue fit démarrer son moteur. L'homme la laissa prendre de l'avance, puis, lorsqu'elle eut franchi le carrefour, déboîta et se mit à la suivre.

Francine tourna à droite dans Bay Ridge Avenue, puis à gauche dans la IVe Avenue, celle-ci remontant vers le nord. Elle ralentit devant Chez D'Agostino, au coin de la 63e Rue, et trouva une place de stationnement une rue plus loin.

La camionnette bleue dépassa la Camry, fit le tour du pâté de maisons et se gara devant une bouche d'incendie, juste à l'entrée du supermarché.

Au moment où Francine Khoury partait de chez elle, j'étais encore en train de déjeuner.

La veille au soir, je m'étais couché tard. Elaine et moi avions dîné dans un resto indien de la 6e Rue Est, puis nous étions allés voir une reprise de *Mère Courage* au

Public Theater, dans Lafayette Street. Les fauteuils n'étaient pas géniaux et nous avions du mal à entendre certains acteurs. Nous serions partis à l'entracte si, l'un des comédiens étant le petit ami d'une des voisines d'Elaine, nous n'avions pas déjà décidé d'aller lui rendre visite dans sa loge après le spectacle afin de l'assurer qu'il avait été merveilleux. Nous avions tous fini par prendre un verre dans un bar qui se trouve au coin de la rue et qui, pour une raison que je ne m'explique pas, était absolument noir de monde.

– Super, avais-je lancé à Elaine lorsque nous avions enfin quitté cet établissement. Pendant trois heures d'affilée je n'ai rien entendu de ce qu'il racontait sur scène et, au café, j'ai passé une demi-heure à ne rien comprendre à ce qu'il me disait alors qu'il était assis juste en face de moi. J'en arrive à me demander s'il a de la voix.

– La pièce n'a pas duré trois heures, m'avait-elle répondu. Je dirais plutôt deux heures et demie.

– Moi, elle m'a paru en durer trois.

– Et moi cinq, m'avait-elle renvoyé. Allez, on rentre.

Nous étions allés chez elle. Elle m'avait fait du café et s'était préparé une tasse de thé. Après, nous avions passé une demi-heure à regarder CNN en bavardant pendant les pauses publicitaires et nous nous étions couchés. Au bout d'environ une demi-heure, je m'étais relevé et habillé dans le noir. J'allais sortir de la chambre lorsque Elaine me demanda où je filais.

– Excuse-moi. Je ne voulais pas te réveiller.

– Aucune importance. Tu n'arrives pas à dormir ?

– Evidemment que non. Je me sens tout tendu. Je ne sais pas pourquoi.

– Va lire dans le living. Ou mets la télé, ça ne me dérangera pas.

– Non, non, je suis trop inquiet. Ça me fera peut-être du bien de marcher un peu.

L'appartement d'Elaine se trouve dans la 55e Rue, entre la Ire et la IIe Avenue. Mon hôtel, le Northwestern, est situé dans la 57e Rue, entre la VIIIe et la IXe Avenue.

Il faisait plutôt frisquet et, au début, je songeai à prendre un taxi. Mais après avoir marché encore un peu je ne sentis plus le froid.

A un feu rouge, par hasard, j'aperçus la lune entre deux grands immeubles. Elle était presque pleine et cela ne me surprit pas. C'était une nuit qui sentait la pleine lune, celle qui fait monter des marées dans le sang. J'avais envie de faire quelque chose, mais je n'arrivais pas à savoir quoi.

Si Mick Ballou s'était trouvé en ville, j'aurais pu pousser jusqu'à son bar préféré. Mais il avait quitté le pays et, aussi tendu que je sois, aller traîner dans les bars pour le plaisir n'est jamais bon pour moi. Je rentrai chez moi, pris un livre et, vers 4 heures du matin, éteignis et m'endormis.

A 10 heures, je me retrouvai au bar du coin, le Flame. J'y avalai un petit déjeuner léger en lisant le journal, les crimes locaux et les pages des sports retenant l'essentiel de mon attention. En gros, nous étions entre deux crises et je ne m'intéressais guère à la conjoncture générale. Il faut que ça aille vraiment mal pour que la situation nationale ou internationale me passionne. En temps ordinaire, elle me paraît trop lointaine pour que mon esprit accepte d'assumer quoi que ce soit.

J'avais tout le temps de lire les nouvelles et les petites annonces, jusques et y compris les publications judiciaires. La semaine précédente, je n'avais trouvé que trois jours de travail chez Reliable, la grande agence de détectives privés qui a ses bureaux dans le Flat Iron Building[1]. Depuis, mes patrons ne m'avaient pas rappelé et le dernier boulot que je m'étais dégoté tout seul remontait à des éternités. J'avais assez d'argent pour ne pas être obligé de bosser et cela fait longtemps que j'ai appris à vivre au jour le jour. Cela dit, j'aurais été content de trouver quelque chose à faire. Ma nervosité ne m'avait pas quitté lorsque la lune était allée se coucher. Je la sen-

1. Bâtiment dit « du Fer à repasser », au bas de Manhattan.

tais toujours en moi, petite fièvre qui agitait mon sang, démangeaison légère, mais trop profondément enfouie sous ma peau pour que j'aille y gratter.

Francine Khoury passa une demi-heure Chez D'Agostino et remplit son chariot. Elle régla en liquide. Un jeune employé lui emballa ses achats, les remit dans son chariot, sortit ce dernier du magasin et le poussa jusqu'à l'endroit où elle avait garé sa voiture.

La camionnette bleue était toujours en stationnement interdit devant la bouche d'incendie. Les portières arrière du véhicule étaient ouvertes, deux hommes en ayant émergé pour passer sur le trottoir. Ils donnaient l'impression d'étudier un document posé sur une tablette que l'un d'eux tenait devant lui. Au moment où, toujours accompagnée par le jeune employé, Francine passait devant eux, ils lui décochèrent un regard de côté. Lorsque enfin elle ouvrit le coffre de la Camry, ils étaient déjà remontés dans la camionnette et en avaient refermé les portières.

Le jeune employé déposa les sacs dans le coffre. Francine lui donna deux dollars, soit le double de ce qu'on lui accordait d'habitude, ne parlons pas de tous les clients qui, étonnamment nombreux, ne lui donnaient jamais rien. C'était Kenan qui avait appris à Francine à laisser de bons pourboires : sérieux, mais jamais ostentatoires. « On peut toujours se permettre d'être généreux », lui avait-il dit.

Le jeune employé ramena le chariot au magasin. Francine s'installa au volant, mit le moteur en marche et partit en direction de la IVe Avenue.

La camionnette bleue resta un peu en arrière.

Je ne sais pas très bien par où passa Francine pour aller de Chez D'Agostino jusqu'au magasin de produits d'importation d'Atlantic Avenue. Il est possible qu'elle n'ait pas quitté la IVe, mais tout aussi possible qu'elle ait emprunté la voie rapide Gowanus qui descend dans le sud de Brooklyn. Toujours est-il qu'elle conduisit sa

Camry jusqu'au croisement d'Atlantic Avenue et de Clinton Street. Au coin sud-ouest de cette intersection se trouve un restaurant syrien du nom d'Aleppo et, tout à côté, dans Atlantic Avenue, un magasin d'alimentation, disons plutôt un gros traiteur, à l'enseigne du Gourmet d'Arabie. (Comme les trois quarts des gens qui y font leurs courses, Francine préférait l'appeler « chez Ayoub », lequel Ayoub avait été le propriétaire de cet établissement avant de partir pour San Diego une dizaine d'années auparavant.)

Francine se gara devant un parcmètre, le long du trottoir nord d'Atlantic Avenue, presque en face du Gourmet d'Arabie. Elle gagna le croisement à pied, attendit au feu, puis traversa. Lorsqu'elle entra dans le magasin, la camionnette s'était déjà garée sur un emplacement réservé aux livraisons, en face de l'entrée du restaurant Aleppo, tout à côté du Gourmet.

Elle ne resta pas longtemps dans le magasin. N'y ayant acheté que quelques articles, elle ne demanda à personne de l'aider à les rapporter à la Camry. Elle quitta le Gourmet vers midi vingt. Elle était vêtue d'un trois-quarts en poils de chameau, d'un pantalon gris anthracite et de deux lainages : un cardigan à grosses mailles de couleur beige et, dessous, un pull-over à col roulé de teinte chocolat. Elle avait jeté son sac à main par-dessus son épaule, portait un sac en plastique dans une main et serrait ses clés de voiture dans l'autre.

Les portières arrière de la camionnette étaient ouvertes. Les deux hommes qui étaient descendus du véhicule un peu plus tôt se trouvaient de nouveau sur le trottoir. Lorsque Francine sortit du magasin, ils se placèrent de chaque côté d'elle. Au même moment, un troisième homme, le chauffeur, mit le moteur en marche.

– Madame Khoury ? lança l'un des deux hommes.

Francine s'étant retournée, l'individu lui ouvrit et referma aussitôt un porte-cartes sous le nez, trop vite pour qu'elle ait le temps d'y reconnaître un badge de la police ou autre.

– Je vous prie de nous suivre, lui dit le deuxième homme.

– Qui êtes-vous ? De quoi s'agit-il ? Qu'est-ce que vous me voulez ?

Ils la prirent chacun par un bras. Elle n'avait pas encore compris ce qui lui arrivait que déjà, après lui avoir fait traverser le trottoir, les deux hommes la poussaient à l'arrière de la camionnette. En quelques secondes ils l'y rejoignirent et en refermèrent les portières, le véhicule déboîtant aussitôt pour se mêler à la circulation.

Tout s'était passé aux environs de midi, et dans une rue plus que commerçante, mais personne n'avait pu vraiment voir ce qui était arrivé, les rares témoins de l'enlèvement n'ayant qu'une idée assez confuse de la scène à laquelle ils assistaient. Tout avait dû se jouer en quelques instants.

Si Francine avait reculé et s'était mise à crier dès qu'elle les avait vus approcher…

Mais elle n'en avait rien fait. Avant qu'elle ait eu le temps de réagir, les portes de la camionnette s'étaient refermées sur elle. Il est possible qu'elle ait crié, qu'elle se soit même débattue, ou qu'elle ait essayé, mais il était trop tard.

Je sais très bien où je me trouvais lorsqu'ils l'embarquèrent. J'étais à la réunion des Alcooliques anonymes, groupe de Fireside, celui-ci se rassemblant toujours entre 12 h 30 et 13 h 30, au YMCA de la 63e Rue Ouest. J'y étais arrivé tôt et devais donc presque certainement y siroter une tasse de café tandis que les deux lascars faisaient descendre Francine du trottoir et la poussaient à l'arrière de la camionnette.

Je ne me souviens plus du tout de ce qui se dit à cette réunion. Cela fait maintenant plusieurs années que, avec une surprenante régularité, j'assiste aux rencontres des Alcooliques anonymes. J'y vais moins souvent que lorsque je cessai de boire pour la première fois, mais je réussis quand même à m'en taper une moyenne de quatre ou cinq par semaine. La réunion en question dut suivre son cours habituel, Untel ou Unetelle se levant pour raconter son histoire pendant un bon quart d'heure avant qu'on passe à la discussion générale. Je ne crois pas m'y être mêlé. Je pense que je m'en souviendrais si je l'avais fait. Je suis sûr qu'on y raconta des choses intéressantes, voire drôles. C'est toujours marrant, ces réunions, mais, pour celle-là, je ne me rappelle plus rien de précis.

L'affaire finie, j'allai déjeuner quelque part, puis appelai Elaine. Je tombai sur son répondeur, ce qui signifiait ou qu'elle était sortie, ou qu'elle avait de la compagnie. Elaine est call-girl et, *avoir de la compagnie*, c'est ce qui lui permet de gagner sa vie.

Elaine, cela fait des éternités que je l'ai rencontrée. A cette époque-là, j'étais un flic qui buvait beaucoup, était passé chef et avait une femme et deux enfants à Long Island. Pendant deux ou trois ans, Elaine et moi entretînmes des relations qui nous furent mutuellement profitables. Mon travail me permettait de l'aider à passer au travers de diverses tracasseries. Une fois même, je lui ai sorti un client mort de son lit et suis allé déposer le cadavre dans une ruelle sombre du quartier de Wall Street. Belle, intelligente et rigolote, Elaine était une maîtresse de rêve : professionnellement habile et à tous points de vue aussi plaisante et exigeante que la vraie putain de métier. Que demander de plus ?

Après, j'abandonnai mon foyer, ma famille et mon travail. Elaine et moi nous perdîmes pratiquement de vue. Jusqu'au jour où, un monstre ayant resurgi de notre passé pour nous menacer, les circonstances de la vie nous remirent ensemble. Fait remarquable, nous ne nous sommes plus séparés depuis.

Elaine avait son appartement, j'avais ma chambre d'hôtel. Deux, trois ou quatre soirs par semaine, nous nous voyions. En général, ces soirées se terminaient chez elle, où, plutôt deux fois qu'une, je passais la nuit.

De temps en temps, nous quittions la ville pour passer une semaine ou un week-end ensemble. Les jours où nous ne nous voyions pas, nous nous parlions presque toujours au téléphone, et plus d'une fois.

Nous ne nous étions jamais juré de ne plus avoir d'aventures, mais, pour l'essentiel, c'était bien ce que nous faisions. Je ne voyais pas d'autres femmes, elle ne voyait pas d'autres hommes – à la seule exception de ses clients. Périodiquement elle louait une chambre d'hôtel, ou faisait monter le monsieur à son appartement. Etant donné qu'au début cela ne m'avait pas chagriné (il est même possible que j'aie trouvé ça excitant), je ne voyais pas pourquoi cela aurait dû me déranger maintenant.

Qu'un jour j'en vienne à ne plus le supporter et je pourrais toujours lui demander d'arrêter. Elle avait gagné pas mal d'argent et en avait économisé la plus grande partie en le plaçant dans des immeubles de rapport. Elle pouvait laisser tomber sans être vraiment obligée de changer de vie.

Il n'empêche : quelque chose m'empêchait de lui demander de le faire. Au fond, ça m'embêtait de reconnaître que cet état de choses me tarabustait. J'éprouvais, en plus, de grandes réticences à faire quoi que ce soit qui aurait pu modifier les ingrédients de notre relation. Celle-ci ne battait pas de l'aile, je n'avais aucune envie de la transformer.

Mais tout finit par changer un jour. Quand ça ne serait que sous l'effet des changements qui se produisent lorsque, justement, on ne veut surtout rien changer.

Nous évitions de parler Amour avec un grand A, même si, à l'évidence, c'était bien cela qu'elle éprouvait pour moi, et moi pour elle. Nous évitions la question du mariage et ne parlions même pas de vivre ensemble : je sais pourtant que j'y songeais, tout comme elle, j'en suis sûr. Mais nous n'en parlions pas. C'était même la seule chose dont nous ne parlions jamais. Surtout ne jamais parler d'amour, surtout ne jamais parler de ce qu'Elaine faisait pour gagner sa vie.

Tôt ou tard, bien sûr, nous serions obligés d'y réfléchir, d'en parler et, même, de régler le problème. En attendant, nous prenions les choses au jour le jour. C'est comme ça que j'ai appris à vivre depuis que j'ai cessé d'essayer de boire du whisky plus vite qu'on ne peut le distiller. Comme quelqu'un me l'a fait remarquer une fois, l'existence, il vaut toujours mieux la mener au jour le jour. De toute façon, elle ne se présente jamais autrement.

A 15 h 45, ce même jeudi après-midi, le téléphone sonna chez les Khoury. Kenan ayant décroché, une voix d'homme lui lança :

– Hé ! Khoury ! Alors, comme ça, elle est jamais rentrée ?

– Qui est à l'appareil ?

– T'occupe. On a ta gonzesse, espèce d'Arabe de mon cul. Tu veux la revoir ou tu veux pas ?

– Où est-elle ? Je veux lui parler.

– Va te faire foutre, Khoury ! lui renvoya l'homme avant de couper la communication.

Un instant, Khoury resta là à crier des « Allô, allô » dans l'écouteur en essayant de réfléchir à la suite des événements. Il sortit de la maison en courant, fonça au garage, découvrit qu'effectivement sa Buick y était – mais pas la Camry. Il courut encore jusqu'à la rue, regarda à droite et à gauche, revint chez lui et décrocha le téléphone. La tonalité. Longtemps il l'écouta en se demandant qui il pourrait bien appeler.

– Putain de Dieu ! dit-il tout haut.

Puis il reposa l'écouteur et hurla :

– Francey !

Il monta les escaliers quatre à quatre et entra dans la chambre à coucher en appelant sa femme. Evidemment, elle n'y était pas, mais il ne put s'empêcher de vérifier partout. La maison était grande, il entra dans toutes les pièces et en ressortit en courant, appelant son épouse, tout à la fois spectateur et acteur de sa propre panique.

Pour finir, il se retrouva au salon et s'aperçut qu'il avait laissé le téléphone décroché. C'était le bouquet. Pas moyen de le joindre si jamais les ravisseurs tentaient de l'appeler. Il raccrocha, pria pour que ça sonne et, presque aussitôt, ça sonna.

La voix était celle d'un autre homme, plus calme, plus cultivée.

– Monsieur Khoury… j'essaie de vous joindre depuis un moment et c'est toujours occupé. A qui parliez-vous ?

– A personne. J'avais décroché.

– J'espère que vous n'avez pas appelé les flics.

– Je n'ai appelé personne. C'est une erreur : je pensais avoir raccroché, mais j'avais juste posé l'écouteur à côté de l'appareil. Où est ma femme ? Je veux lui parler.

– Vous ne devriez pas décrocher. Et surtout n'appelez personne.

– Je n'ai appelé personne.

– Surtout pas la police, j'espère.

– Qu'est-ce que vous voulez ?

– Vous aider à retrouver votre épouse. Enfin… si vous voulez la revoir. Vous voulez toujours la revoir, n'est-ce pas ?

– Putain, mais qu'est-ce que vous êtes en train de…

– Répondez à ma question, monsieur Khoury.

– Oui, je veux revoir ma femme. Bien sûr que je veux la revoir !

– Et moi, je veux vous aider à y arriver. Et donc, on libère la ligne, monsieur Khoury. Je vous tiendrai au courant.

– Allô, s'écria-t-il, allô ?

Mais on avait coupé.

Dix minutes durant, il arpenta le salon en attendant que ça sonne. Puis, un calme glacial le prenant, il s'autorisa à se détendre. Il cessa de marcher de long en large dans la pièce et s'assit dans un fauteuil près du téléphone. Dès que celui-ci sonna, il décrocha, mais garda le silence.

– Khoury ?

C'était le premier homme, le grossier.

– Qu'est-ce que vous voulez ?

– Ce que je veux ? Mais qu'est-ce que tu crois, connard ?

Khoury laissa passer.

– Du fric, reprit l'homme au bout d'un moment. On veut du fric.

– Combien ?

– Non mais dis, espèce de négro du désert, quand est-ce que tu vas arrêter de poser des questions ?

Khoury attendit.

– Un million de dollars. Qu'est-ce que tu dis de ça, trouduc ?

– C'est ridicule. Ecoutez, j'ai du mal à parler avec vous. Demandez à votre ami de me rappeler. Peut-être qu'avec lui…

– Non mais, hé, enfoiré de mes fesses, qu'est-ce que t'essaies de…

Cette fois-là, ce fut Khoury qui raccrocha.

Essayer de contrôler une situation pareille rendait fou. Parce qu'il n'y avait pas moyen d'y parvenir. C'étaient eux qui avaient tous les atouts.

Mais, sans vouloir tout diriger, il pouvait au moins tenter de ne pas danser sur leur petite chanson, essayer de ne pas sauter comme un gros ours dans un cirque de Bulgarie.

Il se rendit à la cuisine et s'y prépara une tasse d'épais café sucré dans la casserole en cuivre à longue queue. Pendant que son breuvage refroidissait, il sortit une bouteille de vodka du congélateur, s'en versa deux doigts, qu'il but d'un trait, et sentit le froid le gagner. Il rapporta son café au salon. Il l'avait presque fini lorsque le téléphone sonna de nouveau.

C'était le deuxième homme, le gentil.

– Vous avez beaucoup bouleversé mon ami, monsieur Khoury, dit le gentil. Il n'est pas facile à manœuvrer quand il est dans cet état-là.

– Il vaudrait mieux que ce soit vous qui m'appeliez.

– Je ne vois pas pour…

– Ça nous permettrait de nous occuper sérieusement de cette affaire au lieu de sombrer dans le mélo. Votre ami m'a parlé d'un million de dollars. C'est hors de question.

– Vous pensez qu'elle ne les vaut pas ?

– Elle vaut tout ce que vous voudrez, mais…

– Combien pèse-t-elle, monsieur Khoury ? Cinquante ? Cinquante-deux ? Dans ces eaux-là ?

– Je ne…

– Allez… disons cinquante kilos, tout rond.

Mignon.

– Et comme cinquante ballots à vingt mille, ça fait… et si vous comptiez pour moi, monsieur Khoury ? Ça fait bien un million, n'est-ce pas ?

– Et alors ?

– Et alors, vous paieriez un million sans broncher si c'était de la came, monsieur Khoury. Oui, c'est ça que vous paieriez si c'était de la poudre. Et votre femme ne vaudrait pas ça en chair et en os ?

– Je peux pas vous donner ce que j'ai pas.

– Avec tout ce que vous avez ?

– Un million, j'ai pas.

– Bon… alors, de combien disposez-vous ?

Il avait eu le temps de réfléchir à la question.

– Quatre cent mille.

– Quatre cent mille…

– Ouais.

– Même pas la moitié d'un million.

– Non, quatre cent mille, répéta Khoury. C'est moins que plus, mais nettement plus que rien. Et je n'ai pas plus.

– Mais vous pourriez avoir…

– Je ne vois pas comment. Je pourrais sans doute engager des trucs à droite et à gauche et rappeler à certains qu'ils me doivent de l'argent, mais de là à récolter un million… En plus, ça prendrait plusieurs jours, peut-être même une semaine.

– Et comme vous pensez qu'on est pressés...

– Vous, je ne sais pas, mais moi, oui. Je veux revoir ma femme et je veux que vous disparaissiez de mon existence. Et ça presse dans les deux cas.

– Cinq cent mille.

Voilà ! Il y en avait quand même, des trucs qu'il pouvait contrôler.

– Non, dit Khoury. Je ne marchande pas, surtout pas la vie de ma femme. Je vous ai donné mon maximum d'entrée de jeu. Quatre cent mille.

Pause, puis soupir.

– Bah. Je me disais bien que j'étais un peu con d'espérer blouser un type dans votre genre. Ça fait quand même longtemps que vous jouez à ces petits jeux, non ? Pire qu'un Juif, que vous êtes.

Il ne savait pas quoi répondre à ce genre d'insulte, il laissa tomber.

– Et donc... quatre cent mille, point final, conclut l'homme. Combien de temps vous faut-il pour les rassembler ?

Un quart d'heure, pensa Khoury.

– Deux ou trois heures, répondit-il.

– Donc, ce soir.

– D'accord.

– On prépare le paquet et on n'appelle personne, c'est entendu ?

– Qui voudriez-vous que j'appelle ?

Une demi-heure plus tard, il s'asseyait devant la table de la cuisine pour contempler ses quatre cent mille dollars. Il avait un coffre à la cave, un vieux Mosley qui pesait plus d'une tonne : encastré dans un mur, recouvert de lambris en pin, protégé par un système d'alarme lui-même fermé à clé. Rien que des billets de cent, cinquante par paquet avec bande de papier autour, quatre-vingts tas de cinq mille dollars. Il les avait tous comptés et, par paquets de deux ou trois, les avait jetés dans un grand sac en plastique tressé où Francine mettait le linge sale.

Dieu merci, la lessive, elle n'était pas obligée de la faire elle-même. Elle pouvait engager autant de bonnes qu'elle voulait, il le lui avait dit bien des fois. Mais elle aimait ça. C'était une traditionaliste, Francine. Elle aimait bien faire la cuisine et le ménage.

Il décrocha, tint l'écouteur à bout de bras, puis le reposa sur la fourche. « On n'appelle personne », lui avait dit l'homme. « Qui voudriez-vous que j'appelle ? », lui avait-il renvoyé.

Qui était-ce ? Le coincer comme ça, lui voler sa femme ! Qui pouvait bien s'amuser à des trucs pareils ?

C'est vrai que les types dans son genre ne devaient pas manquer. Et l'affaire était à la portée de tout le monde : il suffisait de se dire qu'on pouvait l'emporter au paradis.

Il décrocha encore une fois. Pas de micro, rien. Des micros, il n'y en avait pas un seul dans toute la maison. Il s'était acheté deux appareils – l'un et l'autre dernier cri, on le lui avait affirmé, et, à ce prix-là, ça valait mieux – pour en être sûr. Le premier était un détecteur de table d'écoutes branché directement sur la ligne. Volts, résistance ou watts, il l'aurait su à la moindre variation d'amplitude. Le second était un Track-Lock qui balayait automatiquement tout le spectre des ondes radio afin de déceler un micro éventuel. Cinq-six mille dollars qu'il les avait payés, ces deux engins. Mais, s'il voulait vraiment que ses entretiens privés le restent, ça valait le coup.

C'était presque dommage que les flics ne l'aient pas écouté pendant les deux ou trois heures qui venaient de s'écouler. Ils auraient remonté la filière, seraient tombés à bras raccourcis sur les kidnappeurs, lui auraient ramené Francine, lui…

Mais au fond, non : il n'avait pas besoin de ça en plus. Ils auraient sûrement tellement merdé qu'on n'y aurait plus rien compris en moins de deux. Il avait l'argent, il paierait et, ou bien il récupérerait sa femme, ou bien il ne la récupérerait pas. Il y a des choses qu'on peut contrôler, il y en a d'autres... Avoir la maîtrise du paiement, il le pouvait, et aussi voir comment ça se passerait, mais ça s'arrêtait là.

On n'appelle personne.

Qui voudriez-vous que j'appelle ?

Il décrocha une fois de plus et composa un numéro qu'il n'avait pas besoin de chercher dans son carnet. Son frère répondit à la troisième sonnerie.

– Petey, dit Khoury, il faut que tu viennes. Tu sautes dans un taxi, je paierai, mais tu t'amènes tout de suite, t'entends ?

Pause. Puis ceci :

– Mais, *babe*, c'est que je ferais tout pour toi, tu le sais bi...

– Alors, saute dans un taxi.

– ... le sais bien, mais il n'est pas question que je trempe dans tes affaires. C'est tout simplement impossible, *babe*.

– C'est pas pour les affaires.

– C'est pour quoi, alors ?

– Francine.

– Merde ! Qu'est-ce qui se passe ? Non, bon, laisse tomber : tu me diras là-bas. T'es bien chez toi ?

– Oui, je suis à la maison.

– Je saute dans un taxi. J'arrive tout de suite.

Pendant que Peter Khoury cherchait un chauffeur de taxi qui accepte de le conduire chez son frère à Brooklyn, j'étais, moi, en train de regarder la chaîne sportive ESPN, où un groupe de reporters discutaient de l'éventualité d'un blocage des salaires des joueurs professionnels. Je ne fus pas désespéré d'entendre sonner le téléphone. C'était Mick Ballou qui m'appelait de Castlebar, comté de Mayo, en Irlande. La communication était parfaitement claire : Mick aurait tout aussi bien pu se trouver dans l'arrière-salle, chez Grogan.

– C'est génial, ici, dit-il. Si tu crois que les Irlandais de New York sont pétés, tu devrais les voir chez eux. Il y a un pub tous les deux magasins et personne n'en sort avant la fermeture.

– Ils ferment tôt, non ?

– Plus tôt qu'il le faudrait, ça c'est sûr, mais quand tu es à l'hôtel ils sont obligés de te servir tout ce que tu veux, et ça, moi je dis que c'est la marque d'un pays civilisé. Tu ne trouves pas ?

– Absolument.

– Et ils fument, en plus. Ils n'arrêtent pas de cloper et de passer leur paquet de cigarettes à la ronde. De ce côté-là, les Français sont encore pires. Quand je suis allé voir les parents de mon père en France, ils n'ont pas cessé de se payer ma tête parce que je ne fumais pas. J'en arriverais presque à croire qu'il n'y a que les Américains qui ont assez de bon sens pour arrêter.

– Il y a encore pas mal de fumeurs dans ce pays, tu sais.

– Je leur souhaite bien du courage ! Pas pouvoir fumer dans les avions, au cinéma et dans tous les endroits publics !

Sur quoi, il me parla longuement d'un homme et d'une femme qu'il avait rencontrés quelques soirs plus tôt. Son histoire était drôle et nous rîmes beaucoup tous les deux. Puis il me demanda de mes nouvelles et je lui répondis que ça allait.

– Tiens donc, fit-il.

– Un peu nerveux, peut-être, précisai-je. J'ai pas mal de temps libre en ce moment. En plus, c'est la pleine lune.

– En effet, dit-il. Ici aussi.

– Simple coïncidence.

– Sauf que, la lune, elle est toujours pleine, en Irlande. Heureusement, il pleut tellement souvent qu'on n'est pas obligé de la regarder tout le temps. Hé, Matt, j'ai une idée. Et si tu prenais un avion pour venir ?

– Quoi ?

– Je parie que tu n'es jamais allé en Irlande.

– Je ne suis même jamais sorti des USA, lui dis-je.

Non, attends… c'est pas vrai. Je suis allé deux ou trois fois au Canada, et une fois au Mexique, mais…

– Tu n'es jamais allé en Europe ?

– Non.

– Mais, putain ! Saute dans un avion et radine-toi ! Tu peux l'amener, elle aussi. (Il voulait parler d'Elaine.) Mais tu peux venir tout seul aussi si tu veux… ça n'a aucune importance. J'ai parlé à Rosenstein, et il dit que je ferais mieux de rester encore un peu à l'étranger. Il dit qu'il peut tout arranger, mais qu'ils ont une équipe de fédéraux qui… bref, il ne veut pas que je rentre avant qu'il m'ait donné le feu vert. Ce qui fait que je pourrais très bien rester coincé dans ce trou à rats pendant un mois, voire plus. Qu'est-ce que t'as ? Pourquoi tu te marres ?

– Il y a deux minutes, tu me disais que tu adorais l'Irlande, et maintenant ce n'est plus qu'un trou à rats ?

– Tout est trou à rats quand t'as pas d'amis autour. Allez, viens, quoi ! Qu'est-ce que t'en dis ?

Quand Peter Khoury arriva chez son frère, celui-ci venait juste de parler avec le gentil. L'homme s'était montré moins aimable que la première fois, surtout vers la fin, lorsque Khoury avait exigé que les kidnappeurs lui prouvent que Francine était toujours vivante et en bonne santé. Leur conversation avait donné à peu près ceci :

KHOURY : Je veux parler avec ma femme.

RAVISSEUR : C'est pas possible. On l'a collée dans une planque. Je téléphone d'une cabine.

KHOURY : Comment savez-vous qu'elle va bien ?

RAVISSEUR : Nous avons tout intérêt à prendre soin d'elle. Elle vaut beaucoup de fric, cette dame.

KHOURY : Mais bordel, comment je peux même être sûr que vous l'avez ?

RAVISSEUR : Ses seins vous rappellent quelque chose ?

KHOURY : Hein ?

RAVISSEUR : Si on vous en envoyait un, vous le reconnaîtriez ? Il n'y a pas plus simple : je lui coupe un nichon et je vous le laisse sur votre paillasson pour vous rassurer.

KHOURY : Mais merde ! Dites pas des trucs pareils !

RAVISSEUR : Alors, on arrête d'exiger des preuves, d'accord ? Il faut qu'on se fasse confiance, monsieur Khoury. Croyez-moi, la confiance, il y a rien de mieux dans cette histoire.

C'était là tout ce qui s'était dit, annonça Kenan à son frère : il devait leur faire confiance. Mais comment le pouvait-il ? Il ne savait même pas à qui il avait affaire.

– J'ai essayé de penser à des types que je pourrais appeler, reprit-il. Tu sais... des gens du boulot. Quelqu'un qui me tiendrait la main, quelqu'un qui m'aiderait. N'importe qui, en fait. Mais ils sont sûrement tous dans le coup. Comment veux-tu que j'en écarte un seul ? Il y a sûrement quelqu'un qui cherche à me baiser la gueule.

– Comment ont-ils fait pour...

– Je ne sais pas. Je ne sais rien de rien, en fait. Tout ce que je sais, c'est que Francine est partie faire des courses et qu'elle n'est jamais rentrée. Elle est sortie, elle a pris la voiture et, cinq heures plus tard, il y avait le téléphone qui sonnait.

– Cinq heures plus tard ?

– Je sais pas, moi ! Disons dans ces eaux-là. Je sais même plus ce que je fous. J'y connais rien, moi, dans ces trucs-là.

– Des deals, t'en fais pourtant tous les jours, non ?

– Des deals de came, oui. Mais ça n'a rien à voir. Les deals de came, c'est toujours organisé pour que tout le monde se sente en sécurité... couvert, quoi. Alors que là...

– Des types qui se font descendre dans des deals de dope, ça se voit tous les jours.

– Oui, mais en général il y a toujours une bonne raison. La première, c'est qu'il ne faut jamais dealer avec des types qu'on connaît. Parce que, là, c'est mortel.

Ça a l'air bon et ça tourne toujours à l'arnaque. La deuxième raison, mais peut-être que c'est la première et demie, c'est qu'il ne faut jamais dealer avec des types qu'on croit connaître mais que, au fond, on connaît pas. Et la troisième, ou autre, t'y donnes le numéro que tu veux, c'est quand il y a des types qui veulent jouer aux malins... des types qui essaient d'acheter quand ils ont pas le fric en se disant qu'ils pourront toujours payer plus tard. Ils s'endettent jusqu'au cou et c'est vrai que ça marche... jusqu'au jour où ça casse. Mais tu sais pas quand ça foire neuf fois sur dix ? Quand il y a un type qui commence à consommer. Parce que là, dès que ça commence, le type a plus les moyens de penser droit.

– Ou alors il fait tout comme il faut, mais il y a six Jamaïquains qui lui défoncent sa porte et lui zigouillent tous les mecs qu'il a chez lui.

– Oui, ça arrive, dit Kenan. Mais c'est pas forcément des Jamaïquains. Tiens, l'autre jour, j'ai lu qu'il y avait des Laotiens qui bossaient à San Francisco. Des nouveaux qui essaient de te flinguer, il y en a toutes les semaines... (Il secoua la tête.) Non, moi, ce que je dis, c'est que, quand le deal est correct, on peut toujours se barrer si jamais il y a des trucs louches. Les deals, on n'est jamais obligé de les faire. Tu as assez de pognon pour acheter, tu peux toujours aller le claquer ailleurs. Tu as la came, tu peux toujours aller la revendre à un autre. Les deals, tu t'y colles juste quand ça marche. Il y a toujours moyen de retirer ses billes, de se ménager des garde-fous, de savoir d'où viennent les mecs et si on peut leur faire confiance ou pas.

– Alors que là...

– Alors que là, on n'a rien du tout. Autant se mettre le doigt dans le cul et siffler en attendant que ça tombe. Je leur dis qu'on va leur apporter le fric et qu'ils n'ont plus qu'à me rendre ma femme, et tu sais quoi ? Ils me disent que non. Ils me disent que c'est pas comme ça que ça marche. Qu'est-ce que tu veux que je leur réponde, moi ? Qu'ils n'ont qu'à garder Francine ?

Qu'ils n'ont qu'à la vendre à d'autres s'ils n'aiment pas la façon dont je traite ? Comme si je pouvais faire un truc pareil !

– Evidemment que non.

– Sauf que je pourrais. Le type voulait un million, je lui ai répondu quatre cent mille. « Va t'faire foutre, que je lui ai dit, c'est tout ce que j'ai... » Et il a marché. Suppose que je leur ai...

Le téléphone sonna. Kenan parla quelques minutes en prenant des notes. « Je ne viendrai pas tout seul, dit-il à un moment donné. J'ai mon frère avec moi, il m'accompagnera. C'est ça ou rien. » Il écouta encore un peu et s'apprêtait à ajouter quelque chose lorsqu'il entendit un *clic* dans son oreille.

– Faut qu'on y aille, dit-il. Ils veulent l'argent dans deux sacs-poubelle. Pas de problème. Pourquoi deux, je ne vois pas. Peut-être qu'ils ne savent pas le volume que ça fait, quatre cent mille dollars, combien ça prend de place.

– Peut-être aussi que le docteur leur a interdit de faire des poids et haltères.

– Peut-être. Ils veulent qu'on aille au croisement d'Ocean Avenue et de Farragut Road.

– C'est pas à Flatbush, ça ?

– Si, je crois.

– Oui, oui, Farragut Road. C'est à deux ou trois rues du campus de Brooklyn College. Qu'est-ce qu'il y a, dans ce coin-là ?

– Une cabine téléphonique.

Après avoir divisé l'argent en deux et l'avoir enfourné dans deux sacs-poubelle, Kenan tendit un 9 mm automatique à son frère.

– Prends-le, insista-t-il. Il n'est pas question d'aller se fourrer là-dedans sans arme.

– Il n'est pas question d'aller s'y fourrer du tout, oui ! lui renvoya Peter. Qu'est-ce que tu veux que je fasse de ce truc ?

– Je ne sais pas. Prends-le quand même.

Ils allaient sortir lorsque Peter attrapa Kenan par le bras.

– Tu as oublié d'enclencher l'alarme, dit-il.

– Et alors ? Ils ont Francine et on a tout l'argent. Qu'est-ce qu'il reste à piquer ?

– Tu as une alarme, tu ferais aussi bien de la brancher. Ça peut pas être moins utile que ces putains de pétoires.

– Ouais, tu as raison, dit Kenan en baissant la tête pour entrer à nouveau dans la maison.

Après en être ressorti, il ajouta :

– Dernier cri, ce système d'alarme. Avec ça, il y a pas moyen d'entrer, il y a pas moyen de me mettre sur écoutes, il y a pas moyen de me coller un seul micro dans toute la maison. Tout ce qu'il y a moyen de me faire, c'est de me piquer ma femme et de m'obliger à cavaler partout avec quatre cent mille dollars dans deux sacs poubelles.

– On prend par où, *babe* ? Je pensais au Bay Ridge Parkway. Après, on pourrait continuer par le Kings Highway jusqu'à Ocean Avenue…

– Ouais, bon. Il y a sûrement une douzaine de façons d'y aller, mais celle-là ou une autre… Tu prends le volant ?

– Tu y tiens ?

– Oui. Dans l'état où je suis, j'serais capable d'emboutir une bagnole de flics. Ou d'écraser une nonne.

Ils étaient censés se trouver à la cabine téléphonique à 20 h 30. Ils y arrivèrent trois minutes avant, d'après la montre de Peter. Celui-ci resta dans la voiture pendant que Kenan gagnait la cabine et s'y installait pour attendre la sonnerie. Un peu plus tôt, Peter s'était glissé le pistolet sous la ceinture, dans le creux des reins. Il avait senti l'arme dans son dos pendant tout le trajet, il la sortit de sa cachette et la posa sur ses genoux.

Le téléphone sonna. Kenan décrocha. 20 h 30 pile, d'après la montre de Peter. Procédaient-ils au chronomètre ou surveillaient-ils l'opération planqués derrière une des fenêtres des immeubles d'en face ?

Kenan revint à la voiture au trot, puis s'appuya contre elle.

– Veterans Avenue, dit-il.

– Jamais entendu parler.

– C'est entre Flatlands et Mill Basin... enfin, dans le coin. Il m'a indiqué. On suit Farragut Road jusqu'à Flatbush Avenue, de là on va jusqu'à l'avenue N et on y arrive tout droit.

– Et après ?

– Et après, il y a encore une cabine téléphonique. Au croisement de Veterans Avenue et de la 66e Rue.

– Pourquoi ils nous font cavaler comme ça ? Tu as une idée ?

– Pour nous affoler, pour voir si on est seuls, je sais pas, moi ! Peut-être qu'ils veulent nous faire chier, tout bêtement.

– Même que ça marche.

Kenan fit le tour de la voiture et s'assit à la place du mort.

– Farragut Road jusqu'à Flatbush Avenue... de là on va jusqu'à la N et... Ce qui fait qu'on prend à droite dans Flatbush et à gauche dans la N, c'est ça ?

– C'est ça. Enfin... oui, à droite dans Flatbush et à gauche dans la N.

– On a combien de temps ?

– Ils ne me l'ont pas dit. Je ne crois pas qu'ils m'aient fixé une heure précise. Ils m'ont juste dit de me grouiller.

– Bref, on ne prend pas un café en route.

– Non, dit Kenan. Faut croire que non.

Au croisement de Veterans Avenue et de la 66e, la manœuvre se répéta. Peter attendit dans la voiture tandis que Kenan gagnait la cabine, où le téléphone sonna presque aussitôt.

– Très bien, tout ça, dit le ravisseur. Vous n'avez pas mis longtemps.

– Et maintenant ?

– Où est l'argent ?

– Sur la banquette arrière. Dans deux sacs-poubelle, comme vous m'avez dit.

– Bien. Et maintenant je veux que vous et votre frère vous alliez jusqu'au croisement de la 66e Rue et de l'avenue M… à pied.

– A pied ?

– Oui.

– Avec l'argent ?

– Non. L'argent, vous le laissez là où il est.

– Sur la banquette arrière ?

– C'est ça. Et vous ne fermez pas la voiture à clé.

– On laisse l'argent dans une voiture ouverte et on va à pied jusqu'au…

– … jusqu'au prochain croisement. Non, en fait, c'est au deuxième.

– Et après ?

– Après, vous attendez cinq minutes. Et après, vous revenez à la voiture et vous rentrez chez vous.

– Et ma femme ?

– Votre femme va bien.

– Comment je…

– Elle vous attendra dans la voiture.

– Ça vaudrait mieux.

– Vous disiez ?

– Non, rien. Ecoutez… il y a un truc qui me gêne… laisser tout cet argent dans une bagnole pas fermée… Et si quelqu'un le piquait, comme ça…

– Ne vous faites pas de souci, lui répondit l'homme. C'est un quartier tranquille.

Ils laissèrent l'argent dans la voiture, ne fermèrent pas celle-ci à clé, et, à pied, parcoururent les quelques centaines de mètres qui les séparaient du croisement de la 66e Rue et de l'avenue M. Ils attendirent cinq bonnes minutes, puis s'en revinrent à la Buick.

Je ne crois pas vous avoir décrit Kenan et Peter. Ils

avaient vraiment l'air de deux frères. Kenan faisait un mètre soixante-quinze, soit deux ou trois petits centimètres de plus que Peter. Ils étaient, l'un et l'autre, bâtis comme des poids moyens bien découplés, Peter commençant pour sa part à s'empâter un rien à la taille. Ils avaient tous les deux le teint olivâtre, des cheveux noirs assez raides et coiffés en arrière, avec la raie à gauche. Agé de trente-trois ans, Kenan avait le front dégagé suite à un début de calvitie. Peter, qui avait deux ans de plus que son frère, avait encore tous ses cheveux.

Avec leurs nez longs et droits et leurs yeux noirs et profondément enfouis sous des sourcils proéminents, les Khoury étaient de beaux hommes. Peter portait une moustache bien taillée. Kenan, lui, était glabre.

A juger sur la mine et si on devait se les coltiner physiquement, on essaierait d'abord de se débarrasser de Kenan... Quelque chose dans son maintien disait que c'était lui le plus dangereux et que ses réactions seraient plus soudaines et plus sûres que celles de son frère.

Tels étaient les deux hommes qui, en pressant l'allure, mais pas trop, regagnaient le carrefour où Kenan avait garé la Buick. Elle y était toujours, et toujours pas fermée à clé. Les sacs-poubelle ne se trouvaient pas sur la banquette arrière. Et Francine Khoury non plus.

– Qu'est-ce que c'est que ce bordel ? s'écria Kenan.

– Dans le coffre ?

Kenan ouvrit la boîte à gants et appuya sur le bouton qui commandait l'ouverture du coffre. Puis il fit le tour de la voiture. En dehors du cric et du pneu de secours, le coffre était vide. Kenan venait de le refermer lorsque le téléphone sonna dans la cabine.

Il y courut et décrocha.

– Rentrez chez vous, dit l'homme. Elle y arrivera sans doute avant vous.

Je me rendis à ma réunion habituelle, à l'église Saint-Paul, au bout de ma rue, mais je quittai les lieux à la pause. Je regagnai ma chambre d'hôtel, puis appelai Elaine et lui rapportai ma conversation avec Mick.

– Tu devrais y aller, dit-elle. Je trouve que c'est une chouette idée.

– Et si on y allait tous les deux ?

– Oh, je sais pas, Matt. Ça m'obligerait à manquer des classes.

Tous les jeudis soir, elle suivait des cours à la faculté de Hunter College. De fait, elle rentrait à peine d'un séminaire sur l'art indien et l'architecture sous les Moghols.

– On pourrait y passer une petite semaine… Dix jours ? Tu ne manquerais jamais qu'un cours. Ça ne ferait pas lourd à rattraper.

– C'est vrai.

– Ben tiens. Et donc ?…

– Et donc, non. Au fond, je n'ai pas envie d'y aller. Je ne serais que la troisième roue du vélo. Je vous vois assez bien en train de battre la campagne irlandaise et d'enseigner aux autochtones l'art et la manière de foutre la merde un peu partout.

– Joli tableau.

– Non, ce que je veux dire, c'est que ça serait plutôt du genre tournée des grands ducs tous les soirs et que… qu'est-ce que vous auriez besoin d'avoir une fille avec vous, hein ? Non, sérieux : je n'ai pas particulièrement envie d'y aller. Mais je sais que tu es assez tendu et que ça te ferait vraiment beaucoup de bien. Tu n'es jamais allé en Europe, n'est-ce pas ?

– Non, jamais.

– Ça fait combien de temps que Mick est parti ? Un mois ?

– Pratiquement.

– Je crois que tu devrais y aller.

– Peut-être, lui répondis-je. J'y réfléchirai.

Elle n'était pas là.

Elle n'était nulle part dans la maison. Incapable de

rien faire pour s'en empêcher, Kenan la chercha de pièce en pièce, en sachant que ça ne servirait à rien, en sachant qu'elle n'aurait jamais pu entrer sans déclencher le système d'alarme, ou l'avoir débranché. Puis il regagna la cuisine en courant et y retrouva Peter qui faisait du café.

– Non mais c'est dégueulasse, ça… vraiment dégueulasse ! s'écria-t-il.

– Je sais, *babe*, lui répondit Peter.

– Tu fais du café ? J'en ai pas envie. Ça t'embête que je boive un coup ?

– Ça m'embêterait d'en boire un, mais tu fais comme tu veux.

– Je me disais… bon, non, t'inquiète. J'en ai même pas envie.

– C'est là où on n'est pas pareils, *babe*.

– Oui, bon, faut croire… (Il pivota sur ses talons.) Pourquoi ils me gonflent comme ça, Peter ? Ils disent qu'elle sera dans la voiture et elle y est pas. Ils disent qu'elle va être ici et elle y est pas. Qu'est-ce qui se passe, bordel ?

– Peut-être qu'ils sont coincés dans un embouteillage.

– Bon, mais… et qu'est-ce qu'on fait, maintenant ? On reste là à les attendre ? Je sais même plus ce qu'on attend, moi. Ils ont le fric et nous, on a quoi, hein ? On a qu'on s'est fait baiser la gueule, oui ! Je ne sais même pas par qui, je ne sais même pas où ils sont, je sais que dalle, quoi. Et… Petey, qu'est-ce qu'on va faire ?

– Aucune idée.

– Je crois qu'elle est morte, dit Kenan.

Peter garda le silence.

– Parce que… pourquoi ne l'auraient-ils pas tuée, hein ? Elle pouvait les reconnaître. Au fond, c'était plus sûr de la tuer que de me la rendre. On la tue, on l'enterre et c'est fini. Le tour est joué. Tiens, moi, c'est ce que j'aurais fait si j'avais été à leur place.

– Bien sûr que non.

– J'ai dit « si j'avais été à leur place ». Je n'y suis pas.

C'est pas moi qui irais kidnapper une bonne femme, il y a d'abord ça. Une femme douce et innocente, une femme qui n'a jamais fait de mal à personne, une femme qui n'a même jamais pensé à mal, une femme qui…

– Calme-toi, *babe*.

Ils se taisaient, puis la conversation reprenait parce que qu'est-ce qu'ils auraient pu faire d'autre que parler ? Au bout d'une demi-heure, le téléphone sonna. Kenan se rua sur l'appareil.

– Monsieur Khoury.

– Où est-elle ?

– Toutes mes excuses. Il y a eu un changement.

– Où est-elle ? que je vous demande.

– Au coin de votre rue, voyons… dans la 79e, côté sud, je crois, disons à quatre ou cinq immeubles du croise…

– Quoi ?

– Il y a une voiture garée en stationnement interdit devant une bouche d'incendie. Une Ford Tempo grise. Votre femme est dedans.

– Elle est dans la voiture ?

– Dans le coffre.

– Vous l'avez mise dans le coffre ?

– Elle a tout l'air qu'il lui faut pour respirer, croyez-moi. Mais il fait froid, ce soir, et vous feriez mieux de la sortir de là le plus vite possible.

– Il y a une clé ? Comment je…

– La serrure est cassée. Vous n'aurez pas besoin de clé.

En descendant la rue en courant, Kenan dit à son frère :

– Qu'est-ce que c'est que cette histoire de serrure cassée ? Si le coffre n'est pas fermé, pourquoi n'en est-elle pas sortie en rampant ? De quoi il parle, ce type ?

– Je sais pas, *babe*.

– Peut-être qu'ils l'ont attachée avec du gros chatterton pour électricien, ou des menottes, quelque chose qui l'empêche de bouger.

– Peut-être.

– Putain, merde, Petey…

La Tempo se trouvait à l'endroit convenu. Vieille de plusieurs années, elle était en mauvais état : pare-brise étoilé, portière cabossée. Toute la serrure du coffre manquait. Kenan ouvrit ce dernier d'un coup sec.

Personne. Rien que des paquets, que des choses en tas, que des ballots de tailles diverses, enveloppés dans du plastique noir et fermés par de la bande adhésive pour réfrigérateur.

– Non, dit Kenan.

Puis, planté là, il répéta :

– Non, non… oh non.

Au bout d'un moment, Peter sortit un des ballots du coffre, tira un couteau de sa poche et trancha la bande adhésive. Puis il déroula toute une longueur de plastique noir – ça ressemblait un peu aux sacs-poubelle dans lesquels ils avaient fourré l'argent de la rançon – et y trouva un pied humain sectionné cinq ou six centimètres au-dessus de la cheville. Trois ongles d'orteil passés au vernis rouge. Il manquait les deux autres.

Kenan renversa la tête en arrière et hurla comme un chien.

2

C'était le jeudi. Le lundi suivant, en rentrant du déjeuner, je trouvai un message à la réception : *Appeler Peter Curry.* Avec son préfixe 718, le numéro qu'on m'avait laissé signifiait que l'appel provenait de Brooklyn ou du Queens. Je ne pensais pas connaître de Peter Curry à Brooklyn ou dans le Queens – de fait même, nulle part ailleurs –, mais il n'est pas rare que je reçoive des coups de fil de personnes que je ne connais pas. Je montai à ma chambre et appelai. Ce fut un homme qui me répondit.

– Monsieur Curry ? lui demandai-je.

– Oui ?

– Matthew Scudder à l'appareil. J'ai reçu un message me disant de vous appeler.

– Quelqu'un vous a dit de m'appeler ?

– Oui. Vous m'auriez téléphoné à midi et quart.

– Vous voulez me répéter votre nom ?

Je le lui répétai.

– Attendez une minute ! Vous êtes bien détective, non ? C'est mon frère Peter qui vous a téléphoné.

– Peter Curry, c'est cela même.

– Je vous le passe.

J'attendis. Au bout d'un moment, une autre voix, assez semblable à la première, mais plus profonde et plus douce, se fit entendre :

– Matt ? Pete à l'appareil.

– Pete… Nous nous connaissons ?

– Oui, mais pas assez pour que vous vous souveniez

forcément de moi. J'assiste régulièrement aux réunions de Saint-Paul, j'en ai même dirigé une il y a... oh... cinq ou six semaines de ça...

– Peter Curry...

– Non... Khoury. Je suis d'origine libanaise. Voyons... comment me décrire ? Je ne bois plus depuis un an et demi. J'habite dans une pension tout au bout de la 55e Rue Ouest et je bosse comme coursier-livreur. Ma partie, c'est le montage cinématographique, mais je ne sais pas si je serai jamais capable de m'y remettre...

– Pas mal de drogue dans votre histoire...

– C'est ça. Mais en fin de compte, c'est quand même l'alcool qui m'a eu. Vous me remettez ?

– Oui. J'étais là le soir où vous avez parlé. Mais comme je n'ai jamais su votre nom de famille...

– Eh ben voilà ! Ça, c'est de l'Alcooliques anonymes tout craché !

– Que puis-je faire pour vous, Pete ?

– J'aimerais que vous passiez nous voir, mon frère et moi. Vous êtes détective privé et nous aurions besoin de vos services.

– De quoi s'agit-il ? Vous pourriez me donner une idée ?

– C'est-à-dire que...

– Pas au téléphone ?

– Non, il vaudrait mieux pas, Matt. C'est du boulot de privé, c'est important, et on vous paiera tout ce que vous voudrez.

– Le problème, c'est que... je ne sais pas si je peux en ce moment. Je dois partir en voyage à l'étranger. En Europe, à la fin de la semaine...

– Où ça ?

– En Irlande.

– Génial ! Mais... écoutez, Matt : vous ne pourriez pas faire un saut avant ? Juste pour qu'on vous raconte l'affaire ? Vous écoutez et vous décidez si c'est dans vos cordes... Sans rancune si c'est non, on vous paie la consultation et le taxi pour rentrer chez vous.

J'entendis son frère lui dire quelque chose que je ne compris pas, puis Pete reprit en ces termes :

– Je le lui dirai… Matt… Kenan me dit qu'on pourrait passer vous prendre en voiture, mais, comme il faudrait revenir ici, ça irait sans doute plus vite si vous sautiez dans un taxi.

Il me sembla que ça faisait beaucoup de taxis pour un petit coursier. Soudain, le nom de son frère me dit quelque chose.

– Vous avez bien un autre frère, n'est-ce pas ? lui demandai-je.

– Non, je n'en ai qu'un.

– J'ai l'impression que vous nous avez parlé de lui lorsque vous nous avez exposé vos problèmes. Quelque chose sur son boulot…

Silence, puis ceci :

– Matt… tout ce que je vous demande, c'est de venir ici et de nous écouter.

– Où habitez-vous ?

– Vous connaissez Brooklyn ?

– Faudrait que je sois mort pour pas connaître.

– Comment ?

– Non… rien. C'était juste une idée. Le titre d'une nouvelle célèbre : *Seuls les morts connaissent Brooklyn*. Je connaissais assez bien certains quartiers de Brooklyn dans le temps. Où êtes-vous ?

– A Bay Ridge. Colonial Road.

– Pas de problème.

Il me donna l'adresse, que je pris par écrit.

C'est le métro R, aussi connu sous le nom de Broadway Omnibus (ligne BMT), qui, partant de la 179e Rue, relie le quartier de Jamaica au pont Verrazano, à la pointe sud-ouest de Brooklyn. Je le pris au croisement de la VIIe Avenue et de la 57e Rue et descendis deux stations avant le terminus.

D'aucuns prétendent que, dès qu'on quitte Manhattan, on cesse d'être à New York. Ils ont tort : on se trouve seulement dans une autre partie de la ville, la différence ne s'en faisant pas moins sentir d'une manière évidente. Les yeux fermés, qu'on pourrait la voir. L'énergie n'est pas la même, l'air n'y vibre pas de la même urgence.

Je me promenai un peu dans la IVe Avenue, passai devant un restaurant chinois, une épicerie coréenne, un bureau de paris mutuels et deux ou trois bars irlandais, puis, prenant un raccourci, obliquai vers Colonial Road, où je trouvai la maison de Kenan Khoury. Edifice carré et solide d'aspect, celle-ci faisait partie d'une série de bâtisses du type « unités familiales » et semblait avoir été construite entre les deux guerres. Pelouse minuscule, deux ou trois marches en bois pour accéder à la porte d'entrée. Je les montai et sonnai.

Après m'avoir ouvert, Pete me conduisit à la cuisine. Il me présenta son frère. Celui-ci se leva pour me serrer la main, puis me fit signe de m'asseoir sur une chaise. Lui-même resta debout, gagna la cuisinière et se tourna vers moi pour me regarder.

– Content que vous soyez venu, dit-il. Ça vous embête que je vous pose quelques questions avant de commencer ?

– Pas du tout.

– On boit quelque chose ? Pas un verre, bien sûr, je sais que c'est aux Alcooliques anonymes que vous avez rencontré Peter, mais il y a du café de fait… Je pourrais aussi vous offrir un soda. Le café est libanais : en gros, c'est comme du café turc ou arménien, très épais et très fort. Mais j'ai aussi du Yuban en poudre, si vous préférez.

– Un café libanais m'ira très bien.

De fait, le breuvage avait bon goût. J'en avalai une gorgée, puis Kenan me dit :

– Vous êtes détective privé, c'est ça ?

– Sans licence.

– Ce qui veut dire ?

– Que je ne suis pas déclaré. Je travaille à la journée pour une agence officielle. C'est eux qui ont la licence.

Tout ce que je fais en dehors est strictement privé. Et au noir.

– Et avant vous étiez flic ?

– C'est exact. Ça remonte à quelques années.

– Bon, bon. Flic en uniforme ? En civil ? Quoi, au juste ?

– Inspecteur.

– Inspecteur principal ?

– C'est ça. Je dépendais du 6e Secteur, dans le Village. J'y ai passé plusieurs années. Avant, je travaillais à Brooklyn. Au 78e Secteur : Park Slope et les quartiers nord, ce qu'on appelle aujourd'hui Boerum Hill.

– Oui, je vois très bien où c'est. Le 78e Secteur, j'y ai grandi. Vous connaissez Bergen Street ? Entre Bond et Nevins ?

– Et comment !

– C'est là qu'on a grandi, Petey et moi. Il y a beaucoup de gens du Moyen-Orient dans ce quartier, disons du côté de Court et d'Atlantic Avenue. Des Libanais, des Syriens, des Yéménites, des Palestiniens. Ma femme était palestinienne. Ses parents habitaient dans President Street, juste à côté de Henry Street. C'est au sud de Brooklyn. Aujourd'hui, je crois que ça s'appelle Carol Gardens. Ça vous va, le café ?

– Parfaitement.

– Si vous en voulez encore, vous n'avez qu'à demander.

Il commença une autre phrase, puis s'adressa à son frère :

– Je sais pas, mec. Je crois pas que ça va marcher.

– T'as qu'à tout lui raconter, *babe*.

– Ah, je sais pas.

Il se tourna vers moi, fit pivoter une chaise et s'assit.

– Voilà de quoi il retourne, Matt. Ça ne vous gêne pas que je vous appelle comme ça ?

Je lui répondis que non.

– Bon, donc, voilà de quoi il retourne. Ce que je voudrais savoir, c'est si je peux vous dire des trucs sans avoir à m'inquiéter que vous les répétiez à droite et à gauche. Enfin, quoi… tout ce que je veux savoir, c'est si vous êtes encore flic.

La question était intéressante et je me l'étais souvent posée moi-même.

– J'ai fait partie de la police pendant longtemps, lui répondis-je. Mais je m'en suis détaché chaque année un peu plus depuis que j'ai laissé tomber. Au fond, ce que vous me demandez, c'est si ce que vous voulez me dire restera entre nous. Dans les faits, je ne suis pas assermenté. Ce que vous me direz, légalement, je ne peux pas le garder pour moi. D'un autre côté, je ne suis pas officier de police judiciaire non plus, ce qui fait que je ne suis pas plus obligé qu'un autre de rapporter aux flics les trucs qui attirent mon attention.

– Bref, ça donne quoi ?

– Je n'en sais trop rien. Disons que c'est assez mouvant… et que je ne peux pas vous rassurer beaucoup parce que j'ignore ce que vous allez me raconter. Si j'ai fait tout ce chemin, c'est parce que Pete refusait de me dire quoi que ce soit par téléphone. Quand je pense que maintenant c'est vous qui n'avez pas l'air de vouloir l'ouvrir ! Je ferais peut-être mieux de rentrer.

– Peut-être.

– *Babe…*

– Non, non, reprit Kenan en se mettant debout. C'était une bonne idée, mais ça ne marche pas. On les retrouvera tout seuls.

Il sortit une liasse de billets de sa poche, en tira un de cent dollars et me le tendit par-dessus la table.

– Pour le taxi aller et retour et la consultation, monsieur Scudder. Je suis désolé de vous avoir fait faire tout ce trajet pour rien.

Voyant que je ne prenais pas son billet, il me dit :

– Mais peut-être que vous demandez plus cher. Tenez, prenez… et tout baigne, d'accord ?

Il ajouta un deuxième billet au premier, je ne tendis toujours pas la main pour le prendre.

Je repoussai ma chaise en arrière et me levai.

– Vous ne me devez pas un sou, lui lançai-je, et je n'ai aucune idée de ce que je devrais vous faire payer. Disons qu'avec la tasse de café, on est quittes.

– Prenez cet argent ! Mais merde, quoi ! Il y en a pour au moins vingt-cinq dollars de taxi aller, et autant pour le retour.

– J'ai pris le métro.

Il me regarda fixement.

– Vous êtes venu en métro ? Mon frère ne vous a pas dit de prendre un taxi ? Qu'est-ce que vous foutez à économiser des bouts de chandelles alors que c'est moi qui paie ?

– Rangez votre argent, lui renvoyai-je. J'ai pris le métro parce que c'est plus commode et plus rapide. Comment je me déplace d'un point à un autre me regarde, monsieur Khoury, et je mène mes affaires comme je l'entends. Vous ne me dites pas comment je dois me déplacer, je ne vous dirai pas comment vendre du crack aux enfants des écoles. Qu'est-ce que vous en pensez ?

– Putain !

A Pete, je lançai ceci :

– Je suis désolé qu'on ait tous perdu notre temps. Merci d'avoir pensé à moi.

Il me demanda si je désirais qu'il me raccompagne à Manhattan, au moins jusqu'au métro le plus proche, je lui répondis que non :

– J'ai assez envie d'aller me balader dans Bay Ridge. Ça fait des années que je n'y suis pas revenu. Un jour, j'ai eu une affaire qui m'a amené non loin d'ici, dans Colonial Road, mais quelques rues au nord. Juste en face du parc. Owl's Head Park, c'est bien comme ça qu'il s'appelle ?

– Oui, dit Kenan, c'est à huit ou dix rues d'ici.

– Ça m'a l'air juste. Le type qui m'avait engagé était accusé d'avoir tué sa femme. Grâce à mes efforts, il a échappé à l'inculpation.

– Il était innocent ?

– Non, il avait effectivement assassiné sa femme, lui répondis-je en me rappelant toute l'affaire, mais je l'ignorais. Je ne l'ai appris que plus tard.

– Quand il n'y avait plus moyen de rien faire…

– J'aurais pu faire beaucoup plus. Il s'appelait Tommy Tillary. J'ai oublié le nom de sa femme, mais sa petite amie s'appelait Carolyn Cheatham. C'est quand celle-ci est morte qu'il s'est fait mettre en taule.

– Il l'avait tuée, elle aussi ?

– Non, elle s'était suicidée. Mais j'avais tout arrangé pour que ça ressemble à un meurtre et qu'il ne puisse pas s'en tirer. Je l'avais sorti d'affaire alors qu'il le méritait pas, je me suis dit que ça serait bien de le faire tomber le coup d'après.

– Et ça lui a coûté combien ?

– Tout et le reste. Il est mort en prison. Poignardé… (Je poussai un soupir.) Je pensais que ça serait intéressant de repasser devant chez lui, histoire de voir si ça me rappelait des choses. Mais on dirait bien que tout m'est revenu.

– Et ça vous gêne ?

– Quoi ? De me souvenir ? Pas spécialement. Les choses que j'ai faites et qui me gênent ne manquent pas.

Je cherchai ma veste, puis me souvins que je n'en avais pas mis. C'était pourtant le printemps, un temps à porter une veste de sport même si, le soir, la température était certaine de retomber aux environs de zéro.

Je me dirigeai vers la porte, Kenan m'arrêta :

– Attendez une minute, monsieur Scudder, voulez-vous ?

Je le regardai.

– Je me suis mal conduit, dit-il, je vous prie de m'excuser.

– Inutile de vous excuser.

– Si, si, il le faut. J'ai piqué ma crise, mais ce n'est rien comparé à avant. Tout à l'heure, j'ai bousillé un téléphone. Le numéro était occupé et j'ai cogné l'écouteur contre le mur jusqu'à ce que le boîtier se casse en mille morceaux. (Il secoua la tête.) Je ne fais jamais des choses pareilles, mais là, j'ai des ennuis.

– Vous n'êtes pas le seul.

– Ouais, faut croire. L'autre jour, il y a des types qui m'ont kidnappé ma femme. Ils l'ont découpée en morceaux et me l'ont renvoyée dans des sacs en plastique déposés dans un coffre de bagnole. Alors… je ne suis peut-être pas le seul à avoir des ennuis, mais quand même…

– Du calme, *babe*, lui souffla Peter.

– Je suis parfaitement calme, lui renvoya-t-il. Matt… asseyez-vous une minute que je vous raconte toute l'affaire de A à Z. Après, vous déciderez si vous avez envie d'aller vous balader ou pas. On oublie tout, d'accord ? Je m'en tape de savoir à qui vous allez parler. Dire tout ça tout haut le rendrait réel, et ça, je ne le veux pas. Mais comme c'est déjà tout ce qu'il y a de plus réel…

Il me raconta l'histoire de bout en bout, à peu près comme je viens de le faire. Je vous ai fourni quelques détails qui n'apparurent que plus tard au cours de mon enquête, mais les frères Khoury avaient déjà découvert un certain nombre de faits de leur côté. Le vendredi, ils avaient retrouvé la Camry à l'endroit où Francine l'avait garée dans Atlantic Avenue, ce qui les avait conduits au Gourmet d'Arabie, les sacs empilés dans le coffre de la voiture leur faisant comprendre que la victime était aussi passée Chez D'Agostino.

Kenan acheva son récit. Je refusai la deuxième tasse de café qu'il me proposait, mais acceptai un club soda.

– J'aurais quelques questions à vous poser, moi aussi, lui dis-je.

– Allez-y.

– Qu'avez-vous fait du corps ?

Les deux frères se regardèrent, Peter finissant par faire signe à Kenan de se lancer. Celui-ci respira un grand coup et me dit :

– J'ai un cousin vétérinaire. Il dirige une clinique pour chiens et chats dans… bon, enfin, c'est pas capital de savoir où ça se trouve… disons que c'est dans le quartier. Je l'ai appelé pour lui dire que j'avais besoin de me servir de ses installations.

– Quand ça ?

– Vendredi après-midi. Le soir, il m'a filé la clé et on y est allé. Il a un engin, disons… un four qu'il utilise pour brûler les animaux qu'il endort. On a pris le… euh… le…

– Du calme, *babe*.

Kenan secoua la tête avec impatience.

– Ça va, ça va, quoi ! C'est juste que je sais pas comment le dire. Comment qu'on appelle ça ? On a pris les morceaux de… Francine et on… on les a passés au crématoire.

– Vous avez déballé les… euh…

– Non. A quoi ça aurait servi ? Rubans adhésifs et plastique, tout a brûlé avec le reste.

– Mais vous êtes sûrs que c'était elle ?

– Ouais. Ouais. On en a déballé assez pour… euh… pour en être certains.

– Il fallait que je vous le demande.

– Je comprends.

– Bref, il n'y a pas de cadavre, je ne me trompe pas ?

Il hocha la tête.

– Non, juste des cendres. Des cendres et des bouts d'os, c'est tout ce qui reste. On pense crémation et on se dit qu'au bout du compte il n'y aura que de la poudre, comme ce qui sort d'un fourneau, mais c'est pas comme ça que ça marche. Il a un appareil auxiliaire pour réduire les fragments d'os et que ça soit moins voyant… (Il leva les yeux sur moi.) Quand j'étais au collège, l'après-midi, je travaillais souvent chez Lou. Et merde, je voulais pas vous dire son nom, mais, bah… ça change quoi ? Mon père voulait que je fasse médecin et il se disait que ça m'y préparerait bien. Je sais pas s'il avait raison, mais je connaissais bien l'endroit et le matériel.

– Votre cousin sait-il pourquoi vous vouliez vous servir de ses installations ?

– Les gens, ça sait ce que ça veut savoir. Il ne s'est sûrement pas dit que j'avais envie de me faire un vaccin contre la rage. On y a passé toute la nuit. Son four étant conçu pour les petits animaux, on a dû le recharger plusieurs fois et le laisser refroidir entre les séances. Putain, ça me tue de vous raconter ça.

– Je suis désolé.

– Ce n'est pas de votre faute. Lou sait-il que je me suis servi de sa cuisinière ? Oui, sûrement. Il ne peut pas ne pas savoir le genre de boulot que je fais. Il a dû se dire que j'avais liquidé un concurrent et que je voulais me débarrasser de son cadavre. Les gens, ils voient ce genre de conneries à la télé et ils se figurent que c'est comme ça que ça fonctionne dans la réalité.

– Et il n'a pas râlé ?

– Il fait partie de la famille. Il savait que ça pressait et que c'était pas un truc dont il fallait causer. En plus, je lui ai donné un peu d'argent. Il ne voulait pas le prendre, mais comme il a deux enfants en fac, je vois pas comment il aurait pu refuser. Et d'ailleurs, c'était pas énorme, ce que je lui ai…

– Combien ?

– Deux mille dollars. Ça fait pas cher, pour des funérailles, vous trouvez pas ? Enfin, je veux dire… c'est pas difficile de dépenser plus que ça rien que pour le cercueil. (Il hocha la tête à nouveau.) J'ai mis les cendres dans une boîte en fer à la cave, dans mon coffre. Je ne sais pas quoi en faire. Je n'ai aucune idée de ce que Francine aurait voulu. On n'en avait jamais parlé. Putain, elle n'avait que vingt-quatre ans, vous savez ? Neuf ans de moins que moi, à un mois près. On était mariés depuis deux ans.

– Pas d'enfant ?

– Non. On avait décidé d'attendre encore un an et… ah, merde, tiens ! C'est horrible. Ça vous gêne si je bois un coup ?

– Non.

– Pete dit comme vous. Ah, et puis non, je ne bois pas. Je m'en suis envoyé un jeudi après-midi, juste après leur avoir parlé au téléphone, mais je n'ai rien pris depuis. Ça me démange pas mal, mais je repousse à plus tard. Vous savez pourquoi ?

– Non. Pourquoi ?

– Parce que je veux tout sentir. Vous croyez que j'ai fait des trucs qu'il fallait pas en l'emportant chez Lou pour la brûler ? Vous trouvez que c'est mal ?

– Je trouve que ça n'est pas légal.

– Ouais, bon. Ce n'est pas tellement ce côté-là qui me gênait, moi.

– Je sais. Vous essayiez seulement de faire ce qu'il fallait. Mais, en agissant comme ça, vous avez détruit des preuves. Les cadavres, ça dit plein de choses aux gens qui savent leur causer. Quand on réduit un corps en cendres, il y a des tas d'indices qui disparaissent.

– C'est important ?

– Ça aurait pu être utile de savoir comment elle est morte.

– Le comment, je m'en fous. Tout ce que je veux savoir, c'est le nom du mec qui a fait ça.

– Le comment aurait pu y conduire.

– Et donc, à votre avis, j'ai fait une connerie. Mais bordel ! Je pouvais quand même pas appeler les flics, leur tendre un grand sac plein de barbaque et leur dire : « Tenez, ceci est ma femme, prenez-en bien soin » ! En plus, les flics, je les appelle jamais : je fais un boulot où vaut mieux pas. C'est vrai que si j'avais ouvert le coffre de la Tempo et que je l'avais trouvée en un seul morceau, morte, bon, mais intacte, peut-être… peut-être que je les aurais appelés. Mais là…

– Je comprends.

– Mais vous pensez quand même que je n'ai pas fait ce qu'il fallait.

– T'as fait comme tu sentais, lui dit Pete.

Comme si on faisait jamais autrement.

– Le bien et le mal, je ne sais pas bien, lui précisai-je. J'aurais probablement fait pareil si j'avais eu un cousin avec un four crématoire dans sa buanderie. Mais ce que j'aurais fait ou pas fait n'est pas essentiel dans cette histoire. Vous avez agi comme bon vous semblait, le problème est de savoir ce qu'on fait maintenant.

– Ben, oui. Qu'est-ce qu'on fait ?

– Toute la question est là.

Côté questions, ce n'était pas la seule. Je leur en posai bien d'autres, et plutôt deux fois qu'une, en me répétant beaucoup pour les plus importantes. Je les obligeai à reprendre toute l'histoire depuis le début et notai des tas de choses dans mon carnet. A la fin, j'eus l'impression que les restes bien fragmentaires de Mme Francine Khoury constituaient la seule pièce à conviction tangible de l'affaire, mais que, là, tout était parti en fumée.

Lorsque enfin je refermai mon carnet, je m'aperçus que les deux frères attendaient que je leur dise quelque chose.

– Au premier abord, ils ont l'air d'avoir joué la sécurité, commençai-je. Ils ont fait leur coup sans vous donner le moindre indice qui pourrait vous mettre sur la voie. Ils ont peut-être laissé des traces ici et là, mais, pour l'instant, nous n'en avons aucune. Il n'est pas impossible que quelqu'un les ait vus devant le supermarché ou dans Atlantic Avenue, disons même que quelqu'un ait relevé leur numéro de plaques minéralogiques, et, dans ce cas-là, ça vaudrait le coup d'essayer de retrouver un témoin, mais, à l'heure qu'il est, tout ça, c'est rien que des hypothèses. Il y a toutes les chances pour qu'on ne retrouve pas de témoins ou que, si on en retrouve un, les trucs qu'il a vus ne mènent à rien.

– Bref, on n'a aucune chance d'y arriver.

– Je n'ai pas dit ça. Pas du tout. Tout ce que je dis, c'est que, dans une enquête, il faut toujours faire un peu plus que raisonner sur les indices. L'essentiel est qu'ils se sont tirés avec presque un demi-million de dollars et que là ils n'ont que deux solutions, l'une et l'autre pouvant les faire repérer.

Kenan réfléchit un instant.

– Ils pourraient claquer leur fric à tout va, dit-il. Mais l'autre, c'est quoi, au juste ?

– Causer. Les voyous, ça n'arrête pas de causer, surtout quand il y a de quoi se vanter. Il arrive même qu'ils parlent à des gens qui ne sont que trop heureux de les balancer. Donc, on laisse entendre qu'on serait prêts à acheter le renseignement.

– Vous avez une idée du comment ?

– Des idées, j'en ai beaucoup, lui répondis-je. Tout à l'heure, vous vouliez savoir jusqu'à quel point j'étais resté flic. Je n'en sais rien, mais, dans ce genre de situation, j'agis toujours comme à l'époque où je portais un badge : je tourne et retourne la question jusqu'au moment où ça commence à venir. Dans votre cas, je vois déjà deux ou trois façons de procéder. Il y a toutes les chances pour que ça ne donne rien, mais c'est quand même comme ça qu'il est préférable d'agir.

– Ce qui veut dire que vous êtes prêt à tenter le coup...

Je regardai mon calepin.

– J'ai deux problèmes à résoudre, lui répondis-je. Le premier, j'en ai déjà parlé à Pete au téléphone. Je suis censé partir pour l'Irlande à la fin de la semaine.

– Voyage d'affaires ?

– D'agrément. J'ai pris mes dispositions ce matin.

– Vous pourriez annuler.

– Je le pourrais.

– Vous y perdriez de l'argent, mais vous vous rattraperiez avec ce que je vous donnerais. L'autre problème ?

– Ce que vous pourriez faire des trucs que je découvrirais.

– Vous connaissez ma réponse.

– C'est justement ça qui m'inquiète, lui répondis-je en hochant la tête.

– C'est vrai que vous ne pourrez pas préparer un dossier contre eux. Ni les poursuivre en justice pour kidnapping et homicide volontaire. On n'a aucune preuve qu'il y ait eu crime. Tout ce qu'on sait, c'est qu'une femme a disparu.
– Exact.
– Et vous voulez savoir les suites que j'entends donner à l'affaire ?... Sauf que... à quoi ça vous servirait ? Vous voulez quand même que je vous le dise ?
– Vous feriez aussi bien.
– Je veux les crever. Je veux être là quand vous les retrouverez et je veux les flinguer moi-même. Je veux les voir clamser... (Il avait parlé d'un ton calme, égal, d'une voix où ne perçait aucune émotion.) Oui, c'est ça que je veux. Même que j'en ai tellement envie maintenant qu'il n'y a plus que ça qui m'intéresse et que je ne me vois pas faisant autre chose. Ça colle avec ce que vous pensiez ?
– En gros, oui.
– Parce que les gens qui font des trucs pareils, les gens qui prennent une bonne femme et en font des côtelettes, ça vous gênerait beaucoup ce qui pourrait leur arriver ?
Je réfléchis à la question, mais ne m'attardai pas.
– Non, dis-je.
– On fera ce qu'il faudra, mon frère et moi. Vous n'aurez pas à vous en mêler.
– En d'autres termes, je me contente de les condamner à mort.
Il secoua la tête.
– Ils se sont déjà condamnés tout seuls. Vous ne feriez jamais que nous donner un coup de main. Qu'est-ce que vous en dites ?
J'hésitai.
– Sauf que vous avez encore un problème, reprit-il. Mon boulot à moi. C'est bien ça ?
– Ce n'est pas négligeable.
– Non, parce que, vous savez... le coup du crack que je filerais aux enfants des écoles ! Eh bien, non, je n'en

file pas, euh… Je ne vais pas les chercher à la récré.

– Je ne le pensais pas.

– A proprement parler, je ne suis pas vraiment un dealer. Je suis ce qu'on appelle un « trafiquant ». Vous saisissez la nuance ?

– Je la saisis. Vous êtes le gros poisson qu'on ne trouve jamais dans les filets.

Il rit.

– Je ne suis pas si gros que ça. Par certains côtés, c'est l'intermédiaire qui est le plus gros, là-dedans. C'est lui qui fait les gros coups. Moi, je ne m'occupe que des quantités, ce qui veut dire ou bien que j'amène la marchandise en gros, ou bien que je l'achète à quelqu'un qui l'amène et la livre à quelqu'un d'autre qui la revend en petites quantités. Mon client fait probablement plus d'affaires que moi parce que, lui, il achète et il revend, alors que moi, des deals, je n'en fais jamais que deux ou trois par an.

– Mais vous ne vous en sortez pas trop mal.

– Pas trop mal, en effet. C'est risqué, il faut faire gaffe aux flics et il y a toujours des types qui essaient de t'arnaquer. Mais on ne gagne jamais beaucoup d'argent sans prendre de risques. Et des clients, il y en a toujours. La came, les gens en veulent.

– La came, c'est-à-dire la cocaïne ?

– En fait, non, je n'en fais plus tellement. Pour les trois quarts, ce serait plutôt de l'héroïne. Un peu de hasch, mais surtout de l'héro depuis deux ou trois ans. Ecoutez, que je vous dise tout de suite : je n'ai pas l'intention de m'excuser. De l'héro, les gens en prennent, deviennent accro au point de piquer les économies de leur maman et de cambrioler des appartements. Après, ils crèvent d'overdose, ils meurent avec des aiguilles plein les bras, ils partagent leur seringue, ils chopent le sida… je connais tout ça par cœur. Il y a des gens qui distillent de l'alcool, il y en a d'autres qui vendent des armes, et il y en a encore d'autres qui font pousser du tabac. Combien y a-t-il de gens qui meurent d'alcoolisme et de tabagisme, comparé à ceux qui crèvent en se camant ?

– L'alcool et le tabac ne sont pas interdits.

– Et ça changerait quoi ?

– Ça changerait certaines choses. Jusqu'où, je ne sais pas trop.

– Peut-être. Mais moi, je vois pas. Dans tous les cas de figure, c'est des trucs dégueulasses. Ça tue les gens, directement ou indirectement. Cela dit, là-dedans, il y a un bon point pour moi : au moins, moi, je ne fais pas de pub pour ce que je vends. Je n'ai pas de lobby à Washington et pas de publicitaires qui crient aux gens que la merde que je leur fourgue, c'est bon pour eux. Le jour où les gens décideront d'arrêter la came, j'irai chercher de quoi vendre ailleurs. Et je ne pleurerai pas pour que l'Etat m'accorde des subventions.

– N'empêche, *babe*, dit Peter. C'est quand même pas des sucettes, ce que tu vends.

– Non, c'est pas des sucettes. C'est dégueulasse et j'ai jamais dit le contraire. Mais moi, ce que je fais, c'est pas dégueulasse. Les gens, je les baise pas et je les tue pas non plus. Je leur vends des trucs honnêtement et je fais toujours gaffe à qui j'ai affaire. C'est pour ça que je suis toujours vivant et pas en taule.

– Ça vous est déjà arrivé ?

– Non. Je n'ai jamais été arrêté. Ce qui fait que si, pour vous, les apparences, ça doit entrer en ligne de compte, oui, vous allez bosser pour un trafiquant de drogue reconnu…

– Ça n'entre pas en ligne de compte.

– Enfin, je veux dire… officiellement, trafiquant de drogue, je ne le suis pas. Je ne dis pas qu'on n'aurait jamais entendu parler de moi aux Stups ou à la DEA [1], mais non, je n'ai pas de casier et, à ma connaissance au moins, on n'a jamais enquêté sur mes activités. Il n'y a

1. Drug Enforcement Agency : organisme chargé de la répression antidrogue.

pas de micros chez moi et on ne m'a pas mis mon téléphone sur table d'écoutes. Comme je vous l'ai déjà dit, je le saurais.

– Bon.

– Restez encore une minute, j'ai quelque chose à vous montrer.

Il partit dans une autre pièce et en revint avec une photo 9×12 montée dans un cadre en argent.

– Le cliché a été pris le jour de notre mariage, dit-il, il y a deux ans de ça... enfin, pas tout à fait. Ça fera deux ans en mai prochain.

Il avait mis un smoking, elle était tout en blanc. Il avait un sourire énorme alors que, comme je vous l'ai déjà signalé plus haut, elle ne souriait pas. Mais elle était radieuse. Elle nageait dans le bonheur et ça se voyait.

Je restai sans voix.

– Je ne sais pas ce qu'ils lui ont fait, reprit-il. C'est même un des trucs auxquels je m'oblige à ne pas penser. Mais ils l'ont tuée et massacrée et ils se sont foutus de ma gueule avec ça, et moi, il faut que je fasse quelque chose parce que je vais crever si je reste là à rien foutre. Je ferais tout tout seul si je le pouvais. Tenez, on a même essayé, Petey et moi, mais comme on ne s'y connaît pas, qu'on n'a pas la manière et qu'on ne sait pas comment s'y prendre... Rien qu'aux questions que vous m'avez posées, rien qu'à voir votre façon de procéder, je comprends déjà que c'est un domaine où je comprends rien. Bref, j'ai besoin de votre aide et je suis prêt à payer tout ce qu'il faudra. L'argent n'est pas un problème, j'en ai plein et je le claquerai jusqu'au dernier *cent* s'il le faut. Même que, si vous refusez, j'irai tout de suite trouver quelqu'un d'autre, ou alors j'essaierai tout seul parce que qu'est-ce que je peux faire d'autre, vous voulez me le dire ?

Il tendit le bras au-dessus de la table, me reprit la photo et la contempla un instant.

– Putain, vous avez vu comme il faisait beau, ce jour-là ? Et après, ça a toujours été comme ça… jusqu'au jour où tout s'est transformé en eau de boudin. (Il me regarda.) Ouais, je suis un trafiquant de drogue, ouais, je vends de la came, de la dope, de la… appelez ça comme vous voudrez, et ouais encore, j'ai tout à fait envie de crever ces ordures. Voilà, j'ai mis toutes mes cartes sur la table. Alors, qu'est-ce que vous me dites ? Vous êtes partant ou pas ?

Mon meilleur ami, le monsieur que je projetais d'aller voir en Irlande, était un criminel de carrière. La légende assurait qu'un soir il s'était baladé dans les rues de Hell's Kitchen[1] avec la tête d'une de ses victimes dans un sac. Je ne saurais en jurer, mais c'est vrai que, plus tard, je m'étais aussi retrouvé avec lui dans une cave de Maspeth, où, d'un seul coup de tranchoir, il avait sectionné la main d'un autre bonhomme. Si j'avais eu un pistolet sur moi, je n'aurais pas hésité à m'en servir.

Bref, sur des tas de questions, j'étais resté assez flic, mais, sur d'autres, j'avais pas mal évolué. Ça faisait longtemps que j'avais mangé le morceau, pourquoi aurait-il fallu que je fasse des chichis maintenant ?

– Partant, lui répondis-je.

1. Soit la « Cuisine de l'enfer », quartier de Manhattan situé à l'ouest de la VIIIe Avenue.

3

Je rentrai à mon hôtel un peu après 21 heures. J'avais eu une longue séance de travail avec Kenan, remplissant mon carnet de noms d'amis, de collègues et de parents proches et éloignés des Khoury. J'avais jeté un coup d'œil à la Toyota dans le garage et y avais trouvé la cassette de Beethoven dans le lecteur. La voiture contenait peut-être d'autres indices, mais ils m'avaient échappé.

Il ne m'avait pas été possible d'inspecter le deuxième véhicule, la Tempo grise que les ravisseurs avaient utilisée pour livrer les restes fragmentaires de la victime. Ils l'avaient garée en stationnement interdit, un camion de la fourrière s'était pointé pendant le week-end et l'avait embarquée. J'aurais pu essayer de la retrouver, mais à quoi cela m'aurait-il avancé ? Les assassins l'avaient à peu près sûrement volée pour faire leur coup et, vu son état, il s'agissait très probablement d'un véhicule qu'on avait abandonné avant ça. Taches, fibres et marques diverses, autant d'indices à exploiter avec profit pour les techniciens de la police, mais je n'avais pas, moi, les moyens de me lancer dans ce genre de recherches. J'aurais fini par courir dans tout Brooklyn pour y repérer une voiture qui ne m'aurait rien appris.

Dans la Buick de Kenan, nous avions fait un périple plein de méandres, passant devant Chez D'Agostino et le marché arabe d'Atlantic Avenue pour obliquer d'abord vers le sud afin de gagner la cabine téléphonique installée au croisement d'Ocean Avenue et de Farragut Street, puis vers l'est pour rejoindre la deuxième, qui, elle, se trouvait au coin de la N et de Veterans. Je n'étais pas vraiment obligé de me livrer à ce genre de tourisme – regarder fixement une cabine téléphonique n'apprend jamais des masses de choses –, mais depuis toujours je pense qu'il est bon de passer du temps sur les lieux du crime dont on s'occupe, d'en arpenter les trottoirs et d'en grimper les escaliers afin de tout voir de ses propres yeux. Ça rend les choses plus réelles.

Cela me donna aussi la possibilité de reprendre encore une fois toute l'affaire avec les frères Khoury. Dans les enquêtes de police, les témoins se plaignent quasiment toujours d'avoir à raconter leur histoire des dizaines de fois, mais il y a une raison à cela. A répéter son affaire suffisamment souvent à des gens différents, il arrive qu'on y découvre un détail qu'on avait oublié ou que quelqu'un entende brusquement quelque chose que tout le monde avait laissé passer.

A un moment donné, nous nous arrêtâmes dans un petit café de Flatbush Avenue, l'Apollo. Nous commandâmes des souvlakis. Ils étaient bons, mais Kenan n'y toucha presque pas.

– J'aurais dû demander des œufs, dit-il après être remonté en voiture. Depuis l'autre soir, je n'arrive plus à manger de viande. Pas moyen d'en avaler. Ça me fout l'estomac en l'air. Je suis sûr que ça passera, mais, pour le moment, il vaudrait mieux que je commande autre chose. C'est complètement con de commander des trucs qu'on n'a même pas la force d'ingurgiter quand on vous les colle sous le nez.

Peter me ramena dans la Camry. Il s'était installé à Colonial Road et, n'ayant pas quitté la maison de son frère depuis le kidnapping (il dormait sur le canapé du living), il avait besoin de passer chez lui pour y prendre des vêtements.

S'il ne m'avait pas raccompagné, j'aurais pris une voiture avec chauffeur ou un taxi. Je me sens assez à l'aise dans le métro, où j'ai rarement peur, mais faire des économies de taxi en ayant dix mille dollars en poche ne me disait rien. J'aurais eu l'air passablement idiot si j'étais tombé sur un petit braqueur.

Deux paquets de cent billets de cinquante dollars entourés d'une bande de papier, deux paquets que rien ne distinguait des quatre-vingts que Kenan avait dû payer pour la rançon, tel était le montant de mon premier versement. J'ai toujours du mal à dire mon prix, mais cette peine m'avait été épargnée. Kenan avait laissé tomber les deux liasses sur la table et m'avait demandé si ça faisait assez. Je lui avais répondu que c'était plus que suffisant.

– Je peux payer, m'avait-il dit. J'ai beaucoup d'argent. Ils ne m'ont pas mis à sec, tant s'en faut.

– Vous auriez pu payer le million qu'ils exigeaient ?

– Pas sans quitter le pays. J'ai un compte aux îles Caïmans avec un demi-million de dollars dessus. Ici, j'en avais un peu moins de sept cent mille dans mon coffre. En fait, j'aurais sans doute pu rassembler le reste en passant quelques coups de fil. Il y a des fois où je me demande si…

– Si quoi ?

– Oh, c'est rien que des conneries. Disons… s'ils me l'auraient rendue vivante si je leur avais tout donné. Est-ce que, si je n'avais pas poussé au téléphone, si j'avais été poli, si je leur avais léché le cul et tout et tout…

– Ils l'auraient tuée quand même.

– C'est ce que je me dis, mais comment en être sûr ? Je ne peux pas m'empêcher de me demander s'il n'y avait pas moyen de faire autrement. Et si j'avais joué plus sec, hein ? Si je ne leur avais pas lâché un sou avant qu'ils me donnent la preuve qu'elle était vivante ?

– Elle était probablement déjà morte quand ils vous ont appelé.

– J'espère que vous avez raison, mais je n'en suis pas certain. Je n'arrête pas de me dire qu'il y avait peut-être un autre moyen de la sauver. Je pense toujours que c'est de ma faute.

Nous rentrâmes à Manhattan par les voies express, le Shore Parkway d'abord, la voie rapide Gowanus et le tunnel ensuite. La circulation était fluide, mais Pete conduisait lentement, ne poussant jamais la Camry à plus de soixante à l'heure. Nous ne parlâmes pas beaucoup, nos silences ayant tendance à s'éterniser de plus en plus.

– Ça fait déjà deux jours, dit-il enfin.

Je lui demandai comment il s'en tirait.

– Oh… pas trop mal.

– Vous êtes allé à des réunions ?

– Je n'en rate jamais beaucoup.

Au bout d'un moment, il ajouta pourtant :

– Je n'ai même pas eu le temps d'y aller depuis que ça a commencé. C'est que… j'ai été pas mal occupé, vous savez.

– Vous ne pourrez jamais aider votre frère si vous vous remettez à boire.

– Je sais.

– Il y a des réunions à Bay Ridge. Vous ne seriez pas obligé de revenir à Manhattan.

– Je sais. J'avais décidé d'y aller hier soir, mais je n'y suis pas arrivé… (Il pianota sur le volant.) Et ce soir je pensais rentrer assez tôt pour aller à celle de Saint-Paul, mais on l'a ratée. Il sera 21 heures passées quand on arrivera à Manhattan.

– Il y en a une à 22 heures à Houston Street.

– Oui, bon… je ne sais pas, dit-il. Quand j'aurai fini de prendre mes affaires chez moi…

– Si vous ratez celle de 22 heures, il y en a une autre à minuit au même endroit. A Houston Street, entre Varick et la VIe Avenue.

– Je sais où c'est.

Le ton qu'il avait pris ne laissait plus place à la discussion.

– Je sais que je ne devrais pas laisser tomber les réunions, ajouta-t-il au bout d'un autre moment. J'essaierai d'aller à celle de 22 heures. Celle de minuit, je ne sais pas. Je ne veux pas laisser Kenan tout seul aussi longtemps.

– Vous pourriez peut-être assister à une réunion à Brooklyn dans la journée de demain.

– Peut-être.

– Et votre boulot ? Ça aussi, vous avez l'intention de laisser tomber ?

– Pour le moment, oui. Je me suis fait porter pâle pour vendredi et aujourd'hui, et puis… s'ils finissent par me larguer, je ne m'en porterai pas plus mal. Des boulots comme ça, ce n'est pas difficile à trouver.

– Vous êtes coursier-livreur, n'est-ce pas ?

– En fait, je livre des repas le midi. Je travaille pour un traiteur. Au croisement de la 57e et de la IXe Avenue.

– Ça doit être dur de faire un boulot pareil pendant que votre frère s'en fout plein les poches.

Il garda le silence un instant, puis me répondit :

– Chaque chose à sa place, pas vrai ? Kenan voulait que je travaille pour lui… enfin, avec lui, comme vous voudrez, mais je n'aurais jamais pu faire ce genre de travail sans me remettre à picoler. C'est pas tellement qu'on nagerait dans la drogue ; en fait même, on n'en voit guère. Non, on n'a pas souvent l'occasion d'en toucher, mais… Ça serait plutôt l'attitude générale, la façon de penser, vous voyez ce que je veux dire ?

– Evidemment.

– Vous aviez raison pour les réunions. Je n'arrête pas d'avoir envie de boire depuis le truc de Francine, enfin, je veux dire… depuis son enlèvement. Et je n'ai même pas attendu qu'ils lui fassent ce qu'ils lui ont fait. Pas que j'aurais été à deux doigts de recommencer ou autre, non ; mais c'est difficile de ne pas y penser. J'essaie de me foutre ça hors du crâne, mais ça revient sans arrêt.

– Vous avez contacté votre responsable ?

– Je n'en ai pas. Ils m'ont donné un intérimaire quand j'ai décroché, et c'est vrai qu'au début je l'ai contacté assez régulièrement, mais, petit à petit, on a commencé à filer chacun de son côté. J'ai toujours du mal à téléphoner. Il faudrait que je me trouve un responsable en titre, mais, va savoir pourquoi, je n'ai jamais beaucoup cherché…

– Sauf qu'un jour…

– Oui, je sais. Et vous, vous en avez un ?

J'acquiesçai d'un signe de tête.

– On s'est retrouvés hier soir. En général, on dîne ensemble tous les dimanches, ça aide à ne pas sombrer pendant le week-end.

– Et il vous donne des conseils ?

– Des fois. Après, je fais ce que je veux.

Dès que je fus rentré chez moi, j'appelai Jim Faber.

– Je parlais justement de toi à quelqu'un, lui dis-je. Un type qui voulait savoir si tu me donnais des conseils. Je lui ai répondu que je t'obéissais toujours à la lettre.

– Tu as de la chance que Dieu ne t'aie pas foudroyé sur place !

– Je sais. Mais je ne pars plus en Irlande.

– Ah bon ? Tu avais pourtant l'air bien décidé, hier soir. La nuit porte conseil ?

– Non, c'est pas ça. Je pensais toujours à peu près pareil ce matin. Je suis même passé à une agence de voyages, où j'ai réussi à avoir un billet pas trop cher pour vendredi soir.

– Et alors ?

– Et alors, cet après-midi, quelqu'un m'a offert un boulot et j'ai dit oui. Tu as envie d'aller passer trois semaines en Irlande ? Je ne pourrai sans doute pas me faire rembourser mon billet.

– Tu en es sûr ? Ça serait dommage de paumer tout ce fric.

– Ils m'avaient prévenu que c'était pas remboursable, et comme j'ai déjà payé… Ce n'est pas grave. Je me ferai assez de fric avec ce boulot pour me permettre de perdre deux ou trois cents dollars. Mais je voulais quand même te dire que ce n'était pas à Sodome et Gom-Eire que je filais.

– J'avais l'impression que tu étais en train de te piéger toi-même, dit-il. C'est pour ça que j'étais inquiet. Tu as déjà réussi à rester dans le bar de ton copain sans rien boire, mais…

– Il le fait pour deux.

– Bon, d'accord. Toujours est-il que ça a l'air d'aller. Mais de l'autre côté de l'océan, à des milliers de kilomètres de ton réseau… et nerveux comme tu l'es…

– Je sais. Mais ce n'est plus la peine de t'en faire pour moi maintenant.

– Même si je ne peux pas dire que ça soit une victoire…

– Oh, je ne sais pas, moi ! lui renvoyai-je. C'est quand même peut-être à cause de toi que je ne pars pas. Les voies du Seigneur sont impénétrables. Et des merveilles toujours Il accomplit.

– Ouais, dit-il. Tu avais remarqué, toi aussi ?

Elaine trouva que, tout bien considéré, c'était vraiment dommage que je n'aille pas en Irlande.

– Il n'y avait aucun moyen de repousser le boulot de quelques jours ?

– Non.

– Et tu n'aurais pas pu finir avant vendredi ?

– Vendredi ! C'est à peine si j'aurai commencé.

– C'est dommage. Mais tu n'as pas l'air trop déçu.

– Faut croire que non. Heureusement que je n'ai pas appelé Mick. Ça m'évitera au moins de le rappeler pour l'avertir que j'ai changé d'avis. A dire vrai, je suis content d'avoir décroché ce boulot.

– Ça te donne un os à ronger.

– Voilà. J'avais plus besoin de ça que de prendre des vacances.

– Et l'affaire est bonne ?

Je ne lui en avais encore rien dit. Je réfléchis un moment et lui répondis :

– C'est un truc ignoble.

– Quoi ?

– Putain ! Les trucs qu'ils se font, les gens ! J'aurais quand même dû finir par m'y habituer, mais non : je n'y arrive toujours pas.

– Tu veux en parler ?

– Quand on se verra. Ça tient toujours pour demain soir ?

– A moins que ton boulot ne t'en empêche.

– Je ne vois pas pourquoi il devrait. Je passe te prendre vers 19 heures. Je t'appelle si jamais je devais être en retard.

Je pris un bain chaud, passai une bonne nuit et, le lendemain matin, allai ajouter soixante-dix billets de cent dollars à la cagnotte que je me suis constituée à la banque. Je déposai deux mille dollars sur mon compte courant et glissai le reste dans ma poche revolver.

Il fut une époque où je me serais empressé de tout donner à droite et à gauche. Je paressais jadis beaucoup dans des églises désertes, où religieusement, disons, je déposai ma dîme, soit très exactement dix pour cent de mes gains, dans le premier tronc qui me tombait sous la main. Cette manie un rien vieillotte m'était passée lorsque j'avais cessé de boire. Je ne sais pas pourquoi, mais comme je serais tout aussi incapable de vous dire pourquoi elle m'était venue…

Vu le bien que ça allait me faire, j'aurais tout aussi bien pu fourrer mon billet d'Aer Lingus dans la première tirelire à déshérités venue. Je me rendis pourtant à l'agence de voyages, qui me confirma ce que je savais déjà : mon billet n'était pas remboursable.

– Ordinairement, je vous aurais recommandé de vous faire faire un certificat médical pour annuler, me dit l'employé, mais ça n'aurait pas marché étant donné que ce n'est pas à la compagnie qu'on a affaire, mais à un service de charters qui achète des places en bloc pour les revendre ensuite avec un gros rabais.

Il me proposa d'essayer de revendre la mienne, je lui

laissai mon billet et gagnai la station de métro la plus proche.

Je passai toute la journée à Brooklyn. J'avais pris une photo de Francine Khoury avec moi avant de quitter la maison de Colonial Road, je la montrai Chez D'Agostino et au Gourmet d'Atlantic Avenue. La piste était nettement plus froide que je ne l'aurais voulu – on était déjà mardi et l'enlèvement remontait au vendredi précédent –, mais je ne pouvais rien y faire. J'aurais préféré que Pete m'appelle tout de suite au lieu d'attendre la fin du week-end, mais ils avaient dû avoir des tas de choses à faire.

Avant de montrer la photo de Francine aux gens, je leur exhibais une carte de l'agence Reliable avec mon nom dessus. Sur quoi j'expliquais que j'enquêtais pour le compte d'une compagnie d'assurances. La voiture de ma cliente s'était fait accrocher par un chauffard qui avait pris la fuite – retrouver ce dernier ne pouvait qu'accélérer la demande de remboursement de Francine Khoury.

Chez D'Agostino, je parlai à une caissière qui m'apprit que, en plus de passer régulièrement au magasin, Mme Khoury payait toujours cash, détail particulièrement mémorable dans notre société où, en dehors des milieux de la drogue, on procède plutôt autrement.

– Je peux même vous dire autre chose, ajouta-t-elle. Je suis sûre qu'elle est bonne cuisinière.

Je dus avoir l'air surpris car elle ajouta :

– C'est pas elle qui achèterait des plats préparés et autres surgelés de ceci ou de cela. Elle se paie toujours des produits frais. C'est pas tous les jours qu'on en voit, des jeunesses comme elle qui font la cuisine. Les plateaux de bouffe pour regarder la télé, c'est pas son genre.

L'employé qui emballait les achats des clients ne l'avait pas oubliée, lui non plus. Sans que je lui demande quoi que ce soit, il me précisa même que Francine Khoury donnait toujours deux dollars de pourboire. Je lui parlai de la camionnette, il me répondit qu'il avait vu une fourgonnette bleue se garer devant le magasin, puis suivre Mme Khoury dès que celle-ci était sortie. Il ne se rappelait pas la marque du véhicule, n'avait pas prêté attention à son numéro d'immatriculation, mais était assez sûr de sa couleur. En plus, il croyait se souvenir d'une inscription portée sur un côté de la camionnette. Un réparateur de télés ?

Au Gourmet d'Arabie, les choses qu'on pouvait se rappeler étant plus nombreuses, on m'en apprit davantage. La femme perchée derrière le comptoir reconnut immédiatement ma cliente et put m'énumérer ses achats : de l'huile d'olive, du tahini aux graines de sésame, des *foul madamas*[1], et d'autres articles dont le nom ne me disait rien. De fait, elle n'avait pas elle-même assisté à l'enlèvement parce qu'elle se trouvait à un autre comptoir à ce moment-là. Elle savait qu'il s'était produit quelque chose de bizarre : peu après, un client était entré et s'était mis à raconter une histoire de bonne femme qui aurait quitté le magasin en courant avant de sauter à l'arrière d'une camionnette. Le client croyait qu'on venait de dévaliser la boutique et que c'étaient les bandits qui s'enfuyaient.

Je réussis à interroger encore quelques personnes avant midi, heure à laquelle je décidai d'aller déjeuner dans le coin. Puis je me rappelai le conseil que j'avais été plus que prompt à donner à Peter Khoury. Et je me préparais à passer la soirée avec Elaine ?... J'appelai le bureau de l'intergroupe et appris qu'il y avait une réunion à midi et demi, à environ dix minutes de marche de Brooklyn Heights. L'intervenant était une petite vieille toute propre et toute droite, ce qu'elle nous racontait nous montrant on ne peut plus clairement qu'il n'en était pas toujours allé ainsi. Elle avait fait la manche, elle avait dormi dans des encoignures de portes, et toujours et encore elle insistait sur le fait que,

1. Plat cuisiné égyptien à base de petits haricots blancs.

à cette époque-là, elle ne se lavait pas et ne changeait jamais de vêtements. Crasseuse et puante, elle l'aurait même été tellement que j'eus bien du mal à faire coller son histoire avec la dame que j'avais en face de moi.

Après la réunion, je retournai à Atlantic Avenue et repris mon travail où je l'avais laissé. Je m'achetai un sandwich et une boîte de cream soda chez un traiteur et en profitai pour poser quelques questions au propriétaire de l'établissement. Puis je sortis et mangeai dehors avant de bavarder avec le marchand de journaux du coin de la rue et quelques-uns de ses clients. Après quoi, je gagnai l'Aleppo et m'entretins avec le caissier et deux des garçons. Enfin, je retournai chez Ayoub : à force de parler avec des gens qui ne voulaient jamais lui donner son nom véritable de « Gourmet d'Arabie », j'en étais, moi aussi, venu à l'appeler comme ça. Cette fois-ci, la caissière réussit à retrouver le nom du client qui avait cru que les types à la camionnette bleue venaient de dévaliser la boutique. Je notai son numéro dans l'annuaire, mais personne ne me répondit lorsque j'appelai.

J'avais laissé tomber mon histoire d'assurances dès que j'étais arrivé à Atlantic Avenue : elle aurait risqué de ne pas coller avec la scène à laquelle certains avaient pu assister. Cela étant, je n'avais aucune envie de laisser entendre qu'il aurait pu se passer des choses aussi graves qu'un enlèvement ou un meurtre, un monsieur ou une dame bien intentionné pouvant toujours estimer qu'il était de son devoir de citoyen de rapporter l'affaire à la police. La petite fable que je concoctai et modifiai quelque peu au gré de mes auditoires ? La voici, en gros :

Ma cliente avait une sœur qui envisageait d'épouser un immigré clandestin, lequel espérait ainsi pouvoir rester dans ce pays. Mais son futur époux avait une petite copine dont la famille était violemment opposée à ce mariage. Deux hommes – des parents de la petite copine, évidemment – s'étaient mis en tête d'importuner ma cliente afin de la convaincre d'essayer de faire capoter l'affaire. Si elle comprenait bien leur point de vue, elle n'avait, au fond, pas très envie de se mêler de tout ça.

Ce jeudi-là, les deux hommes l'avaient donc suivie à la trace jusque chez Ayoub. Puis, dès qu'elle était sortie du magasin, ils avaient trouvé un prétexte pour la faire monter à l'arrière de la camionnette et tourné dans les environs le temps de la persuader de leur obéir. Lorsque enfin ils l'avaient laissée partir, ma cliente était passablement hystérique et, voulant s'éloigner d'eux au plus vite, avait fait tomber non seulement ses achats (de l'huile d'olive, du tahini aux graines de sésame, etc.), mais aussi son sac à main qui, justement, renfermait un bracelet d'assez grand prix. Elle ne connaissait pas l'identité des deux hommes qui l'avaient importunée, ne savait pas comment les retrouver et…

Mon histoire ne devait pas avoir grand sens, mais bon : ce n'était pas non plus un synopsis que j'essayais de fourguer à un producteur de télévision. De fait, je ne m'en servais que pour confirmer des citoyens raisonnables dans l'idée qu'il est tout à la fois noble et sans danger de se montrer aussi coopératif que possible. Je récoltai beaucoup de conseils gratuits du genre : « C'est vraiment pas bien, ces mariages-là. Votre cliente ferait mieux de dire à sa sœur que ça ne vaut pas le coup. » Mais j'en retirai aussi un assez grand nombre de renseignements intéressants.

Je rendis mon tablier un peu après 16 heures et pris le métro pour Columbus Circle, juste avant la grande cohue du soir. Du courrier m'attendait à la réception, mais il s'agissait surtout de prospectus. J'ai jadis commis l'erreur de faire des achats par correspondance et suis aujourd'hui inondé de catalogues de toutes sortes. La chambre où je vis est si petite que je ne saurais où les mettre. Quant aux produits qu'on voudrait me faire acheter…

Je jetai tout à la corbeille, hormis la facture du téléphone et deux messages m'informant qu'un certain « Ken Curry » m'avait appelé – la première fois à 14 h 30, la seconde à 15 h 45. Je ne le rappelai pas tout de suite. J'étais crevé.

Ma journée m'avait lessivé. Ce n'était pas que physiquement j'aurais fait grand-chose – passer huit heures d'affilée à soulever des sacs de ciment ou autre, on en était loin –, mais toutes les conversations que j'avais eues m'avaient vidé. Il faut toujours beaucoup se concentrer dans ce genre d'entreprise, et l'affaire devient particulièrement épuisante quand on brode sur une histoire inventée de toutes pièces. A moins d'être un menteur pathologique, raconter des histoires est plus fatigant que dire la vérité. C'est sur ce principe-là que repose le détecteur de mensonges, et ma propre expérience me dit que c'est bien vu. Mentir et se faire passer pour un autre toute la journée durant a de quoi éreinter son homme, surtout quand en plus il n'y a pratiquement jamais moyen de s'asseoir.

Je pris une douche et, après m'être redonné un coup de rasoir, allumai la télé, posai les pieds sur la table, fermai les yeux et écoutai les nouvelles pendant un petit quart d'heure. Vers 17 h 30, j'appelai Kenan Khoury et lui annonçai que j'avais un peu avancé même si je n'avais pas grand-chose de précis à lui raconter. Il voulut savoir s'il pouvait m'aider en quoi que ce soit.

– Pas pour le moment, lui répondis-je. Je retournerai à Atlantic Avenue dès demain matin, histoire de compléter le tableau. Je passerai vous voir quand j'aurai fini. Vous y serez ?

– Evidemment ! dit-il. Où voulez-vous que j'aille ?

Je mis le réveil et fermai de nouveau les yeux. La sonnerie m'arracha à mes rêves à 18 h 30. J'enfilai un costume, passai une cravate et m'en allai chez Elaine. Elle me servit du café et avala un Perrier. Après quoi, nous prîmes un taxi qui nous conduisit à l'Asia Society, où l'on venait d'ouvrir une exposition sur le Taj Mahal, ce qui collait parfaitement avec les matières qu'elle avait décidé d'étudier à la fac. Nous traversâmes les trois salles d'exposition, y poussâmes les petits cris d'enthousiasme qui conviennent, puis suivîmes la foule qui se dirigeait vers une quatrième salle, où nous nous assîmes sur des chaises pliantes pour écouter un récital de cithare. Je ne saurais dire si le musicien était bon ou mauvais. Je ne vois d'ailleurs pas comment quiconque pourrait jamais affirmer ce genre de choses. Je me demande même souvent comment ces gens-là peuvent jamais savoir si leurs instruments sont bien accordés.

Après, nous eûmes droit à une collation faite de vin et de petits fromages.

– Inutile de nous attarder, me souffla Elaine à un moment donné.

Nous fûmes tout sourires et marmonnements divers pendant encore deux ou trois minutes, puis nous nous retrouvâmes sur le trottoir.

– Tu as adoré, ça se voit, me lança-t-elle.

– Non, non, c'était pas mal.

– Putain de Dieu ! s'écria-t-elle. Ce qu'ils sont prêts à faire, les mecs, pour pouvoir tirer un coup !

– Allons, allons ! lui rétorquai-je. Je t'ai dit que c'était pas si mal que ça. C'est la même musique que dans les restaurants indiens.

– Sauf qu'au restaurant on n'est pas *tenu* de l'écouter.

– Parce qu'il y a des gens qui ont vraiment écouté ?

Nous nous rendîmes dans un restaurant italien, où, un expresso nous ayant été servi, je lui parlai de Kenan Khoury et de ce qui était arrivé à sa femme. Lorsque j'eus fini, elle resta un bon moment à regarder la nappe comme si on y avait écrit des choses. Puis elle leva lentement les yeux vers moi. Elaine est une femme pleine de ressources, une femme qui ne casse pas au premier choc, mais je la trouvai soudain bien vulnérable.

– Nom de Dieu ! dit-elle dans un souffle.

– Les trucs que font les gens, quand même !

– Ça n'en finira donc jamais ? Ça serait un abîme sans fond ?

Elle avala une gorgée d'eau et ajouta :

– Ce que ça peut être cruel ! Sadique ! Comment peut-on... bah, pourquoi même chercher à le savoir ?

– Ils font ça pour le plaisir, je ne vois pas autre chose, lui dis-je. Ça a dû les exciter. Pas seulement de la tuer, mais aussi de foutre le nez de Khoury dans la merde. On le mène en bateau, on lui dit qu'elle sera dans la voiture, qu'elle sera déjà rentrée quand il arrivera chez lui, et après on lui laisse le soin de la retrouver coupée en morceaux dans le coffre de la Ford. C'est même pas sûr qu'ils l'aient tuée par sadisme. Ils peuvent très bien s'être dit que c'était plus sûr de pas laisser traîner un témoin qui aurait pu les identifier. Cela étant, il n'y avait rien à gagner à remuer le couteau dans la plaie comme ils l'ont fait. Ils ont dû se donner beaucoup de mal, pour la charcuter comme ça. Excuse-moi. Parler de trucs pareils à table...

– C'est encore plus génial avant de passer au lit.

– Ça excite sérieusement, non ?

– Rien de mieux pour faire démarrer les sécrétions. Non, en fait, ça ne m'affecte pas trop. Enfin si... ça m'affecte quand même, évidemment que ça m'affecte... mais pas au point de me mettre mal à l'aise. C'est ignoble, de découper quelqu'un comme ça, mais ce n'est pas ce qu'il y a de pire, non ? Le truc vraiment troublant, c'est qu'il y ait des salauds pareils un peu partout et que ça puisse vous tomber dessus sans crier gare. C'est ça qui est terrifiant, et ça, ça fait aussi mal à jeun qu'après s'être rempli l'estomac.

Nous retournâmes à son appartement. Elle mit un disque de Cedar Walton – un solo de piano que nous aimons beaucoup tous les deux –, nous nous assîmes sur le canapé et y restâmes sans dire grand-chose. Lorsque le disque s'arrêta, elle le retourna sur la platine. Au milieu de la deuxième face, nous gagnâmes la chambre à coucher et fîmes l'amour avec une intensité qui nous surprit. Après, nous gardâmes le silence pendant un bon moment, jusqu'à ce que, enfin, elle me lance :

– Que je te dise un truc, fiston. Si on continue comme ça, un jour, on finira par être vraiment bons.

– Tu crois ça ?

– Ça ne m'étonnerait pas. Matt... T'en va pas ce soir.

Je l'embrassai.

– Je n'en avais pas l'intention.

– Mmmmm. Bonne idée. Je ne veux pas être seule.

Je n'en avais pas envie, moi non plus.

4

J'étais resté pour le petit déjeuner et m'aperçus qu'il était presque 11 heures lorsque enfin je retrouvai Atlantic Avenue. Je passai cinq heures dans le quartier, essentiellement à en faire les rues et les magasins. Je me rendis aussi à la bibliothèque locale et donnai quelques coups de fil. Vers 16 heures, je me promenai un peu avant d'attraper un bus pour Bay Ridge.

La dernière fois que je l'avais vu, Kenan Khoury portait des vêtements frippés et ne s'était pas rasé. Je le retrouvai plutôt calme et habillé d'un pantalon de gabardine grise et d'une chemise à carreaux tout en demi-teintes. Je le suivis jusqu'à la cuisine, où il m'annonça que son frère était parti travailler à Manhattan depuis le matin.

– Petey m'a dit qu'il allait s'installer ici et qu'il se foutait pas mal de son boulot, mais je me demande combien de fois encore on va avoir ce genre de discussion. Je l'ai obligé à prendre la Toyota. Je tiens à ce qu'il ait au moins une bagnole pour faire les allers et retours. Et vous, Matt, vous avancez ?

– Ce sont deux hommes de ma taille qui ont enlevé votre femme devant le Gourmet d'Arabie et l'ont fait monter dans une camionnette ou un fourgon bleu foncé, lui répondis-je. Un fourgon qui lui ressemblait beaucoup, si ce n'était pas le même, la suivait depuis qu'elle était sortie de Chez D'Agostino. Il y avait une inscription sur les portières, en lettres blanches d'après un témoin : VENTE ET RÉPARATION DE TÉLÉVISEURS, avec des initiales assez vagues. B & L, H & M, les gens ont vu des choses différentes. Deux personnes croient se souvenir d'une adresse dans le Queens, une troisième affirmant qu'il s'agirait plutôt de Long Island City.

– Et elle existe, cette boîte de réparation de télés ?

– L'indication est assez vague pour qu'il y ait au moins une quinzaine de sociétés qui cadrent avec. Vous savez... deux initiales, l'inscription RÉPARATION DE TÉLÉVISEURS et une adresse dans le Queens... J'ai appelé six ou sept sociétés, mais n'en ai trouvé aucune qui dispose de camionnettes bleues ou se soit fait voler un véhicule récemment. Je ne m'attendais pas à des miracles.

– Et pourquoi ?

– Je ne pense pas que la camionnette ait été volée. D'après moi, ils ont surveillé votre maison jeudi matin dans l'espoir que votre épouse sortirait seule. Et, quand elle l'a fait, ils l'ont suivie. Ce n'était sans doute pas la première fois qu'ils la filaient et ils attendaient le bon moment. Piquer une camionnette à chaque coup et se balader dedans toute la journée alors qu'elle aurait pu se trouver sur la liste des véhicules volés n'aurait pas été très futé.

– Vous pensez donc que c'était la leur ?

– Il y a des chances. Je crois qu'ils ont peint une inscription bidon avec faux numéro de téléphone sur les portières et qu'ils l'ont virée pour en mettre une autre à la place dès que l'affaire a été faite. Je ne serais même pas étonné d'apprendre qu'ils ont repeint la camionnette.

– Et les plaques ?

– Ils ont dû les changer avant de faire le coup, mais ça n'a pas énormément d'importance vu que personne n'a repéré le numéro. On a bien un témoin qui croyait que c'étaient des voleurs qui venaient de dévaliser la boutique, mais tout ce qu'il voulait, c'était entrer dans le magasin et s'assurer que tout le monde était sain et sauf. On en a un autre qui s'est dit qu'il se passait des choses bizarres et qui a effectivement regardé les plaques, mais, en dehors du fait qu'il y avait un 9 quelque part, il ne se souvient plus de rien.

– Avec ça, on va loin !

– Très. Les types étaient habillés pareil, pantalons foncés, chemises à l'avenant et cirés bleus. On aurait dit des bleus d'ouvriers, et avec le véhicule commercial qu'ils conduisaient tout avait l'air parfaitement réglo. Je sais depuis longtemps qu'on peut s'introduire absolument partout en se promenant avec un carnet à souches : tout le monde croit qu'on est là pour faire son boulot. C'était ça, leur avantage. Deux types m'ont même dit qu'ils croyaient avoir affaire à des inspecteurs des services de l'Immigration en civil en train d'embarquer un clandestin. C'est une des raisons pour lesquelles personne n'a bougé... sans parler du fait que tout s'est terminé avant qu'on n'ait pu réagir.

– Astucieux.

– Et le coup de la tenue de travail a eu un autre effet. Il les a rendus invisibles parce que les gens n'ont vu que leurs uniformes. Tout ce dont on se souvient maintenant, c'est qu'ils avaient l'air pareils. Je vous ai signalé qu'ils portaient aussi des casquettes, non ? Les témoins nous ont tous décrit leurs casquettes et leurs tenues, choses dont, bien sûr, nos deux malfrats se sont empressés de se débarrasser une fois le coup exécuté.

– Bref, on n'a rien du tout.

– Ce n'est pas tout à fait vrai. On n'a rien qui nous conduirait directement à eux, mais on a quand même quelque chose. On sait ce qu'ils ont fait et comment ils s'y sont pris, on sait qu'ils ont de la ressource et qu'ils ont bien goupillé leur affaire. Pourquoi croyez-vous qu'ils vous aient choisi ?

Il haussa les épaules.

– Ils savent que je deale. Ils y ont fait allusion et, dans le genre cible idéale, un dealer, il n'y a pas beaucoup mieux. En déduire qu'il y a du fric à la clé et que personne n'ira causer aux flics n'est pas très difficile.

– Ils savaient d'autres choses sur vous ?

– Ils connaissaient mes origines. Le premier type s'est même permis de m'insulter.

– Oui, vous m'en avez déjà parlé.

– « Négro des sables », qu'il m'a appelé ! Pas mal, non ? « Négro des sables » ! Il a oublié « enculeur de chameaux ». C'est comme ça que m'appelaient les petits Italiens quand j'allais à l'école de Saint-Ignace. « Alors, Khoury, comment il va, l'enculeur de chameaux ? », qu'ils me criaient. Alors que, des chameaux, je n'en ai jamais vu que sur les paquets de Camel.

– Le fait que vous soyez arabe les aurait poussés à vous prendre pour cible ?

– Je n'y avais même pas pensé. Le racisme, c'est pas ça qui manque, mais j'y suis rarement confronté. Est-ce que je vous ai signalé que la famille de Francine est d'origine palestinienne ?

– Oui.

– C'est plus dur pour eux. Je connais des Palestiniens qui préfèrent dire qu'ils sont libanais ou syriens pour éviter les ennuis. « Ah bon ? Vous êtes palestinien ? Alors, vous devez être un terroriste. » Vous ne pouvez pas savoir combien les gens sont ignorants. Sans compter tous ceux qui ont des préjugés contre les Arabes en général... (Il leva les yeux au ciel.) A commencer par mon père.

– Votre père ?

– Je ne dirais pas qu'il est anti-Arabes, mais il s'est bâti toute une théorie comme quoi, en fait, arabes, nous ne le serions pas vraiment. C'est que notre famille est chrétienne, vous voyez ?

– Je me demandais justement ce que vous fabriquiez à l'école Saint-Ignace.

– Il m'est arrivé de me poser la question, moi aussi. Non, nous étions maronites et donc, d'après le vieux, phéniciens. Ça vous dit quelque chose, les Phéniciens ?

– Remontent aux temps bibliques, c'est ça ? Des commerçants et des explorateurs ?

– C'est cela même. De grands marins. Ils ont fait le tour de l'Afrique, colonisé l'Espagne, et très vraisemblablement atteint l'Angleterre. Ils avaient fondé Carthage. On a retrouvé des tas de pièces carthaginoises en Angleterre. Ce furent les premiers à découvrir Polaris, autrement dit l'étoile Polaire, enfin, je veux dire… les premiers à comprendre que, l'étoile Polaire se trouvant toujours au même endroit, on pouvait s'en servir pour naviguer. Ils ont aussi inventé un alphabet qui a été repris par les Grecs.

Un rien gêné, il s'arrêta soudain et conclut :

– Mon père m'en parlait tout le temps. Il faut croire qu'il m'en est resté quelque chose.

– En effet.

– Ce n'est pas qu'il aurait été fou à lier là-dessus. Simplement, il savait beaucoup de choses sur eux. C'est de là que vient mon nom de famille. Les Phéniciens s'appelaient Kena'ani, ou Cananéens. On devrait dire « Keh-*nahn* », mais tout le monde m'appelle « *Kee*-nan ».

– Hier, j'ai reçu un message d'un certain Ken Curry.

– Typique, non ? Quand je passe des commandes par téléphone, il m'arrive souvent de recevoir des paquets au nom de Keane & Curry. A croire que je suis un cabinet d'avocats irlandais à moi tout seul. Toujours est-il que, d'après mon père, les Phéniciens n'avaient absolument rien à voir avec les Arabes. C'étaient des Cananéens et, donc, des gens qui existaient déjà du temps d'Abraham… alors que les Arabes, Abraham, ils n'en sont que les descendants.

– Et moi qui croyais que c'étaient les Juifs.

– Oui, eux aussi. Par Isaac, qui était le fils légitime d'Abraham et de Sarah, les Arabes, eux, étant les enfants d'Ismaël, fils qu'Abraham avait eu avec Agar. Doux Jésus, ça fait une paie que je n'ai pas repensé à tout ça ! Quand j'étais gosse, mon père se disputait constamment avec son épicier de Dean Street. « Ce bâtard d'ismaélite », qu'il l'appelait. C'était un drôle de numéro, mon père.

– Il vit encore ?

– Non, il est mort il y a trois ans. Il était diabétique et, les années passant, ça a fini par lui affaiblir le cœur. Quand je m'accuse de tout, je me dis qu'il est mort de chagrin en voyant ce qu'étaient devenus ses deux fils. Il voulait un architecte et un médecin, il a eu droit à un alcoolo et à un trafiquant de drogue. Mais ce n'est quand même pas ça qui l'a tué. C'est son régime. Il avait du diabète et pesait vingt-cinq kilos de trop. Pete et moi, on serait devenus Jonas Salk et Frank Lloyd Wright que ça ne lui aurait pas fait plus de bien.

Vers 18 heures, Kenan entreprit de passer une série de coups de fil après que nous eûmes arrêté un plan de bataille. Il composa un numéro, attendit la tonalité, tapa son propre numéro sur les touches, puis raccrocha.

– Et maintenant, on attend, dit-il.

Nous n'eûmes pas à le faire longtemps. Moins de cinq minutes plus tard, le téléphone sonnait.

– Phil, s'écria-t-il, comment ça va ?... Génial. Bon, faut que j'te dise un truc. Je sais pas si t'as jamais rencontré ma femme, mais on a reçu une menace d'enlèvement et j'ai été obligé de l'expédier à l'étranger. Je sais pas de quoi il s'agit, mais je crois que ça a à voir avec nos affaires, si tu vois ce que je veux dire. Ce qui fait que j'ai pris un mec pour vérifier, un pro. Et alors, tiens, je me suis aussi dit que ça serait peut-être pas mauvais de faire circuler la nouvelle, parce que j'ai l'impression que ces types-là, c'est du sérieux. Même que ça serait de vrais tueurs que ça ne m'étonnerait pas. Oui, bon, ben voilà... Justement ! Tu restes assis sur ton cul et tu te fais descendre comme à la foire. On a plein de liquide, on peut pas aller gueuler chez les flics, ça nous rend plutôt vulnérables côté invasions de ce genre et le reste... Voilà. Ce qui fait que, moi, j'dis qu'il faut faire gaffe... enfin tu vois : garder les oreilles et les yeux grands ouverts. Et faire passer, tu vois... à tous ceux qui doivent savoir. Et s'il y a des merdes tu m'appelles, compris ? D'accord.

Il raccrocha et se tourna vers moi.

– Je ne sais pas. Côté résultats, j'ai dû arriver à le convaincre que je commençais à devenir parano en vieillissant et c'est à peu près tout. « Pourquoi tu l'as expédiée à l'étranger, mec ? Pourquoi tu t'es pas acheté un chien ? T'aurais pu lui payer un garde du corps. » Parce qu'elle est morte, espèce de sinistre con ! Sauf que je ne pouvais pas lui dire ça. Si jamais ça se savait, ça créerait de sales problèmes. Merde.

– Qu'est-ce qu'il y a ?

– Qu'est-ce que je vais dire aux parents de Francine ? Chaque fois que le téléphone sonne, j'ai peur que ça soit un de ses cousins. Ses parents sont séparés, sa mère est repartie en Jordanie, mais son père est toujours ici et il a de la famille dans tout Brooklyn. Qu'est-ce que je vais leur raconter ?

– Je ne sais pas.

– Parce qu'il va bien falloir que je finisse par les avertir. Pour l'instant, je peux toujours leur dire qu'elle est partie faire une croisière ou autre. Même que vous savez pas ce qu'ils vont penser ?...

– Que vous avez des problèmes de couple ?

– Exactement. On vient juste de rentrer de Negril, pourquoi faudrait-il qu'elle reparte en croisière ? Il doit y avoir du tirage chez les Khoury. Bah ! Qu'ils pensent ce qu'ils veulent. La vérité vraie, c'est qu'on ne s'est jamais dit un mot plus haut que l'autre et qu'on n'a jamais eu de sales moments ensemble. Putain !

Il reprit le téléphone, composa un autre numéro, entra le sien après la tonalité. Puis il raccrocha et se mit aussitôt à pianoter sur la table. Lorsque le téléphone sonna, il décrocha et dit :

– Salut, mec, comment ça va ? Ah bon ? Sans déconner... Bon, faut que j'te dise un truc...

5

Je me rendis à la réunion de 20 h 30, à Saint-Paul. Je m'étais dit que j'y retrouverais peut-être Peter, mais il ne se montra pas. A la fin, j'aidai à replier les chaises, puis me joignis à un groupe qui avait décidé de prendre un café au Flame. Je ne m'attardai pas et, à 23 heures, me retrouvai au Poogan's Pub, dans la 72e Ouest. C'est l'un des deux endroits où on peut coincer Danny Boy Bell entre 21 heures et 4 heures. Le reste du temps, mieux vaut ne pas avoir besoin de le trouver.

Son autre lieu de prédilection est un club de jazz d'Amsterdam Avenue, le Mother Goose. Le Poogan's étant plus proche, c'était par cet établissement que j'avais décidé de commencer. Comme à son habitude, Danny Boy s'était installé à une table du fond et semblait avoir un entretien des plus sérieux avec un Noir à la peau sombre, au menton pointu et au nez retroussé. L'homme portait des lunettes de soleil à verres réfléchissants monobloc et un costume bleu ciel avec plus de rembourrage dans les épaules que Dieu ou le Gymnase Club n'auraient pu en mettre. Un petit chapeau en paille de teinte chocolat (avec bande rose genre flamant de même couleur) trônait tout en haut de son crâne.

Je pris un Coca au bar et attendis qu'il ait réglé son affaire avec Danny Boy. Au bout de cinq à six minutes, le Noir se déplia, se leva de sa chaise et, après avoir assené une grande claque dans le dos de Danny en riant de bon cœur, se dirigea vers la sortie. Le temps que j'empoche ma monnaie sur le comptoir, c'était un Blanc chauve à moustache broussailleuse et gros ventre bedonnant qui avait pris sa place. Si je ne connaissais que vaguement le premier homme, je n'eus aucun mal à reconnaître le second. Il s'appelait Selig Wolf et, propriétaire de plusieurs parkings, prenait des paris sur divers événements sportifs. Quelques années plus tôt, je l'avais arrêté pour agression caractérisée, mais la victime avait renoncé à porter plainte.

Wolf ayant vidé les lieux à son tour, j'emportai mon deuxième Coca avec moi et m'assis en face de Danny.

– Soirée chargée, dis-je.

– Je sais, répondit-il. Quasi qu'il faudrait prendre un numéro ! C'est presque aussi pénible que chez Zabar[1]. Ça fait plaisir de te voir, Matthew. Je t'avais repéré, mais il fallait bien que je me tape mon heure de Wolf. Tu connais Selig, non ?

– Bien sûr. Mais l'autre, non. Ça ne serait pas le grand patron du United Negro College Fund[2] ?

– La cervelle est un bien qu'on ne devrait pas gaspiller, me dit-il d'un ton solennel. Penser qu'on pourrait se la bousiller en se fiant aux apparences ! Non, non. Notre gentleman, c'était un classique du costume, qu'il portait. Et ce classique a nom « costume *zoot* ». Tu sais bien, le *zoot*... avec drapé et crevé ? Mon père en avait un dans sa penderie. Ça devait lui rappeler ses frasques de jeunesse. Il le sortait de temps en temps et menaçait de l'enfiler rien que pour avoir le plaisir de voir ma mère lever les yeux au ciel.

– Un bon point pour ta mère.

– Il s'appelle Nicholson James, reprit-il. Ça aurait dû être James Nicholson, mais ils se sont gourés à l'état civil et il a décidé que ça faisait plus classe. Ça colle d'ailleurs assez bien avec son style rétro. M. Nicholson James est maquereau de son état.

1. Grande chaîne de traiteurs de luxe.

2. Fondation qui s'est donné pour but d'aider les jeunes Noirs à suivre des études supérieures.

– Tiens donc ! Je ne l'aurais jamais deviné.

Danny se versa un doigt de vodka. Côté style, il faisait dans l'élégance discrète, costume sombre sur mesure, cravate et gilet rouge et noir à motifs audacieux. Très petit et très frêle, Danny est un Afro-Américain albinos – le prendre pour un Noir, ce serait mettre largement à côté de la plaque vu qu'il est tout sauf ça. Il passe ses nuits dans les saloons et préfère les ambiances tamisées avec bruits réduits au minimum. Il est aussi raide que Dracula dès qu'il s'agit de s'aventurer au grand soleil et répond rarement au téléphone ou à la sonnette pendant la journée. Cela ne l'empêche pas d'être tous les soirs au Poogan's ou au Mother Goose, à écouter les gens ou à leur raconter des trucs.

– Elaine n'est pas avec toi ? dit-il.

– Non, pas ce soir.

– Tu lui transmettras mes amitiés.

– Je n'y manquerai pas. Je t'ai apporté quelque chose, Danny Boy.

– Ah bon ?

Je lui glissai deux billets de cent dans la main. Il les examina sans y toucher, puis me regarda d'un air étonné.

– J'ai un client assez prospère, lui expliquai-je. Il exige que je circule en taxi.

– Tu veux que je t'en appelle un ?

– Non. Mais je me disais que ça ne serait peut-être pas une mauvaise idée de filer un peu de pognon à droite et à gauche. Il suffirait de me raconter certaines choses en échange.

– Du genre ?

Je lui donnai la version officielle de l'affaire, sans jamais appeler Kenan Khoury par son nom. Il m'écouta en fronçant de temps en temps les sourcils pour se concentrer. Quand j'eus fini, il prit une cigarette, la regarda un instant, puis la remit dans son paquet.

– Une question se pose.

– Vas-y.

– Etant donné qu'elle se trouve à l'étranger, cette dame est à l'abri de tous ceux qui pourraient lui vouloir du mal. Cela voudrait-il dire que ton client suppose qu'ils vont s'en prendre à d'autres ?

– C'est assez bien vu.

– D'accord, mais qu'est-ce qu'il en a à faire, ton client ? J'aime beaucoup l'idée d'un trafiquant de drogue à l'esprit civique, disons... genre exploitant agricole spécialisé dans la culture de la marijuana et faisant des dons, toujours en liquide, à La Terre d'abord et autres organismes de lutte contre les éco-saboteurs. De ce côté-là, quand j'étais petit, je ne détestais pas Robin des Bois. Mais qu'est-ce que ça peut bien lui faire que ses grands méchants s'en prennent à la nénette d'un autre ? Ils se tirent avec la rançon, et lui, ça lui fait un concurrent de moins dans une économie où les liquidités seraient plutôt réduites, non ? Ou alors, ils s'emmêlent les pieds et c'est rideau pour eux. Du moment que sa femme n'est pas dans le tableau...

– Putain, Danny Boy ! Et moi qui croyais t'avoir raconté une belle histoire !

– Désolé.

– Non, en fait, sa femme n'a jamais quitté le pays. Ils l'ont kidnappée... et butée.

– Il a essayé de faire la sourde oreille ? Pas question de payer, c'est ça ?

– Il leur a lâché quatre cent mille dollars. Mais ils l'ont quand même tuée.

Il ouvrit les yeux tout grands.

– Tu mets ton mouchoir par-dessus, d'accord ? ajoutai-je. Son décès n'ayant pas été signalé, il ne faudrait surtout pas en parler à droite et à gauche.

– Je comprends. C'est vrai que, dans ce cas-là, on saisit mieux ses raisons. Il veut se venger. Une idée de qui ça pourrait être ?

– Non.

– Mais tu penses qu'ils pourraient remettre ça ?

– Pourquoi renoncer quand ça gagne ?

– C'est vrai que ça serait une première.

Il reprit un peu de vodka. Aux deux endroits qu'il fréquente régulièrement, on lui apporte la bouteille dans un bac à glace et il en boit de grandes quantités sans vraiment y faire attention, comme si c'était de l'eau fraîche ou presque. Je ne sais pas où il met tout ça, ni comment son corps le brûle.

– Combien de grands méchants dans le coup ?

– Trois, minimum.

– Trois pour se partager quatre cent mille dollars ! Ça devrait leur permettre de beaucoup circuler en taxi, eux aussi, tu ne trouves pas ?

– C'est ce que je me suis dit.

– Comme quoi, si quelqu'un se mettait brusquement à claquer des sommes folles, le renseignement pourrait intéresser ?

– Il le pourrait.

– Et les dealers, eux, surtout les gros, devraient savoir qu'il y a des risques de kidnapping, c'est ça ? Rançonner un dealer ne pose pas de problèmes majeurs. Tiens, ils pourraient même se permettre de ne pas prendre une nana.

– Ce n'est pas certain.

– Et pourquoi ça ?

– Parce que je crois que ça leur a plu de la tuer. Parce que je crois que ça les a même beaucoup excités. Parce que je crois qu'ils ont abusé d'elle avant de la torturer et que, à mon avis, c'est seulement quand la nouveauté de la chose a commencé à se dissiper qu'ils l'ont tuée.

– Il y avait des traces de torture ?

– Le corps a été rendu en petits morceaux, entre vingt et trente, tous emballés séparément. Et ça non plus on n'en cause pas : je n'avais pas prévu de t'en parler.

– J'aurais préféré que tu gardes ça pour toi... Dis, Matthew, je rêve ou bien le monde devient de plus en plus méchant ?

– Rien n'indique qu'il deviendrait de plus en plus gentil.

– Ça ! Tu te souviens de la « Convergence harmonique »... avec toutes les planètes qui s'alignaient comme des petits soldats ? Ce n'était pas censé marquer le début d'un âge nouveau ?

– Je n'en retiens pas mon souffle.

– Oui, bon. On affirme souvent qu'il fait toujours un peu plus noir avant l'aube. Mais j'entends ce que tu me dis. Si tuer fait partie du plaisir et s'ils adorent torturer et violer, c'est sûr qu'ils ne vont pas se choisir un petit dealer tout pouilleux avec bedaine de buveur de bière et barbe de deux jours. Ces gens-là ne m'ont pas l'air très folingues.

– Non.

Danny réfléchit un instant et ajouta :

– D'un autre côté, ils ne peuvent pas ne pas recommencer. Avec ce qu'ils ont empoché, ça serait difficile de leur reprocher de repiquer au truc. Cela dit, faut voir.

– Faut voir s'ils ne l'ont pas déjà fait ? J'y ai pensé, moi aussi.

– Et ?...

– Et ils sont assez malins. J'ai dans l'idée qu'ils ne manquaient pas d'entraînement.

Le lendemain matin, après avoir pris mon petit déjeuner, je commençai par passer au commissariat du centre ville, dans la 54e Ouest. A son bureau, je coinçai Joe Durkin, qui me désarçonna en me complimentant sur ma tenue.

– Tu t'habilles mieux depuis quelque temps, me lança-t-il. Ça doit être à cause de ta femme. Elaine, qu'elle s'appelle, non ?

– Si.

– Eh bien, moi, je pense que cette Elaine a une bonne influence sur toi.

– J'en suis convaincu, lui répondis-je, mais ça veut dire quoi, au juste ?

– Que tu as une jolie veste, c'est tout.

– Quoi, ce blouson ? Il a au moins dix ans.

– Tu dois le porter mieux.
– Je le porte tout le temps.
– Alors c'est ta cravate.
– Qu'est-ce qu'elle a de spécial, ma cravate ?
– Putain de Dieu ! s'écria-t-il. On ne t'a jamais dit que tu étais emmerdant ? Je te dis que tu es beau et pan ! quasi que je me retrouverais à la barre des témoins ! Et si on recommençait au début, hein ? « Bonjour, Matt, ça fait plaisir de te revoir, t'as une gueule à chier... Tiens, assieds-toi. » Tu préfères ?
– De très loin.
– Heureux de l'apprendre. Assieds-toi. Qu'est-ce qui t'amène ?
– J'avais envie de commettre un délit.
– Ça m'est déjà arrivé, à moi aussi. Il se passe rarement une journée que je n'en éprouve pas le désir autant que toi. Une idée précise ?
– Un délit mineur ?
– C'est pas ça qui manque. Voyons... Possession d'outils de contrefaçon ? C'est assez mineur et je suis sûr que c'est ton cas en ce moment. Tu as un stylo dans ta poche ?
– Deux. Et un crayon.
– Merde, vaudrait peut-être mieux que je te lise tes droits constitutionnels tout de suite, avant de te foutre au bloc et de te prendre tes empreintes. Mais peut-être que tu avais autre chose en tête ?
J'acquiesçai.
– Je songeais plutôt à violer l'article 200-00 du Code pénal.
– 200-00. Tu ne vas quand même pas m'obliger à y aller voir, non ?
– Pourquoi pas ?
Il me regarda de travers, attrapa un classeur noir et en feuilleta les pages.
– Voyons voir, reprit-il. Ça me dit quelque chose... Ah, voilà ! Nous y sommes. Article 200-00 : corruption au troisième degré. *Se rend coupable de corruption au*

troisième degré toute personne qui accorde des bénéfices, ou en propose, ou accepte d'en accorder à un fonctionnaire en espérant que le vote, les déclarations, jugements, actions, décisions ou exercice du devoir de réserve dudit fonctionnaire pourront en être influencés. La corruption au troisième degré est un délit de la classe D.

Il continua de lire en silence pendant quelques instants, puis me demanda :

– T'es sûr que tu préférerais pas violer l'article 200-03 ?

– C'est quoi ?

– C'est la corruption au deuxième degré. C'est la même que l'autre, mais c'est un délit de la classe C. Pour pouvoir revendiquer la qualité de corrupteur au deuxième degré, il faut que le bénéfice accordé, ou offert, ou… putain ! t'aimes pas la façon dont ils formulent tout ça, toi ?… dépasse les dix mille dollars.

– Ah, dis-je. Je ne peux pas m'offrir plus haut que la classe D.

– C'est ce que je craignais. Je peux te demander quelque chose avant que tu commettes ton délit de la classe D ? Ça fait combien de temps que tu bosses plus chez nous ?

– Pas mal.

– Alors, comment ça se fait que tu te rappelles encore le classement des délits mineurs ? Je parle même pas des articles et alinéas divers…

– J'ai une mémoire assez particulière.

– Mon cul, oui ! Ils ont modifié les numéros d'articles et d'alinéas. En tout, ils ont bien dû changer la moitié du Code. Non, je voulais simplement savoir comment tu t'y es pris.

– Tu le veux vraiment ?

– Oui.

– J'ai consulté l'exemplaire d'Andreotti avant de monter.

– Rien que pour me casser les couilles, c'est ça ?

– Rien que pour te tenir en haleine, c'est ça.

– Tu ne penses donc qu'à mon bonheur…

– Absolument.

J'avais glissé un billet de cent dollars dans la poche de ma veste, je l'en sortis et le fourrai dans celle où il range ses cigarettes – sauf quand il jure de ne plus jamais y toucher et se met aussitôt à fumer celles des autres.

– Tiens, lui dis-je, achète-toi un costume.

Nous étions seuls dans son bureau. Il ressortit mon billet de sa poche et l'examina.

– Va falloir réactualiser le baratin, dit-il. Un chapeau, ça va chercher dans les vingt-cinq dollars à l'heure qu'il est, et un costume au moins dans les cent. Je ne sais plus combien coûte un chapeau correct. Je n'arrive même plus à me rappeler quand j'en ai acheté un pour la dernière fois. Cela dit, je ne vois pas bien où je pourrais trouver un costard à cent dollars… à moins d'aller chez un fripier. « Tiens, j'te file cent dollars. Emmène ta femme au resto. » Bon, et d'abord, c'est pour quoi, ce billet ?

– J'ai besoin d'un service.

– Ah.

– C'est pour une affaire sur laquelle j'ai lu quelques articles dans les journaux. Ça a dû se passer il y a six mois, mais ça pourrait faire un an. Deux types qui ont piqué une femme dans la rue et l'ont embarquée dans un camion. On l'a retrouvée quelques jours plus tard.

– Morte, je présume.

– Morte.

– Genre « La police pense à un coup tordu », c'est ça ? Je peux pas dire que ça m'évoquerait grand-chose. C'est pas un dossier sur lequel on aurait bossé, par hasard ?

– Ça ne s'est pas passé à Manhattan. Il me semble qu'on l'a retrouvée sur un terrain de golf du Queens… à moins que ça ne soit à Brooklyn. Je n'ai pas fait tellement attention à l'époque, c'est juste un truc que j'ai lu en me tapant un petit café.

– Et c'est quoi que tu voudrais, maintenant ?

– Quelque chose qui me rafraîchirait la mémoire.

Il leva les yeux vers moi.

– T'en prends assez à ton aise, avec tes dollars, tu sais ? Pourquoi me faire des donations pareilles pour ma garde-robe alors que tu pourrais passer à la bibliothèque et chercher dans l'index du *Times* ?

– Sous quelle rubrique ? Je ne sais ni où ni quand ça s'est passé. Quant aux noms... Il faudrait que je m'appuie tous les numéros de l'année dernière et je ne me souviens même plus du journal où j'ai lu ça. Il n'est même pas impossible que ça n'ait pas été le *Times*.

– Ça serait plus facile de passer quelques coups de fil.

– C'est ce que je me disais.

– Et si tu allais faire un tour ? Tu te paies un café ? Tiens, installe-toi chez le Grec de la VIIIe Avenue, je passerai t'y voir d'ici une heure, histoire de me taper un café moi aussi, et un morceau de *danish*[1].

Quarante minutes plus tard, il s'asseyait en face de moi.

– Ça remonte à un peu plus d'un an, dit-il. Il s'agit d'une certaine Marie Gotteskind. Ça veut dire quoi, ce nom ? « Dieu est gentil » ?

– Non, je crois que ça signifie plutôt « enfant de Dieu ».

– Ça vaudrait mieux parce que, là, Il a pas été gentil du tout, pépère Dieu. Marie Gotteskind a été enlevée en plein jour alors qu'elle faisait ses courses à Woodhaven, dans Jamaica Avenue. Deux hommes l'ont embarquée dans un camion et, trois jours plus tard, ce sont deux gamins qui traversaient le terrain de golf de Forest Park qui ont découvert son cadavre. Agression, viol, nombreuses blessures au couteau. Ce sont les collègues du 104e qui ont hérité de l'affaire. Ils l'ont passée à ceux du 112e après avoir identifié le corps : l'enlèvement s'était produit dans leur secteur.

– Et ils ont trouvé des trucs ?

1. Petite pâtisserie couverte de sucre glace.

Il secoua la tête.

– Le type à qui j'ai parlé s'en souvenait assez bien. Ça a beaucoup ému les gens du quartier pendant une quinzaine de jours. Une femme respectable qui se balade dans la rue, deux clowns qui l'emballent, c'est quasi comme de se faire foudroyer, si tu vois ce que je veux dire. Si ça peut lui arriver à elle, ça peut m'arriver à moi et plus personne n'est à l'abri chez soi. Ils ont eu peur que ça se développe, genre viols de gang en chignole, *serial killer* et le reste. C'est quoi, l'affaire de Los Angeles dont ils ont fait un feuilleton télévisé ?

– Je ne sais pas.

– Mais si ! Deux Italiens. Je crois qu'ils étaient cousins. Ils s'en prenaient à des putes qu'ils abandonnaient dans les collines. « L'Etrangleur des Collines », qu'ils ont appelé ça. Ça aurait dû être « Les Etrangleurs », mais il faut croire que les journaux avaient déjà trouvé leur titre avant de savoir que le bonhomme ne travaillait pas tout seul.

– Et la femme de Woodhaven ?

– Oui, bon... Ils ont eu peur qu'elle ne soit que la première d'une série, mais, comme il n'y en a pas eu d'autres, ils se sont un peu calmés. Ils cherchent toujours, mais, pour l'instant, ils ont fait chou blanc... L'affaire n'est toujours pas classée, mais, de l'avis général, on n'arrivera jamais à rien tant que le mec n'aura pas remis ça. Alors, on pourra peut-être le coincer en flag, mais... Mon copain voulait savoir si on avait des trucs nouveaux ? On en aurait ?...

– Non. Que faisait le mari de la victime ?

– Je ne crois pas qu'elle était mariée. Il me semble qu'elle était institutrice. Pourquoi ces questions ?

– Elle vivait seule ?

– Ça changerait quoi ?

– J'aimerais bien jeter un coup d'œil au dossier, Joe.

– Tu aimerais bien... Et pourquoi tu ne monterais pas au 112e pour leur demander de te le montrer, hein ?

– Je ne pense pas que ça marcherait.

– Tu ne penses pas que ça marcherait… Ce qui voudrait dire que, dans cette ville, il y aurait des flics qui ne tiendraient pas beaucoup à se démener pour rendre service à un privé ? Putain, mec, ça me choque, moi.

– J'apprécierais, pourtant…

– Un coup de fil ou deux, passe encore, reprit-il. Ça ne m'obligerait pas à violer le règlement d'une manière éhontée, et le copain du Queens non plus. Mais là, c'est un dossier confidentiel que tu me demandes d'ouvrir et, qu'est-ce que tu veux, ces dossiers-là ne sont pas censés quitter le bureau.

– Il n'aurait pas à le faire. Il suffirait que ton copain prenne cinq minutes pour me le faxer.

– Quoi ? Tout le dossier ? Avec tous les rapports de la Criminelle, ça doit faire au moins vingt pages… sinon trente.

– La police peut bien se payer quelques frais de fax, non ?

– Je ne sais pas, dit-il. Le maire n'arrête pas de nous seriner que la Ville est en faillite. Et puis, qu'est-ce qui t'intéresse, là-dedans ?

– Confidentiel.

– Sans déc ! C'est confidentiel pour toi, mais les dossiers du commissariat, ça serait rien que des bouquins qui demanderaient qu'à être ouverts ?

Il alluma une cigarette, toussa et ajouta :

– Ça ne concernerait pas un copain à toi, par hasard ?

– Je ne te suis pas bien.

– Ton pote Ballou ?

– Bien sûr que non.

– T'en es certain ?

– Il est en voyage à l'étranger. Ça fait plus d'un mois qu'il est parti et je ne sais même pas quand il rentrera. Quant à violer des femmes et à les abandonner au milieu des autoroutes… ça n'a jamais été son genre.

– Je sais, je sais. C'est un gentleman qui rebouche toujours consciencieusement les trous dans son gazon. Sauf qu'on est quand même en train d'essayer de lui coller une accusation de grand banditisme sur le dos, à ton gentleman. Mais tu le sais sûrement, non ?

– J'en ai entendu parler.

– J'espère que ça tiendra et qu'on pourra le foutre dans un pénitencier fédéral pour au moins vingt ans. Mais j'imagine que tu as d'autres vues là-dessus…

– C'est un ami.

– Oui, c'est ce qu'on m'a dit.

– Toujours est-il qu'il n'a rien à voir avec cette histoire.

Il se contenta de me regarder et j'ajoutai :

– C'est pour un client dont la femme a disparu. Le *modus operandi* ressemble beaucoup à celui de l'affaire de Woodhaven.

– Elle s'est fait enlever ?

– On le dirait bien.

– Il a averti les flics ?

– Non.

– Et pourquoi ?

– Il doit avoir ses raisons.

– Ça ne me suffit pas, Matt.

– Et si on disait qu'il vit ici clandestinement ?

– La moitié des New-Yorkais sont dans le même cas. Tu ne crois tout de même pas que, quand on a une affaire de kidnapping sur les bras, la première chose qu'on fait, c'est de refiler la victime aux services de l'Immigration ? Et d'abord qui c'est, ce mec, pour ne pas pouvoir s'acheter une carte verte[1], mais pouvoir se payer les services d'un privé, hein ? Pour moi, il est pas net, ton bonhomme. C'est pas possible autrement.

– Comme tu voudras.

– Comme je voudrai… (Il éteignit sa cigarette et fronça les sourcils.) Et la femme ? Elle est morte ?

– Ça m'a tout l'air d'en prendre le chemin. Si ce sont les mêmes que…

1. *Green Card* : équivalent US de la carte de séjour et du permis de travail.

– D'accord. Mais pourquoi faudrait-il que ce soit eux ? C'est quoi, le lien ? Le *modus operandi* ?

Je gardai le silence. Il ramassa la note, la regarda et me la lança à travers la table.

– Tiens, dit-il, c'est toi qui paies. Tu es toujours au même numéro ? Je t'appelle cet après-midi.

– Merci, Joe.

– Surtout, ne me remercie pas. Il faut d'abord que je voie si ça ne risque pas de me retomber sur le nez. Je n'ai aucune envie que ça me hante jusqu'à la fin de mes jours. S'il y a pas de problème, je te rappelle. Sinon, tu m'oublies.

A midi, je me rendis à la réunion de Fireside, puis retournai à mon hôtel. Durkin ne m'avait pas rappelé, mais un message m'apprit qu'un certain T. J. avait tenté de me joindre. T. J. Pas de numéro, rien pour me dire de quoi il voulait me parler. Je pris le bout de papier et le jetai à la corbeille.

T. J. est un jeune Noir que j'ai rencontré il y a environ un an et demi, à Times Square. T. J. est le nom qu'il se donne pour ses copains de la rue et, s'il en a un autre, il le garde pour lui. Je l'avais trouvé assez insouciant, grossier et insolent – ce qui rafraîchissait un peu dans les puanteurs marécageuses de la 42e Rue Ouest. Nous nous étions tout de suite bien entendus. Je lui avais confié un petit boulot de recherche un peu plus tard – l'affaire se passait dans son quartier –, mais nous ne nous voyions plus que de temps en temps depuis lors. Tous les quinze jours, il me passait un ou plusieurs coups de fil. Il ne me laissait jamais de numéro où le rappeler et ses petits messages voulaient simplement dire qu'il pensait encore à moi. Lorsqu'il avait vraiment envie de me parler, il appelait chez moi jusqu'à ce que je décroche.

Dans ces cas-là, il nous arrivait de parler jusqu'à ce que son *quarter* soit épuisé. Parfois aussi, nous nous retrouvions dans son quartier, ou dans le mien, et je l'invitais au restaurant. Je lui avais déjà confié deux boulots concernant des affaires sur lesquelles je travaillais et il avait paru en tirer un plaisir que les petites sommes que je lui avais versées ne pouvaient expliquer.

Je montai à ma chambre et appelai Elaine.

– T'as le bonjour de Danny Boy, lui dis-je. Et Joe Durkin affirme que tu as une bonne influence sur moi.

– C'est évident, me renvoya-t-elle. Mais comment le sait-il ?

– Il prétend que je m'habillerais mieux depuis que nous sommes ensemble.

– Je te l'avais bien dit que ce costume était spécial.

– C'était pas celui-là que je portais.

– Ah.

– J'avais mis mon blazer. Je sais même plus quand j'ai commencé à le porter, ce truc !

– Eh bien mais… il te va quand même bien. Tu avais mis des pantalons gris avec ? Chemise ? Cravate ? Laquelle ?

Je le lui dis, elle me répondit :

– Ça te faisait donc un très beau costume.

– Mais assez ordinaire, non ? Hier soir, j'ai vu un *zoot*.

– Vrai de vrai ?

– Avec grand drapé et crevé, *dixit* Danny Boy.

– Danny Boy n'a jamais porté de *zoot*.

– Non, c'était un de ses associés, un certain… bah, aucune importance. Il portait aussi un chapeau de paille avec un ruban rose très choquant. Non, parce que si j'avais mis ça pour aller voir Durkin à son bureau…

– Ça l'aurait impressionné. Ça doit être ta cambrure, mon chéri, quelque chose dans ton attitude… un truc qu'il aura remarqué. C'est vrai que tu portes tes vêtements avec plus d'autorité.

– C'est parce que mon cœur est pur.

– Ça doit être ça.

Nous nous chamaillâmes encore un peu. Comme elle avait cours ce soir-là, nous envisageâmes de nous retrouver après, puis nous y renonçâmes.

– Vaudrait mieux remettre à demain, dit-elle. On pourrait voir un film… sauf que je déteste aller au ciné le week-end. Dès que c'est bien, c'est bondé. Tiens, je sais… on y va l'après-midi et on mange après… à condition que tu ne travailles pas.

Je l'informai que ça me paraissait faisable.

Dès que j'eus raccroché, la réception téléphona pour me dire que j'avais reçu un appel pendant que je bavardais avec Elaine. La compagnie du téléphone a modifié plusieurs fois les relais depuis que je suis au Northwestern. Au début, les appels devaient passer par le standard. Après, ils ont tout changé pour qu'on puisse sortir directement de l'hôtel, les appels extérieurs continuant à transiter par le standard. Aujourd'hui enfin, j'ai une ligne qui me permet d'appeler et de recevoir des coups de fil directement, mais, si je ne décroche pas au bout de quatre sonneries, l'appel est renvoyé en bas. C'est la NYNEX[1] qui me facture, l'hôtel ne me comptant pas de supplément. J'ai aussi droit à un service de notation des messages gratuit[2].

L'appel émanant de Durkin, je lui téléphonai aussitôt.

– T'as oublié quelque chose à mon bureau, me dit-il. Tu passes le reprendre ou je le flanque à la poubelle ?

Je lui répondis que j'arrivais tout de suite.

Il était au téléphone lorsque j'entrai dans la salle de garde. Il avait renversé sa chaise en arrière et fumait une cigarette pendant qu'une deuxième se consumait dans son cendrier. Au bureau voisin du sien, un inspecteur du nom de Bellamy regardait fixement son écran d'ordinateur par-dessus ses lunettes.

Joe couvrit l'écouteur de sa main et me dit :

– Je crois que cette enveloppe t'appartient. En tout cas, il y a ton nom dessus. Tu as dû l'oublier tout à l'heure.

1. Nom donné au réseau téléphonique qui couvre l'ensemble de la ville de New York.

2. Service qui permet de laisser des messages auprès d'un opérateur privé.

Il reprit sa conversation téléphonique sans attendre ma réponse. Je tendis le bras par-dessus son épaule et ramassai une enveloppe en papier kraft de format 18 × 24 sur laquelle il avait écrit mon nom. Derrière moi, Bellamy accusa son ordinateur :

– Ben… ça n'a aucun sens, ce bazar.

Je ne le contredis pas.

6

De retour dans ma chambre, j'étalai une liasse de fax tout enroulés sur mon lit. Le dossier était manifestement complet et faisait trente-six pages. Certaines d'entre elles ne contenaient guère que quelques lignes, d'autres étant par contre presque saturées de renseignements.

En les feuilletant, il me vint brusquement à l'idée que la procédure aurait été bien différente à l'époque où j'étais encore flic. Des photocopieuses (ne parlons même pas de fax), nous n'en avions pas. Le seul moyen que j'aurais eu de consulter le dossier de Marie Gotteskind aurait été de me rendre moi-même au commissariat du Queens et de le lire à toute allure, *x* flics très pressés de me voir déguerpir ne cessant de regarder par-dessus mon épaule.

Aujourd'hui, il suffisait de tout enfourner dans un fax pour que, par pure magie, le dossier ressorte aussitôt dix ou quinze kilomètres plus loin, voire à l'autre bout du monde, si on en avait envie. L'original n'avait plus aucune raison de quitter son commissariat et, personne n'ayant à y fourrer illégalement son nez, il n'était nul besoin de crier à la violation des consignes de sécurité.

Sans compter que j'avais maintenant tout le temps que je voulais pour l'examiner dans le détail.

Ce n'était d'ailleurs pas plus mal : je n'avais pas une idée très claire de ce que je cherchais. Parmi les choses qui n'ont pas changé d'un poil depuis que j'ai quitté la Police Academy, il y a la quantité de paperasserie inhérente au boulot. A quelque variété de flics qu'on appartienne, on passe beaucoup moins de temps à agir qu'à laisser la trace écrite de ses actes dans des dossiers. Cela tient évidemment à la connerie bureaucratique habituelle, mais provient aussi, en partie, de ce qu'il faut toujours pouvoir se couvrir en cas d'histoires. Pour l'essentiel, tout cela est sans doute assez inévitable. Le travail de la police est un effort collectif consenti par beaucoup de gens, même lorsque l'enquête est des plus simples : ne pas consigner tout ce qu'on sait d'une affaire interdirait à quiconque de s'en faire une idée générale, voire de comprendre vraiment de quoi il est question.

Arrivé à la fin de mes trente-six pages, je recommençai au début pour en extraire quelques feuillets qui méritaient un deuxième examen. Je fus immédiatement frappé par l'extraordinaire similitude qu'il y avait entre l'enlèvement de Gotteskind et la manière dont Francine Khoury avait été kidnappée à Brooklyn. Je notai les points de ressemblance suivants :

1. Les deux femmes avaient été enlevées dans des rues commerçantes.

2. Les deux femmes y faisaient leurs commissions à pied après avoir garé leur voiture dans les environs.

3. L'une et l'autre s'étaient fait enlever par deux hommes.

4. Dans les deux cas, ces deux hommes étaient de mêmes poids et taille et habillés pareil. Les ravisseurs de Marie Gotteskind portaient des pantalons kaki et des cirés.

5. Les deux femmes avaient été enlevées dans des camionnettes. D'après plusieurs témoins, le véhicule de Woodhaven était bleu ciel. L'un de ces témoins avait même déclaré qu'il s'agissait d'une camionnette Ford et fourni un début de numéro d'immatriculation qui n'avait malheureusement rien donné.

6. Plusieurs témoins affirmaient que les inscriptions portées sur la camionnette étaient celles d'une société d'appareils ménagers. Les uns parlaient de « Petit

Ménager PJ », les autres de « Au Ménager B & J », sans compter les variations sur le thème. La deuxième ligne était la suivante : ACHAT ET RÉPARATIONS. Aucune adresse n'était mentionnée, mais certains parlaient d'un numéro de téléphone, personne ne pouvant pourtant le donner. Une enquête poussée n'avait pas permis d'établir de liens entre la camionnette et l'une des innombrables maisons des environs spécialisées dans la vente et la réparation d'appareils ménagers. La conclusion semblait être que, tout comme les plaques minéralogiques, l'intitulé de la firme était bidon.

7. Agée de vingt-huit ans, Marie Gotteskind était institutrice remplaçante dans les écoles primaires de New York. Cela faisait trois jours qu'elle effectuait un remplacement en cours moyen à l'école de Ridgewood lorsqu'on l'avait enlevée. Elle avait presque la même taille et le même poids que Francine Khoury, à quelques kilos près, mais était blonde de cheveux et de peau là où Francine était brune et de teint olivâtre. Le dossier ne comportait pas de photos, hormis celles qu'on avait prises sur les lieux du crime, à Forest Park, mais, parents et amis, tout le monde affirmait qu'elle était séduisante.

Mais il y avait des différences. Marie Gotteskind était célibataire. Elle avait certes fréquenté un instituteur dont elle avait fait la connaissance à l'occasion d'un remplacement, mais leurs relations étaient restées sans lendemain. Qui plus était, cet instituteur avait un alibi en béton.

Marie vivait chez ses parents. Ancien ajusteur de chaudières et de conduits de vapeur pensionné suite à un accident du travail, son père avait monté une société de ventes par correspondance qu'il dirigeait de chez lui. Bibliothécaire à temps partiel dans diverses entreprises locales, son épouse l'aidait un peu. Ni Marie ni ses parents ne semblaient liés aux milieux de la drogue. Et ils n'étaient ni arabes ni phéniciens.

Naturellement très détaillée, l'autopsie révélait beaucoup de choses. La mort était due à de multiples blessures infligées au couteau – à la poitrine et à l'abdomen, essentiellement –, chaque coup porté pouvant, à lui seul, avoir entraîné le décès de la victime. Tout prouvait l'agression sexuelle caractérisée, des traces de sperme ayant été retrouvées dans l'anus, le vagin et la bouche de Marie Gotteskind. On en avait même décelé certaines sur le couteau de l'assassin. Des mesures précises démontraient que le tueur s'était servi d'au moins deux armes blanches du type couteau de cuisine, l'un plus long et plus large que l'autre. L'analyse de sperme avait révélé que le crime était l'œuvre d'au moins deux agresseurs.

Outre ces blessures, le corps était couvert de bleus, ce qui laissait entendre que Marie Gotteskind avait été sévèrement battue.

Dernier détail que je n'avais pas remarqué à la première lecture, le rapport d'autopsie signalait que le pouce et l'index gauches de la victime avaient été sectionnés. L'index avait été retrouvé dans son vagin et le pouce dans son anus.

Mignon.

Lire ce dossier m'avait engourdi le cerveau. C'était sans doute pour cela que j'avais manqué l'histoire du pouce et de l'index la première fois. L'énumération des blessures et les images que celles-ci faisaient naître à l'esprit dépassaient de beaucoup le supportable. Si d'autres témoignages, en particulier ceux des parents et des collègues de la victime, donnaient une idée assez précise de ce que Marie avait pu être de son vivant, le rapport d'autopsie, lui, n'en faisait plus qu'une masse de chairs mortes et grossièrement massacrées.

Assis sur mon lit, je me sentais complètement vidé par ce que je venais de lire lorsque le téléphone sonna. Je décrochai. Une voix que je connaissais me dit aussitôt :

– Alors, Matt, y a quoi au jus ?

– T. J. !

– Ça va ? T'es pas facile à joindre, mec. Toujours

dehors à faire des trucs et traîner à droite et à gauche ?

– J'ai bien reçu ton message, mais comme tu ne m'as pas laissé de numéro…

– Faudrait qu'j'en aie un. Si j'dealais, ça pourrait s'faire. Ça t'plairait mieux ?

– Si tu dealais, tu aurais un téléphone sans fil.

– Enfin du solide ! Ah, rouler dans des grandes bagnoles avec un bigo à l'intérieur ! Penser des trucs longs comme ça en s'prélassant ! Que j'te dise quand même, *man* : t'es vraiment pas facile à joindre.

– Tu aurais donc appelé plus d'une fois, T. J. ? Je n'ai qu'un message.

– C'est que… j'aime pas tellement gaspiller mes *quarters*.

– Ce qui veut dire ?

– Ben, tu sais… que j'ai pigé ton téléphone. C'est comme les répondeurs où y faut qu'ça sonne trois ou quatre fois. Le mec de la réception laisse toujours sonner quatre coups chez toi avant d'l'ouvrir. Et comme t'as qu'une piaule, c'est pas comme s'il te faudrait trois coups pour aller décrocher, à moins que tu sois dans ta salle de bains ou autre.

– Bref, tu raccroches à la troisième sonnerie.

– Et récupère mon *quarter*. A moins que j'veuille laisser un message… Sauf que… pourquoi qu'y faudrait vu que c'est déjà fait, hein ? Parce que qu'est-ce que tu t'dis si tu trouves un gros tas de messages en rentrant chez toi ? Tu t'dis : Le T. J., c'est sûr qu'il a dévalisé un parcmètre, même qu'y doit plus savoir quoi foutre de ses *quarters*.

Je ris.

– Alors… tu bosses en ce moment ?

– Eh bien oui, justement.

– Un gros truc ?

– Assez.

– Y a d'la place pour T. J. ?

– Pas que je voie.

– Faudrait voir à r'garder mieux, mec. Doit bien y

avoir quéq'chose que j'pourrais faire pour récupérer tous ces *quarters* que j'gaspille à t'appeler, non ? Et c'est quoi, c'boulot, d'abord ? T'es pas en train de t'coltiner la Mafia, des fois ?

– J'ai peur que non.

– Heureux d'l'entendre, parce qu'y sont méchants, ces types-là. T'as vu *Les Affranchis* ? De vrais salauds, Léo. Merde, c'est la fin d'mon *quarter*.

Un disque enregistré se mit à exiger cinq *cents* de plus par minute de conversation supplémentaire.

– Donne-moi ton numéro et je te rappelle.

– C'est pas possible.

– Vite, ton numéro de cabine, répétai-je.

– C'est pas possible, insista-t-il. Elle a pas d'numéro. Y les enlèvent tous pour qu'les dealers puissent pas s'faire rappeler. Mais t'inquiète pas, j'ai encore d'la monnaie. (L'appareil bourdonna tandis qu'il y déposait une pièce.) Parce que, les dealers, y z'ont des cabines dont y connaissent le numéro même quand il est plus marqué. Ce qui fait qu'y peuvent continuer à bosser, alors que si un mec comme moi y veut t'rap'ler, y a pas moyen.

– Astucieux.

– Génial, ouais ! C'est pas qu'toi et moi on aurait arrêté d'causer, pas vrai ? C'est pas d'main la veille qu'on pourra nous en empêcher. Faut juste qu'on ait d'la ressource.

– Quoi ? Pour remettre un *quarter* ?

– Tout juste. Même que, ces ressources, y va falloir que j'puise dedans. C'est ce qu'on appelle être plein d'ressources, quoi.

– Où seras-tu demain, T. J. ?

– Où j'serai ? Oh, j'sais pas. Peut-être que j'vais prendre le Concorde pour aller à Paris. J'ai pas encore décidé.

Je songeai à lui donner mon billet pour l'Irlande, mais me dis qu'il ne devait pas avoir de passeport. En plus, il n'était pas évident qu'il fût prêt à y aller, ou l'Irlande vraiment prête à l'accueillir.

– Où j'serai ? répéta-t-il en poussant un gros soupir. J'serai dans le Deuce [1]. Comme si j'pouvais être ailleurs !
– Et si on mangeait un morceau ensemble ?
– A quelle heure ?
– Oh, je ne sais pas. Disons 1 heure-1 h 30 ?
– 1 heure ou 1 h 30 ?
– 1 h 30.
– Le jour ou la nuit ?
– Le jour. On déjeune...
– Bouffer, ça s'fait à toute heure. Tu veux que j'passe à ton hôtel ?
– Non. Il est pas impossible que je doive annuler et je n'aurais aucun moyen de t'avertir. Et donc, tu ne raccroches pas, tu me dis un endroit dans le Deuce, et si je ne m'y pointe pas c'est que c'est remis à plus tard.
– Parfait. Tu connais la salle des machines à sous ? Sur le trottoir de droite en montant... à deux ou trois portes du coin de la VIIIe ? Y a un magasin avec plein d'crans d'arrêt en vitrine, même que moi, j'sais vraiment pas comment y s'font pas prendre...
– Ils les vendent en kit.
– Ouais, ça leur sert de test à QI. T'arrives pas à assembler ton cran, y te renvoient au cours préparatoire. Tu vois l'magasin que j'veux dire ?
– Evidemment.
– Juste à côté, y a la bouche de métro, et juste avant les marches y a un couloir rempli d'machines à sous. Tu vois où c'est ?
– Je devrais arriver à trouver.
– On dit 1 h 30 ?
– C'est gagné, pépé.
– Hé, mais, s'écria-t-il, tu sais quoi ? T'apprends vite.

Je raccrochai et me sentis mieux. T. J. me faisait toujours ce genre d'effet. Je notai notre repas dans mon carnet, puis repris la lecture du dossier Gotteskind.

1. Ancien nom des environs de Times Square.

Ce devait être les mêmes assassins : ce n'était pas possible autrement. Les similitudes dans le *modus operandi* étaient trop criantes pour être ramenées à de simples coïncidences, l'amputation du pouce et de l'index de la victime faisant songer à une séance d'entraînement à laquelle on se serait livré pour se préparer à la boucherie perpétrée contre Francine Khoury.

Cela étant, qu'avaient-ils fait ensuite ? Avaient-ils hiberné en se tenant à carreau pendant une année ?

Cela me paraissait peu probable. Les violences à caractère sexuel – viols en série et assassinat – me semblaient être du genre à provoquer la dépendance, comme n'importe quelle autre drogue capable de libérer du moi un bref instant. A mon avis, les assassins de Marie Gotteskind avaient réussi un enlèvement parfaitement orchestré et l'avaient répété un an plus tard avec quelques variations, mais, surtout, avec des arrière-pensées financières plus substantielles. La question se posait pourtant de savoir pourquoi ils avaient attendu si longtemps ? Qu'avaient-ils fabriqué entre leurs deux forfaits ?

Pouvait-on envisager qu'il y ait eu d'autres enlèvements que personne n'aurait remarqués ? L'hypothèse n'était pas à écarter. Dans les cinq bourgs de New York, le nombre des meurtres s'élève à près de sept par jour, beaucoup d'entre eux n'attirant guère l'attention des médias. Il n'empêche : l'enlèvement d'une femme en pleine rue et sous le nez de plusieurs témoins a souvent les honneurs de la presse. Il est rare que les journaux se taisent lorsque, la police enquêtant toujours sur un cas de ce genre, une histoire de même nature se fait jour. Le lien s'impose de façon quasi obligatoire.

Cela dit, si Francine Khoury s'était bel et bien fait kidnapper en pleine rue et devant témoins, presse ou flics du 112e, personne n'en avait entendu parler.

Et si les assassins s'étaient effectivement tenus à carreau pendant une année entière ? Peut-être l'un, ou plusieurs, d'entre eux avait-il passé tout ou partie de ce temps en prison. Ou alors était-ce que leur penchant pour le viol et l'assassinat les avait conduits à commettre des crimes encore plus odieux, genre signer des chèques en bois ?

Restait la dernière solution : ils avaient commis d'autres forfaits, mais s'y étaient pris de telle façon que personne n'y avait prêté attention.

Dans tous les cas de figure, j'avais enfin dépassé le stade de la simple hypothèse : ces gens-là n'étaient pas des bleus et ils avaient agi par plaisir, sinon par appât du gain. Ça réduisait pas mal les chances de jamais les retrouver, mais faisait aussi beaucoup monter les enchères.

Parce que, un jour ou l'autre, ils finiraient par recommencer.

7

Vendredi. Je passai la matinée à la bibliothèque, puis remontai la 42e à pied afin de retrouver T. J. à la salle de jeu. Ensemble, nous regardâmes un ado à queue de cheval et folle moustache blonde faire monter le score dans un jeu qui avait nom *Halte-là !!!!* L'idée était la même que pour toutes les autres machines à sous de l'endroit : l'univers comportait des forces hostiles qui toutes étaient prêtes à vous sauter dessus sans prévenir, et pas pour vous faire du bien. A condition d'agir avec rapidité, on pouvait espérer survivre un moment, mais, tôt ou tard, l'une d'entre elles finissait toujours par avoir le dessus. Cela me parut bien indéniable.

L'ado avait enfin cané lorsque nous nous décidâmes à partir. Dès que nous fûmes dehors, T. J. m'apprit que notre champion s'appelait Chaussettes, l'astuce étant que les siennes n'étaient jamais semblables. D'après T. J., Chaussettes était le meilleur du quartier et arrivait à jouer plusieurs heures d'affilée avec le même *quarter*. Il avait jadis eu des rivaux de même force, voire supérieurs, mais ceux-ci ne traînaient plus guère dans le Deuce. L'espace d'un instant, je songeai à un motif d'homicides à répétition qui ne m'était jamais venu à l'esprit et vis des as de la machine à sous se faire repasser par des propriétaires de maisons de jeu qui ne supportaient plus qu'ils leur bouffent ainsi tous leurs profits. Mais je me trompais : à partir d'un certain niveau, m'expliqua T. J., il n'était plus possible de s'améliorer et on finissait par se désintéresser de la machine.

Nous mangeâmes dans un restaurant mexicain de la IXe Avenue, T. J. essayant de me tirer les vers du nez sur l'affaire qui m'occupait. Je ne la lui racontai pas en détail, mais lui en dis probablement plus que je ne voulais.

– Que j'te dise ce dont t'as besoin ! me lança-t-il. T'as besoin d'un mec comme moi.

– Pour quoi faire ?

– Mais tout c'que tu voudras ! Tu vas quand même pas gaspiller ton temps à cavaler partout pour voir ceci et vérifier cela, non ? Ce qu'y te faut, c'est un mec que tu peux envoyer à ta place. Les trucs, je sais les trouver. J'passe mon temps à ça, dans le Deuce. J'fais jamais rien d'autre.

– J'ai donc fini par lui donner quelque chose à faire, dis-je à Elaine.

Vers 16 heures, nous nous étions retrouvés devant le cinéma Baronet, dans la IIIe Avenue. Après la séance, nous nous étions installés dans un café qui venait d'ouvrir et où on servait du thé anglais avec des scones et de la faisselle.

– Il venait de me lâcher un truc qui rallongeait ma liste de points d'interrogation, je me suis dit qu'il avait bien le droit de vérifier à ma place.

– Et c'était quoi ?

– Les cabines téléphoniques. Quand Kenan et son frère ont voulu verser la rançon, les ravisseurs les ont envoyés à une cabine publique. Où ils ont reçu un appel qui les a expédiés à une deuxième cabine téléphonique… où ils ont reçu un deuxième appel leur demandant de laisser le fric et de se casser.

– Oui, je m'en souviens.

– Eh bien, figure-toi qu'hier T. J. m'a parlé jusqu'à ce que son *quarter* soit avalé et que je n'ai pas pu le rappeler parce que le numéro de sa cabine avait disparu. Or ce matin, en me baladant dans le quartier pour aller à la bibliothèque, je me suis aperçu que c'était comme ça pour les trois quarts des cabines publiques.

– Tu veux dire que les petits cartons se sont envolés ? Je sais bien que les gens sont capables de piquer n'importe quoi, mais là, dans le genre con, ça bat tous les records.

– Non, lui dis-je, c'est la compagnie du téléphone qui les fait enlever… pour décourager les dealers. Ils se bipaient à partir de cabines publiques… tu comprends comment ça marche, non ? Mais maintenant, ils ne peuvent plus.

– Et c'est pour ça que tous les dealers sont en faillite, conclut-elle.

– Bon, d'accord… mais sur le papier, ça a dû leur paraître génial, cette idée. Toujours est-il que je me suis mis à réfléchir à cette histoire de cabines publiques de Brooklyn et que je me suis demandé si elles avaient encore leur numéro.

– Ce qui changerait quoi ?

– Je ne sais pas trop, lui avouai-je. Disons entre pas grand-chose et rien du tout. C'est même pour ça que j'ai renoncé à aller voir à Brooklyn. Mais, comme le renseignement ne pouvait pas me faire de mal, j'ai donné deux ou trois dollars à T. J. pour qu'il y aille à ma place.

– Il saura s'y retrouver ?

– Il devrait. La première cabine est à deux ou trois rues du terminus du métro IRT, ce qui n'est pas très difficile à trouver ; après, je ne sais pas très bien comment il va faire pour aller jusqu'à Veterans Avenue. Il pourrait prendre un bus jusqu'à Flatbush et marcher, beaucoup.

– C'est quoi, comme quartier ?

– Il m'a paru convenable quand je l'ai traversé en voiture avec les Khoury. Je n'ai pas vraiment fait attention. Disons prolos blancs de base… enfin, d'après ce que j'ai vu. Pourquoi ?

– Tu veux dire : dans le genre Bensonhurst ou Howard

Beach[1] ? Parce que, là, il ferait comme un gros caca noir dans le tableau, le T. J.

– Ça ne m'est même pas venu à l'esprit.

– Il y a des coins de Brooklyn où ils ont de drôles de réactions, les gens, quand ils voient un jeune Noir se balader dans les rues... même quand il est habillé réglo, avec Sneakers et blouson des Raiders. Mais comme je me rappelle que, en plus, T. J. se coiffe assez bizarrement...

– Il s'est fait faire un dessin géométrique dans les cheveux. A la nuque.

– C'est bien ce que je craignais. J'espère qu'il en reviendra vivant.

– Il s'en sortira.

Plus tard dans la soirée, Elaine me dit encore :

– Matt... C'était juste pour lui trouver un boulot, n'est-ce pas ?

– Non. Il m'économise du temps. Il aurait fallu que j'y aille un jour ou l'autre, ou que je m'y fasse accompagner en voiture par les Khoury.

– Pourquoi ? T'aurais pas pu jouer un de tes tours de flic à la con à l'opératrice pour qu'elle te file le renseignement ? Ou alors consulter un annuaire par numéros ?

– Faudrait d'abord le connaître, ce numéro, lui répondis-je. Dans un annuaire par numéros, c'est justement le numéro qui te donne l'adresse.

– Ah.

– Cela dit, c'est vrai que les annuaires qui donnent les numéros de cabines, ça existe. Et que je pourrais aussi me faire passer pour un flic et demander à l'opératrice de me renseigner.

– Ce qui fait que, au fond, t'étais quand même gentil avec T. J.

– Gentil ? répétai-je. Alors que, d'après toi, je l'aurais

1. Deux quartiers de Brooklyn où se sont produits beaucoup de crimes racistes dans les années quatre-vingt.

presque envoyé à la mort ? Non, je n'étais pas seulement gentil avec lui. Consulter un annuaire ou tromper une opératrice pour avoir le numéro de la cabine, j'aurais pu le faire. Mais ça ne m'aurait pas dit si la cabine a encore son carton, et c'est quand même ça que je veux savoir.

– Ah.

Puis, quelques minutes après :

– Et pourquoi ça ?

– Et pourquoi ça quoi ?

– Pourquoi ça t'intéresse de savoir s'il y a un numéro d'apposé sur la cabine ? Ça change quoi à l'affaire ?

– Je ne sais pas trop. Sauf que les kidnappeurs connaissaient forcément les numéros des cabines qu'ils ont appelées. Et que, s'il y avait un numéro dessus, ce n'était évidemment pas très compliqué de le savoir, mais que, s'il n'y en avait pas, ils ont réussi à les trouver d'une manière ou d'une autre.

– En blousant une opératrice ou en consultant un annuaire.

– Ce qui voudrait dire qu'ils sauraient comment blouser une opératrice, ou qu'ils auraient réussi à se procurer un annuaire des cabines publiques. Comme quoi, au fond, je ne sais pas trop ce que ça veut dire. Rien, c'est probable. Il n'est même pas impossible que je veuille avoir ce renseignement parce que c'est justement le seul que je puisse avoir.

– Ce qui veut dire ?

– Que ça me turlupine. Pas le truc que j'ai demandé à T. J., non. Avec ou sans son aide, je n'aurais eu aucun mal à le trouver. Mais hier soir je n'arrivais pas à m'endormir et, tout d'un coup, quelque chose m'a frappé : le seul contact que Kenan ait jamais eu avec les ravisseurs s'est effectué par l'intermédiaire d'une cabine publique. C'est même la seule trace qu'ils aient laissée. L'enlèvement a été impeccable. Des gens les ont vus, en plus grand nombre que quand ils ont piqué l'institutrice de Jamaica Avenue, mais ce n'est pas ça qui va nous aider à les coincer. De fait, ils n'ont fait qu'une erreur : leurs coups de fil. Ils ont appelé les Khoury au moins quatre ou cinq fois.

– Et il n'y a pas moyen de remonter au correspondant après qu'il a coupé ?

– Je suis sûr que si, dis-je. Hier, j'ai passé une bonne heure à me renseigner auprès des employés de diverses compagnies de téléphone, et c'est fou ce que j'ai appris sur la manière dont ça fonctionne. Tous les appels sont enregistrés.

– Même les appels urbains ?

– Ouais, ouais. C'est même comme ça qu'ils savent combien d'unités tu as grillées dans le mois et qu'ils peuvent t'établir ta facture. Ce n'est pas comme pour le gaz, où ils ne tiennent compte que du total. Tous les appels que tu passes sont enregistrés sur ta ligne.

– Combien de temps conservent-ils leurs archives ?

– Soixante jours.

– Et donc, tu pourrais trouver la liste…

– … de tous les appels passés à partir de tel ou tel numéro. C'est comme ça qu'ils classent leurs données. Supposons que je sois Kenan Khoury. Je leur téléphone et je leur demande de me dire combien d'appels j'ai passés de chez moi tel ou tel jour. Eh bien, eux, ils peuvent m'envoyer un relevé d'ordinateur avec la date, l'heure et la durée de tous mes appels.

– Sauf que ce n'est pas ça que tu veux.

– Non. Ce que je veux, ce sont les appels qu'on lui a passés. Sauf que, ceux-là, ils ne les enregistrent pas parce que ça ne leur sert à rien. Tiens… ils sont tellement bien équipés qu'ils peuvent te dire le numéro du mec qui t'appelle avant même que tu aies décroché. Ils peuvent même te monter un cadran sur ton appareil, cadran où, toi, tu pourras lire le numéro de ton correspondant et décider de décrocher ou pas.

– Mais ce n'est pas encore disponible sur le marché, si ?

– Non, pas à New York. En plus, ça pose problème. Ça réduirait sans doute le nombre des plaisanteries téléphoniques et foutrait pas mal de pervers au chômage, mais les flics ont peur que ça dissuade beaucoup de gens de leur donner des renseignements anonymes parce que, du coup, ils seraient plus tellement anonymes, ces renseignements anonymes.

– Sauf que si ç'avait été disponible et que Khoury s'en était fait installer un sur son téléphone…

– … il aurait su d'où l'appelaient ses ravisseurs. Ils se sont sans doute servi de plusieurs cabines… vu le reste du travail, ils seraient plutôt pro… mais oui : on saurait au moins de quelles cabines ils ont téléphoné.

– C'est important ?

– Je ne sais pas. Je ne sais plus ce qui est important et ce qui ne l'est pas, dans cette histoire. De toute façon, c'est inutile vu que, ce renseignement-là, je ne peux pas l'avoir. Je me dis seulement que si on peut faire entrer des appels dans une base de données, il doit bien y avoir un moyen de les classer par leurs postes d'appel. Malheureusement, tous les gens à qui j'en ai parlé m'ont dit que c'était impossible. C'est pas comme ça qu'on les range dans la mémoire, et donc c'est pas comme ça qu'on peut les en extraire.

– Les ordinateurs, j'y connais rien.

– Moi non plus, et ça me fait chier. Je ne comprends pas la moitié de ce que me racontent les gens à qui j'essaie d'en causer.

– Je sais, dit-elle. C'est exactement ce que je ressens quand on regarde un match de football américain.

Je passai la nuit chez elle et, le lendemain matin, je lui gaspillai quelques impulsions téléphoniques pendant qu'elle était au gymnase. J'appelai quantité d'officiers de police et leur racontai quantité de mensonges.

En gros, je me fis passer pour un journaliste préparant un grand papier sur les enlèvements crapuleux, papier que je destinais à une revue spécialisée dans les histoires vraies. Je tombai sur beaucoup de flics qui n'avaient rien à me dire, ou étaient trop occupés pour me répondre. J'en trouvai quand même pas mal qui furent ravis de coopérer avec moi, mais tinrent absolument à me raconter des crimes qui remontaient à des éternités, plus quelques autres où l'assassin avait fait preuve d'une bêtise incommensurable, ou s'était fait piquer suite à une enquête policière particulièrement astucieuse. En fait, j'aurais préféré qu'ils me disent... quoi exactement ? Tout le problème était là : je ne le savais pas trop et lançais mes filets au hasard.

L'idéal aurait été de ramener une histoire encore brûlante, de découvrir une femme qui se serait fait enlever mais aurait réussi à s'en sortir. Il n'était pas inconcevable que les ravisseurs de Francine n'en soient venus à tuer que progressivement et qu'ils aient donc réalisé quelques prouesses antérieures, en solo ou à plusieurs, prouesses auxquelles, Dieu sait comment, telle ou telle autre victime serait parvenue à échapper. Il y avait néanmoins un abîme entre postuler l'existence d'une telle rescapée et la trouver.

Je compris vite que jouer les reporters ne me servirait à rien dans cette quête. La justice se débrouille assez bien pour protéger les victimes de viol – au moins jusqu'au moment où l'avocat de l'accusé a le droit de les violer une deuxième fois à la face de Dieu et de tout un chacun. Il était clair que personne n'allait me donner des noms de femmes violées.

Je changeai donc de tactique pour appeler diverses unités de police spécialisées dans les crimes à caractère sexuel. Je repris mon identité de privé et, Matthew Scudder à nouveau, leur racontai que j'avais été embauché par un producteur de télé qui faisait un film sur le viol et le kidnapping. L'actrice qu'on avait retenue pour le rôle principal – je n'étais, pour le moment, pas autorisé à divulguer son nom – avait envie d'étudier son personnage à fond et aurait bien aimé rencontrer, seule à seule, des femmes ayant subi ce type de violences. Au fond, elle voulait apprendre tout ce qu'il était possible de savoir sur ce sujet sans être, quand même, obligée d'en passer elle-même par ce genre d'extrémités. Toutes les femmes susceptibles d'aider mon actrice seraient dédommagées au titre de conseillères techniques et auraient le droit de voir leur nom figurer au générique si elles le souhaitaient.

Evidemment, ce n'étaient ni des noms ni des adresses que je cherchais, et je n'avais pas davantage l'intention d'entrer moi-même en contact avec ces personnes. Je pensais seulement que quelqu'un du commissariat, disons une inspectrice qui aurait déjà secouru des victimes de ce genre, pourrait peut-être joindre quelques rescapées aptes à nous parler de leurs épreuves. Dans notre scénario, leur expliquai-je ensuite, l'héroïne était enlevée par deux violeurs sadiques qui la forçaient à monter dans une camionnette, puis la brutalisaient et la menaçaient de sévices graves, plus précisément, de la mutiler vivante. Il était évident que rencontrer une femme qui aurait vécu des atrocités pareilles ne pouvait que nous satisfaire entièrement. Au cas où une telle personne déciderait de nous aider, ou de prêter main forte à d'autres femmes susceptibles de subir un sort similaire, ou encore, l'ayant déjà subi, de voir une porte de sortie thérapeutique dans le fait de conseiller une actrice d'Hollywood qui ferait de ce rôle un exemple de…

Le coup marcha d'une manière plutôt surprenante. Même à New York, où l'on tombe sans arrêt sur des équipes de tournage en train de filmer dans les rues, évoquer la possibilité d'entrer dans les milieux du cinéma fait beaucoup tourner les têtes.

– Si vous pensez à quelqu'un, n'hésitez surtout pas à m'appeler, concluai-je en donnant mon nom et mon numéro de téléphone. Il est inutile que la personne s'identifie. Elle pourra même conserver son anonymat pendant toute la durée des entretiens si elle le désire.

Elaine entra au moment même où je finissais de baratiner une inspectrice de la Sex Crimes Unit de Manhattan. Lorsque j'eus raccroché, elle me dit :

– Comment vas-tu faire pour prendre tous ces appels à ton hôtel ? Tu n'y es jamais.

– Ils les noteront à la réception.

– Alors que ce seront des femmes qui ne voudront laisser ni leur nom ni leur adresse ? Ecoute… donne-leur plutôt mon numéro : je suis là presque tout le temps. En plus, si jamais je n'y étais pas, elles auraient au moins le plaisir de tomber sur un répondeur où ce serait une femme qui leur parlerait. Je n'ai qu'à te servir d'assistante. Filtrer les appels, je sais faire, et je n'aurai aucun mal à prendre les nom et adresse de celles qui consentiraient à me les donner. T'y vois quelque chose à redire ?

– Non, rien, lui répondis-je. Mais tu es sûre que ça ne va pas t'embêter ?

– Certaine.

– Eh bien, tu m'en vois ravi. C'était le commissariat central de Manhattan que j'avais au bout du fil et, un peu avant, j'ai appelé celui du Bronx. Je m'étais gardé le Queens et Brooklyn pour la fin puisqu'on sait qu'ils ont déjà bossé sur la question. Je voulais avoir mon petit numéro bien au clair avant de les appeler.

– Et ça y est, maintenant ? Je voudrais pas me mettre en travers, mais… il ne vaudrait pas mieux que ce soit moi qui appelle ? Tu faisais dans le modeste et sympathique à mourir, mais moi, il me semble que si c'est un mec qui appelle, il y a pas mal de chances pour qu'on se dise que ça l'excite un peu quand même, ce genre d'histoire.

– Je sais bien.

– Ce que je veux dire par là, c'est qu'il n'y a qu'à prononcer le mot « télévision » pour qu'une femme se dise qu'on est encore en train d'essayer d'exploiter son malheur d'une manière parfaitement ignoble. Alors que si je commençais par annoncer que, tout ça, c'est sous la houlette de NOW[1]…

1. Sigle de la National Organization of Women.

– Tu as raison. Je pense que ça s'est plutôt bien passé, surtout pour Manhattan, mais ça résistait quand même assez fort.

– Tu étais génial, mon chéri, mais… je pourrais pas essayer ?

Nous reprîmes depuis le début, de façon qu'elle ait tout bien en tête, puis je lui passai le téléphone après qu'on m'eut donné la Sex Crimes Unit du procureur du comté de Queens. Tout à la fois polie, empressée et professionnelle, Elaine parla une bonne dizaine de minutes, puis raccrocha. Je faillis applaudir.

– Qu'est-ce que t'en dis ? me demanda-t-elle. Un peu trop sincère à ton goût ?

– Tu as été parfaite.

– Vraiment ?

– Ouais, ouais. Ça me fait même un peu peur de voir à quel point tu sais y faire.

– Je vois… En t'écoutant, tout à l'heure, j'arrêtais pas de me dire que t'étais tellement honnête qu'on pouvait pas ne pas se demander où t'avais appris à mentir aussi bien.

– Je n'ai jamais rencontré un bon flic qui ne soit pas d'abord un bon menteur, lui renvoyai-je. Il faut toujours jouer la comédie et se donner le genre qui séduira l'individu auquel on a affaire. C'est encore plus vital quand on est privé parce que, là, on est constamment à demander des renseignements qu'on n'a pas le droit d'avoir. Bref, tu me dis que je suis bon, et moi, je te réponds que ça fait partie du profil nécessaire.

– Même chose pour moi, dit-elle. C'est vrai que, maintenant que j'y pense, moi aussi j'arrête pas de jouer la comédie. Au fond, mon métier, c'est pas autre chose.

– A ce propos… la représentation d'hier soir était pas mal du tout.

Elle me regarda d'un drôle d'œil.

– Mais fatigante… non ? Enfin, je veux dire : c'est fatigant de mentir.

– Tu voudrais laisser tomber ?

– Mon cul, monsieur ! Je commençais juste à m'échauffer. Qui c'est que je me fais maintenant ? Les flics de Brooklyn et de Staten Island ?

– Staten Island, tu peux laisser tomber.

– Pourquoi ? On ne viole pas, à Staten Island ?

– Si, mais là-bas, même baiser honnêtement, c'est un crime.

– Ouaf ouaf, je ris.

– Non, ils ont peut-être une unité spéciale, mais il y a quand même nettement moins d'agressions de ce type dans leur district. Cela dit, je ne vois pas trop mes trois bonshommes en train de foncer en camionnette sur le pont Verrazano parce qu'ils auraient envie de violer et de semer la terreur à Staten Island.

– Ce qui fait que je n'ai plus qu'un appel à passer ?

– C'est-à-dire que… des unités spéciales, il y en a dans tous les secteurs de New York, voire dans chaque commissariat, mais… Tu n'as qu'à demander au standardiste de t'aiguiller sur la personne adéquate. Je pourrais t'en faire la liste, mais je ne sais pas s'il nous reste assez de temps pour ça.

Elle me décocha un clin d'œil genre « Tu viens, mon chou », puis m'assena sans broncher :

– Si t'as le pactole, Errol, moi, j'ai tout le temps qu'il faut.

– Eh bien, justement, il n'y a pas de raison que tu ne te fasses pas payer. Non, il n'y a vraiment aucune raison pour que Khoury ne te fasse pas émarger.

– Ah non, je t'en prie ! s'écria-t-elle. Il suffit que je trouve un truc que j'aime pour qu'on m'oblige à me faire du pognon avec. Non, non, soyons sérieux : je refuse de me faire payer. T'auras qu'à m'emmener dans un restaurant fabuleux quand tout ça ne sera plus que souvenirs. D'accord ?

– Comme tu voudras.

– Et après, ajouta-t-elle, tu pourras me filer cent dollars pour le taxi.

8

Je m'attardai encore un moment dans les parages tandis que, à lui en faire tomber les oreilles de plaisir, Elaine charmait un employé du bureau du procureur de Brooklyn. Puis je la quittai en lui laissant une liste de gens à contacter et gagnai la bibliothèque à pied. Il n'était nul besoin de superviser son boulot : elle mentait comme elle respirait.

A la bibliothèque, je me remis à ce que j'avais entamé la veille : je m'enfonçai dans la lecture de six mois du *New York Times* sur microfilms. Je ne traquais pas les histoires d'enlèvement : je ne m'attendais pas sérieusement à en trouver. Je supposais plutôt que nos ravisseurs avaient emballé leurs victimes sur le trottoir sans que personne assiste à la scène ou rapporte l'événement à quiconque. Je cherchai donc des femmes qu'on aurait retrouvées mortes dans des jardins publics ou des ruelles – surtout violées ou mutilées et, de préférence, démembrées.

Le problème était, bien sûr, que ce genre de faits divers n'avait guère de chances d'avoir été repris par la presse. Il est de politique courante que la police ne divulgue pas les détails des affaires de mutilations afin d'éviter toutes sortes d'ennuis genre aveux bidons, crimes de petits copieurs et autres faux témoignages. De leur côté, les journaux ont tendance à ne pas abreuver leurs lecteurs de précisions trop saignantes. Ce qui fait que, lorsque enfin la nouvelle arrive au client, celui-ci éprouve souvent bien des difficultés à comprendre ce qui s'est réellement passé.

Il y a quelques années de cela, un violeur s'était rendu célèbre en tuant des jeunes garçons dans le Lower East Side[1]. Il les attirait sur les toits, les poignardait ou étranglait, puis il les amputait de leur pénis et repartait avec. L'affaire avait duré assez longtemps pour que les flics donnent un surnom à ce monsieur : « Charlie Tronçonnoff ».

Naturellement, les échotiers ne l'appelaient pas autrement – mais jamais dans leurs colonnes. Il n'était pas question qu'un seul journal de New York imagine de relayer ce petit renseignement à ses lecteurs, ni non plus qu'on s'amuse à parler de ce « Charlie Tronçonnoff » en aucune autre façon : tout le monde aurait vite deviné l'objet de la partie de tronçonnette. On ne lui avait donc collé aucun sobriquet et on s'était contenté de rapporter que l'assassin « mutilait » ou « défigurait » ses victimes, termes qui pouvaient tout aussi bien recouvrir une séance d'évidage rituel qu'une coupe de cheveux particulièrement désastreuse.

Aujourd'hui, la presse n'aurait peut-être pas eu ce genre de scrupules.

Ayant bientôt pris le coup, je fus à même d'épuiser des semaines entières du *New York Times* avec une belle rapidité. N'étant pas obligé d'examiner chaque numéro de bout en bout, je me contentais d'éplucher les faits divers relatés dans les pages métropolitaines. Comme d'habitude, je retombai pourtant sur un inconvénient majeur, à savoir le penchant que j'ai à me perdre dans des histoires qui, pour passionnantes qu'elles soient, n'ont rien à voir avec l'objet de mes recherches. Heureusement qu'il n'y a pas de bandes dessinées dans le *New York Times* ! Sans cela, j'aurais très bien pu lutter à n'en plus finir contre la tentation de m'avaler six mois de *Doonesbury*[2].

1. Quartier sud-est de Manhattan, comprenant notamment le Bowery.

2. Illustrissime bande dessinée ayant souvent pour thème les dernières manies et folies de la Maison-Blanche.

Lorsque enfin je sortis de la bibliothèque, j'avais répertorié une demi-douzaine de cas dans mon carnet de notes. Parmi les plus prometteurs se trouvait celui d'une étudiante en comptabilité du Brooklyn College qui avait disparu pendant trois jours, puis, un matin, avait été découverte par un passionné d'oiseaux qui se promenait dans le cimetière de Green-Wood. L'article précisait que la jeune femme avait été violée et mutilée, ce qui laissait entendre qu'on l'avait travaillée au couteau à découper. Certains indices faisaient penser qu'elle n'avait pas été tuée dans le cimetière où on l'avait retrouvée. Les flics étaient arrivés aux mêmes conclusions dans l'affaire Marie Gotteskind : d'après eux, la jeune femme était déjà morte lorsque ses assassins l'avaient abandonnée sur le parcours de golf de Forest Park.

Je rentrai à mon hôtel vers 18 heures. J'avais reçu des coups de fil d'Elaine et des deux Khoury, trois messages m'annonçant par ailleurs, et tout simplement, que T. J. avait téléphoné.

Je commençai par rappeler Elaine, qui m'informa qu'elle avait contacté tous les gens de la liste.

– A la fin, j'en arrivais presque à croire à mes bobards ! me lança-t-elle. Je me disais : C'est chouette, ce truc, mais ça le sera encore plus quand on fera le film. Sauf que, de film, il n'y en aura pas.

– Je crois qu'on l'a déjà fait.

– Je me demande si quelqu'un va vraiment nous contacter.

J'appelai ensuite chez les Khoury. Ce fut Kenan qui me répondit. Pour me demander comment ça avançait. Je le mis au courant de mes axes de recherches, mais lui précisai que je ne m'attendais pas à des progrès très rapides.

– Mais vous croyez que c'est jouable ?

– Absolument.

– Bien, dit-il. Ecoutez... Je vous ai appelé parce que je dois quitter le pays pendant quelques jours : voyage d'affaires. Il faut que j'aille en Europe. Je décolle de Kennedy demain et serai de retour jeudi ou vendredi. Si jamais il y avait du neuf, vous appelez mon frère. Vous avez son numéro, n'est-ce pas ?

Je l'avais sur un message, juste sous mon nez, et appelai Peter aussitôt. Il avait la voix un rien caverneuse, je m'excusai de l'avoir réveillé.

– Non, non, c'est rien, dit-il. Je suis content que vous l'ayez fait. Je regardais un match de basket et j'ai dû m'endormir devant la télé. Je déteste ça : je me réveille toujours avec le torticolis. En fait, je vous ai appelé pour savoir si vous aviez l'intention d'aller à une réunion ce soir.

– J'y songeais.

– Ça vous ennuierait que je passe vous prendre ? Il y a une réunion du samedi soir où j'ai pris l'habitude d'aller, à Chelsea, un petit groupe sympa... Ça commence à 20 heures, à l'église espagnole de la 19e Rue.

– Je ne crois pas connaître.

– C'est un peu à l'écart, mais, quand j'ai arrêté de boire, j'ai suivi un traitement ambulatoire dans ce quartier-là. Je n'y vais plus tellement depuis un certain temps, mais comme j'ai la voiture et tout et tout... Vous savez que j'ai la voiture de Francine ?

– Oui.

– Alors on dit devant votre hôtel vers 19 h 30 ? Ça vous paraît bien ?

Je lui répondis que ça me paraissait bien en effet et le retrouvai devant l'entrée lorsque je quittai mon hôtel à 19 h 30 pile. Tant qu'à faire d'y aller, j'étais assez content de ne pas avoir à me taper le trajet à pied. Une averse suivant une éclaircie et vice versa, il n'avait pas cessé de bruinasser de tout l'après-midi et, depuis peu, ça s'était mis à tomber sérieusement.

Chemin faisant, nous parlâmes sports. Les équipes de base-ball avaient commencé leur entraînement depuis un mois, l'ouverture de la saison de printemps étant programmée pour dans moins de quatre semaines. J'avais un peu de mal à m'y intéresser cette année-là, mais me doutais bien que ça me reprendrait une fois que tout serait vraiment reparti pour de bon. Pour l'heure, on parlait surtout de contrats qu'on négociait, un joueur faisant la gueule parce que… quoi ? il valait quand même plus que les quatre-vingt-trois millions de dollars qu'on lui proposait pour un an… Je sais pas, moi : il les valait peut-être, comme tous les autres valaient peut-être aussi ce qu'on leur donnait. Cela dit, qu'ils gagnent ou qu'ils perdent, ça ne me passionnait plus trop de le savoir en ayant ces chiffres-là en tête.

– J'ai l'impression que Darryl[1] est enfin prêt à se lancer, reprit Peter. Il fait un malheur à la batte depuis quelque temps.

– C'est vrai que depuis qu'il est plus chez nous !

– C'est toujours pareil, non ? On attend pendant des années qu'un joueur arrive au maximum de ses capacités et, quand ça y est, il faut qu'il joue sous l'uniforme des Dodgers.

Nous nous garâmes dans la 20e Rue et fîmes le tour du pâté de maisons pour gagner l'église. D'obédience pentecôtiste, celle-ci offrait des services en anglais et en espagnol. La réunion devait se dérouler au sous-sol, une quarantaine de personnes étant déjà arrivée. Je vis deux ou trois visages que j'avais déjà repérés à d'autres réunions. Pete salua des tas de gens, une femme lui déclarant que ça faisait un moment qu'on ne le voyait plus. Peter lui répondit qu'il avait assisté à des réunions ailleurs.

Le menu était assez différent de celui qu'on servait d'ordinaire à New York. Après que le modérateur nous eut raconté son histoire, l'assistance se scinda en petits groupes de six à dix personnes qui se répartirent autour des cinq tables disposées dans la salle. La première était réservée aux débutants, la deuxième à une discussion d'ordre général, la troisième à un examen des

1. Darryl Strawberry, joueur de l'équipe des Mets.

Douze Etapes, et les autres, j'ai oublié. Pete et moi nous retrouvâmes à celle où s'était engagée la discussion d'ordre général et où, les uns après les autres, les gens avaient plutôt tendance à raconter ce qui leur arrivait à ce moment-là et à essayer d'expliquer comment ils se débrouillaient pour ne pas toucher à la bouteille. Ce genre de discussions m'apporte plus que celles où on aborde un sujet particulier ou celles où on essaie de comprendre les soubassements philosophiques de la méthode des Alcooliques anonymes.

Il y avait là une femme qui avait commencé à travailler en qualité de conseillère antialcoolisme. Elle nous déclara avoir de plus en plus de mal à garder son enthousiasme à force de passer des huit heures d'affilée à régler sans arrêt les mêmes problèmes. « C'est difficile de ne pas finir par tout mélanger », nous fit-elle remarquer. Puis un homme nous dit qu'on venait juste de lui annoncer qu'il était séropositif et nous décrivit la manière dont il s'y prenait pour tenter de s'en débrouiller. J'évoquai le caráctère cyclique de mon travail et confiai à tout le monde que, un, je m'énervais beaucoup quand je n'avais pas de boulot et que, deux, je mettais toujours la barre trop haut lorsque enfin il m'en tombait un. « Tout équilibrer était plus facile quand je buvais, poursuivis-je, mais ce n'est plus possible aujourd'hui. Les réunions m'aident assez. »

Quand ce fut son tour de prendre la parole, Pete revint sur des points qu'on avait déjà évoqués et ne s'ouvrit guère sur lui-même.

– Vous aimez la cuisine du Moyen-Orient, Matt ? me demanda-t-il plus tard. Je ne vous parle pas du stand de falafels du coin de la rue, mais de la vraie bouffe de là-bas. Non, parce que je connais un restau du Village où c'est vraiment bon.

Je lui répondis que ça m'allait.

– Ou alors, vous savez pas ce qu'on pourrait faire ?...

On pourrait aller fairc un tour dans le quartier où j'ai grandi... à moins que vous passiez tellement de temps dans Atlantic Avenue que vous en ayez par-dessus la tête.

– Ce n'est pas un peu loin ?

– Hé ! On a une voiture, non ? Tant qu'à faire de l'avoir, vaudrait peut-être mieux s'en servir.

Il s'engagea sur le pont de Brooklyn. J'étais en train de me dire que celui-ci était vraiment beau sous la pluie lorsque Peter me lança :

– Je l'aime beaucoup, ce pont. L'autre jour, j'ai lu un article où on racontait que tous nos ponts se détériorent. C'est pas possible de laisser un pont à l'abandon. Il faut l'entretenir, et c'est vrai que la Ville, elle le fait, mais pas assez.

– Il n'y a plus d'argent dans les caisses.

– Comment en est-on arrivé là ? Pendant des années, la Ville a pu se payer tous les travaux qu'elle voulait, et maintenant y a jamais un sou vaillant. Pourquoi ? Vous pouvez me l'expliquer ?

– Je ne crois pas que le phénomène soit propre à New York. C'est partout la même histoire, dis-je en hochant la tête.

– C'est vrai ? Moi, tout ce que je vois, c'est New York, et on dirait bien que ça s'écroule de partout. Ça doit être la... la quoi déjà ?... l'infrastructure économique ? C'est ça, l'expression que je cherche ?

– Faut croire.

– Ouais, l'infrastructure tombe en morceaux. Il y a encore une grosse canalisation d'eau qui a pété le mois dernier. En fait, le système est vieux et tout s'abîme. Comme s'il y avait des grosses canalisations d'eau qui claquaient il y a dix ou vingt ans de ça ! Ça vous rappelle des choses, vous ?

– Non. Mais ça ne veut pas dire que ça ne se produisait pas. Il y avait des tas de trucs qui se passaient sans que je m'en rende compte.

– Oui, bon, c'est vrai que là... Moi aussi, c'est pareil.

Même qu'il y a toujours des tas de trucs qui arrivent que, moi, je les remarque même pas.

Le restaurant qu'il avait choisi se trouvait dans Court, à moins d'une rue d'Atlantic Avenue. Sur ses conseils, je commandai une tourte aux épinards en entrée. D'après lui, ce mets aurait été très différent des *spanakopita* qu'on sert dans les bouis-bouis grecs. Il avait raison. Le plat de résistance (une casserole de blé grillé avec de la viande hachée aux oignons sautés) était lui aussi excellent, mais trop copieux pour que j'arrive à le finir.

– Vous n'avez qu'à l'emporter, dit-il. Ça vous plaît, cet endroit ? Ils font pas de chichis, mais ils sont imbattables sur la bouffe.

– Ça m'étonne que ça reste ouvert aussi tard.

– Un samedi soir ? Ils seront encore en train de servir à minuit ! Voire après ! (Il se radossa à sa chaise.) Et maintenant, le truc qu'il faudrait pour vraiment couronner ce repas comme il faut… Vous avez déjà entendu parler de l'arak ?

– Ça ne ressemble pas à l'ouzo ?

– Si, un peu. C'est assez différent, mais bon… Si, ça ressemble un peu à l'ouzo. Vous aimez ça, l'ouzo ?

– Je peux pas dire. Autrefois, il y avait un bar au coin de la IXe Avenue et de la 57e, Chez Antarès et Spiro, c'était un Grec…

– Sans blague ! Avec un nom comme ça ?

– … et moi, des fois j'y passais après m'être tapé des bourbons toute la nuit au Jimmy Armstrong's, histoire de prendre le dernier… un petit ouzo ou deux.

– De l'ouzo après du bourbon ?

– En guise de digestif, précisai-je. Pour se calmer l'estomac.

– Pour se le calmer à jamais, oui ! me renvoya-t-il.

Il attira l'attention du garçon et lui fit signe de nous resservir du café.

– J'avais vraiment envie de boire, l'autre soir, reprit-il.

– Mais vous ne l'avez pas fait.

– Non.

– C'est ça, l'important, Pete. Avoir envie, c'est normal. Ce n'est quand même pas la première fois que vous avez envie de boire depuis que vous êtes abstinent, non ?

– Evidemment.

Le garçon nous remplit nos tasses. Peter attendit qu'il ait fini et ajouta :

– Mais c'est la première fois que j'ai songé à le faire.

– Songé sérieusement ?

– Oui, sérieusement... tout ce qu'il y a de plus sérieusement.

– Mais vous n'en avez rien fait...

– Non, dit-il en baissant le nez sur sa tasse de café. Par contre, j'ai bien failli me...

– ... droguer ?

Il acquiesça d'un signe de tête.

– Le smack. Vous avez déjà pris de l'héroïne ?

– Jamais.

– Même pas essayé ?

– Même pas envisagé de le faire. Même jamais connu personne qui y ait touché... enfin, pas à l'époque où je buvais. En dehors des types que j'étais amené à arrêter, s'entend.

– Le smack, c'était strictement pour le bas de l'échelle, à ce moment-là.

– C'est toujours ce que je me suis dit.

Il sourit d'un air doux.

– Vous connaissiez sans doute des gens qui en prenaient. C'est simplement qu'ils ne vous le disaient pas.

– C'est possible.

– Moi, ça m'a toujours plu. Jamais sous la forme de piqûre. J'ai toujours sniffé, rien d'autre : j'avais peur des aiguilles, ce qui est une chance. Sans ça, je serais sans doute déjà mort du sida. Vous savez... y a pas besoin de se shooter pour devenir accro.

– C'est ce que j'ai cru comprendre.

– Ça m'a rendu malade deux ou trois fois et j'ai eu la trouille. Alors, je m'en suis débarrassé en buvant et après... vous savez la suite. J'avais largué la drogue tout seul, mais j'ai dû aller à un centre de désintox pour arrêter de boire. Bref, c'est l'alcool qui m'a eu, mais, tout au fond de moi, je suis aussi accro à la dope qu'à la bibine.

Il cessa de parler pour avaler une gorgée de café.

– En plus, c'est vraiment pas le même paysage, quand on le voit avec des yeux d'accro, reprit-il. Vous, bon, vous étiez flic, et la rue, vous connaissez ; mais, si on se promenait ensemble, je suis sûr que je verrais bien plus de dealers que vous. Et non seulement je les repérerais, mais eux aussi. On se reconnaîtrait d'un seul coup d'œil. Dans la rue, il me faut pas cinq minutes pour tomber sur un mec qui crève d'envie de me vendre un sachet.

– Et alors ? Comme si je ne passais pas devant des bars toute la journée ! C'est toujours la même histoire, non ?

– Si, faut croire. L'héro a l'air super ces derniers temps.

– Personne n'a jamais dit que ce serait facile, Pete.

– Ça l'a été un moment. C'est plus difficile maintenant.

Une fois dans la voiture, il commença à broder sur le thème.

– Alors je me dis : Pourquoi se casser la tête ? Ou alors, je vais à une réunion et, ça y est, je me demande : Mais qui c'est, tous ces gens-là ? D'où ils viennent ? Toutes ces conneries comme quoi il faudrait s'en remettre à une puissance supérieure et qu'alors la vie serait facile comme bonjour ! Vous y croyez, vous ?

– Quoi ? Que la vie serait facile comme bonjour ? Non, pas vraiment.

– Un sandwich à la merde que ça serait plutôt. Vous croyez en Dieu ?

– Ça dépend du moment où on me pose la question.

– Ben… disons : aujourd'hui… maintenant. C'est le moment où je vous pose la question : vous croyez en Dieu ?

Je gardai le silence, Pete enchaîna :

– Non, bon, laissez tomber. De quoi j'me mêle, hein ? Excusez-moi.

– Non, non, j'essayais seulement de trouver une réponse. Faut croire que si ça ne me vient pas facilement, c'est que la question ne me paraît pas importante.

– C'est pas important de savoir si Dieu existe ?

– C'est-à-dire que… qu'est-ce que ça change ? Qu'Il existe ou qu'Il existe pas, moi, la journée, il faut quand même que je la vive. Dieu ou pas Dieu, je suis alcoolique et je ne peux pas boire sans qu'il y ait danger. Alors, qu'est-ce que ça change, hein ?

– Le programme est pourtant basé sur ça… l'existence d'une puissance supérieure.

– Peut-être, mais qu'Il existe ou qu'Il n'existe pas et que, moi, je croie en Lui ou pas, ça marche pareil.

– Comment pouvez-vous faire don de votre volonté à quelque chose en quoi vous ne croyez pas ?

– En laissant filer. En n'essayant pas de tout contrôler. En faisant ce qu'il faut et en laissant les choses suivre le cours que Dieu leur a prescrit.

– Et ce… qu'Il existe ou qu'Il n'existe pas ?

– Absolument.

Il réfléchit un instant.

– Je sais pas, moi, dit-il enfin. Quand j'étais petit, je croyais en Dieu. Je suis allé à l'école privée et j'y ai appris ce qu'on y enseigne. J'ai jamais rien remis en question. Quand j'ai arrêté de boire, ils m'ont dit de me trouver une puissance supérieure. OK, pas de problème. Mais quand ces fumiers ont renvoyé Francey coupée en petits morceaux, alors là… C'est quoi, le genre de Dieu qui laisse faire des machins pareils ?

– Les merdes, ça arrive, dans la vie.

– C'est parce que, Francey, vous l'avez jamais connue… C'était une femme vraiment bien. Douce, convenable, innocente. Un bel être humain. Quand on était à côté d'elle, on avait envie d'être meilleur. Non, plus que ça : on avait l'impression que ça serait même possible.

Il freina à un feu rouge, regarda des deux côtés, puis le brûla.

– Une fois, ça m'a coûté une sacrée amende de jouer à ça, continua-t-il. C'était en pleine nuit : je m'arrête, y a pas un chat à des kilomètres à la ronde, je me dis qu'y faut vraiment être con comme un manche pour rester là à attendre que ça passe au vert, hop... et y a une saloperie de flic qu'était en planque dans sa voiture, tous feux éteints. Il m'a salement aligné.

– Je crois que ce coup-ci on est passés au travers.

– On dirait. Kenan prend du smack de temps en temps. Je sais pas si vous saviez.

– Comment je l'aurais deviné ?

– Je pensais pas non plus. Disons une fois par mois, juste un sachet... qu'il renifle. Des fois même, moins que ça. Lui, c'est pour se distraire : il va à un club de jazz et se fait un sachet dans les chiottes pour mieux apprécier la musique. Mais bon : il l'avait jamais dit à Francey. Il était sûr que ça lui plairait pas et il voulait rien foutre qu'aurait pu le faire descendre dans l'estime de sa femme.

– Elle savait qu'il trafiquait ?

– C'est pas pareil. C'était les affaires, ça, les trucs qu'il montait pour gagner sa vie. En plus, il avait pas envie d'y rester jusqu'à sa mort. Encore quelques années et il se tirait. C'était son plan.

– Tout le monde a le même.

– J'entends bien. De toute façon, elle était cool. C'était un truc qu'il faisait, c'était son boulot, ça se passait dans un monde complètement à part. Mais il voulait quand même pas qu'elle sache qu'il en prenait de temps en temps.

Il garda le silence un instant, puis ajouta :

– Il était pété, l'autre jour. Je le lui ai dit, mais il a rien voulu savoir. Non mais merde, quoi !... comme s'il espérait baiser un camé sur la dope ! Il plane comme huit et il me jure ses grands dieux que c'est pas vrai ! Ça devait être parce que je suis abstinent : il voulait pas me secouer la tentation sous le nez, mais quand même… Faudrait voir à m'accorder un peu d'intelligence, non ?

– Ça vous gêne qu'il puisse planer et pas vous ?

– Ça me gênerait ? Moi ? Ben évidemment que ça me gêne, bordel ! Il part en Europe demain.

– Oui, il me l'a dit.

– Il aurait un deal à conclure tout de suite… histoire de se remplumer côté liquidités. C'est la meilleure manière de se faire pincer : on se jette sur la première affaire qui passe. Et quand je dis pincer… y a pire.

– Ça vous inquiète ?

– Nom de Dieu ! s'écria-t-il, mais c'est que je m'inquiète pour nous tous, moi !

Sur le pont pour rentrer à Manhattan, il me dit :

– J'adorais les ponts, quand j'étais petit. Je collectionnais toutes les cartes postales où il y en avait. Mon père voulait que je fasse architecte.

– Vous pourriez encore, vous savez ?

Il rit.

– Quoi ? Retourner à l'école ? Non, vous voyez, moi, j'ai jamais voulu faire ça. J'avais pas envie d'en construire, des ponts. Tout ce que je voulais, c'était les regarder. Si jamais ça me prenait de me foutre en l'air, c'est peut-être du pont de Brooklyn que je le ferais. Ça doit être quelque chose, non, de changer d'avis quand on a une jambe par-dessus le parapet ?

– Une fois, j'ai vu un type à qui c'était arrivé. Il était sur un pont, celui-ci, je crois, mais de l'autre côté de la rambarde, et quand il est sorti de son coma éthylique, avec une patte dans le vide…

– Vraiment ?

– … il me donnait pas tellement l'impression de rigoler. Il se souvenait plus de rien, juste qu'il était là, une main sur la rambarde et un pied dans le vide. Il est repassé par-dessus le garde-fou et il est rentré chez lui.

– Et il a bu un bon coup, y a des chances.

– C'est probable. Sauf que s'il était revenu à lui cinq secondes plus tard…

– Après avoir fait un pas de plus, c'est ça ? Ça lui aurait certainement pas beaucoup plu. D'un autre côté, ça aurait pas duré longtemps. Hé, merde ! J'aurais dû prendre l'autre file. Ça fait rien, on se tapera un petit détour. J'aime bien ce coin-là. Vous venez souvent par ici, Matt ?

Nous venions de pénétrer dans le South Street Seaport, quartier rénové qui se trouve aux alentours du marché aux poissons de Fulton Street.

– Ma copine et moi, on est descendus ici l'été dernier, lui répondis-je. On a passé tout l'après-midi à faire les magasins et on a mangé dans un restaurant du coin.

– C'est devenu un peu branché, mais j'aime bien. Sauf l'été. Vous savez pas quand c'est le mieux ? Les soirs comme aujourd'hui, quand il fait froid. Il n'y a personne, il bruine un peu… Alors là, c'est vraiment beau… (Il rit.) Sauf que ça, vous voyez, Matt, c'est du pur baratin de junkie complètement stone. Tu lui montres le jardin d'Eden et il te répond qu'il le préférerait un peu plus sombre, un peu plus froid et un peu plus triste. Même que, s'il y avait que lui dedans, ça serait encore mieux.

Devant mon hôtel, il me dit :

– Merci, Matt.

– De quoi donc ? De toute façon, j'avais l'intention d'aller à une réunion. C'est moi qui devrais vous remercier de la balade.

– Oui, bon… merci de m'avoir accompagné. Mais avant que vous partiez… il y a quelque chose que j'ai envie de vous demander depuis le début de la soirée… Le boulot que vous faites pour Kenan… vous croyez vraiment qu'on a une chance d'arriver à un résultat ?

– Je ne me contente pas de faire semblant.

– Non, je vois bien que vous y mettez tout ce que vous avez, mais… Je me demandais seulement si vous pensiez que ça pouvait payer.

– Ça peut, lui répondis-je. Beaucoup, je ne sais pas. C'est pas que j'aurais commencé avec des masses d'indices.

– Je comprends. En fait, pour moi, vous avez commencé avec presque rien. Bien sûr, vous voyez les choses sous l'angle professionnel et ça vous paraît différent…

– Tout dépendra de certains trucs que je vais essayer, Pete. Il y a aussi ce qu'ils vont faire, eux, et ça, je ne peux pas le deviner. Bref, est-ce que je suis optimiste ? Ça dépend du moment où on me pose la question.

– Même chose que pour la puissance supérieure, c'est ça ? Un truc quand même : si jamais vous arriviez à la conclusion que c'est foutu, ne vous ruez pas pour le dire à mon frère… D'accord ? Continuez à travailler pendant une semaine ou deux. Ça lui donnera l'impression d'avoir fait tout son possible.

Je gardai le silence.

– Ce que je veux dire, c'est que…

– Je sais ce que vous voulez dire, mais justement : c'est pas un truc à me dire. Têtu comme une mule, je le suis depuis longtemps. Quand je commence quelque chose, j'ai toujours un mal de chien à m'arrêter. A vrai dire, je crois même que c'est surtout comme ça que je résous les problèmes. Je n'ai aucune idée de génie, je fais juste que m'accrocher comme un bulldog et je secoue jusqu'au moment où il y a quelque chose qui tombe.

– Et, tôt ou tard, ça finit par se produire ? Je sais qu'autrefois on disait que le crime ne paie pas…

– On disait ça autrefois ? Ça ne se dit plus beaucoup aujourd'hui. Le crime, ça paie à tous les coups.

Je descendis de la voiture, puis passai la tête à la portière pour finir ce que j'avais à lui dire :

– Mais ça, c'est seulement en un certain sens, parce qu'il y en a aussi un autre où ça ne paie pas du tout. Et moi, honnêtement, je ne pense vraiment pas qu'on emporte jamais quoi que ce soit en paradis.

9

Ce soir-là, je veillai tard. J'essayai de dormir, mais n'y arrivai pas. Je tentai de lire et, n'y parvenant pas davantage, je finis par me retrouver assis dans le noir, à regarder par la fenêtre les gouttes de pluie qui zébraient la lumière des lampadaires de la rue. Je restai longtemps ainsi et pensai de longues pensées. *Longues sont les pensées de la jeunesse, longues, très longues*. J'avais lu ça dans un poème un jour, mais non : à quelque âge que ce soit, chacun pense de longues pensées, surtout quand il n'y a pas moyen de dormir et qu'il pleut un peu.

Il était aux environs de 23 heures et je n'avais toujours pas quitté mon lit lorsque le téléphone sonna.

– T'as un crayon, Léon ? me demanda T. J. Allez, prends-en un et écris... (Il me débita deux ou trois numéros de téléphone à sept chiffres.) Et on n'oublie pas l'indicatif 718, parce que c'est par là qu'y faut commencer.

– Et qui j'aurai au bout ?

– Tu m'aurais eu si t'avais été chez toi la première fois que j't'ai appelé. C'est plus facile d'avoir du bol que d't'avoir au bout du fil, mec ! J't'ai appelé vendredi après-midi, j't'ai appelé vendredi soir, j't'ai appelé hier toute la journée jusqu'à minuit. T'es vraiment pas facile à joindre, tu sais ?

– J'étais sorti.

– Ça, en gros, j'l'avais deviné. Putain, mec, c'était pas rien, la balade que tu m'as fait faire ! Y en a pour des mois à s'taper le tour de Brooklyn !

– C'est vrai que ça fait du monde.

– Plus qu'il en faudrait. Pour le premier truc, j'suis allé jusqu'au terminus. La rame est r'passée en surface et ça m'a donné l'occasion de voir de bien jolies maisons. On aurait dit une ville d'autrefois au ciné… rien à voir avec New York ! Et quand j'suis arrivé à la première cabine, j't'ai appelé. Personne. J'ai commencé à traquer la deuxième cabine, et alors là, *man*, tu parles d'un voyage ! Y a des rues où j'suis passé où qu'les gens ils étaient du genre : « Hé là, l'négro ! qu'est-ce tu fous dans l'coin, hein ? » Personne m'a rien dit, mais y avait pas besoin d'écouter beaucoup pour entendre ce qu'y s'racontaient dans la tronche.

– Mais tu n'as pas eu d'ennuis ?

– Des ennuis, j'en ai jamais, mec. Les ennuis, je m'démerde toujours pour les trouver avant qu'ça soit eux qui m'trouvent. Bref, j'ai repéré la deuxième cabine et j't'ai appelé, et j't'ai pas eu parce que t'étais pas là pour qu'on puisse t'avoir. Alors je m'suis dit : Bon, peut-être que j'suis plus près d'un autre métro vu que ça fait des kilomètres que je marche, non ? Et alors, j'entre dans un magasin de bonbons et j'dis comme ça : « Pourriez-vous me dire où se trouve la station de métro la plus proche ? », quasi que ç'aurait été un speaker à la télé. Alors le mec, y m'regarde et y m'dit : « Métro ? », comme si c'était un mot qu'il avait jamais entendu… non, mieux : comme si le métro, c'était une idée qu'y pouvait même pas saisir, et moi, bon, hein, j'ai fait tout l'chemin en sens inverse, putain, jusqu'au terminus de Flatbush parce que ça, au moins, y a pas d'doute que j'sais faire.

– Il est d'ailleurs probable que ç'ait été la station la plus proche.

– Il est aussi probab' qu't'aies raison vu qu'quand j'ai r'gardé un plan du métro j'ai rien vu d'plus près. Ça, les raisons de rester à Manhattan, ça manque pas. Etre toujours à deux pas d'un métro, c'est quand même bien.

– Je tâcherai de ne pas oublier.

– Toujours est-il que j'avais vraiment envie que tu sois là pour décrocher. J'avais tout préparé dans ma tête, genre j'fais l'numéro et j'te dis : « T'appelles tout d'suite », et toi, t'appelles tout d'suite, et moi, j'décroche et j'te dis : « Allô, oui, c'est moi. » Bon, d'accord, à l'dire comme ça, c'est pas génial, mais c'est quand même ça que j'avais envie d'faire.

– Faut-il en conclure que les numéros étaient affichés sur les cabines ?

– Ah oui ! Merde ! Je m'disais bien que j'oubliais quéq'chose ! La deuxième cabine, tu sais, celle qu'était à Veterans Avenue que c'est au diable et l'reste et qu'y a tout l'monde qui t'zyeute drôlement bizarre ? Eh ben, celle-là, elle avait son numéro affiché. Alors que l'autre, celle qu'est au croisement de Flatbush et de Farragut, eh ben non, elle l'avait pas.

– Alors, comment se fait-il que tu l'aies eu ?

– C'est parce que j'ai d'la ressource, moi. J'te l'avais pas dit ?

– Plus d'une fois.

– Alors, tu sais pas c'que j'ai fait ? J'appelle l'opératrice. « Hé, nénette, que j'y fais, y a une merde. Non, vrai ! Y a pas d'numéro sur la cabine, c'qu'y fait que comment que j'fais pour savoir d'où j'appelle, hein ? » Et alors, elle, em'dit que vu qu'elle a aucun moyen de m'dire le numéro d'ma cabine, elle peut pas vraiment m'aider.

– Ce qui est peu vraisemblable.

– Ce qui est très exactement ce que j'me dis, moi aussi. Alors qu'y z'ont des tas d'engins que quand on leur demande un numéro aux Renseignements t'as même pas fini de l'dire qu'y t'ont déjà donné la réponse, là, elle, elle aurait même pas pu me donner le numéro d'la cabine d'où j'l'appelais ? Hé, ho ! Alors, moi, je m'dis : T. J., mon vieux, t'es con : les numéros, y les ont virés pour baiser les dealers de dope, et toi, tu l'appelles comme si qu't'en étais un ! Alors, j'refais le 0 vu qu'on peut passer toute sa journée à appeler l'opératrice sans jamais débourser un *quarter* étant donné que c'est gratuit, non?... Même qu'en plus tu tombes jamais sur la même nana. Bon, alors, bref, je tombe sur une autre poulette et alors là, l'accent des rues, je m'l'enlève complètement du gaziou et j'y fais : « Je me demandais s'il vous serait possible de m'aider, mademoiselle. Je me trouve à une cabine publique et il faut que j'en laisse le numéro à quelqu'un de mon bureau qui doit me rappeler et figurez-vous qu'il y a un vandale qui a tout barbouillé de graffitis tels qu'il m'est absolument impossible de déchiffrer le numéro. Je me demandais donc si vous pouviez vérifier de votre côté et me le communiquer... » Et alors, j'ai même pas fini de tout y lâcher qu'elle me le donne, son numéro, et alors, moi... Merde ! Matt ?... (Un disque s'était mis à lui demander de rajouter des pièces.) J'suis au bout d'mon *quarter*. Faut qu'j'en foute un autre.

– Donne-moi ton numéro. Je te rappelle.

– Pas possible. J'suis plus à Brooklyn et, c'te cabine-là, j'ai pas réussi à feinter une opératrice pour en avoir l'numéro.

L'appareil grinça tandis que la pièce tombait dans son logement.

– Là, reprit T. J., on va avoir la paix. Mais... assez rusé, non, la manière dont j'ai eu l'numéro d'l'autre ? Hé... t'es là ? Comment ça s'fait qu'tu dis plus rien ?

– Je suis ébloui, lui répondis-je. Je ne savais pas que tu étais capable de parler comme ça.

– Comme ça quoi ? Comme ça : bien comme y faut ? Mais bien sûr que j'en suis capable. C'est pas parce que j'traîne les rues que j'sommes totalement ignorant ! Même que ça m'fait deux langages, ça, t'sais ? Ouais, ouais, *man*, l'homme à qui qu'tu causes, c'est un bilingue.

– Impressionnant.

– Ben tiens... C'est c'que j'me suis dit en r'venant de Brooklyn. Bon, alors, t'as aut'chose à m'filer ?

– Non, rien pour le moment.

– Rien ? Mais meeeeerde, quoi ! Y doit quand même bien y avoir un truc à faire. J'ai pas fait comme y fallait ?

– Si, si. C'était génial.

– C'est vrai qu'y a pas besoin d'avoir inventé la poudre à canon pour faire l'aller-retour Brooklyn-Manhattan, mais quand même... C'était pas bien, la façon dont j'ai feinté l'opératrice pour avoir le numéro ?

– Absolument.

– J'te dis, faut avoir d'la r'ssource.

– Tu en as.

– Mais toi, t'as rien d'autre pour moi ?

– Je crains que non. Rappelle-moi dans deux ou trois jours.

– « Rappelle-moi », qu'y dit ! Mais t'appeler, j'ferais ça tout l'temps, moi, si t'étais là pour qu'on t'appelle ! Tu sais quoi ? Tu devrais t'payer un biper. Ouais, c'est ça qu'y t'faut : un biper. J'te bipe, et toi tu t'dis : Tiens, ça doit être T. J. qu'essaie de m'joindre, c'est sûrement important... Qu'est-ce t'as à t'marrer ?

– Rien.

– Alors pourquoi tu ris ? Bon, d'accord, *man* : j't'appellerai tous les jours parce que tu vois, moi, j'crois vraiment qu't'as besoin d'moi. Même que c'est c'que j'pense, Hortense.

– Pas mal, ça.

– Je m'doutais qu'ça t'plairait, dit-il. J'l'avais mis au frais rien que pour toi.

Il plut toute la journée du dimanche et j'en passai l'essentiel enfermé dans ma chambre. J'avais allumé la télé et n'arrêtais pas de sauter du tennis sur ESPN au golf sur une des grandes chaînes nationales. Il y a des jours où j'arrive à m'immerger entièrement dans un match de tennis, mais ce n'était pas le cas. Le golf ne réussit jamais à m'avoir complètement, mais, les paysages étant agréables et les commentateurs un peu moins bavards que leurs confrères de presque tous les autres sports, je ne déteste pas mettre ça à la télé quand j'ai envie de réfléchir à autre chose.

Jim Faber m'appela au milieu de l'après-midi pour annuler le repas que nous prenions régulièrement ensemble. Un cousin de sa femme venant de décéder, il se trouvait dans l'obligation d'aller faire un tour à l'enterrement.

– On pourrait se retrouver pour prendre un café maintenant, dit-il, mais comme il fait vraiment un temps dégueulasse...

Nous préférâmes passer dix minutes à bavarder. Je lui signalai que Peter Khoury m'inquiétait un peu : il ne m'aurait pas étonné qu'il se pique ou boive de temps en temps.

– Rien qu'à l'entendre parler d'héroïne, j'ai failli avoir envie d'en prendre, moi aussi, lui dis-je.

– Les junkies sont souvent comme ça, me répondit-il. Ils deviennent tout nostalgiques, comme un grand-père qui parlerait de son enfance perdue. Tu n'as pas oublié que tu n'as aucun moyen de l'aider à rester abstinent ?

– Je sais.

– Tu n'es pas en train de le prendre sous ton aile, au moins ?

– Non, non. Mais il n'a personne et, hier soir, il se servait de moi comme si j'étais son responsable attitré.

– Vaudrait mieux pas qu'il te le demande officiellement. Vu les relations de boulot que tu as avec son frère... et avec lui aussi, d'ailleurs...

– J'y ai déjà pensé.

– Sans oublier que, même s'il te le demandait, tu ne serais pas responsable de lui. Tu sais ce que ça exige, d'être un responsable qui fait bien son boulot ? Ça exige de rester abstinent soi-même.

– J'ai déjà entendu quelqu'un dire ça.

– Moi, sans doute... Mais empêcher quelqu'un de boire, personne ne peut y arriver. Je suis responsable de toi : est-ce que pour autant c'est moi qui t'empêche de boire ?

– Non. C'est sans rapport avec toi.

– Sans rapport avec moi… ou pour te foutre de ma gueule ?

– Disons qu'il y a un peu des deux.

– Oui, bon. Et puis, c'est quoi, son problème, à Peter ? Il s'apitoie sur son sort parce qu'il ne peut pas boire ou se shooter ?

– Sniffer.

– Hein ?

– Il n'a jamais touché une seringue de sa vie. Mais oui, c'est vrai : en gros, c'est ça. Et il en veut aussi à Dieu.

– Et merde, tiens ! Comme s'il était tout seul !

– Parce que c'est quoi, au juste, un Dieu qui laisse faire des trucs pareils à une femme aussi merveilleuse que sa belle-sœur, hein ?

– Des conneries de ce genre-là, Il en fait tous les jours, Dieu.

– Je sais.

– Même qu'en plus Il avait peut-être Ses raisons ! Et si Jésus avait eu besoin d'elle pour s'en faire un rayon de soleil ?… Tu te souviens de cette chanson-là ?

– Je ne crois pas l'avoir jamais entendue.

– Ben, je prie le bon Dieu que tu ne l'entendes jamais tomber de mes lèvres parce qu'il faudrait que je sois saoul comme une vache pour la chanter, cette chanson-là. Tu crois qu'il la tringlait ?

– Je crois qu'il tringlait qui ?

– Elle. Tu crois que Peter tringlait sa belle-sœur ?

– Nom de Dieu ! m'écriai-je. Pourquoi voudrais-tu que je pense un truc pareil ? Tu as l'esprit drôlement tourné, tu sais ?

– C'est à cause des gens avec qui je traîne.

– Ça doit être ça. Non, je ne crois pas qu'il la tringlait. Je crois qu'il est juste vraiment triste et tout et tout, et je crois aussi qu'il a envie de boire et de se camer, et j'espère bien qu'il ne fera rien de tout ça. Voilà, j'ai dit.

J'appelai Elaine et lui annonçai que j'étais libre pour

le dîner, mais elle avait déjà pris ses dispositions pour que son amie Monica puisse passer la voir. Elles avaient décidé de se faire livrer de la bouffe chinoise, j'étais le bienvenu si je voulais, même que, comme ça, elles pourraient commander encore plus de plats. Je lui répondis que je ferais peut-être un saut.

– T'as peur que ça soit une soirée de papotages entre nanas ? me demanda-t-elle. Au fond, t'as peut-être pas tort.

Mick Ballou m'ayant appelé pendant que je regardais *60 Minutes*[1], nous passâmes dix à douze de ces dernières à bavarder. Dans le même souffle, je lui annonçai que j'avais pris un billet pour l'Irlande et que je l'avais annulé. Il fut navré que je ne puisse pas le rejoindre, mais content que j'aie trouvé quelque chose à faire pour m'occuper.

Je lui racontai un peu ce que je fabriquais, mais ne lui dis rien du genre d'individus pour qui je travaillais. Il n'éprouvait aucune tendresse particulière pour les dealers, allant parfois jusqu'à envahir leur foyer pour les soulager de leurs liquidités.

Il me demanda le temps qu'il faisait, je lui répondis qu'il n'avait pas cessé de pleuvoir depuis le matin. Il me renvoya que, là-bas, il pleuvait tout le temps et qu'il avait du mal à se rappeler à quoi ressemblait le soleil. Oh ! et, hé... avais-je appris la nouvelle ? On avait enfin découvert la preuve que Notre Seigneur était irlandais.

– Tu m'en diras tant.

– Si, si, insista-t-il. Ecoute-moi et tiens-t'en aux faits. Il a habité chez ses parents jusqu'à l'âge de vingt-neuf ans. Il est allé boire un coup avec ses potes le dernier soir de Sa vie. Et Il pensait que Sa mère était vierge alors qu'elle, la bonne dame, elle croyait que Dieu, c'était Lui.

La semaine démarra lentement. Je bossai dur sur l'« affaire Khoury », appelons ça comme ça si vous

1. Célèbre magazine d'informations de la chaîne CBS.

voulez. Je réussis à obtenir le nom d'un des officiers de police qui avaient hérité du dossier Leila Alvarez. Etudiante au Brooklyn College, celle-ci avait été retrouvée morte dans le cimetière de Green-Wood. Au lieu d'échoir à la Criminelle du 72e Secteur, l'enquête avait été menée par celle de Brooklyn. C'était un certain John Kelly qui l'avait dirigée, mais, un, j'eus du mal à le joindre et, deux, j'hésitais à lui laisser mon nom et mon adresse.

Lundi, je vis Elaine, qui se montra bien déçue que, avec toutes les violées qui ne pouvaient manquer de nous appeler, son téléphone ne soit pas encore dégringolé de la table à force de sonner. Je lui signalai qu'il n'était pas du tout impossible que nous n'ayons aucune réponse, qu'il y avait des moments où c'était comme ça, qu'il fallait toujours lancer des tas d'hameçons appâtés dans la flotte et que, parfois, ça mettait des éternités à mordre. Sans compter qu'il était un peu tôt et qu'il me semblait peu vraisemblable que les gens avec qui elle avait parlé aient eu le temps de passer des coups de fil avant la fin du week-end.

– Lequel est fini depuis ce matin, me rappela-t-elle.

Je lui répondis que, en admettant que les flics consentent à appeler des gens, il leur faudrait sans doute du temps pour les joindre et que les victimes pourraient mettre deux ou trois jours avant de se résoudre à nous parler.

– Ou à se taire, dit-elle.

Son découragement fut plus grand encore lorsque la journée du mardi ne donna pas plus de résultats. Mais, lorsque je l'appelai le mercredi soir, Elaine était tout excitée. La bonne nouvelle ? Trois femmes lui avaient déjà téléphoné. La mauvaise ? Leurs renseignements n'avaient aucun rapport avec les types qui avaient assassiné Francine Khoury.

La première s'était fait agresser par un homme seul embusqué dans le couloir de son immeuble. Il l'avait violée, puis lui avait volé son sac à main. La deuxième, qui était enseignante, avait accepté de se faire ramener chez elle en voiture par quelqu'un en qui elle n'avait vu qu'un étudiant parmi d'autres. Celui-ci lui avait brandi un couteau sous le nez, l'avait obligée à passer sur la banquette arrière, mais elle avait réussi à s'échapper.

– Comme c'était un gamin tout maigre et qui avait opéré seul, dit Elaine, j'ai pensé qu'il fallait peut-être pas pousser au point de le prendre pour un tueur. Reste la troisième. Elle s'est fait violer au cours d'un rendez-vous galant. Ou suite à un « emballage », je sais pas comment les mecs appellent ça. D'après elle, une copine et elle auraient donc emballé deux types dans un bar de Sunnyside. Après quoi, elles seraient allées faire un tour en voiture, mais sa copine aurait eu mal au cœur. En voyant ça, les types se seraient arrêtés pour qu'elle puisse dégobiller dehors et se seraient barrés en la laissant toute seule. Non mais, tu te rends compte ?

– Ben… ce n'était évidemment pas très aimable, dis-je, mais de là à parler de viol…

– Très drôle. Toujours est-il qu'ils ont tourné et viré pendant un moment avant de monter chez la fille, qu'ils ont voulu baiser avec elle, mais qu'elle leur a dit : « Pas question, pour qui me prenez-vous ? bla bla bla bla… », mais, pour finir, elle a consenti : elle allait baiser avec un des deux, celui avec lequel elle s'était plus ou moins maquée, l'autre n'ayant qu'à attendre dans le living. Sauf qu'il n'a rien voulu savoir, qu'il est entré pendant qu'ils tringlaient, qu'il a regardé, ce qui a pas beaucoup fait pour lui calmer les ardeurs, comme tu t'en doutes, et que…

– Et que ?

– Et qu'après il a dit : « Siouplait, siouplait, siouplait », mais qu'elle elle lui a dit : « Non, non et non »… mais a fini par lui faire un pompier parce qu'il n'y avait plus moyen qu'elle s'en débarrasse autrement.

– C'est elle qui te l'a raconté ?

– Oui. En des termes plus choisis, c'est vrai, mais, en gros, c'est bien ce qui s'est passé. Après, elle s'est lavé les dents et a appelé les flics.

– Et crié au viol ?

– C'est-à-dire que… je ne vois pas comment appeler ça autrement. De « Siouplait, siouplait, siouplait », c'était passé à « Tu m'suces ou j'te fais avaler ton dentier », alors moi, qu'est-ce que tu veux ?… Pour moi, c'est du viol.

– C'est vrai que ça ne s'est pas fait dans le consentement mutuel.

– Mais ça ne ressemble pas à nos lascars.

– Pas le moins du monde.

– J'ai pris leurs numéros juste au cas où tu voudrais vérifier et leur ai promis de les rappeler si jamais le producteur décidait de donner suite, rien n'étant encore arrêté pour l'instant. Ça te va ?

– Absolument.

– Je n'ai rien découvert de bouleversant, mais je trouve encourageant d'avoir déjà reçu trois coups de fil. Et il y en aura sans doute d'autres demain.

Il y eut un appel le jeudi. Celui-ci paraissait prometteur. Agée d'une trentaine d'années, la victime, qui suivait des cours de doctorat à l'université Saint-John, s'était fait enlever sous la menace d'un couteau par trois jeunes gens alors qu'elle ouvrait la portière de sa voiture garée dans un des parkings du campus. Après s'être entassés dans le véhicule, les trois voyous avaient obligé la jeune femme à les conduire à Cunningham Park, où, après l'avoir violée oralement et vaginalement, ils l'avaient menacée de mutilations et, de fait, l'avaient blessée au bras, mais accidentellement, c'est probable. Leur affaire faite, ils l'avaient abandonnée dans le parc et s'étaient enfuis avec sa voiture, que, presque sept mois après les faits, on n'avait toujours pas retrouvée.

– Mais ça ne peut pas être eux, dit Elaine, parce que c'étaient des Noirs et que, les types d'Atlantic Avenue, ce sont bien des Blancs, non ?

– Si, si. Là-dessus, au moins, tout le monde est d'accord.

– Et eux, ils étaient noirs. J'arrêtais pas de revenir là-dessus, même qu'elle a dû me prendre pour une raciste, ou croire que c'était moi qui pensait qu'elle l'était... Bon, enfin, tu vois. Sinon, bien sûr, j'aurais arrêté de taper sur ce clou-là. Mais comme il était essentiel de le savoir vu que, pour nous, ça la mettait aussitôt hors course... enfin, à moins qu'entre août dernier et aujourd'hui ils aient trouvé le moyen de changer de couleur de peau.

– S'ils l'avaient trouvé, lui fis-je remarquer, ils ne feraient pas suer le monde pour quatre cent mille malheureux dollars.

– Mignon, ça. Toujours est-il que je me sentais passablement conne, mais que j'ai quand même pris son nom et son numéro de téléphone et lui ai dit qu'on l'appellerait dès qu'on aurait le feu vert. Tu veux que je te raconte un truc marrant ? Elle m'a dit que, même si ça menait à rien, elle était contente d'avoir appelé parce que ça lui faisait du bien de causer. Elle avait beaucoup parlé juste après les faits, avec des conseillers et tout et tout, mais plus jamais depuis. Bref, ça lui avait fait du bien.

– Et à toi aussi, donc.

– Et à moi aussi parce que, jusqu'à ce moment-là, je me sentais mal de lui faire endurer ces trucs-là pour de la blague. A un moment, elle m'a même dit que c'était vraiment pas difficile de me parler.

– Voilà qui ne surprend guère le grand reporter que je suis.

– Elle me prenait pour une thérapeute. J'ai vu le moment où elle allait me demander si elle pourrait pas venir me voir une fois par semaine. Je lui ai raconté que j'étais l'assistante d'un producteur et que ça demandait à peu près le même genre de talents.

Ce jour-là encore, je réussis enfin à avoir l'inspecteur John Kelly au bout du fil. Il n'avait pas oublié l'affaire Leila Alvarez et me dit qu'elle avait été particulièrement horrible. Leila était une jolie nana et, d'après tous ceux et toutes celles qui l'avaient connue, une fille sympa et qui travaillait bien en fac.

Je lui racontai que, rédigeant un article sur les cadavres abandonnés dans des endroits bizarres, je voulais savoir si celui de Leila était dans un état inhabituel lorsqu'on l'avait retrouvé. Il me répondit qu'il y avait eu mutilation. Je lui demandai s'il pouvait me donner des précisions, il me renvoya qu'il ne valait mieux pas. En partie parce que la police se refusait à divulguer certains renseignements à la presse, en partie parce qu'on entendait épargner la famille.

– Je suis certain que vous comprenez, conclut-il.

J'essayai d'autres biais et me heurtai chaque fois au même mur. Je le remerciai et m'apprêtais à raccrocher lorsque quelque chose me poussa à lui demander s'il n'aurait pas travaillé au commissariat du 78e Secteur. Il voulut savoir pourquoi je lui posais cette question.

– Parce que je me souviens d'un certain John Kelly qui y bossait, lui répondis-je. Sauf que ça ne peut pas être vous : à l'heure qu'il est, mon John Kelly à moi serait à la retraite depuis belle lurette.

– C'était mon père… Vous dites vous appeler Scudder ? Qu'est-ce que vous faisiez à cette époque-là ? Reporter ?

– Non, j'étais flic moi aussi. Je suis resté au 78e pendant un moment, puis je suis passé au 6e de Manhattan quand on m'a nommé inspecteur.

– Vous avez été inspecteur ? Et maintenant vous écrivez ? Mon père parlait toujours beaucoup d'écrire un livre, mais ça n'est jamais allé plus loin que des paroles. Il a pris sa retraite, euh… ça doit faire huit ans… et s'est installé en Floride, où il fait pousser des pamplemousses dans son jardin. Je connais des tas de flics qui essaient d'écrire des livres, ou le prétendent. Ou disent qu'ils y pensent. Alors que vous… Vous êtes vraiment en train d'en écrire un ?

C'était le moment de changer de vitesse.

– Non, lui répondis-je.

– Je vous demande pardon ?

– J'étais seulement en train de vous bourrer le mou, lui avouai-je. Je suis détective privé depuis que j'ai quitté la police.

– Et c'est quoi que vous voulez savoir, sur l'affaire Alvarez ?

– Je veux connaître la nature des mutilations.

– Pourquoi ?

– Parce que je veux savoir s'il y a eu amputation.

Il y eut une pause, assez longue pour que j'en arrive à regretter la manière dont je m'y étais pris, puis il me dit :

– Vous savez pas ce que j'aimerais savoir, moi ? J'aimerais savoir ce que ça peut bien vous foutre...

– Il y a eu une affaire dans le Queens, ça fait plus d'un an de ça, lui répondis-je. Trois types qui ont embarqué une femme à Woodhaven, dans Jamaica Avenue, et l'ont abandonnée sur un parcours de golf de Forest Park. En plus de lui avoir fait subir tout un tas de brutalités diverses, ils lui ont coupé deux doigts et les lui ont enfoncés dans... euh... divers orifices.

– Et vous avez des raisons de penser que ce sont les mêmes types qui se sont fait les deux femmes ?

– Non, aucune. Mais j'ai des raisons de croire que le type qui s'est fait la Gotteskind ne s'en est pas tenu là.

– C'était comme ça qu'elle s'appelait, la fille de Queens ? Gotteskind ?

– Oui, Marie Gotteskind. J'essaie de voir si son meurtre ne collerait pas avec d'autres, et comme l'histoire Alvarez ne m'avait pas l'air impossible... Sauf que je n'arrive pas à en savoir plus que ce qu'il y a dans les journaux.

– Alvarez avait un doigt dans le cul.

– Même chose que pour Gotteskind. Et elle avait l'autre... devant.

– Dans le...

– Oui.

– Vous êtes comme moi : vous n'aimez pas prononcer ces mots-là quand il s'agit d'une morte. Ah, je sais pas, moi ! Il suffit de rester un peu avec les légistes pour que ça… jamais vu des mecs aussi irrévérencieux que ces types-là ! Ah, les salauds ! Ça doit être pour se protéger.

– Il y a des chances.

– Il n'empêche : je ne trouve pas ça très respectueux. Toutes ces malheureuses ! Qu'est-ce qu'elles peuvent espérer d'autre après la mort ? Comme si, du respect, le type qui leur avait arraché la vie leur en avait montré le moins du monde !

– Ça !

– Il lui manquait un sein.

– Je vous demande pardon ?

– Alvarez… ils lui ont coupé un sein. D'après les saignements, les légistes sont sûrs qu'elle était vivante quand ils lui ont…

– Nom de Dieu !

– Ce qui fait que j'ai très envie de les coincer, ces petits fumiers, vous voyez ? Quand on bosse à la Criminelle, on veut attraper tout le monde parce que, les petits meurtres, ça n'existe pas, mais il y en a quand même certains qui vous restent en travers, et celui-là c'en est un. On a travaillé comme des dingues, on a vérifié tous ses faits et gestes, on a parlé avec tous les gens qui la connaissaient, mais vous savez ce que c'est… Quand il n'y a aucun lien entre le tueur et sa victime et que les indices matériels sont pratiquement inexistants, il vient toujours un moment où on est bien obligé d'arrêter. Il n'y avait pas grand-chose sur les lieux vu qu'ils se l'étaient faite ailleurs et s'étaient contentés de la larguer au cimetière.

– C'est ce qu'il y avait dans le journal.

– Même chose que pour Gotteskind ?

– Oui.

– Si seulement je l'avais su… Vous dites que ça s'est passé il y a un peu plus d'un an ?

Je lui donnai la date exacte.

– Et donc, ça fait un an que ça traîne dans un dossier de la Criminelle du Queens et que… Comment aurais-je pu le savoir ? Deux cadavres avec des doigts, euh… enlevés, puis remis, et c'est comme si je m'étais foutu le mien dans l'œil. Et merde, c'est pas ça que je voulais dire, vraiment pas… Putain de Dieu !

– J'espère que ça vous a fait du bien.

– Vous espérez que ça m'a fait du bien… Vous avez autre chose ?

– Non, rien.

– Si vous gardez des trucs par-devers…

– Pour Gotteskind, tout ce que je sais se trouve dans son dossier. Quant à Alvarez, en dehors de ce que vous venez de me raconter…

– Et vous là-dedans ? Où est-ce que vous vous situez ?

– Je viens de vous dire que je…

– Non, non et non. Juste ce qui vous intéresse, vous.

– C'est confidentiel.

– Mon cul, oui. Vous n'avez pas le droit de garder des renseignements par-devers vous.

– Je ne le fais pas.

– Ah bon ? Et comment vous appelez ça, alors ?

Je respirai un grand coup, puis lui lançai :

– Je crois vous avoir dit tout ce que j'avais à vous dire. Gotteskind ou Alvarez, je n'ai pas de renseignements particuliers sur ces deux homicides. Ce que je sais du premier, je l'ai lu dans le dossier, ce que je sais du second, c'est vous qui venez de me l'apprendre, et mes connaissances s'arrêtent là.

– Qu'est-ce qui vous a poussé à lire le dossier Gotteskind ?

– Un article paru dans la presse il y a un an. En plus, c'est moi qui vous ai appelé, et je l'ai fait en me fondant sur un autre article de journal… Un point c'est tout.

– Vous avez un client et vous essayez de le couvrir.

– Si c'était le cas, je ne vois pas comment ce client pourrait être l'assassin, ni non plus comment son histoire pourrait intéresser d'autres personnes que moi.

Vous ne préféreriez pas plutôt comparer les deux affaires… histoire de voir si ça ne vous donnerait pas un angle d'attaque un peu nouveau ?

– Oui, bon… Bien sûr que c'est ça que je vais faire, mais, votre angle à vous, j'aimerais bien le connaître aussi.

– Il est sans importance.

– Je pourrais bien vous demander de témoigner. Ou vous faire embarquer si vous préférez me la jouer comme ça.

– Vous pourriez. Mais vous n'en tireriez rien de plus que ce que vous savez déjà. Vous pourriez me faire perdre mon temps, c'est vrai, mais comme vous aussi vous perdriez le…

– Vous avez un sacré culot, ça, il faut le dire !

– Allons, allons ! lui renvoyai-je. Comme si vous n'en saviez pas plus long maintenant qu'avant mon appel ! Vous voulez jouer les gros râleurs… d'accord, vous pouvez, mais ça sert à quoi ?

– Que voulez-vous que je fasse ? Que je vous dise « merci » ?

Je songeai que ce serait un bon début, mais gardai cette pensée pour moi.

– Allez vous faire foutre ! s'écria-t-il. Cela dit, il ne serait pas mauvais que vous me laissiez votre adresse et votre numéro de téléphone… au cas où j'aurais besoin de vous joindre…

L'erreur avait été de lui donner mon nom. J'aurais pu chercher à savoir s'il était assez bon pour me retrouver dans l'annuaire de Manhattan, mais à quoi cela m'aurait-il mené ? Je lui donnai mon adresse et mon numéro de téléphone et ajoutai que, si j'étais certes navré de n'avoir pas pu répondre à toutes ses questions, j'avais certaines obligations vis-à-vis de mon client.

– A votre place, moi aussi j'aurais été fou de rage, lui dis-je encore. Je comprends très bien ce que vous ressentez, mais il y a des choses que je suis tenu de faire, et je les fais.

– Ouais, ouais… j'ai déjà entendu ça. Peut-être que c'était les deux mêmes et peut-être qu'il va en sortir quelque chose si on distingue les deux affaires. Ça serait déjà pas mal.

Côté remerciements, on s'en tiendrait là, et je fus heureux de pouvoir m'en contenter. Je lui répondis que ce serait très bien, en effet, lui souhaitai bonne chance et lui demandai de transmettre mon bon souvenir à son père.

10

Ce soir-là, je me rendis à une réunion pendant qu'Elaine allait suivre un cours à la fac. Après, nous prîmes chacun un taxi et nous nous retrouvâmes au Mother Goose. Danny Boy se pointa aux environs de 23 h 30 et s'assit à notre table. Il avait une fille avec lui – très grande, très maigre, très noire et très étrange. Il nous la présenta sous le nom de Kali, laquelle Kali accepta nos salutations d'un petit hochement de tête, mais ne souffla mot ni ne parut rien entendre de ce qu'on disait pendant une bonne demi-heure. Au bout de quoi, elle se pencha en avant et, regardant fixement Elaine, elle lui lança :

– Vous avez l'aura bleu sarcelle. Très pure et très belle.

– Merci, dit Elaine.

– Et votre âme est fort ancienne, reprit Kali, dont ce furent là les dernières paroles.

Quant à nous laisser penser qu'elle aurait remarqué notre présence…

Danny Boy n'ayant pas grand-chose à nous raconter, nous passâmes l'essentiel de notre temps à apprécier la musique et à bavarder de choses et d'autres entre les morceaux. Il était assez tard lorsque nous quittâmes les lieux. Dans le taxi qui nous ramenait chez elle, je dis à Elaine :

– Tu as donc une âme fort ancienne, une aura bleu sarcelle et un petit cul qui est mignon à ravir.

– Elle remarque beaucoup de choses, cette dame, me renvoya-t-elle. Mon aura bleu sarcelle, les trois quarts des gens ne la repèrent qu'au bout de deux ou trois rencontres.

– Ne parlons même pas de ton âme fort ancienne.

– En fait, ce ne serait peut-être pas une mauvaise idée de ne pas trop s'étendre sur le grand âge de mon âme… vu ? Mais tu peux me dire tout ce que tu veux sur les beautés de mon petit cul. Où est-ce qu'il les trouve, ses nanas, le Danny Boy ?

– Je ne sais pas.

– Si c'étaient toutes de grandes bécasses de base genre Agence centrale des actrices et modèles, je comprendrais mieux, mais ce n'est pas le cas. A quoi tu crois qu'elle carbure, cette… Kali ?

– Aucune idée.

– Parce qu'elle donnait quand même follement l'impression d'évoluer dans d'autres royaumes que nous. On aurait donc encore recours aux drogues psychédéliques à notre époque ? Elle doit marcher aux champignons magiques… ou alors à la moisissure hallucinogène qui ne pousse que sur le cuir en décomposition. Que je te dise un truc : elle se ferait un max de fric à jouer les dominatrices.

– Pas si elle a le cuir qui se décompose. En plus, il faudrait qu'elle ait un peu la tête à ce qu'elle fait.

– Tu sais très bien ce que je veux dire : elle a la gueule de l'emploi… et la présence aussi. Tu ne te vois pas en train de ramper à ses pieds et d'adorer ça ?

– Non.

– C'est vrai que toi… M. le marquis de Suave en personne ! Tu te rappelles la fois où je t'ai attaché ?

Le chauffeur avait toutes les peines du monde à ne rien laisser transparaître de sa joie.

– Ça ne te ferait rien de la fermer ? dis-je à Elaine.

– Tu te souviens pas ? Quand je pense que tu t'es endormi !

– C'était juste pour te montrer à quel point je me sentais en confiance, lui dis-je. Et maintenant, je t'en prie, tais-toi.

– D'accord. Je m'enveloppe dans mon aura bleu sarcelle et je dis plus un mot.

Le lendemain matin, avant mon départ, Elaine me répéta qu'elle attendait beaucoup des appels que nos violées n'allaient pas manquer de nous passer.

– C'est aujourd'hui le grand jour, dit-elle.

Mais, aura bleu sarcelle ou pas, elle s'était trompée. Personne ne lui téléphona. Lorsque j'abordai la question dans la soirée, Elaine se montra particulièrement lugubre.

– Faut croire que c'est fini, dit-elle. Trois appels mercredi, un hier, et rien aujourd'hui. Et moi qui pensais devenir une héroïne et découvrir des trucs de la plus haute importance...

– Dans une enquête, quatre-vingt-dix-huit pour cent des trucs qu'on découvre sont sans importance, lui répondis-je. Même que si on fait tout ce à quoi il est humainement possible de penser, c'est justement parce qu'on ne sait jamais ce qui pourra en sortir. Tu as été certainement géniale au téléphone pour avoir des réactions pareilles, mais ça ne sert à rien de te lamenter. Tant pis si tu n'as pas découvert une seule victime de nos trois abominables. Autant chercher une aiguille dans une botte de foin. En plus, il y avait de fortes chances pour que notre botte de foin, personne n'y ait jamais laissé tomber une seule aiguille.

– Que veux-tu dire ?

– Qu'ils ont dû supprimer tous les témoins. Qu'ils ont dû tuer toutes les femmes qu'ils ont torturées et que celle que tu cherchais n'a probablement jamais existé.

– Bon, bon, dit-elle. Eh bien, qu'elle aille au diable, cette nana, si elle n'a jamais existé !

T. J. appelait tous les jours, parfois à plusieurs reprises. Je lui avais donné cinquante dollars pour aller jeter un coup d'œil aux deux cabines de Brooklyn et il ne devait plus lui rester beaucoup d'argent après tout ce qu'il avait dépensé en métros et autobus – et maintenant en coups de téléphone. Il gagnait sans doute plus à faire le pet pour des joueurs de bonneteau, aider des colporteurs et rendre les menus services pour lesquels on le rétribuait. Il n'empêche : il n'arrêtait pas de me casser les pieds pour que je lui trouve quelque chose à faire.

C'était samedi. Je payai mon loyer par chèque et réglai toutes mes factures mensuelles – téléphone et arriérés de cartes de crédit en particulier. En regardant ma note de téléphone, je repensai aux appels que Kenan Khoury avait reçus chez lui. Quelques jours plus tôt, j'avais encore une fois tenté de trouver un employé du téléphone qui pourrait me donner le renseignement que je voulais et, encore une fois, je m'étais entendu répondre que c'était impossible.

Bref, j'y songeais toujours plus ou moins lorsque T. J. m'appela, vers 10 h 30.

– Donne-moi encore des cabines à vérifier ! me supplia-t-il. Le Bronx, Staten Island, n'importe où, mec !

– Tu veux me rendre un service ? Eh bien, tiens, en voici un, lui renvoyai-je. Je te file un numéro et tu me dis qui c'est qui a appelé.

– Quoi t'est-ce ?

– Bah... rien.

– Non, non, tu m'as dit quéq'chose, *man*. Tu veux pas répéter ?

– Sans compter que tu serais foutu d'y arriver !... Tu te rappelles comment tu as blousé l'opératrice pour qu'elle te donne le numéro de la cabine de Farragut Road ?

– Tu veux dire... avec ma voix « costume trois-pièces de chez Brooks Brothers » ?

– C'est ça. Et si tu la reprenais, ta jolie voix ? Tu te trouves le PDG d'une compagnie du téléphone et tu lui demandes de te dégoter la liste des appels qu'on a passés à un numéro de Bay Ridge.

T. J. m'ayant réclamé des précisions, je lui expliquai ce que je cherchais et pourquoi j'avais fait chou blanc.

– Une seconde ! s'écria-t-il. T'es bien en train de m'dire qu'ils voudraient pas t'filer ces numéros ?

– Oui, mais c'est parce qu'ils ne les ont pas. Tous les appels sont bien enregistrés, mais ce n'est pas comme ça qu'on les classe.

– Ben merde, alors ! dit-il. Et ma première opératrice qui m'a balancé qu'il était pas question qu'elle me crache mon numéro, hein ? Si tu crois tout ce qu'on t'raconte, *man*…

– Je ne…

– T'es un drôle d'artiste, tu sais ? J't'appelle tous les jours pour te d'mander si t'aurais pas un truc pour T. J., et tout c'que t'arrives à m'dire c'est qu't'as rien ! Comment ça s'fait qu'tu m'aies pas parlé d'ça plus tôt ? T'es vraiment cave, Octave.

– Ce qui veut dire ?

– Que si tu me dis pas c'que tu veux, comment veux-tu qu'moi j'te l'trouve ? C'est même c'que j't'ai dit la première fois qu'on s'est baladés dans le Deuce. Ouais, tout d'suite que j'te l'ai dit, que si tu m'disais sur quoi tu bossais, j'pourrais peut-être t'aider !

– Je m'en souviens.

– Alors qu'est-ce tu branles à faire chier les nanas du téléphone alors qu'y a qu'à parler à T. J. ?

– Tu veux dire que tu pourrais me retrouver mes numéros ?

– Non, monsieur. Mais les Kong, oui, j'pourrais t'les retrouver.

– Les Kong, reprit-il. Jimmy et David.

– Ils sont frères ?

– Pas qu'je sache : y a pas d'air de famille. Jimmy Hong est chinois et David King juif… enfin, son père. Y m'semble que sa mère est portoricaine.

– Mais alors pourquoi ce nom ?

– Ben quoi, « ce nom » ? Jimmy Hong et David King ? Dis… Hong Kong et King Kong, t'as jamais entendu causer ?

– Ah.

– En plus qu'autrefois, leur jeu préféré, c'était *Donkey Kong*.

– C'est un jeu vidéo ?

Il acquiesça d'un signe de tête.

– Même que c'est pas mal.

Nous nous étions installés dans un snack-bar du terminus de la gare routière où il avait tenu à me retrouver. Je buvais une tasse de mauvais café, il mangeait un hot dog en sirotant un Pepsi.

– Tu t'rappelles Chaussettes ? reprit-il. Le mec qu'on r'gardait aux flippers ? Dans le genre, y a pas beaucoup mieux, mais à côté des Kong c'est un gros nullard. Tu sais qu'les types ils essaient toujours de s'tenir au niveau d'la machine, non ? Eh ben, les Kong, eux, ils avaient même pas besoin. Y la battaient à tous les coups.

– Tu m'as amené ici pour me faire rencontrer deux champions de flipper ?

– Il y a une énorme différence entre le flipper et le jeu vidéo, mec.

– J'imagine bien que oui, mais…

– Sauf que c'est rien comparé à la différence entre les jeux vidéos et là où y trônent, les Kong. J't'ai déjà dit comment qu'beaucoup d'mecs y traînent devant les flippers, mais que, quand y sont vraiment bons, ça finit par plus vraiment les exciter parce qu'y a plus moyen d'faire des progrès, non ?

– Si, tu me l'as dit.

– Sauf qu'y a des types que, eux, y finissent par s'intéresser aux ordinateurs. Et que les Kong, d'après c'qu'on raconte, y feraient que ça depuis toujours et qu'ils s'en serviraient pour baiser les jeux vidéos, genre on d'vine ce que la machine va faire avant qu'elle le fasse ? Tu joues aux échecs, Matt ?

– Je connais les règles.

– Faudrait qu'on fasse une partie un jour, histoire que je voye c'que tu vaux. Tu connais les tables en pierre à

Washington Square ? Tu sais bien... là où les mecs apportent leurs pendules et bossent leurs manuels en attendant de jouer ? Eh ben, moi, j'y joue, là-bas en bas, des fois.

– Tu dois être drôlement bon.

Il secoua la tête.

– Y a des types que quand tu joues avec eux, c'est comme si t'essayais d'faire un cent mètres avec de l'eau jusqu'à la ceinture ! T'arrives jamais à rien parce que eux y sont déjà à réfléchir quatre ou cinq coups plus loin.

– J'ai souvent la même impression dans mon boulot.

– Ah ouais ? Ben, c'est comme les jeux vidéos pour les Kong. C'était des mecs qu'étaient toujours en avance de cinq ou six longueurs sur la bécane. Ce qui fait qu'maint'nant y travaillent dans les ordinateurs. Des « bidouilleurs », qu'on appelle ça.

– Je sais.

– Putain, mec ! Tu veux un renseignement, c'est pas à l'opératrice que tu t'adresses, quand même ! Ni au PDG de la compagnie non plus ! Non, t'appelles les Kong. Parce que, eux, l'téléphone, ils y entrent et rampent dedans comme si c'était un monstre qu'ils y barbotaient dans les sangs. Tu connais le film, attends... comment ça s'appelle, déjà ? *Le Voyage fantastique* ? Ben, eux, les Kong, c'est dans le bigo qu'y voyagent.

– Je ne sais pas, moi, lui fis-je remarquer. Si le PDG ne peut même pas sortir son renseignement de sa banque de don...

– Mais, mec ! Tu m'écoutes ou quoi ?

Il poussa un soupir, aspira un grand coup avec sa paille et vida les dernières gouttes de son Pepsi.

– Dis, qui c'est qu'tu vas voir quand tu veux savoir c'qui s'passe dans les rues et la marchandise qui s'écoule dans le Barrio ou à Harlem ? Le maire ?

– C'est vrai que...

– Tu vois c'que j'veux dire ? Les trottoirs de la compagnie du téléphone, y font ça tous les jours, les Kong.

Tu connais Ma Bell[1] ? Eh ben, eux, c'est sous ses jupes qu'y vont voir !

– Et où les trouve-t-on, tes Kong ? Aux flippers ?

– J'te l'ai déjà dit : y a belle lurette qu'ça les excite plus. Y descendent encore une fois de temps en temps histoire de voir c'qui s'trame dans l'quartier, mais traîner dans les environs, y font plus. Bref, on va pas les trouver. C'est eux qui vont venir. J'leur ai dit qu'on s'rait ici.

– Comment tu les as joints ?

– Qu'est-ce tu crois ? J'leur ai passé un coup de biper. Les Kong, y sont jamais très loin d'un bigo. Vachement bon, ce hot dog, tu sais ? C'est pas qu'on s'attendrait à manger aussi bien dans un boui-boui pareil, mais pour être bon, c'est bon.

– Es-tu en train de me laisser entendre que tu en voudrais un autre ?

– Tant qu'à faire... Des fois, ça leur prend du temps pour venir et puis... y a aussi qu'ils aiment bien voir avant d'causer. Vaut mieux savoir si l'mec il est seul et si y a moyen de s'barrer vite fait des fois qu'on prendrait peur.

– Pourquoi auraient-ils peur de moi ?

– Parce que tu pourrais très bien être un flic qui bosse pour la compagnie du téléphone, tiens, pardi ! C'est des hors-la-loi, les Kong, *man* ! Si jamais Ma Bell elle leur fout la main d'ssus, attention la bastonnade qu'y vont s'prendre sur les fesses !

– L'essentiel là-dedans, dit Jimmy Hong, c'est de faire gaffe. Depuis le péril jaune, les costards trois-pièces sont persuadés qu'il y a pas pire menace que les bidouilleurs sur l'Amérique du business. Les médias arrêtent pas de faire des sujets sur les catastrophes qu'on pourrait déclencher si seulement on en avait envie.

1. Soit la « Mère Bell ». Nom de la compagnie du téléphone qui fut scindée en de nombreuses petites sociétés dans les années quatre-vingt.

– Destruction de données, psalmodia David King, manipulation de fichiers, effacement des circuits...

– La copie serait pas mauvaise s'ils perdaient pas régulièrement de vue que c'est justement le genre de conneries qu'on fait jamais. Ils s'imaginent qu'on a envie de foutre de la dynamite sur les rails, alors que tout ce qu'on veut, c'est faire un tour de train gratis.

– Il y a quand même des fois où des petits couillons introduisent des virus...

– Ouais, mais en général c'est pas des bidouilleurs. C'est juste des crétins qu'ont une dent contre telle ou telle boîte, ou alors un type qu'a foutu la merde dans le programme parce qu'il s'est servi d'un logiciel piraté.

– Tout ça pour dire que Jimmy est trop vieux pour prendre ce genre de risques, conclut David.

– J'ai eu dix-huit ans le mois dernier, précisa Jimmy Hong.

– Ce qui fait que, s'ils nous piquent, c'est sur le versant adulte que ça se passe, la condamnation... enfin, s'ils s'en tiennent à l'âge chronologique. Parce que s'ils décidaient de faire entrer la maturité émotionnelle en ligne de compte...

– David s'en tirerait sans rien, dit Jimmy. L'âge de raison, il y est jamais arrivé.

– Et l'âge de raison, c'est quand même entre l'âge de la pierre et l'âge du fer.

Les Kong étaient du genre à ne plus pouvoir la fermer dès qu'ils décidaient de faire confiance à quelqu'un. Grand et maigre, Jimmy Hong faisait dans les un mètre quatre-vingt-cinq, avait les cheveux noirs et raides et un visage long et saturnin. Il portait des lunettes de soleil type aviateur, avec verres teintés ambre. Au bout d'un petit quart d'heure que nous étions ensemble, il les ôta pour se mettre une paire de lunettes à monture en corne et verres ronds et clairs sur le nez. On était passé de l'air branché au look studieux.

David King, lui, ne faisait pas plus d'un mètre soixante-dix et avait le visage rond, des cheveux roux et des taches de son partout. L'un comme l'autre, les Kong portaient des survêtements marqués au sigle des Mets, des pantalons en toile et des Reebok, pareille similitude dans la tenue ne suffisant pourtant pas à les faire prendre pour des jumeaux.

Mais, en fermant les yeux, se laisser abuser ne présentait aucune difficulté. Ils avaient des timbres de voix assez voisins et des rythmes d'élocution très semblables et adoraient se finir mutuellement leurs phrases.

L'idée de m'aider à résoudre une affaire de meurtre, que je ne leur avais guère détaillée, les séduisait beaucoup – au moins autant que les réponses, à leur goût « divertissantes », que m'avaient opposées divers bureaucrates de la compagnie du téléphone.

– Chou ! s'écria Jimmy Hong. Oser vous affirmer que c'est pas possible ! Ils devaient pas savoir comment s'y prendre !

– Et dire que c'est leur système à eux ! renchérit David King. On pourrait au moins espérer qu'ils le comprennent !

– Mais non.

– Et nous, ils nous détestent. C'est parce qu'on le comprend mieux qu'eux.

– Et, en plus, ils sont persuadés qu'on voudrait leur bousiller leur bazar…

– Alors qu'on l'adore ! Non, parce que, quand on veut bidouiller sérieux, la NYNEX, y a rien de mieux.

– Faut dire que c'est beau, ce système.

– Incroyablement complexe.

– Des chaînes logiques à n'en plus finir.

– Des labyrinthes à s'en ravir.

– Le *nec plus ultra* du jeu vidéo, quoi ! Le summum de *Donjons et Dragons* tout en un !

– Cosmique.

– Mais… on peut y arriver ? leur demandai-je.

– Quoi, « on peut y arriver » ? A trouver les numéros ? A recenser les appels passés à X ou Y tel ou tel jour ?

– Oui.

– Ça serait coton, lança David King.
– Lui, quand il dit « coton », ça veut dire que ça l'intéresse.
– Ouais. Ça serait intéressant. Très très intéressant, même. Mais il y a une solution. Et donc, c'est soluble.
– Mais trapu.
– A cause du nombre de données.
– Des tonnes, qu'il y en a, insista Jimmy Hong. Des millions et des millions.
– Les données, c'est les coups de fil.
– Des milliards. Innombrables, ces milliards de coups de fil.
– Et faudrait les trier.
– Même qu'avant de faire ça…
– … faudrait déjà entrer dans la bécane.
– Ce qui était fastoche jadis.
– Fastoche de fastoche.
– Parce qu'ils laissaient toujours la porte ouverte.
– Alors que maintenant ils la ferment.
– Même qu'on pourrait dire qu'ils la clouent, en fait.
– S'il vous faut des outils spéciaux…, leur dis-je.
– Oh non, non, non. Pas vraiment.
– On a tout ce qu'il faut.
– L'en faut pas lourd, d'ailleurs. Un ordinateur portatif pas trop dégueu, un modem, un coupleur acoustique…
– Du mille deux cents dollars max, tout ça. Oui… l'ensemble.
– A moins de craquer pour un portable dernier cri. Mais y a pas besoin.
– Celui qu'on a vaut à peine sept cent cinquante dollars et y a tout ce qu'il faut dessus.
– Et donc, vous pourriez ?
Ils échangèrent quelques regards, puis se tournèrent vers moi.
– Bien sûr qu'on pourrait, dit Jimmy Hong.
– Même que ça serait assez fascinant.
– Faudrait bien une nuit entière.

– Et ça pourrait être ce soir ?
– Non, ce soir c'est pas possible… Il vous faudrait ça pour quand, au pire ?
– Ben…
– Demain, c'est dimanche. La nuit de dimanche à lundi, ça vous irait, Matt ?
– La nuit de dimanche à lundi, ça m'irait, dis-je.
– Et vous, monsieur King ?
– Ça m'botterait, monsieur Hong.
– T. J. ? Tu pensais en être ?
– Demain soir ?
C'était la première fois qu'il l'ouvrait depuis qu'il m'avait présenté ses amis.
– Voyons voir, dit-il. Demain soir… Qu'est-ce que j'avais prévu pour demain soir ?… C'est pas demain soir qu'y a le grand gala à la mairie ? … Ou alors ?… ça s'rait pas plutôt l'dîner avec Kissinger au Windows on the World[1] ?
Il fit semblant de feuilleter un calepin, puis il releva la tête et me regarda d'un œil brillant.
– Ben ça alors ! s'écria-t-il. Demain soir, je suis libre !
– Y aura des frais, Matt, reprit Jimmy Hong. Va nous falloir une chambre d'hôtel.
– J'en ai une.
– Vous voulez dire… là où vous habitez ?
Ils se firent un grand sourire, comme si ma naïveté les amusait beaucoup.
– Non, non. Il nous faut un truc anonyme. C'est qu'on va y entrer drôlement profond, dans la NYNEX.
– Même qu'on va y ramper dans le ventre qu'est fécond, qu'on pourrait presque dire…
– … et qu'on pourrait y laisser des traces de pas…
– … ou des empreintes, à vous de voir.
– Des empreintes vocales, même, tiens. On parle métaphores, bien sûr.

1. Célèbre restaurant aérien situé en haut d'un gratte-ciel de New York.

– Bref, on n'a pas tellement envie de faire ça d'un téléphone qu'on pourrait dire qu'il est à X ou à Y, pas ? Non, ce qu'il faut, c'est se louer une chambre sous un faux nom et payer cash.

– Et convenable, la chambre… enfin, raisonnablement.

– Inutile que ça en jette.

– Du moment qu'il y a des téléphones automatiques.

– Ce qui est pratiquement le cas partout, de nos jours. Automatiques, et à touches. Absolument à touches.

– Pas question de faire ça avec un vieux machin à cadran.

– Ça ne m'a pas l'air très compliqué, dis-je. C'est comme ça que vous procédez, d'habitude ? Vous louez une chambre ? (Ils échangèrent de nouveau quelques regards.) Parce que s'il y a un hôtel que vous préfé…

– Non, Matt, dit David, c'est juste que quand un mec veut bidouiller, il a pas souvent cent ou cent cinquante dollars à foutre dans une chambre d'hôtel qui se tienne.

– Même que nous, c'est bien le diable si on en a soixante-quinze à flanquer dans une piaule minable…

– Voire cinquante à claquer dans un gourbi. Bref, les trois quarts du temps…

– … on s'trouve une série de cabines où y a pas trop de monde, genre salle des pas perdus de la gare de Grand Central, côté banlieue…

– … des trains de banlieue, y en a pas des masses qui roulent en pleine nuit…

– … ou alors dans un immeuble de bureaux, enfin, genre… quoi.

– Même que, une fois, on se faufile dans un burlingue…

– Sauf que, pour être con, c'était con, *man*… Moi, je le referai plus jamais.

– C'était juste pour avoir accès aux bigos.

– D'accord… mais allez expliquer ça aux flics ! « Non, non, monsieur l'officier. Ceci n'est point un cambriolage. Nous voulions juste nous servir du téléphone. »

– Bah ! On s'est quand même bien marrés. Mais on le refera plus, c'est vrai. Parce que, là, ça va nous prendre des heures et des heures…

– Et nous, on a vraiment pas envie que quelqu'un se pointe à l'improviste. Changer de bigo une fois que tout est monté, il en est pas question.

– Pas de problème, leur dis-je. Nous allons nous payer une chambre convenable. Autre chose ?

– Du Coca.

– Ou du Pepsi.

– Le Coca, c'est mieux.

– Ou alors du Jolt. « Tout le sucre, et deux fois plus de caféine. »

– Un rien de trucs à grignoter ? On dit des Doritos ?

– Ouais. Ceux aux senteurs de ranch. Pas ceux à la sauce barbecue.

– Et des chips. Des Doodles au froma…

– Ah non, *man*, pas au fromage !

– Les Doodles au fromage, moi, j'aime bien. Vu ?

– Mais arrête, quoi ! Y a pas plus nul dans le genre ! Je te mets au défi de me trouver un truc plus con que les Doodles au from…

– Et les Pringles, hein ?

– C'est pas du jeu ! Les Pringles, c'est même pas de la bouffe. Matt, faut nous départager. C'est bouffable, les Pringles, à votre avis ?

– Ben…

– Non, non, non ! C'est pas bouffable ! Putain, Hong, t'es vraiment taré ! Les Pringles, c'est rien que des frisbee tout tordus ! C'est pas de la bouffe !

Kenan ne me répondant pas, j'essayai chez son frère. Peter avait la voix toute pâteuse de sommeil, je m'excusai de l'avoir réveillé.

– Ça devient une manie, dis-je. Je vous demande pardon.

– C'est de ma faute : piquer un roupillon en plein après-midi ! Mes heures de sommeil sont complètement chamboulées depuis quelque temps. Quoi de neuf?

– Pas grand-chose. J'ai essayé d'avoir Kenan...

– Il est toujours en Europe. Il m'a appelé hier soir.

– Ah.

– Il revient lundi. Pourquoi l'avez-vous appelé ? Vous avez de bonnes nouvelles à lui annoncer ?

– Pas encore. Mais j'ai des taxis à prendre.

– Hein ?

– Il y a des frais supplémentaires. Il va falloir que je lâche pas loin de deux mille dollars dès demain soir. Je voulais vérifier si on était toujours d'accord.

– Ça ne pose aucun problème. Je suis sûr qu'il dira oui. Il a bien dit qu'il réglait tout, non ?

– Si si.

– Alors, vous n'avez qu'à avancer la somme. Il vous remboursera.

– Sauf que c'est ça, le problème, lui répondis-je. J'ai déposé mon fric à la banque et aujourd'hui, c'est samedi.

– Pas moyen d'en tirer avec la carte ?

– Pas sur un compte de dépôts. Et je ne peux pas tout tirer sur mon compte courant parce que je viens juste de régler mes factures mensuelles.

– Faites un chèque que vous couvrirez lundi.

– C'est pas le genre de frais qu'on peut régler par chèque.

– Je vois, dit-il.

Il marqua un temps d'arrêt et ajouta :

– Je sais pas quoi vous dire, Matt. Je pourrais bien vous filer deux ou trois cents billets, mais deux mille dollars, j'ai vraiment pas.

– Et Kenan ne les a pas dans son coffre ?

– Il en a probablement beaucoup plus, mais je n'y ai pas accès. Personne ne file la combinaison de son coffre à un junkie... même quand le junkie en question, c'est le frangin. A moins d'être fou...

Je gardai le silence.

– Aucune amertume là-dedans, reprit-il. Je faisais juste qu'énoncer une évidence. Il n'y a aucune raison pour que j'aie cette combinaison. Et que je vous dise encore : j'en suis très content. Je ne me ferais pas confiance.

– Mais vous ne buvez plus, Peter, lui rappelai-je. Depuis combien de temps déjà ? Un an et demi ?

– Peut-être, mais je suis toujours alcoolo et junkie, mec. A propos… vous connaissez la différence entre les deux ? L'alcoolo, il te pique ton portefeuille.

– Et le junkie ?

– Oh, le junkie, c'est pareil. Lui aussi, il te pique ton portefeuille. Mais après, il t'aide à le chercher.

Je faillis lui demander s'il désirait aller à la réunion de Chelsea, mais quelque chose me fit louper le coche. Peut-être m'était-il revenu à l'esprit que je n'étais pas responsable de lui et que ce n'était pas là une tâche pour laquelle j'avais envie de me porter volontaire.

J'appelai Elaine et lui demandai où elle en était côté liquidités.

– T'as qu'à venir voir, me répondit-elle. C'est quasi l'inondation !

Je passai la voir.

Elle avait mille cinq cents dollars en billets de cinquante et de cent et me dit qu'elle pouvait en tirer encore un peu à sa billetterie – mais pas plus de cinq cents par jour. Je lui en empruntai mille deux cents pour ne pas la laisser complètement à sec. Avec ce que j'avais en poche et ce que je pourrais tirer sur mon compte, cela suffirait amplement.

Je lui racontai pourquoi j'avais besoin de tout cet argent, elle trouva mon histoire fascinante.

– C'est pas un peu risqué, tout ça ? voulut-elle encore savoir. Illégal, je vois bien que ça l'est, mais… jusqu'où ?

– Disons que c'est pire que de traverser en dehors des clous. Forcer un ordinateur et trafiquer des données sont des délits graves et quelque chose me dit que les Kong vont se rendre coupables de ces deux méfaits.

Et moi, je les y aurai aidés et encouragés. Et comme je me suis déjà rendu coupable de les y avoir poussés… Tiens, j'en arrive à penser que, au jour d'aujourd'hui, il y a vraiment plus moyen de se retourner sans piétiner le droit pénal en long et en large.

– Mais, d'après toi, ça vaut le coup…

– Je crois.

– Parce que c'est quand même que des gamins, tu sais ? Faudrait pas les faire tomber dans des trucs graves.

– Même chose pour moi : je n'ai aucune envie de tomber dans des trucs graves. De toute façon, ce risque-là, ils le courent tout le temps. Et se font payer pour, ce qui est déjà ça.

– Combien vas-tu leur donner ?

– Cinq cents chacun.

Elle siffla un grand coup.

– Pas mal, pour une nuit de boulot.

– En fait, c'est rien du tout. Même que si c'étaient eux qui avaient fixé le prix, ça m'aurait sans doute coûté encore moins cher. Ils ne savaient pas quoi dire quand je leur ai demandé combien ils voulaient. Pour finir, c'est moi qui leur ai suggéré la somme. Ça leur a paru convenable. Ce sont des mômes de la moyenne bourgeoisie et je ne crois pas qu'ils aient vraiment besoin d'argent. J'ai même l'impression que j'aurais pu les baratiner jusqu'à ce qu'ils me fassent ça pour rien.

– En en appelant à leur noblesse d'âme ?

– Et à leur désir de se lancer dans un truc sacrément excitant. Mais je n'ai pas voulu jouer à ça. Pourquoi faudrait-il leur refuser le fric ? J'étais prêt à filer davantage à un employé du téléphone si j'avais pu en trouver un à corrompre. Mais il aurait d'abord fallu qu'il y en ait un pour me dire que, techniquement, ce que je lui demandais était faisable. Alors, hein ? Pourquoi ne pas leur filer cinq cents dollars à chacun ? Ce n'est pas mon fric et Kenan aime à répéter qu'on peut toujours se payer le luxe d'être généreux avec autrui.

– Et si jamais il décidait de renoncer, ton Kenan ?

– Ça n'a pas l'air d'en prendre le chemin.

– À moins qu'il se fasse gauler à la frontière avec un plein gilet de came sur ses petites épaules.

– Ça pourrait arriver, c'est vrai, lui dis-je, mais ça voudrait seulement dire que j'aurais paumé un peu moins de deux mille dollars. Ne pas oublier que je m'en suis mis dix mille de côté il y a quinze jours ou presque... Oui, ça fera quinze jours lundi...

– Qu'est-ce que t'as ?

– Il y a que je n'ai pas fait grand-chose pendant ce temps-là. J'ai l'impression d'avoir... euh... ah, et puis merde, tiens ! Je fais ce que je peux... et, pour l'instant, je peux me payer le luxe de pas me faire rembourser.

– Admettons, dit-elle en fronçant les sourcils. Mais comment t'arrives à un total pareil ? Cent cinquante dollars pour la chambre, mille pour les deux Kong... Ça fait beaucoup de Coca, tout ça. Même pour deux gamins !

– Et moi ? Moi aussi, j'en bois, des Coca. Et il ne faudrait pas oublier T. J.

– Il en boit tant que ça ?

– Il en boira autant qu'il voudra. Et se fera cinq cents dollars en plus.

– Pour t'avoir présenté les Kong... Je n'y avais pas pensé.

– Pour m'avoir présenté les Kong et pour avoir songé à le faire. Il n'y a pas mieux qu'eux pour soutirer quelques petits renseignements à la compagnie du téléphone et je n'aurais jamais pensé à faire appel à des types pareils.

– C'est vrai que, les bidouilleurs, tout le monde en entend parler, mais pour les trouver ! Ils sont pas dans les pages jaunes. Matt ? Quel âge il a, le T. J. ?

– Je ne sais pas.

– Tu ne le lui as jamais demandé ?

– Il ne m'a jamais répondu clairement ! Je dirais dans les quinze-seize et, un an de plus un an de moins, je dois pas me tromper de beaucoup.

– Et il est à la rue ? Où est-ce qu'il dort ?

– Il dit qu'il a une piaule. Il ne m'a jamais dit où et avec qui il la partage, mais… S'il y a un truc que les gens des rues apprennent vite, c'est à pas dire tout de suite ce qu'ils font.

– Sans parler de donner son nom. Il sait combien tu vas lui filer ?

Je secouai la tête.

– On n'a pas parlé de ça.

– Il ne doit pas s'attendre à autant, non ?

– Non. Mais je ne vois pas pourquoi il ne faudrait pas les lui donner.

– Je ne te reproche rien, Matt. Je me demande seulement ce qu'il va en faire.

– Il en fera ce qu'il voudra. A raison d'un *quarter* par appel, il pourrait même décider de m'appeler deux mille fois de suite.

– Il pourrait, dit-elle. Dieu de Dieu ! Quand je pense aux gens qu'on connaît ! Danny Boy, Kali, Mick, T. J., les Kong… Dis, Matt, on quitte jamais New York… d'accord ?

11

Le dimanche, Jim Faber et moi dînons en général dans un restaurant chinois, mais il nous arrive d'aller ailleurs. Ce soir-là, je le retrouvai à 18 h 30 à l'endroit habituel et, un peu après 19 heures, il me demanda si j'avais un train à prendre.

– C'est la troisième fois que tu regardes ta montre en moins d'un quart d'heure, me fit-il remarquer.

– Excuse-moi. Je ne m'en rendais pas compte.

– Quelque chose qui t'inquiète ?

– C'est-à-dire que… j'ai un truc à faire tout à l'heure, mais… on a tout le temps. Ça ne commence pas avant 20 h 30.

– A 20 h 30, moi, j'ai une réunion, dit-il, mais ça doit pas être ça que t'as prévu, n'est-ce pas ?

– Non. Je suis allé à une réunion cet après-midi parce que je savais que je ne pourrais pas en caser une ce soir.

– Ce rendez-vous que tu as tout à l'heure, reprit-il, tu serais pas nerveux d'y aller parce qu'il y aurait de l'alcool à y boire, au moins ?

– Dieu, non ! Le plus raide sera sans doute du Coca-Cola. A moins que quelqu'un ait acheté du Jolt.

– Une nouvelle drogue que je connaîtrais pas ?

– Non, c'est une boisson au cola. C'est comme le Coca, mais avec deux fois plus de caféine.

– Tu vas pouvoir t'en débrouiller ?

– Je ne vais même pas essayer. Tu veux savoir ce que je vais faire tout à l'heure ? Je vais me prendre une chambre d'hôtel sous un faux nom et me faire monter trois ados.

– Pas un mot de plus, je t'en prie !
– C'est entendu. Je ne voudrais surtout pas te mettre au courant du délit qui va se commettre.
– Tu as l'intention de commettre un délit avec des mineurs ?
– Non, c'est eux qui vont le commettre, ce délit. Moi, je vais seulement regarder.
– Reprends un peu de poisson, dit-il. Le bar est vraiment bon, ce soir.

Il était 21 heures lorsque, à quatre, nous nous retrouvâmes dans une chambre à cent soixante dollars du Frontenac. Construit avec des capitaux japonais, il comporte mille deux cents chambres, a été revendu à un conglomérat hollandais et se trouve au coin de la VIIe Avenue et de la 53e Rue Ouest. De notre chambre du vingt-huitième étage, nous avions vue sur l'Hudson… ou aurions pu l'avoir si nous n'avions pas baissé toutes les jalousies.

Un vaste assortiment d'amuse-gueules s'étalait sur le dessus de la commode. Dont des Doodles au fromage. Mais pas de Pringles. Le petit frigo contenait trois variétés de boissons au cola, toutes en packs de six. Le téléphone avait émigré de la table de nuit au bureau, un truc qui avait nom « coupleur acoustique » ayant été fourré dans l'écouteur tandis qu'un autre machin qui, lui, avait nom « modem », lui était collé au derrière. L'appareil partageait le dessus du bureau avec l'ordinateur portatif des Kong.

Je m'étais fait passer pour un certain John J. Gunderman, habitant Hillcrest Avenue, à Skokie, Etat de l'Illinois. J'avais réglé cash et m'étais acquitté des cinquante dollars de caution exigés de tout client qui, payant comptant, entend avoir accès au téléphone et au minibar de sa chambre. Le minibar, je m'en foutais, mais le téléphone, il allait y en avoir sacrément besoin. Ce n'était même que pour lui que nous nous retrouvions dans cette chambre.

Assis au bureau, Jimmy Hong faisait voler ses doigts sur le clavier de son ordinateur, puis, sans crier gare, appuyait sur une des touches du téléphone. David King avait tiré un autre fauteuil, mais préférait rester debout afin de scruter l'écran de l'ordinateur par-dessus l'épaule de son comparse. Un peu plus tôt, il avait tenté de m'expliquer comment son modem lui permettait de se raccorder à d'autres ordinateurs *via* les fils du téléphone ; autant essayer d'expliquer les principes fondamentaux de la géométrie non euclidienne à un rat des champs. Même lorsqu'il m'arrivait de reconnaître certains mots dont il se servait, je ne comprenais rien à ce qu'il me racontait.

Les Kong avaient mis des costumes et des cravates usés, mais uniquement pour pouvoir traverser l'entrée de l'hôtel sans encombre. Pour l'heure, vestes et cravates gisaient en travers du lit et mes deux artistes avaient retroussé leurs manches de chemise. T. J. n'avait en rien modifié sa tenue, mais personne ne l'avait enquiquiné à la réception. C'est vrai qu'il s'était pointé avec deux sacs de provisions dans les bras et qu'on l'avait pris pour un livreur.

– On est dedans ! s'écria Jimmy.

– Ouaiaiaiais !

– Bon, d'accord… on est peut-être dans la NYNEX, mais c'est comme si on était dans l'entrée de l'hôtel où on veut une chambre au quarantième étage. Allez… on essaie quelque chose.

Ses doigts s'étant remis à danser sur le clavier, des combinaisons de chiffres et de lettres apparurent sur l'écran. Jimmy se tut un instant, puis ajouta :

– Ils arrêtent pas de changer le mot de passe, ces salauds ! Vous imaginez pas tout ce qu'il leur faut dépenser d'énergie pour essayer d'empêcher des mecs comme nous d'entrer dans leur réseau !

– Même qu'ils y arrivent jamais !

– S'ils faisaient moitié moins d'efforts pour améliorer leur système…

– Cons, qu'ils sont.

Encore des lettres, encore des chiffres.

– Merde ! s'écria soudain Jimmy.

Et, attrapant sa boîte de Coca, il précisa :

– Tu sais quoi ?

– Quoi ? C'est l'heure de jouer au peuple-parle-au-peuple ? demanda David.

– C'est justement ce que j'étais en train de me dire. T'as envie de parfaire ta science du contact humain ?

David acquiesça d'un signe de tête et décrocha le téléphone.

– Il y en a qu'appellent ça l'« engineering social », me dit-il. C'est assez dur avec les types de la NYNEX, parce que la direction arrête pas de les mettre en garde contre les zozos de notre espèce. Le seul avantage qu'on ait, c'est que les trois quarts des gus qui bossent pour la NYNEX sont cons comme des valises.

Il composa un numéro, attendit un moment et se lança.

– Bonjour, tout le monde ! Ralph Wilkes à l'appareil... je vérifie l'état de la ligne. Vous avez toujours du mal à accéder à COSMOS, c'est bien ça ?

– Vu que c'est toujours le cas, ça coûte rien de le demander, murmura Jimmy Hong.

– Ouais, bon, disait David.

S'ensuivit pas mal de jargon qui ne m'évoqua rien du tout, puis ceci :

– Bon, alors, comment vous demandez l'accès ? C'est quoi, votre code ? Non, bon, d'accord, vous me dites rien, vous êtes pas censé le faire vu que c'est la sécurité... (Il leva les yeux au plafond.) Ouais, je sais bien. Nous aussi, on a droit à leurs jérémiades. Ecoutez, vous me dites pas votre code, vous vous contentez de le taper sur votre clavier.

Sur notre écran apparurent des chiffres et des lettres que les doigts de Jimmy furent prompts à saisir sur le clavier.

– Voilà... comme ça ! enchaîna David. Bon, et maintenant, vous faites pareil pour l'accès à COSMOS... Non, non ! Surtout, vous me dites pas votre code. Vous l'entrez sur la bécane, c'est tout. Là... voilà.

– Superbe, roucoula Jimmy tandis que le numéro s'inscrivait sur notre écran et que, dans l'instant, il le répétait sur son clavier.

– Ça devrait marcher, maintenant, dit David à son interlocuteur invisible. Vous devriez plus avoir de problèmes.

Il coupa la communication, poussa un énorme soupir et lança :

– Et nous non plus. « Surtout, vous me dites pas votre code ! » Surtout me le dites pas à moi, chérie ! Juste à mon ordinateur.

– ... de Dieu ! hurla Jimmy.

– Quoi ? On est dedans ?

– On est dedans.

– Ouaiaiaiaias !

– Matt, c'est quoi, votre numéro de téléphone ?

– Ce n'est pas la peine de m'appeler, lui répondis-je. Je n'y suis pas.

– C'est pas vous que je veux appeler, me renvoya-t-il. Je veux juste vérifier votre ligne. C'est quoi, votre numéro ? Bon, bon, et pis j'm'en fous, après tout. Voyons voir... Scudder, Matthew... Scudder Matthew ! 57e Rue Ouest... Ça vous dit quelque chose, ce numéro ?

Je regardai l'écran.

– C'est bien le mien, dis-je.

– Ouais, bon. Et y vous plaît, votre numéro ? Vous voulez pas que je vous le change ? Disons... pour un truc plus facile à se rappeler ?

– Quand on veut changer de numéro, dit David, ça prend toujours au moins une semaine pour que la demande remonte toute la filière. Nous, on pourrait vous faire ça tout de suite.

– Non, dis-je, je crois que je vais garder celui que j'ai.

– Comme vous voulez. Bof... c'est le strict minimum,

que vous avez, pas vrai ? Pas de transfert d'appels, pas de mise en attente automatique. Bon, d'accord, vous êtes à l'hôtel et y a le standard de la réception pour prendre le relais et, donc, la mise en attente, au fond, vous en avez peut-être pas vraiment besoin, mais le transfert d'appels, alors là, si ! vous devriez vous le faire installer. Imaginez un peu que vous alliez passer la nuit chez quelqu'un, hein. Ça serait quand même bien de pouvoir vous y faire transférer vos appels, non ?

– Je ne sais pas si je m'en servirais assez pour que ça soit rentable.

– Ça coûte rien.

– Il n'y a pas un abonnement mensuel ?

Il sourit tandis que ses doigts se remettaient à courir sur le clavier.

– Si, mais pas pour vous. Faut dire qu'avec les gros bonnets que vous avez comme amis ! Sachez que dès maintenant vous êtes inscrit au service des transferts d'appels… avec les compliments des Kong ! Vu que c'est à l'intérieur de COSMOS que nous nous trouvons… COSMOS, c'est le système que nous venons juste d'envahir… c'est là que nous allons inscrire votre abonnement. Le programme qui gère vos factures ne s'apercevra pas du changement et donc… ça ne vous coûtera rien.

– Puisque vous le dites.

– Je vois que vous avez recours à American Telephone pour vos appels longue distance. Comment se fait-il que vous n'ayez pas pris Sprint ou MCI ?

– Je ne pensais pas que ça me ferait faire beaucoup d'économies.

– Bon. Nous disons donc qu'à partir de maintenant vous êtes abonné au service Sprint. Ça devrait vous faire gagner un maximum de fric.

– Vraiment ?

– Ben tiens ! Ne pas oublier que, à partir de tout de suite, la NYNEX va transférer tous vos appels longue distance sur le réseau Sprint, mais que ledit réseau

Sprint, lui, on ne voit vraiment pas pourquoi il faudrait qu'il en sache quoi que ce soit, non ?

– Bref, rien au niveau facture, ajouta David.

– Vous êtes sûr que…

– Faites-moi confiance.

– Oh, ce n'est pas que je mettrais en doute ce que vous me… C'est juste que je ne sais pas très bien ce que je pense de tout ça. C'est quand même du vol de…

– Nul ne l'ignore.

– Vous croyez sincèrement qu'ils ne vont pas s'en apercevoir ?

– Non, mais…

– Matt, dit Jimmy, quand vous appelez d'une cabine et que votre *quarter* vous revient après que vous avez raccroché, qu'est-ce que vous faites ? Vous le gardez ou vous le remettez dans la fente ?

– Vous ne leur renvoyez quand même pas le prix de la communication en timbres-poste ? insista David.

– Je commence à comprendre.

– Comme si on ne savait pas ce qui se passe quand c'est l'appareil qui bouffe la pièce, mais refuse de passer l'appel ! Faut regarder les choses en face, Matt ! Il est pas né, celui qui va gagner la partie de flipper contre Mother Bell !

– Admettons.

– Résumons-nous : vous avez donc le transfert automatique et les appels longue distance entièrement gratuits. C'est vrai qu'il y a un code à taper pour obtenir le transfert, mais vous n'aurez qu'à leur dire que vous avez paumé le reçu où c'était marqué. Ils vous réexpliqueront tout de A à Z. C'est vraiment pas grand-chose. T. J. ? C'est quoi, ton numéro de bigo ?

– Faudrait qu'j'en aie un.

– Bon, alors… ta cabine publique préférée ?

– Ma cabine publique préférée… Je sais pas. J'ai oublié les numéros de celles qui m'plaisaient bien.

– Ecoute, tu t'en choisis une et tu nous dis où c'est.

– Y a bien des cabines dont y a des fois que j'me sers à la gare routière de Port Authority, mais…

– Non, ça, ça peut pas marcher. Ça fait trop d'appareils pour qu'on soit sûrs de notre coup. Allons, allons… t'as pas une cabine à un coin de rue ?

T. J. haussa les épaules.

– Y a bien celle qui fait l'coin d'la VIIIe Avenue et d'la 43e Rue Ouest, mais…

– Dans quel sens ? Nord ou sud ?

– Nord. Trottoir gauche en montant.

– OK. Voyons un peu ça… Là, ça y est. Tu prends le numéro ?

– Et si on le changeait, tout bêtement ? suggéra David.

– Bonne idée. On t'en trouve un qui soit facile à se rappeler. Qu'est-ce tu dirais de TJ-5-4321 ?

– Quoi ? Ça s'rait mon numéro à moi ? Alors là, ça m'plaît vachement, c'truc-là !

– Faut juste voir s'il est disponible. Ah, non… y a déjà quelqu'un dessus. Bon, alors… voyons si ça marche dans l'autre sens. TJ-5-6789… Pas de problème, le numéro est à toi… sur ordre des Kong !

– Parce qu'on peut faire ça… comme ça ? m'étonnai-je. Il n'y a pas de préfixe à trois chiffres à mettre devant la zone d'appel ?

– Autrefois, oui. Et il y a toujours des échangeurs, mais ça ne marche plus que pour la ligne et ça n'a plus rien à voir avec le numéro qu'il faut composer. Tenez… le numéro que vous faites, disons… celui que je viens de filer à T. J., eh bien, c'est la même chose que le numéro de code que vous tapez pour sortir du fric à votre billetterie. En fait, c'est jamais qu'un signe de reconnaissance, et rien de plus.

– Disons que ça serait plutôt un code d'accès, précisa David. Mais d'accès à la ligne, et c'est ça qui oriente l'appel sur tel ou tel autre chemin.

– Allez, T. J., on t'arrange un peu ton téléphone. C'est bien une cabine, pas ?

– Ouais.

– Faux. C'*était* une cabine. Maintenant, c'est un téléphone gratuit.

– Comme ça ?

– Comme ça. Y aura certainement un crétin pour le signaler d'ici une semaine ou deux, mais, jusqu'à ce moment-là, ça t'économisera les *quarters*. Tu te rappelles quand on jouait à Robin des Bois ?

– Ah, c'était génial ! s'exclama David. Un soir, on descend au World Trade Center pour passer quelques coups de fil et, bien sûr, le premier truc qu'on fait, c'est de rendre la cabine gratuite…

– … parce que balancer des *quarters* dans une fente toute la nuit durant, c'est assez con…

– … et alors y a Hong qui dit brusquement que les cabines, elles devraient être gratuites pour tout le monde. Même chose que pour le métro où on devrait éliminer les tourniquets…

– … ou alors les laisser tourniquer, mais sans avoir à y mettre de jetons pour qu'ils tourniquent, ce qui serait possible si ça se passait sur ordinateur, mais comme c'est des tourniquets mécaniques…

– … ce qui est quand même drôlement primitif quand on y pense…

– … mais alors, bon, côté bigos, là, on peut faire des choses, et donc, disons que pendant deux bonnes heures…

– … deux heures et demie, oui !…

– … on se balade dans COSMOS, ou alors… c'était pas dans MIZAR ?…

– … non, c'était dans COSMOS…

– … et on change toutes les cabines les unes après les autres, on les libère, quoi… c'est gratos pour tout le monde…

– … même que, Hong, il plane méchant, genre « Le pouvoir au peuple » et tout le bazar…

– … et que je sais même plus combien de cabines on a fini par libérer cette nuit-là !

Il leva la tête et ajouta :

– Vous savez quoi ? Moi, y a des fois où je comprends qu'elle ait envie de tous nous coller au mur, la NYNEX. Parce que, à regarder les choses d'une certaine façon, on serait plutôt du genre à les faire chier un max…

– Et alors ?

– Faut essayer de comprendre leur point de vue, c'est tout.

– Mais ça va pas ? s'écria David King. Comprendre leur point de vue, c'est vraiment la dernière chose à faire. Ça serait aussi con que de jouer à *Pac-Man* et de pleurer sur les méchants petits monstres bleus qui se font boulotter.

Jimmy Hong et David King ayant décidé d'en débattre plus à fond, j'allai m'ouvrir une deuxième boîte de Coca pendant qu'ils s'assenaient leurs arguments. Lorsque je revins sur le champ de bataille, Jimmy me dit :

– Bon, et maintenant qu'on est dans les circuits de Brooklyn, vous me le redonnez, ce numéro ?

Je le lui lus, il le transmit à son ordinateur. D'autres chiffres et d'autres lettres, toujours aussi incompréhensibles, s'alignèrent sur l'écran. Les doigts de Jimmy ayant cessé de danser sur le clavier, le nom et l'adresse de mon client s'inscrivirent sous mes yeux.

– C'est bien lui ?

Je lui répondis que oui.

– Il est pas en train de téléphoner.

– Parce que ça aussi vous pouvez le voir ?

– Evidemment. On pourrait même l'écouter s'il causait. Y aurait juste qu'à s'inviter, et c'est la même chose pour tout le monde.

– Sauf que c'est d'un ennui !

– Ouais… Y a des fois où on le faisait en se disant qu'on allait tomber sur des trucs croustillants, ou alors sur des machins criminels ou d'espionnage… En fait, tout ce qu'on entend, c'est des conneries parfaitement assommantes genre : « T'oublieras pas de prendre du lait en rentrant, chéri ? » D'un ennui royal, tout ça.

– Sans parler des gens qu'on arrive même pas à comprendre tellement qu'ils bafouillent et bavouillent. Quasi qu'on aurait envie de leur crier de tout cracher par terre pour qu'on fasse le tri après.

– Evidemment, y aussi la baise par téléphone.

– Tu vas pas recommencer !

– C'est le truc préféré du King. Trois dollars la minute chez soi, mais quand on a une cabine qu'on lui a appris à plus en être une, c'est gratuit…

– … et quand même un rien crade. N'empêche : une fois, on l'a fait. On s'est juste invités pour écouter une ligne ou deux…

– … et après, boum, on largue une remarque et, le mec, y saute au plafond ! Faut dire qu'avec le tête-à-tête qu'y se payait avec sa nana…

– … une voix pas possible, la mémé, mais une tête de Godzilla, y a des chances, sauf que comment qu'on peut le savoir, hein ?…

– … et boum, y a le King qui débarque dans la conversation et qui lui bousille tous ses fantasmes d'un coup !…

– … même la nénette, elle a flippé !

– … la nénette ? Quelle nénette ? Je dirais plutôt une grand-mère, oui !

– « Qui c'est qu'a dit ça ? qu'elle fait. Où êtes-vous ? Comment avez-vous fait pour passer sur cette ligne ? »

Pendant qu'ils devisaient ainsi, Jimmy Hong avait engagé un autre dialogue avec son ordinateur. Ayant soudain levé une main en l'air pour réclamer le silence, il tapa sur quelques touches et lança :

– Bon… Vous me rappelez la date ? C'était bien en mars, n'est-ce pas ?

– Le 28.

– Mois : 3, jour : 28, et ce sont les appels passés au 04 053 904 que nous voulons.

– Non, son numéro, c'est le…

– Nous, il n'y a que son numéro de ligne qui nous intéresse, Matt. Vous vous rappelez la différence ? Ah…

c'est ce que je craignais. Le renseignement n'est pas disponible.

– Ce qui veut dire ?

– Ce qui veut dire que nous avons drôlement bien fait d'apporter des tonnes de bouffe. A propos... y a pas quelqu'un qui pourrait me filer des Doritos ? On est pas près de se barrer d'ici. Et... et les coups de téléphone qu'il a filés, lui, ça vous intéresse ? Pendant qu'on est dans cette partie-là de son numéro... Ça serait dommage de laisser filer.

– Après tout...

– Voyons voir. Non mais, regardez-moi ça ! Monsieur veut rien me donner du tout ! Bon, essayons autre chose. Nous disons donc... ceci ?

Le système se mit à cracher une liste d'appels enregistrés par ordre chronologique, le premier remontant à quelques minutes après minuit. Deux conversations ayant eu lieu avant 1 heure du matin, le téléphone n'avait plus servi jusqu'à 8 h 47, heure à laquelle le système avait enregistré un entretien de trente secondes avec un numéro précédé de l'indicatif de Manhattan. Un autre appel avait suivi dans la matinée, puis deux au début de l'après-midi, puis plus rien entre 14 h 51 et 17 h 18, moment où Kenan avait parlé avec son frère (je reconnus tout de suite son numéro) pendant une minute et demie.

Puis plus rien jusqu'au soir.

– Des choses que vous voudriez recopier, Matt ?

– Non.

– OK. Et maintenant, on passe aux trucs compliqués.

Je serais bien incapable de vous dire ce qu'ils fabriquèrent. Un peu après 23 heures, ils changèrent de place, David s'installant aux commandes tandis que Jimmy se mettait à arpenter la chambre en bâillant, s'étirait, gagnait la salle de bains, en ressortait et liquidait un paquet de petits gâteaux au chocolat Hostess. A minuit et demi, les Kong changèrent à nouveau de place, David se rendant à la salle de bains pour y prendre une douche. T. J. avait fini par s'endormir sur le lit où il s'était étendu tout habillé, chaussures comprises. Les mains crispées sur l'oreiller, il serrait ce dernier comme si le monde entier essayait de le lui arracher.

Vers 1 h 30, Jimmy s'écria :

– Bordel de Dieu ! J'arrive pas à croire qu'y ait aucun moyen d'entrer dans le NPSN.

– Passe-moi le bigo, lui lança David.

Il composa aussitôt un numéro, gronda quelque chose, coupa la communication, recomposa son numéro et, au troisième essai, réussit enfin à attraper quelqu'un.

– Allô ? dit-il. A qui ai-je l'honneur ?... Génial. Ecoutez, Rita, c'est Taylor Fielding à l'appareil. Je suis au centre NICNAC et j'ai une urgence Code Cinq qui va me débouler dessus dans deux secondes. Y me faudrait votre numéro d'accès NPSN et votre mot de passe avant que la merde refoule jusqu'à Cleveland. C'est d'un Code Cinq que je cause, vu ?

Il écouta attentivement, puis tendit les mains au-dessus de son clavier.

– Ah, Rita ! s'exclama-t-il, vous êtes vraiment mignonne, vous savez ? Vous venez de me sauver la vie... non, je rigole pas. Quand je pense que ça fait déjà deux types qui me disent qu'y savent pas qu'un Code Cinq, ça a priorité sur tout !... Ouais, bon. Mais vous, c'est parce que vous faites attention. Ecoutez... on vous tape sur les doigts pour ce coup-là, c'est moi qu'endosse toute la responsabilité du truc, c'est d'accord ?... Ouais, bon, vous aussi. Allez, bye.

– T'endosses toute la responsabilité du truc ! Elle est pas mal, celle-là ! dit Jimmy.

– Bah... il fallait bien faire quelque chose.

– C'est quoi, un Code Cinq, bordel ? m'écriai-je à mon tour. Ça vous ferait rien de me le dire ?

– Je sais pas. Et le centre NICNAC, hein ? Et Taylor Feldman, vous croyez que je connais ?

– Vous avez pas dit Fielding ?

– Bah, c'était Feldman avant que ça change. Je sais pas, *man*. C'est tout inventé, mais c'est sûr que ça l'a drôlement impressionnée, la Rita.

– Faut dire qu'avec le ton désespéré que t'avais pris !

– Ben, et alors ? Il est quand même 1 heure du matin passée, et on a toujours pas forcé le NPSN.

– Jusqu'à maintenant !

– Et qu'est-ce que c'est chouette, non ? Ah, que je te dise un truc, Hong : le Code Cinq, y a vraiment rien de mieux. Les conneries bureaucratiques, ça y entre comme dans du beurre, si tu vois ce que je veux dire. « J'ai un Code Cinq qui va me débouler dessus dans deux secondes » ! Putain, mec ! Si t'avais entendu comment qu'elle m'a ouvert la porte !

– « Ah Rita ! vous êtes vraiment mignonne, vous savez ? »

– Mais, mec, j'étais en train de tomber amoureux, moi ! Faut dire ce qui est. Même que, tout à la fin, quasi qu'on s'était démarré un petit truc à deux, tu vois ?

– T'as l'intention de la rappeler ?

– Je parie qu'elle serait pas contre l'idée de me filer un petit mot de passe de temps en temps. A moins qu'y ait quelqu'un qui lui dise qu'elle vient juste de me refiler la clé du coffre. Non, à moins de ça, la prochaine fois que je l'appelle, on est comme cul et chemise.

– Appelez-la, lui dis-je, et sans essayer de lui arracher un mot de passe, un code d'accès ou autre.

– Quoi ? Juste pour y causer ?

– Mais oui ! Peut-être même que vous pourriez lui filer des renseignements. Mais on n'essaie surtout pas de lui arracher des trucs.

– Dément, dit David.

– Et après…

– C'est bien vu, ça, Matt, dit Jimmy. Je sais pas si vous avez le doigté ou la coordination motrice qu'y faut… même qu'il serait pas impossible que vous connaissiez rien à la techno, mais faut dire ce qui est… vous êtes un bidouilleur né. Dans le cœur et dans l'âme.

D'après les Kong, l'affaire ne commença à devenir vraiment intéressante qu'après qu'ils eurent forcé l'entrée du NPSN – comprenne qui pourra.

– C'est là que, techniquement parlant, ça fascine un max, m'expliqua David, parce que c'est là que, nous, on va extraire des données que même les types de la NYNEX ils sont pas capables de les faire sortir de leur bazar. Bien sûr, ils disent ça pour qu'on la ferme, mais il y en a beaucoup qui mentent pas, ou qui sont pas loin de la vérité, parce que, pour finir, l'alpha et l'oméga du truc, c'est quand même et toujours qu'ils sont effectivement pas capables de le faire. Bref, c'est presque comme si, nous, on devait s'inventer un programme et le donner à bouffer à leur système pour qu'il nous recrache les renseignements qu'on veut.

– Cela dit, précisa Jimmy, si le côté technique, c'est pas votre truc, y a plus grand-chose qui devrait vous river au fauteuil.

T. J., qui s'était réveillé entre-temps, se tenait debout derrière David et contemplait l'écran d'un air complètement hypnotisé. Jimmy gagna le réfrigérateur pour y prendre une boîte de Jolt. Je me laissai tomber dans un fauteuil et, oui, Jimmy avait raison : rien ne m'y tint rivé. Je m'écroulai dans les coussins et, avant de pouvoir dire ouf, entendis T. J. me répéter mon prénom en me secouant doucement par l'épaule.

Je rouvris les yeux.

– J'ai dû m'endormir.

– Ça, pour t'endormir ! Même qu'y a un moment tu ronflais !

– Quelle heure est-il ?

– Presque 4 heures. Y a les appels qu'arrivent.

– Ils pourraient pas les imprimer ?

T. J. se détourna et transmit ma requête aux Kong, qui commencèrent à pouffer. Après s'être enfin calmé, David me rappela que nous n'avions pas apporté d'imprimante.

Je faillis lui répondre que mon responsable des AA était imprimeur, mais me contentai d'un :

– Non, bien sûr que non. Excusez-moi. Je dors encore à moitié.

– Surtout, ne bougez pas. On va tout vous copier.

– Je t'apporte du Jolt ? me proposa T. J.

Je lui conseillai de ne pas se donner cette peine, mais il m'en offrit quand même un. J'en avalai une gorgée, mais ce n'était vraiment pas ce dont j'avais envie, même si, de fait, je ne savais plus trop bien ce qu'il m'aurait plu de boire. Je me remis debout, m'étirai pour chasser les raideurs que j'avais dans le dos et les épaules, puis je gagnai le bureau où David King faisait bosser son ordinateur pendant que Jimmy Hong me recopiait les renseignements qu'il glanait sur l'écran.

– Ça y est ! Les voilà, dis-je.

Les appels s'inscrivaient enfin sur l'écran, le premier (celui par lequel Kenan Khoury avait appris la disparition de sa femme) ayant été passé à 15 h 38. Trois autres avaient suivi, à environ vingt minutes d'intervalle, le dernier ayant été enregistré à 16 h 54. Kenan avait téléphoné à son frère à 17 h 18, l'appel suivant lui parvenant à 18 h 06, quelques instants avant que Peter débarque à Colonial Road.

Il y avait eu un sixième appel à 20 h 01. C'était sans doute celui où les ravisseurs leur avaient enjoint de filer à la cabine de Farragut Road, cabine où ils leur avaient ensuite ordonné de cavaler jusqu'à celle de Veterans Avenue. Après quoi, les deux frères étaient rentrés chez eux, les assassins leur ayant juré qu'ils y retrouveraient Francine. Dans la grande maison vide, Kenan et Peter avaient alors attendu jusqu'à 22 h 04, heure à laquelle le dernier appel qu'ils avaient reçu les avait expédiés au coin de la rue où était garée la Ford Tempo chargée de macabres paquets.

– Waow ! dit David. J'ai jamais rien vécu d'aussi instructif ! Parce qu'il a fallu bosser, vous savez ? Comme il y avait de la donnée à avoir, y avait pas moyen de larguer. Quand on fait juste qu'à bidouiller, on accepte pas de s'emmerder jusqu'à plus soif. On se tire et on fait autre chose. Mais là, il a fallu se le farcir jusqu'au bout, l'ennui maximum, pour voir ce qu'il y avait de l'autre côté !

– Même que c'était rien de plus qu'encore plus d'ennuis, précisa Jimmy.

– Oui, mais qu'est-ce qu'on en apprend, des choses, quand on va jusqu'au bout... Non, c'est vrai. Si jamais on avait à le refaire...

– Ce qu'à Dieu ne plaise !

– Oui, bon, mais si jamais on devait quand même, on pourrait liquider tout le bazar en moitié moins de temps. Moins même, vu que toute l'option recherche rapide est doublée quand on passe direct à...

Ce qu'il raconta ensuite me parut encore moins compréhensible et, de toute façon, j'avais cessé d'écouter : Jimmy venait de me tendre un récapitulatif de tous les appels passés aux Khoury dans la journée du 28 mars.

– J'aurais dû vous dire que les premiers appels sont sans importance, lui fis-je savoir. Seuls m'intéressent les sept qui ont été passés à partir de 15 h 38.

J'examinai la liste. Heures des appels, numéros des correspondants, numéros de raccordement et durée des conversations, tout y était. Ça aussi, c'était nettement plus que ce dont j'avais besoin, mais je ne vis aucune raison de le leur dire.

– Sept appels, et tous d'un poste différent, leur fis-je remarquer. Non, je me trompe. Ils se sont servis du même téléphone deux fois, pour les deuxième et septième appels.

– C'était ça que vous vouliez ?

J'acquiesçai d'un signe de tête.

– Quant à ce que je vais pouvoir en tirer, c'est une autre histoire, ajoutai-je. Ça pourrait faire beaucoup, ou pas grand-chose. Je ne le saurai que lorsque j'aurai un annuaire par numéros et que je pourrai donc savoir à qui...

Ils me dévisagèrent. Je me demandais toujours pourquoi lorsque Jimmy Hong ôta ses lunettes et me regarda en clignant des yeux.

– Un annuaire par numéros ? répéta-t-il. Vous nous avez devant vous, oui, nous, les Kong, que nous sommes présentement dans les entrailles mêmes du NPSN… et vous nous dites que vous avez besoin d'un annuaire par numéros ?

– Alors que c'est un jeu d'enfant ? précisa David King. (Il se rassit devant son clavier.) OK. Vous me donnez votre premier numéro ?

Tous les appels avaient été passés à partir de cabines publiques.

C'était ce que je craignais. Les ravisseurs s'étaient conduits en vrais professionnels d'un bout à l'autre de l'affaire et il n'y avait aucune raison de croire qu'ils auraient oublié de ne pas se servir d'appareils dont on aurait pu retrouver la trace.

Mais de là à utiliser une cabine différente à chaque coup… C'était plus difficile à comprendre, jusqu'au moment où un des Kong avança une idée qui ne manquait pas de bon sens : les kidnappeurs n'avaient eu aucune envie que Kenan Khoury s'en aille avertir quelqu'un qui aurait pu les mettre sur table d'écoutes. En s'en tenant à de brèves conversations, ils interdisaient à tout le monde de remonter l'appel, et se couvraient entièrement en se servant chaque fois d'une cabine différente – surveiller la cabine d'avant n'aurait servi à rien.

– Parce que, de nos jours, remonter un appel est une opération qui s'exécute instantanément, me dit encore Jimmy. En fait, on ne le remonte même pas à proprement parler… pas quand on a un bazar comme le nôtre implanté au cœur du système. On se contente de lire ce qui s'affiche à l'écran et le tour est joué.

Pourquoi ce manquement à la sécurité lors du dernier appel ? Parce que, à ce moment-là, les ravisseurs savaient parfaitement qu'ils n'avaient plus besoin de prendre de précautions. Khoury avait exécuté leurs instructions à la lettre, il n'avait rien tenté pour s'opposer au versement de la rançon, se casser pareillement la tête pour se protéger de tout et du reste n'était absolument plus nécessaire. Maison ou appartement, ils auraient même pu se sentir assez tranquilles pour appeler de chez eux… auquel cas, je les aurais eus, ces salopards. Ah, si seulement il s'était mis à pleuvoir ! Si seulement ils avaient été contraints de rester chez eux ! Si seulement personne n'avait voulu partager le pactole !

C'était vraiment dommage. Ça aurait été tellement bien d'avoir de la chance, pour une fois.

D'un autre côté, le travail qui s'était effectué cette nuit-là et les mille sept cents dollars qu'il m'avait coûtés étaient loin de n'avoir servi à rien. J'avais appris quelque chose, et ce quelque chose ne se réduisait pas au fait que mes trois tueurs et obsédés sexuels étaient de grands maniaques de la planification.

Toutes les adresses se trouvaient à Brooklyn, et dans un rayon bien plus restreint que celui de l'affaire elle-même. Kidnapping et remise des fonds, tout avait démarré à Bay Ridge, s'était poursuivi à Atlantic Avenue, quartier de Cobble Hill, avait couvert Flatbush et Farragut pour aller jusqu'à Veterans Avenue, mais c'était à Bay Ridge qu'on était revenu pour le dépôt des restes. Même si cela faisait beaucoup, tout s'était passé à Brooklyn, alors que les activités antérieures de ces messieurs s'étaient étendues jusqu'au Queens. Cela dit, leur quartier général pouvait se trouver absolument n'importe où.

Sauf que les cabines, elles, n'étaient pas très éloignées les unes des autres. Il allait certes falloir en reporter les emplacements sur un plan, mais je devinais déjà que toutes seraient situées dans le même coin, c'est-à-dire dans Brooklyn Ouest, entre le nord de Bay Ridge et le sud du cimetière de Green-Wood.

Où ils s'étaient débarrassés du corps de Leila Alvarez.

L'une des cabines se trouvant dans la 60e Rue et une autre au croisement de New Utrecht et de la 41e, ils ne pouvaient pas s'être rendus de l'une à l'autre à pied. Ils avaient donc dû quitter leur QG et faire pas mal de voiture pour passer tous leurs appels. Cela étant, il n'en restait pas moins raisonnable de penser que leur base opérationnelle se trouvait quelque part à l'intérieur de ce périmètre et, ça aussi, c'était assez vraisemblable, pas très loin de la cabine dont ils s'étaient servis à deux reprises. L'affaire était alors réglée, il ne leur restait plus qu'à retourner le couteau dans la plaie, pourquoi se seraient-ils donné la peine de reprendre leur voiture pour aller téléphoner dix rues plus loin alors que ce n'était plus nécessaire ? Pourquoi ne pas se servir de la cabine la plus proche ?

Celle qui justement se trouvait dans la Ve Avenue, entre les 49e et 50e Rues.

Je ne poussai pas le raisonnement jusque-là avec mes gamins, une bonne partie de mes ruminations devant être remises à plus tard. Je donnai mille dollars aux Kong et leur fis savoir à quel point j'appréciais le service qu'ils venaient de me rendre. Ils tinrent absolument à me dire qu'ils s'étaient bien marrés, même dans les moments les plus assommants. Jimmy ajouta qu'il avait mal au crâne et le poignet atteint de bidouillite aiguë, mais m'assura que ça en valait vraiment la peine.

– Vous partez devant, leur dis-je. On remet sa cravate et sa veste et on joue les grands nonchalants jusqu'à la sortie. Je veux être sûr qu'il ne reste rien de compromettant dans la chambre et puis... il va falloir que je m'arrête à la réception pour régler mes dettes de téléphone. J'ai laissé une caution de cinquante dollars, mais comme on a passé plus de sept heures à bigophoner, je n'ai aucune idée de ce que ça va me coûter.

– Ah mais... bon Dieu ! s'écria David. Il comprend vraiment rien, ce mec !

– Etonnant, non ? renchérit Jimmy.

– Quoi ? Qu'est-ce que c'est que je ne comprends pas, encore ?

– Que vous n'avez absolument rien à payer ! me lança Jimmy. Que la première chose que j'ai faite a été de court-circuiter la réception ! On aurait pu appeler Shangai qu'ils s'en seraient même pas aperçus ! (Il sourit.) Evidemment, vous pourriez leur laisser la caution. Le King a bien dû piquer pour trente dollars de noix de macadamia dans le frigo.

– Soit trente noix de macadamia à un dollar pièce, si vous préférez, précisa David.

– Mais moi, à votre place, reprit Jimmy, je rentrerais chez moi, tout bêtement.

Quand ils furent partis, je payai T. J. Il feuilleta la liasse que je lui tendais, me regarda, contempla à nouveau ses billets, me regarda encore une fois et me dit :

– C'est pour moi ?

– On n'aurait joué à rien si tu n'avais pas été là, lui répondis-je. C'est toi qui as apporté la batte et la balle, non ?

– Je pensais plutôt à cent dollars, dit-il. J'ai pas fait grand-chose. Je suis juste resté assis sur mon cul. Mais comme tu filais des tas d'blé à tout l'monde, je m'disais que tu m'laisserais pas tomber. Combien qu'y a, là-d'dans ?

– Cinq cents dollars.

– Je l'savais bien, qu'ça rapporterait, ce truc ! s'exclama-t-il. Entre nous, j'aime bien, moi, ton machin de détective. J'suis plein d'ressources, je fais bien les trucs, et ça m'plaît.

– Alors, comme ça, tu veux être détective quand tu seras grand, T. J. ?

– Ça d'vrait plus être très long, me fit-il remarquer. En fait, détective, j'vais l'être tout d'suite...

Je lui rappelai que sa première tâche consisterait à sortir de l'hôtel sans attirer l'attention du personnel.

– Ça serait plus facile si tu t'étais habillé comme les

Kong, ajoutai-je, mais faut faire avec ce qu'il y a. Je crois qu'on devrait sortir ensemble.

– Un Blanc de ton âge avec un Noir du mien ? Non mais… tu sais ce qu'ils vont se dire ?

– Ouais, ouais. Même qu'ils pourraient beaucoup branler du chef. Sauf que, si tu t'en vas tout seul, ils pourraient très bien penser que tu as passé ta nuit à cambrioler des chambres et ne pas vouloir te laisser filer.

– Oui, t'as raison, dit-il, mais t'as pas étudié toutes les options. La chambre est payée, non ? Et faut bien la quitter à midi ? Alors bon… moi, j'ai vu où c'est qu'tu crèches, *man*, et, je voudrais pas t'insulter, mais ta piaule est pas aussi bien.

– C'est certain. Mais elle ne me coûte pas cent soixante dollars la nuit non plus.

– Sans doute, mais… bref. Cette chambre d'hôtel-ci, moi, elle va pas m'coûter un centime, Onésime. Et donc, je vais me prendre une bonne douche bien chaude, me sécher avec trois serviettes, me coucher dans le lit qu'est là sous nos yeux et y pioncer disons… entre six et sept heures ? Parce que, si c'te piaule est peut-être pas aussi bien qu'la tienne, elle est quand même dix fois plus chouette qu'la mienne.

– Ah.

– Et donc, j'm'accroche le panneau NE PAS DÉRANGER au bouton d'la porte, j'm'allonge et on m'dérange pas, vu ? Et quand ça sera midi, je sors sans que personne me r'garde à deux fois parce que quoi ?… un gentil p'tit jeune homme comme moi ? C'est sûrement qu'il a dû livrer un truc à bouffer à quelqu'un. Hé, Matt ? Tu crois que j'peux compter sur la réception pour m'réveiller à 11 h 30 si j'leur demande ?

– Tu le peux. Enfin… je crois, lui répondis-je.

12

Je m'arrêtai dans un café de Broadway ouvert toute la nuit. Une première édition du *Times* traînait sur une table, je la parcourus en avalant des œufs et un café, mais je n'en retins pas grand-chose. J'étais trop groggy et, avec le peu d'acuité intellectuelle qui me restait, je tenais absolument à me concentrer sur la localisation exacte des six cabines téléphoniques de Sunset Park. Je ne cessais de sortir ma liste de ma poche pour l'examiner, comme si l'ordre des appels et les divers endroits d'où on les avait passés avaient valeur de message secret qui ne demandait qu'à être élucidé. Il devait bien y avoir quelqu'un que je pourrais appeler en arguant de l'arrivée prochaine d'un Code Cinq : « Donnez-moi votre code d'accès, lui demanderais-je d'un ton impérieux, je veux votre mot de passe. »

Les premières lueurs de l'aube éclaircissaient déjà le ciel lorsque je retrouvai enfin mon hôtel. Je pris une douche, me mis au lit, mais, une petite heure ayant passé, je renonçai à dormir, allumai la télé et regardai les nouvelles du matin sur l'une des grandes chaînes nationales. J'eus droit à une interview du secrétaire d'Etat qui rentrait d'un voyage au Moyen-Orient, puis aux commentaires d'un leader palestinien analysant les chances d'une paix durable dans cette région du globe.

Cela me ramena à mon client – pas que je l'aurais beaucoup quitté en pensée –, et, le speaker s'étant mis à bavarder avec un lauréat des Oscars, je coupai le son et téléphonai à Kenan Khoury.

Je n'obtins pas de réponse, mais, à force de le rappeler toutes les demi-heures, je finis par l'avoir au bout du fil aux environs de 10 h 30.

– Je viens à peine de rentrer, me dit-il. Le plus terrifiant a été le retour en taxi de l'aéroport Kennedy. Le chauffeur était une espèce de fou furieux originaire du Ghana. Un diamant dans une dent, des scarifications tribales sur les deux joues, et il conduisait comme si mourir dans un accident de la circulation était le plus sûr moyen d'arriver au paradis et d'y obtenir son permis de séjour.

– Il me semble avoir déjà eu affaire à lui, moi aussi.

– Vous ? Et moi qui croyais que vous ne preniez jamais le taxi ! Vous n'aimez plus le métro ?

– Des taxis, je n'ai pas arrêté d'en prendre depuis hier soir. Et attention les notes au compteur !

– Ah bon ?

– Façon de parler. Je me suis dégoté deux pirates d'ordinateurs qui ont réussi à me trouver des renseignements qui n'existaient tout simplement pas, *dixit* la compagnie du téléphone.

Je lui fis un bref compte rendu des activités auxquelles nous nous étions livrés et de ce qu'elles nous avaient appris.

– Comme je ne pouvais pas vous joindre pour avoir votre accord et que je n'avais pas envie d'attendre, j'ai payé d'avance.

Il me demanda à combien se montait la somme, je le lui dis.

– Aucun problème. Comment avez-vous procédé ? Vous avez pioché dans vos réserves ? Vous auriez dû demander à Peter.

– Ça ne me gênait pas. J'ai bien demandé à votre frère, étant donné que je ne pouvais pas retirer de liquide pendant le week-end, mais comme lui non plus il n'avait pas de quoi…

– Il n'avait pas de quoi ?

– Mais il m'a dit d'y aller et de ne pas attendre votre retour.

– Il a eu raison. Quand lui avez-vous parlé ? Je l'ai appelé dès mon arrivée, mais il n'était pas chez lui.

– Je lui ai téléphoné samedi, lui répondis-je. Samedi après-midi.

– J'ai essayé de le joindre avant le décollage. Je voulais qu'il vienne me chercher à l'avion, ce qui m'aurait évité le grand fou du Ghana, mais je n'ai pas pu l'avoir. Comment vous êtes-vous débrouillé ? Vous avez fait patienter vos gars ?

– Non, quelqu'un m'a avancé la somme.

– Bon. Vous voulez le fric tout de suite ? Je suis crevé, j'ai fait plus d'avion que notre Grand Machin Chose soi-même... comment il s'appelle déjà ?... notre secrétaire d'Etat qui s'en revient du Moyen-Orient ?

– Il vient de passer à la télé.

– On s'est vus dans des tas d'aéroports, mais de là à affirmer que nos chemins se seraient croisés... Je me demande ce qu'il peut bien faire de son bonus d'abonné des grandes compagnies aériennes. Il devrait avoir droit à une croisière sur la lune gratis, à l'heure qu'il est ! Vous voulez passer ? Je suis vidé, en plein décalage horaire, mais comme c'est pas maintenant que je vais réussir à m'endormir, de toute façon...

– Moi si... Et c'est ce que j'ai de mieux à faire. Je n'ai plus l'habitude de me taper des nuits blanches, comme disent mes petits copains pirates. Ils prennent ça dans la foulée, mais c'est vrai qu'ils sont autrement plus jeunes que moi !

– L'âge change bien des choses. Autrefois, je ne me serais jamais dit que le décalage horaire, ça existait, mais maintenant, je serais plutôt du genre à aller le crier sur les toits. Bon, je vais quand même essayer de dormir un peu, en prenant un cachet peut-être... pour m'aider à couler. Sunset Park, dites-vous ? Voyons voir si je connaîtrais pas des gens dans le coin.

– Je ne pense pas que ce soit une de vos connaissances.

– Vous ne le pensez pas...

– Ils n'en sont pas à leur premier essai, mais ils n'ont jamais dépassé la catégorie amateurs. Par rapport à la semaine dernière, je sais deux ou trois trucs de plus sur eux.

– On approcherait du but ?

– Approcher du but, je ne sais pas, mais avancer, oui.

J'appelai Jacob à la réception et l'avertis que je décrochai mon téléphone.

– Je ne veux pas être dérangé, lui précisai-je. Dites à tout le monde de me rappeler après 17 heures.

Je mis le réveil à cette heure-là et me glissai dans mon lit. Je fermai les yeux, tentai de me représenter la carte de Brooklyn, mais sombrai avant même d'avoir pu essayer de me concentrer sur Sunset Park.

Des bruits de circulation m'ayant vaguement réveillé à un moment donné, je me dis que je pourrais peut-être ouvrir les yeux et regarder le réveil, mais préférai me perdre dans un rêve fort compliqué où se mêlaient réveils, ordinateurs et téléphones, l'origine de ce rêve n'étant pas terriblement difficile à deviner. Nous nous trouvions dans une chambre d'hôtel et, tout d'un coup, quelqu'un frappait à la porte. Je me levais pour aller ouvrir. Il n'y avait personne. Le bruit ne cessant pas pour autant, je finis par sortir de mon rêve et compris qu'on cognait à ma porte.

Jacob. Il était monté me dire que Mlle Mardell était au téléphone et que c'était urgent.

– Je sais que vous vouliez dormir jusqu'à 17 heures, reprit-il, et je le lui ai fait savoir, mais elle m'a ordonné de vous réveiller, quoi que vous disiez après. Elle n'avait pas l'air de rigoler.

Je raccrochai, il regagna la réception pour me passer la communication. J'attendis avec impatience que mon téléphone sonne. La dernière fois qu'Elaine m'avait fait appeler en me disant que ça pressait, c'était parce qu'un type semblait bien décidé à nous tuer tous les deux. Je décrochai à la première sonnerie.

– Matt… Je déteste te réveiller comme ça, mais ça pouvait vraiment pas attendre.

– Qu'est-ce qu'il y a ?

– On dirait qu'il y avait quand même une aiguille dans la botte de foin. Je viens juste de parler avec une certaine Pam. Elle devrait arriver ici d'un instant à l'autre.

– Et alors ?

– C'est la fille qu'on cherche. Elle les a vus, nos cocos. Elle est montée dans la camionnette avec eux.

– Et elle s'en est sortie pour nous raconter son affaire ?

– Difficilement. Un des conseillers auxquels j'ai fait mon petit laïus l'avait appelée tout de suite, mais Pam a mis une semaine à le rappeler. Ça demande du courage, tu sais ? Toujours est-il qu'elle m'en a déjà dit assez pour que je sache qu'il ne faut surtout pas la laisser filer. Je lui ai garanti mille dollars d'avance si elle acceptait de venir nous raconter son histoire en personne. J'ai eu raison ?

– Et comment !

– Sauf que j'ai pas le fric. Je t'ai donné tout ce que j'avais en liquide samedi.

Je consultai ma montre. En me dépêchant, j'avais encore le temps de passer à la banque.

– Je vais les retirer, lui dis-je. J'arrive tout de suite.

13

– Entre, me lança Elaine, elle est déjà arrivée. Pam, je vous présente M. Scudder, Matthew Scudder. Matt... Pam.

Pam s'était assise sur le canapé, elle se leva à notre approche. Mince, elle faisait environ un mètre soixante et avait des cheveux noirs coupés court et des yeux d'un bleu intense. Elle portait une jupe gris foncé et un sweater angora bleu pâle. Rouge à lèvres, fard à paupières, chaussures à talons hauts. J'eus l'impression qu'elle ne s'était pas habillée ainsi pour rien, mais qu'elle doutait un peu de ses choix.

L'air calme et compétent – elle avait mis un pantalon et un chemisier en soie –, Elaine me dit :

– Assieds-toi, Matt. Prends le fauteuil. (Elle prit place à côté de la visiteuse.) Je disais justement à Pam que je l'avais fait venir ici sous un faux prétexte. Il n'est pas question de rencontrer Debra Winger.

– Je lui avais demandé qui serait la star, dit Pam, et elle m'avait répondu : « Debra Winger. » Et moi, alors, je fais : « Waow, Debra Winger va jouer pour "Le film de la semaine" ? Je savais pas qu'elle faisait de la télé... » (Elle haussa les épaules.) Mais comme il y aura pas de film, de toute façon, qu'est-ce que ça peut faire que ça soit elle ou une autre...

– Mais les mille dollars, eux, sont bien réels, lui précisa Elaine.

– Ouais, bon. C'est déjà ça. L'argent, c'est pas que

j'en aurais pas besoin… même si c'est pas pour ça que je suis venue.

– Je le sais bien, mon chou.

– Parce qu'il n'y a pas que ça.

J'avais l'argent – mille pour elle, les mille deux cents que je devais à Elaine et de la menue monnaie pour moi-même, en tout, trois mille dollars que j'avais retirés de ma tirelire.

– Elle m'a dit que vous étiez détective, reprit Pam.

– C'est exact.

– Et vous voulez les retrouver ? J'ai beaucoup parlé avec les flics. Il y avait trois ou quatre inspecteurs, jamais les mêmes…

– A quel moment ?

– Juste après.

– Et c'était…

– Oh, je ne savais pas que vous n'étiez pas au courant. En juillet… en juillet dernier.

– Et vous l'avez dit à la police ?

– Comme si j'avais eu le choix ! s'écria-t-elle. Il fallait bien que j'aille à l'hôpital, non ? Alors, les médecins, ils me disent : « Waow ! Mais qui c'est qui vous a fait ça ? Et moi, qu'est-ce que je pouvais leur répondre, hein ? Que j'avais dérapé ? Que je m'étais coupée ? Alors, bien sûr, ils ont appelé les flics. Enfin bref… même si je leur avais rien dit, ils les auraient quand même appelés, vous savez.

J'ouvris mon carnet de notes et lui dis :

– Pam… Je ne crois pas connaître votre nom.

– Vu que je vous l'ai pas donné… Mais comme c'est pas interdit non plus… Je m'appelle Cassidy.

– Et quel âge avez-vous ?

– Vingt-quatre ans.

– Vous en aviez donc vingt-trois quand ça s'est passé.

– Non, vingt-quatre. Mon anniversaire tombe à la fin du mois de mai.

– Et vous travaillez dans quelle branche, Pam ?

– Je suis standardiste. J'ai pas de boulot en ce moment,

c'est pour ça que je vous ai dit que, l'argent, j'allais pas cracher dessus... Mille dollars, de toute façon, je vois pas qui pourrait cracher dessus, surtout maintenant qu'il y a tout ce chômage...

– Où habitez-vous ?

– Dans la 27e, entre Lexington et la IIIe Avenue.

– C'est là que vous habitiez quand l'incident s'est produit ?

– L'incident ? répéta-t-elle comme si elle voulait essayer ce mot dans sa bouche. Ah, oui !... Ça va faire bientôt trois ans que j'habite là. Depuis mon arrivée à New York.

– D'où venez-vous ?

– De Canton, c'est dans l'Ohio. Même que si jamais vous aviez entendu parler de ce bled, je saurais pourquoi ! C'est là que se trouve le Hall of Fame [1].

– Je l'ai presque visité, lui dis-je. Je me trouvais à Massillon pour une affaire.

– Massillon ? Ah, ça alors ! J'y allais tout le temps autrefois. J'y connaissais des tas d'amis.

– Il y a peu de chances pour que j'en aie jamais rencontré un seul, lui dis-je. Et c'est quoi, votre adresse, dans la 27e ?

– J'habite au 150.

– Joli coin, dit Elaine.

– Ouais, j'aime assez. Mais il y a un truc... C'est idiot, je sais, mais... C'est un quartier qu'a pas de nom. Ça se trouve à l'ouest de Kip's Bay, entre Murray Hill et Gramercy, très à l'est de Chelsea, mais... Il y a des gens qui commencent à l'appeler Curry Hill... à cause de tous les restaurants indiens, vous voyez ?...

– Vous êtes célibataire, Pam ?

Petit oui de la tête.

– Vous vivez seule ?

– J'ai juste un chien. Il est tout petit, mais comme il

1. Lieu où sont rassemblés les trophées des plus grands joueurs de football américain.

y a beaucoup de gens qui n'osent pas cambrioler quand il y a un chien dans les parages… même quand c'est un truc de rien… Faut croire qu'ils ont la trouille des clebs, un point c'est tout.

– Pam… Vous voulez me raconter ce qui s'est passé ?

– Quoi ? L'incident ?

– C'est ça.

– Ben…, dit-elle, enfin… c'est pour ça qu'on est là, pas vrai ?

C'était par un soir d'été, en milieu de semaine. Elle se trouvait à deux rues de chez elle, au coin de Park Avenue et de la 26e Est, où elle attendait que le feu passe au vert. Une camionnette s'était arrêtée et un homme l'avait appelée pour lui demander comment se rendre à tel endroit. Elle n'avait pas réussi à bien comprendre le nom.

Le type était descendu du véhicule, lui avait expliqué que c'était peut-être pas le bon endroit, mais que comme c'était quand même le nom qu'il avait sur sa facture… Elle était passée derrière la camionnette avec lui. Il avait ouvert la portière, il y avait un autre type à l'intérieur, et tous les deux avaient des couteaux. Ils l'avaient obligée à monter derrière avec le deuxième type, le chauffeur était repassé à l'avant et ils avaient démarré.

A ce point du récit, j'interrompis Pam pour lui demander comment il se faisait qu'elle ait été aussi prête à monter à l'arrière de la camionnette. Y avait-il des gens aux alentours ? Quelqu'un avait-il assisté à l'enlèvement ?

– Les détails sont un peu flous, me répondit-elle.

– Ce n'est pas grave.

– Ça s'est passé tellement vite…

– Pam, dit soudain Elaine, je peux vous poser une question ?

– Bien sûr.

– Vous étiez au turbin, n'est-ce pas ?

Nom de Dieu ! pensai-je, comment ai-je fait mon compte pour ne pas m'en apercevoir ?

– Je ne comprends pas, dit Pam.

– Vous faisiez bien le trottoir, n'est-ce pas ?

– Comment l'avez-vous deviné ?

Elaine lui prit la main.

– Ne vous inquiétez pas, dit-elle. Personne ne va vous faire de mal et personne ne va vous juger. Surtout, ne vous inquiétez pas.

– Mais… comment avez-vous fait pour…

– Ecoutez, c'est un turf assez connu, ce coin-là de Park Avenue South. Mais je l'avais deviné avant. J'ai jamais vraiment fait le trottoir, mais j'ai quand même tapiné pendant presque vingt ans. Alors…

– C'est pas vrai !

– Et si. Dans cet appartement même… j'ai fini par l'acheter quand il est passé en copropriété. J'ai appris à parler de « clients » plutôt que de « bites » et, quand je suis avec un cave, il y a même des fois où je lui raconte que je suis historienne d'art ! J'ai pas manqué d'astuce pour économiser mes sous d'une année sur l'autre, mais je fais la pute tout comme toi, ma mignonne. Bref, tu peux nous dire tout ce qui s'est passé sans essayer de nous bourrer le mou.

– Nom de Dieu ! s'écria-t-elle. En fait, vous savez pas quoi ? Ça me soulage. Au fond, j'avais pas très envie de vous raconter des salades. Mais j'avais pas tellement le choix non plus.

– Vous pensiez qu'on ferait la gueule ?

– Peut-être… et aussi à cause de ce que j'ai dit aux flics.

– Ils ne savent pas que vous faisiez le trottoir ? lui demandai-je.

– Non.

– Et ils ne vous ont jamais posé la question ? Alors que votre enlèvement s'était déroulé dans un haut lieu du tapinage ?

– C’étaient des flics du Queens.
– Quoi… des flics du Queens ? Pourquoi auraient-ils hérité de l’affaire ?
– Parce que c’est là que les types ont fini par me jeter. J’ai atterri à l’Elmhurst General Hospital et, vu que ça se trouve dans le Queens, c’est de là qu’ils étaient, mes flics. Et donc, ils savaient rien de ce qui se passe à Park Avenue South.
– Pourquoi avez-vous atterri à l’Elmhurst General ? Non, laissez… On y reviendra plus tard. Si on recommençait plutôt au début ?
– D’accord, dit-elle.

C’était par un soir d’été, en milieu de semaine. Elle se trouvait à deux rues de chez elle, au coin de Park Avenue et de la 26e Est, où elle attendait qu’un client veuille bien s’approcher. Alors, une camionnette s’était arrêtée et un mec lui avait fait signe de se ramener. Elle avait contourné le véhicule et y était montée, côté passager. Le type avait roulé un peu, puis il avait pris une petite rue et s’était garé devant une bouche d’incendie.
Elle s’était dit qu’il lui demanderait juste de lui faire un pompier pendant qu’il resterait assis au volant, soit vingt-vingt-cinq dollars pour cinq minutes de boulot. Les clients en voiture ont souvent envie de se faire sucer et qu’il n’y ait pas besoin de descendre de la bagnole pour ça. Ils exigent parfois de pouvoir continuer à rouler, ce qui, elle, lui paraissait assez fou, mais… allez savoir. Les clients qui arrivaient à pied étaient généralement prêts à payer une chambre et, pour ça, l’hôtel Elton, qui se trouve au coin de Park Avenue South et de la 26e, était aussi commode que raisonnable question prix. Elle avait bien un appartement à elle, mais elle y faisait rarement monter ses clients, sauf lorsqu’il n’y avait pas moyen de se débrouiller autrement : ce n’était pas très sûr. En plus de quoi, c’est pas tellement qu’on aurait envie de se taper un client dans le lit où on dort d’habitude, non ?

Elle n'avait découvert le type caché au fond de la camionnette qu'au moment où celle-ci s'était garée. De fait, elle n'avait même jamais deviné sa présence avant qu'il lui passe un bras autour du cou et lui ferme la bouche de la main. « Surprise, surprise ! Pammy ! », s'était-il écrié.

Dieu, ce qu'elle avait eu peur ! Elle s'était raidie d'un coup tandis que, en rigolant, le chauffeur lui glissait la main dans le corsage et commençait à lui palper les nichons. Elle les avait assez gros et avait appris à les mettre en valeur en portant des débardeurs ou des chemisiers aguichants : les amateurs de nichons adorent ça et, tant qu'à faire de bosser, mettre la marchandise en évidence n'est pas une mauvaise idée. Il lui avait tout de suite pris le bout du sein et l'avait pincé fort. Si fort même qu'elle avait eu mal et avait immédiatement compris que ça n'allait pas se passer dans la douceur.

« On passe tous à l'arrière, avait lancé le chauffeur. C'est plus intime et y a plus de place pour s'allonger. Pourquoi ne pas prendre ses aises ? Pas vrai, Pammy ? » Elle détestait la façon dont ils l'appelaient. Elle leur avait déjà dit que son prénom était Pam, et pas Pammy, mais ils n'arrêtaient pas de l'appeler comme ça en se moquant d'elle avec une méchanceté pas possible.

Quand le type du fond lui avait enfin lâché la bouche, elle leur avait dit : « Ecoutez, les mecs, pas de brutalités, d'accord ? Je vous ferai tout ce que vous voudrez et ça sera vraiment bien, mais je veux pas de trucs durs. » « T'es droguée, Pammy ? » Elle leur avait répondu que non. Elle ne se droguait pas et ça ne la tentait pas beaucoup de le faire. Bien sûr, elle ne refusait pas un joint quand on lui en filait un, et la coke, c'était pas mal non plus, mais elle n'en achetait jamais. Il y avait des fois où ses clients lui faisaient des lignes et se seraient crus insultés si elle n'avait pas voulu en prendre, et puis… c'est vrai qu'elle ne détestait pas. Ils devaient se dire que ça l'excitait, que ça la branchait plus pour faire son boulot. Il y en avait même certains qui se mettaient un peu de coke au bout de la queue… comme quoi elle aurait plus pris son pied en suçant et que le mec en aurait eu encore plus pour son argent.

« T'es accro, Pammy ? Par où que tu te cames ? Par le nez ? Tu te shootes entre les orteils ? T'en connais, des gros dealers ? Et si t'avais un petit copain qui revendait de la dope, hein ? » Des questions vraiment con. Des questions qui ne rimaient à rien, sauf que, peut-être, ça les faisait bander de les poser. Pour l'un d'entre eux – le chauffeur –, c'était clair : la drogue, il avait l'air d'en connaître un rayon. L'autre aurait plutôt été du genre à l'insulter, à la traiter de « sale conne », de « petite salope de merde » et autres. Répugnant quand ça finit par vous atteindre, mais des types qui se conduisaient comme ça, il y en avait plein, surtout quand ils commençaient à s'exciter. Tenez, elle avait même un type qu'elle avait dû se faire quatre ou cinq fois dans sa bagnole, et lui, il était toujours très poli avant et après, très très gentil même, jamais de coups, mais c'était toujours pareil quand elle le suçait et qu'il était sur le point de jouir : « Ah, salope, salope ! qu'il criait, si seulement tu pouvais crever ! Ah, ce que ça serait bien que tu crèves ! Ça serait vraiment bien, espèce de sale conne. » Horrible, que c'était, complètement horrible… mais, en dehors de ça, le parfait gentleman. Et comme il lui filait cinquante dollars à chaque coup et ne mettait pas très longtemps à jouir, qu'est-ce que ça pouvait faire qu'il jure comme un charretier ? C'était rien que des noms d'oiseaux et ça n'avait jamais tué personne, pas ?

Ils étaient passés à l'arrière de la camionnette où c'était tout aménagé avec un matelas. En fait, c'était même plutôt confortable, ou ça l'aurait été si elle avait pu se détendre, mais comment y arriver avec des types comme ça ? Ils étaient vraiment trop bizarres, il n'y avait pas eu moyen.

Ils l'avaient obligée à ôter tous ses vêtements, jusqu'au dernier, ce qui faisait vraiment chier, mais elle savait bien quand il valait mieux ne pas discuter. Et après… ben, après, ils l'avaient baisée à tour de rôle. D'abord le chauffeur, l'autre type après. Jusque-là, rien de bien extraordinaire, sauf qu'ils étaient deux et que, quand le deuxième s'y était mis, le chauffeur n'avait pas arrêté de lui pincer le bout des seins. Ça faisait mal, mais elle avait compris qu'il fallait la fermer : il savait très bien que ça lui faisait mal. C'était même pour ça qu'il le faisait.

Ils se l'étaient donc payée tous les deux, et avaient joui, ce qui était encourageant vu que c'était quand les types n'arrivaient pas à triquer ou à terminer ce qu'ils avaient commencé que ça pouvait tourner mal : ils se mettaient en colère comme si c'était de la faute à la fille. Quand le deuxième avait fini son affaire et s'était écarté d'elle en grognant, elle lui avait dit : « Hé, c'était vachement bien !… Vous vous démerdez comme des chefs, tous les deux. Et maintenant, je me rhabille, d'accord ? »

Mais c'était à ce moment-là qu'ils avaient sorti le couteau. Un cran d'arrêt, un grand, un truc vraiment pas beau. C'était le deuxième mec, celui qui jurait comme un charretier, qui le tenait à la main. Et alors, il avait dit : « Hé ! mais… où c'est que tu t'en vas comme ça, espèce de salope ? » Et Ray, lui, il avait dit : « Non, parce que, nous, on va tous aller quelque part. Oui, Pammy, on va tous aller faire une petite balade. »

Il s'appelait Ray. C'était parce que l'autre l'avait appelé comme ça qu'elle l'avait su. Quant au deuxième, elle avait peut-être entendu son prénom, mais ça n'avait pas dû faire tilt. Toujours est-il que le chauffeur, c'était Ray.

Sauf qu'ils avaient changé de place et que le chauffeur, c'était plus lui maintenant. Que l'autre avait enjambé le siège et s'était mis au volant pendant que Ray restait derrière avec elle, le couteau à la main et, non… bien sûr qu'il ne l'avait pas laissée se rhabiller.

C'était d'ailleurs à partir de là que ses souvenirs commençaient à manquer de netteté. Elle se trouvait à l'arrière de la camionnette, il y faisait sombre, elle n'arrivait pas à voir dehors, ils n'arrêtaient pas de rouler, et elle, elle n'avait aucune idée de l'endroit où ils se trouvaient ni de celui où ils se rendaient. Ray lui avait encore demandé si elle se droguait, une vraie manie, même que, d'après lui, les junkies, c'était rien que des types qui cherchaient à mourir, que se doper, c'était triper à la mort, et qu'ils devraient tous avoir ce qu'ils cherchaient.

Il l'avait forcée à le sucer. C'était déjà ça : au moins il allait la fermer et elle… elle, ça lui donnait quelque chose à faire.

Et puis, ils s'étaient garés de nouveau, Dieu sait où, et après, il y avait eu beaucoup de baise. Ils n'arrêtaient pas, ils prenaient tout leur temps, et elle, il y avait des moments où elle n'avait plus tout à fait sa tête, où elle n'y était plus à cent pour cent. Elle était pourtant à peu près sûre qu'ils ne jouissaient plus. Ils l'avaient fait la première fois, au niveau de la 24e Rue ou autre, mais maintenant, c'était comme s'ils ne voulaient plus jouir parce que ça risquait de mettre fin à la petite fête. Ils l'avaient prise, ben… par tous les trous habituels, et y avaient enfilé des trucs qui ne se réduisaient pas uniquement à leurs organes sexuels. De fait, elle ne savait plus très bien de quoi ils s'étaient servis. Il y avait eu des trucs qui faisaient mal, et d'autres qui ne faisaient rien, mais tout ça était horrible, terrible, et, tout d'un coup, elle s'était rappelé quelque chose, quelque chose qu'elle avait complètement oublié, et, à un moment donné, elle s'était sentie parfaitement calme.

Parce que, voyez-vous, elle avait alors compris qu'elle allait mourir. Et ce n'était même pas qu'elle l'aurait désiré, non. Elle n'en avait aucune envie, absolument aucune, mais il lui était soudain venu à l'esprit que c'était ça qui allait se passer, ça et rien d'autre, et alors elle s'était dit : Bah, j'arriverai bien à m'y faire, genre… j'arriverai bien à vivre avec, ou presque, ce qui était complètement con vu que c'était justement ça qui ne collait pas : vivre avec, elle n'y arriverait jamais plus une fois qu'elle serait morte.

Bon, d'accord, j'arriverai à m'y faire. Non, vraiment.

Et alors, juste au moment où elle s'était fait une raison et savourait ce sentiment de paix intérieure qui lui était venu, Ray lui avait dit : « Tu sais quoi, Pammy ? On va te laisser une chance. Ouais... on va te laisser vivre. »

Mais les deux types s'étaient engueulés parce que l'autre voulait la tuer alors que Ray était plutôt partisan de la laisser filer : c'était rien qu'une pute et, les putes, tout le monde s'en foutait.

Sauf que justement, non, avait-il ajouté tout à coup, c'était pas une pute comme les autres. Elle avait la plus belle paire de nichons à palper sur le marché.

« Tu les aimes bien, tes nénés, Pammy ? lui avait-il demandé. T'en es fière ? » Que lui répondre ? « C'est lequel que tu préfères ? avait-il insisté. Allez, quoi... am stram gram pique et pique et collégram... Pammy ?... Pammy ? » Genre chansonnette, comme un gamin qui fait chier. « Allons, Pammy, on se choisit un néné... C'est lequel qui te plaît le plus ? » Il tenait quelque chose à la main, comme un morceau de fil de fer, un rien cuivré dans la pénombre. « Allez, tu choisis celui que tu veux garder, Pammy. Un pour toi, un pour moi... c'est équitable, non ? T'as le droit d'en garder un. Moi, je prends l'autre et c'est toi qui décides. Mais d'abord faut choisir, c'est obligé, espèce de petite salope, de petite pute en chaleur... faut en choisir un. *Le Choix de Pammy !* Ah ! Ah ! Comme pour Sophie, tu te rappelles ? Sauf qu'elle, c'était ses bébés alors que toi, c'est tes nénés ! Ah ! Ah ! Même qu'y faudrait voir à en choisir un rapidos, Pammy, sinon je te les rafle tous les deux ! »

Nom de Dieu ! Il était fou, et elle, qu'est-ce qu'elle pouvait faire ? Parce que, quoi... choisir un sein ! Il devait y avoir un moyen de gagner la partie, mais elle était incapable de le trouver.

« Regarde-moi ça ! Non mais, regarde-moi ça ! Je te les touche et y a le bout qui devient tout dur même quand t'as les foies !... Même quand tu chiales, espèce de sale connasse ! Allez ! T'en choisis un, Pammy, et nous disons donc… Celui-ci ?… Celui-là ? Qu'est-ce que t'attends, Pammy ? Tu joues la montre ? Tu veux que je me foute en colère ? Allez, quoi, Pammy… allez ! T'as qu'à toucher celui que tu veux garder. » Que faire, nom de Dieu, qu'était-elle censée faire ? « Celui-là ?… T'en es sûre, Pammy ? » Dieu de… « Ben moi, je trouve que c'est pas le mauvais choix… Même que ça serait plutôt excellent, et donc, résumons-nous : celui-ci, c'est pour toi, et celui-là, c'est pour moi. Affaire conclue, on revient pas en arrière et y a pas d'échange possible. C'est d'accord, Pammy ? »

Le fil lui entourait déjà le sein, il y avait une poignée à chaque extrémité du fil, comme les trucs qu'on glisse sous les ficelles des paquets pour pouvoir les emporter, et lui, il tenait les deux poignées, avait écarté les mains et…

Elle avait déserté son corps, comme ça. Elle s'était mise à flotter à l'extérieur d'elle-même, au-dessus de la camionnette, si haut qu'elle avait pu voir à travers la toiture, qu'elle avait regardé… qu'elle avait regardé quand le fil s'était enfoncé dans sa chair comme dans un liquide, avait regardé son sein se séparer lentement de son corps, longtemps regardé son sang qui coulait.

Jusqu'au moment où ses yeux n'avaient plus vu que du sang, jusqu'au moment où tout s'était obscurci, jusqu'au moment où l'univers entier avait basculé dans les ténèbres de la nuit.

14

Kelly s'était absenté de son bureau. Le planton de la Criminelle de Brooklyn que je trouvai au bout du fil m'informa qu'il pourrait le faire appeler si c'était important. Je lui répondis que ça l'était.

Le téléphone ayant sonné, Elaine décrocha, dit : « Un instant, je vous prie » et hocha la tête d'un air entendu. Je lui pris l'écouteur des mains et saluai mon correspondant.

– Mon père se souvient bien de vous, me lança-t-il. Il dit que vous étiez plein d'enthousiasme.

– Ça remonte à loin.

– C'est ce qu'il dit, lui aussi. Qu'y a-t-il de si important qu'il faudrait me biper en plein milieu d'un repas ?

– J'ai une question à vous poser sur Leila Alvarez.

– Vous avez une question à me poser sur Leila Alvarez… Et moi qui pensais que vous aviez peut-être une réponse à me donner.

– C'est au sujet de son opération.

– De son « opération » ? C'est comme ça que vous appelez ça, vous ?

– Savez-vous de quoi il s'est servi pour lui trancher le sein ?

– Oui, je le sais. Il s'est servi d'une putain de *guillotine*[1], ce fumier. Et où ça nous mène, toutes ces questions, Matt Scudder ?

– Est-ce qu'il ne se serait pas plutôt servi d'un fil de

1. En français dans le texte.

fer ? D'une corde de piano, disons… mais qu'il aurait utilisée comme un garrot ?

La pause qui suivit fut si longue que je me demandai si j'avais bien dit le mot « garrot » comme il fallait et s'il connaissait l'outil en question. Enfin, d'une voix très tendue, il me lâcha :

– Qu'est-ce que vous me cachez ?

– Rien depuis dix minutes. Même que ça en fait cinq que j'attends que vous me rappeliez.

– Mais merde enfin ! C'est quoi, votre renseignement ?

– Alvarez n'est pas leur seule et unique victime.

– Vous me l'avez déjà dit. Il y a aussi Marie Gotteskind. J'ai relu le dossier et je crois que vous avez raison. Mais ça ne me dit pas ce que votre corde de piano vient faire dans son histoire.

– Il ne s'agit pas de Marie Gotteskind. Ils ont fait une autre victime. Violée, torturée, un sein tranché. Mais il y a une différence : elle est encore vivante. Et je me suis dit que vous auriez peut-être envie de lui parler.

– *Pro bono*, hein ? ricana Drew Kaplan. Tu pourrais me dire pourquoi ce sont à peu près les seuls mots de latin que tout le monde connaît ? A la fin de mes études de droit à Brooklyn, je savais assez de latin pour me monter une petite église. *Res gestae, corpus juris, lex talionis*. Mais personne ne me les dit jamais, ces mots-là. Tout ce qu'on me rabâche, c'est *pro bono*. Et tu sais ce que ça veut dire, *pro bono* ?

– Je suis sûr que tu vas me l'apprendre.

– La locution entière est *pro bono publico* : « pour le bien public ». C'est même pour ça que les gros cabinets d'avocats se servent de cette expression-là pour désigner l'infime parcelle de travail juridique qu'ils veulent bien consacrer à des causes qui leur soulagent une conscience qu'ils ont, et c'est tout à fait compréhensible, fort troublée par le fait qu'ils passent au minimum quatre-vingt-dix pour cent de leur temps à écrabouiller les pauvres en raflant deux cents dollars de l'heure au passage. Pourquoi tu me regardes comme ça ?

– C'est la phrase la plus longue que je t'aie jamais entendu prononcer.

– Tu m'en diras tant. Mademoiselle Cassidy... en tant qu'avocat chargé de défendre vos intérêts, il est de mon devoir de vous mettre en garde contre toute idée d'association avec des types du genre de celui-ci. Matt, non, sérieusement... Mlle Cassidy réside à Manhattan, a été victime d'un crime qui s'est produit dans le Queens il y a neuf mois de ça, et moi, je ne suis qu'un pauvre avocat qui peine dans de modestes bureaux de Court Street, bourg de Brooklyn. Or donc, et si je puis me permettre de te poser la question... qu'est-ce que je viens faire là-dedans, hein ?

C'était dans lesdits « modestes bureaux » que nous nous trouvions et le baratin un rien potache qu'il me servait n'était que sa manière bien particulière de briser la glace : Drew Kaplan savait déjà très bien pourquoi Pam Cassidy avait besoin d'un avocat de Brooklyn pour résister aux interrogatoires de la Criminelle. J'avais longuement analysé la situation avec lui par téléphone.

– A partir de maintenant, je vous appelle Pam, reprit-il. Ça vous va ?

– Aucun problème.

– Ou bien... vous préférez Pamela ?

– Non, non. Pam me va très bien. Du moment que vous ne m'appelez pas Pammy...

C'était là une remarque que Kaplan n'avait aucune chance de comprendre.

– Pam, disons-nous donc. Eh bien, Pam, avant que vous et moi nous n'allions voir l'officier de police Kelly... hé, Matt ! c'est officier de police qu'il est, ou inspecteur ?

– Inspecteur.

– Bref, avant que nous ne rencontrions le bon inspecteur John Kelly, j'aimerais que nous accordions un peu nos violons. Vous êtes ma cliente et cela signifie que personne ne doit vous interroger en mon absence. C'est bien compris ?

– Oui.

– Et, flics, journalistes ou reporters de télé qui vous colleraient un micro dans la figure, personne, c'est personne. « Adressez-vous à mon avocat », voilà ce que vous leur dites. Répétez-moi ça, qu'on voie un peu.

– Adressez-vous à mon avocat.

– Parfait. On vous appelle au téléphone pour vous demander le temps qu'il fait, qu'est-ce que vous répondez ?

– Adressez-vous à mon avocat.

– Je crois qu'elle a pigé. Essayons encore un coup. On vous téléphone pour vous annoncer que vous venez de gagner un voyage à Paradise Island aux Bahamas, ce prix ayant à voir avec certaine promotion qu'on serait en train de faire sur tel ou tel produit, qu'est-ce que vous répondez ?

– Adressez-vous à mon avocat.

– Mais non ! Vous dites au monsieur d'aller se faire foutre. Mais, pour tous les autres habitants de la planète, le refrain est le même : « Adressez-vous à mon avocat. » Nous allons étudier le dossier plus à fond, mais, en gros, je vous demande de ne jamais répondre à qui que ce soit hormis en ma présence, et seulement si les questions qu'on vous pose ont trait à l'horrible crime dont vous avez été victime. Votre passé, tout ce que vous avez fait avant l'incident, et tout ce que vous avez fait après, ne regarde absolument personne. Si jamais on commence à vous poser des questions qui ne me plaisent pas, je me ramène dans la conversation et vous interdis de l'ouvrir. Si c'est moi qui ne dis rien, mais que, pour une raison ou pour une autre, la question qu'on vous pose vous agace, c'est vous qui n'y répondez pas. Vous dites que vous avez besoin de conférer avec votre avocat. « Je veux conférer avec mon avocat. » Répétez un peu, pour voir ?

– Je veux conférer avec mon avocat.

– Excellent. La chose à ne pas oublier, c'est que vous n'êtes et ne serez jamais accusée de rien et que c'est donc vous qui leur faites une fleur, ce qui, nous, nous place dans une très bonne position. Bon, et maintenant, revoyons encore une fois les détails puisque nous avons la chance d'avoir notre ami Matt Scudder sous la main. Après, vous et moi, nous irons saluer le bon inspecteur Kelly. Pam… commencez donc par me dire comment vous en êtes arrivée à demander à Matt ici présent d'essayer de retrouver les hommes qui vous ont enlevée et agressée.

Nous avions tout mis au point avant d'appeler John Kelly et Drew Kaplan. Pam avait besoin d'une histoire qui, en plus de lui donner l'initiative de l'enquête, ne jetterait aucune lumière sur Kenan Khoury. Pam, Elaine et moi en avions longuement discuté, et voici ce que nous avions inventé :

Neuf mois après l'incident, Pam essayait toujours de vivre normalement sa vie. Mais cela devenait de plus en plus difficile à cause de la peur qu'elle avait de se retrouver encore une fois sadisée par ses agresseurs. Elle avait même songé à quitter New York pour leur échapper, mais s'était dit que, aussi loin qu'elle aille, jamais son angoisse ne la lâcherait.

Depuis peu, elle fréquentait un homme auquel elle avait raconté comment elle avait perdu son sein. L'homme, qui était un monsieur très respectable, et marié – elle ne pouvait divulguer son nom sous aucun prétexte –, s'était montré fort choqué et compatissant. D'après lui, elle ne connaîtrait plus jamais la paix tant que ses agresseurs ne seraient pas capturés et, à supposer même que cela soit impossible, faire quelque chose pour qu'on les appréhende ne pourrait que l'aider à retrouver son équilibre affectif. Etant donné que la police avait eu amplement le temps d'enquêter et que, de toute évidence, elle n'était arrivée à rien, cet homme lui avait alors recommandé d'engager un détective privé qui puisse se consacrer entièrement à son affaire au lieu de s'adonner à l'espèce de grand *triage*[1] des dossiers qu'on exige régulièrement des personnels de la police.

De fait, ce monsieur connaissait justement un privé auquel il faisait confiance : l'illustre inconnu avait jadis été un de mes clients. Il me l'avait donc envoyée et avait en outre accepté de régler mes honoraires et frais divers, étant entendu que le rôle qu'il jouait dans cette affaire ne serait jamais révélé à quiconque.

Deux ou trois entretiens avec Pam m'avaient fait comprendre que la façon la plus efficace d'aborder le problème serait de poser qu'elle n'avait pas été la seule victime de ses tortionnaires. La manière même dont ils avaient envisagé de la tuer laissait clairement entendre qu'ils avaient déjà assassiné d'autres femmes. J'avais donc eu recours à diverses approches qui, toutes, avaient pour objet de prouver que nos deux hommes avaient commis d'autres crimes avant ou après avoir amputé ma cliente.

Au cours de mes recherches en bibliothèque, j'avais ainsi découvert deux faits divers qui, à mon avis, semblaient correspondre à leur profil : l'histoire de Marie Gotteskind et celle de Leila Alvarez. L'affaire Gotteskind se caractérisant par un enlèvement perpétré à l'aide d'une camionnette, je m'étais procuré le dossier adéquat par des canaux assez peu conventionnels et en étais arrivé à la conclusion que, là encore, il y avait eu amputation. L'affaire Alvarez comportait elle aussi un enlèvement et ressemblait à la première en ce que la victime avait été abandonnée dans un cimetière. (Pam avait été jetée au cimetière de Mount Zion, dans le Queens.) Lorsque, le jeudi précédent, j'avais appris que la mutilation de Leila Alvarez (dont on ne révélait pas la nature dans les journaux) était identique à celle qu'avait subie Pam, il m'était apparu que ce devait être les mêmes assassins qui avaient fait le coup.

Pourquoi ne m'en étais-je pas ouvert à Kelly à ce

1. En français dans le texte.

moment-là ? Un – et c'était le plus important –, parce que la déontologie m'interdisait de parler à quiconque sans l'accord de ma cliente, et, deux, parce que j'avais passé tout mon week-end à convaincre celle-ci de le faire elle-même et à la préparer à l'épreuve qu'il lui faudrait alors affronter à la Criminelle. En plus, je voulais voir si les autres filets que j'avais lancés allaient me ramener des trucs.

L'un de ces filets n'était autre que le baratin « Le film de la semaine » que j'avais forcé Elaine à tenir à diverses unités de la Criminelle dans l'espoir de retrouver une autre victime. Plusieurs femmes avaient appelé, mais aucune n'aurait pu, même de loin, compter parmi les victimes de nos tueurs. Cela étant, j'avais tenu à attendre la fin du week-end avant de renoncer à poursuivre dans cette voie.

Pam elle-même avait reçu un appel d'une inspectrice de police de Brooklyn qui lui avait laissé entendre qu'il serait peut-être intéressant de contacter cette demoiselle Mardell et de voir de quoi il retournait. A ce moment-là, Pam ne savait évidemment pas que nous tentions ainsi d'avancer en besogne et s'était donc montrée plus que réservée avec l'inspectrice. Bien sûr, nous avions tous beaucoup ri lorsque, ayant mentionné cette histoire, Pam avait compris qui se cachait vraiment sous les traits de cette prétendue productrice de cinéma.

Mais nous étions déjà lundi après-midi et je ne voyais plus aucune raison de cacher certains renseignements à la police vu que, à le faire, nous risquions fort de gêner leurs enquêtes et que, de mon côté, je n'avais plus d'autre piste à explorer. J'avais réussi à faire avaler cet argument à une Pam qui, toujours inquiète à l'idée de se faire de nouveau interroger par des policiers, s'était finalement montrée plus décidée à tenter le coup lorsque je lui avais annoncé qu'elle pourrait avoir un avocat qui saurait veiller à ses intérêts.

Ils étaient partis voir Kelly, j'en avais fini de pourchasser mes détraqués et, donc, un point c'était tout.

– Je crois que ça va marcher, dis-je à Elaine. Je crois vraiment que ça couvre toutes les possibilités et toutes les activités dans lesquelles je me suis lancé depuis le premier coup de fil que j'ai reçu... hormis ce qui concerne les Khoury, évidemment. Je ne vois pas comment Pam pourrait leur dire quoi que ce soit qui les aiguille sur les recherches que j'ai effectuées à Atlantic Avenue ou sur les petites parties d'ordinateur Kong contre NYNEX dans la nuit d'hier. Pam ignorant tout de ces choses-là, elle serait bien incapable de lâcher le morceau, même si elle le voulait. Ne pas oublier que les noms de Francine et de Kenan Khoury ne lui disent absolument rien. A y réfléchir, je ne suis même pas sûr qu'elle sache vraiment comment j'ai fait pour débouler dans son histoire. D'après moi, en dehors de son baratin, elle ne sait rien de rien.

– Il est même possible qu'elle y croie, à son laïus.

– Qu'elle arrive seulement jusqu'au bout et elle y croira à peu près sûrement. D'après Kaplan, l'histoire est bien ficelée.

– Tu lui as dit la vraie ?

– Non. Il n'y avait aucune raison de le faire. Kaplan sait bien qu'il n'a eu droit qu'à un petit bout, mais ça ne le gêne pas outre mesure. L'important là-dedans, c'est qu'il empêche les flics de se liguer contre elle et de prêter plus attention au rôle que j'ai joué dans cette histoire qu'à l'identité de nos tueurs.

– Ils en seraient capables ?

Je haussai les épaules.

– Va savoir... Des *serial killers* s'agitent depuis plus d'un an et la police de New York n'en a jamais entendu parler... Ça risque de déranger pas mal de monde. Et, en plus, c'est un privé qui leur met le nez sur des trucs qu'aucun d'entre eux n'avait même seulement remarqués...

– Et donc, on tue le messager ?

– Ça ne serait pas la première fois. En fait, les flics

n'ont rien raté de ce qui était évident. Il est très facile de louper un *serial killer*... surtout quand il y a plusieurs commissariats et bourgs de New York dans le coup et que les indices qui pourraient relier les affaires dont ils héritent ne sont pas du genre à passer dans les journaux. Cela dit, ils pourraient aussi beaucoup en vouloir à Pam de leur foutre le nez dans la merde. C'est quand même une pute, et ça, elle ne le leur a pas dit tout de suite.

– Elle va le faire ?

– Elle va leur dire qu'elle se débrouillait comme elle pouvait en se prostituant de temps en temps. Nous savons qu'ils ont un dossier sur elle, qu'elle a été arrêtée deux ou trois fois pour prostitution et vagabondage... Ils n'ont pas pensé à aller voir de ce côté-là quand ils enquêtaient sur son affaire, vu que c'était elle la victime et qu'il n'y avait donc aucune raison de chercher à savoir si elle avait un casier ou pas, mais...

– Mais tu penses qu'ils auraient dû vérifier.

– C'est-à-dire que... oui, ils ont quand même bâclé le travail. Les putes sont tout le temps en butte à ce genre de trucs parce qu'elles sont faciles à aborder. Ils auraient pu vérifier. Ça aurait dû être automatique.

– Mais elle va aussi leur dire qu'elle a arrêté de faire le trottoir après son retour de l'hôpital. Parce qu'elle avait peur.

J'acquiesçai d'un hochement de tête. Pam avait effectivement laissé tomber un moment par peur panique de se retrouver dans une voiture avec un inconnu, mais, les vieilles habitudes ayant la vie dure, elle avait fini par recommencer. Au début, elle s'en était tenue aux passes dans les bagnoles – risquer de décevoir ou de dégoûter le client en ôtant son chemisier était dangereux –, mais elle avait vite compris que les trois quarts des hommes ne se souciaient guère de sa difformité. Certains la trouvaient même intéressante, une petite minorité allant jusqu'à s'en montrer particulièrement excitée et à se transformer en clientèle régulière.

Sauf que, ça, personne n'avait à le savoir. Et donc, elle leur dirait qu'elle avait travaillé plusieurs fois comme serveuse de bar, sans être déclarée, et que, de fait, elle était plus ou moins entretenue par le bienfaiteur anonyme qui l'avait envoyée à moi.

– Et toi, là-dedans ? voulut savoir Elaine. Tu vas pas être obligé d'aller voir Kelly pour lui faire une déposition ?

– C'est probable, mais il n'y a pas le feu. Je lui parlerai demain et je verrai bien s'il a besoin d'un truc en règle. Ce n'est pas sûr. Je n'ai pas grand-chose d'intéressant à lui raconter, tout bêtement parce que je n'ai aucune preuve tangible à lui montrer. Je me suis contenté de faire ressortir des liens possibles entre trois affaires en cours.

– Ze gui fait que pour doâ, *mein Kapitän*, la kerr' est vinie ?

– On le dirait bien.

– Tu dois être crevé, non ? Tu veux aller t'allonger dans l'autre pièce ?

– Je préférerais rester debout, histoire de retrouver mon rythme habituel.

– C'est pas idiot. T'as faim ? Ah, mon Dieu ! Tu n'as rien mangé depuis le petit déjeuner. Assieds-toi là, je vais te préparer quelque chose.

Nous nous fîmes une salade mixte et un grand plat de nouilles à l'ail et à l'huile d'olive que nous mangeâmes à la table de la cuisine. Après, Elaine se fit un thé, me prépara un café, et nous allâmes nous installer sur le canapé du living. A un moment donné, elle lâcha une vulgarité qui ne lui ressemblait guère et, lorsque je me mis à en rire, me demanda ce que je trouvais d'amusant à ça.

– J'adore quand tu causes comme une fille des rues.

– Parce que, à ton avis, ça serait un genre que je me donne ? Tu crois que je suis une fleur de serre ?

– Je t'ai toujours prise pour la rose de Spanish Harlem.

– Je me demande si j'aurais réussi à faire le trottoir, dit-elle d'un ton pensif. Je suis contente de n'avoir jamais eu à le savoir. Que je te dise quand même un truc : quand tout ça sera terminé, Miss Pam-le-pavé-je-connais va sortir de sa coquille, et alors elle ferait mieux de remballer le nichon qui lui reste et de foutre le camp.

– T'avais l'intention d'adopter la demoiselle ?

– Non. Et j'ai pas non plus envie qu'on devienne copines de chambre et qu'on passe notre temps à se faire les tresses. Cela dit, je pourrais lui trouver une piaule dans une maison correcte, ou lui montrer comment se faire une réputation. Même que tu sais pas ce qu'elle devrait faire, si elle avait un peu de jugeote ? Elle devrait passer deux ou trois petites annonces dans *Screw*[1], histoire que tous les amateurs de nichons sachent bien qu'ils peuvent enfin en avoir un pour le prix de deux. Ça te fait marrer ? Tu trouves encore que c'est causer comme une fille des rues ?

– Non. Je trouve ça drôle, tout bêtement.

– Bon, d'accord : je te donne la permission de rire. Je sais pas, moi : peut-être que je devrais dégager et la laisser vivre sa vie comme elle veut. Mais elle me plaît bien, cette nana.

– Moi aussi.

– Elle mérite mieux que le trottoir.

– Elle est pas la seule, dis-je. Elle s'en sortira peut-être comme il faut. Si jamais ils coincent les mecs et qu'il y a jugement, elle pourrait même avoir droit à son petit quart d'heure de célébrité. En plus, elle a un avocat qui va faire tout ce qu'il faut pour que la presse ne raconte pas son histoire sans lui payer son dû.

– Peut-être qu'on en fera un film télévisé.

– C'est pas un truc que j'écarterais à priori, même s'il y a toutes les chances pour que ce ne soit pas Debra Winger qui joue son rôle.

1. Soit « Baise ». Célèbre magazine de cul d'outre-Atlantique.

– Toutes les chances, en effet. Tiens, j'ai une idée ! Tu m'écoutes ? Tout ce qu'il faut, c'est trouver une actrice qui ait subi une mastectomie. Non, parce que, quoi… on fait dans le haut niveau ou on se traîne dans le bas de gamme ? Dis… tu vois d'ici le foin que ça ferait ! (Elle m'adressa un clin d'œil.) Ça, c'est mon côté show-biz. Mais je parie que c'est mon côté trottoir que vous préférez…

– …

– Au fond, t'as pas tort. Matt ? Ça t'embête de bosser sur une affaire comme ça et d'être obligé de la refiler aux flics ?

– Non.

– Vraiment ?

– Pourquoi voudrais-tu que ça m'embête ? Je ne vois pas comment je pourrais justifier de la garder pour moi. Le NYPD a des ressources en hommes et en équipement que je n'ai pas. J'ai fait tout ce que je pouvais, de mon côté à moi de l'affaire, s'entend. Cela dit, je vais quand même explorer la piste que j'ai découverte la nuit dernière et voir un peu s'il y a des trucs à trouver à Sunset Park.

– Et tu ne vas pas en causer aux flics ?

– Je ne vois pas comment je pourrais.

– Evidemment. Matt… Encore une question.

– Vas-y.

– Je sais pas si t'as envie de l'entendre, mais il faut que je te la pose. Tu es sûr qu'il s'agit des mêmes ?

– Ce n'est pas possible autrement. Se servir d'une corde de piano pour trancher un sein… une fois avec Leila Alvarez et une autre avec Pam Cassidy. Sans même parler du coup du cimetière pour l'une et pour l'autre. Non, faut pas pousser.

– Je me disais seulement que les types qui se sont fait Pam se sont aussi fait la môme Alvarez. Et la fille de Forest Park… l'institutrice…

– Marie Gotteskind.

– Bon, mais… et Francine Khoury ? Elle a pas été

balancée dans un cimetière, il est pas sûr qu'ils l'aient amputée d'un sein en se servant d'un garrot et, en plus, elle aurait été enlevée par trois bonshommes, et pas deux. S'il y a une chose sur laquelle Pam est catégorique, c'est bien qu'elle a été kidnappée par deux types, Ray… et l'autre.

– Il aurait très bien pu n'y en avoir que deux aussi dans l'histoire Khoury.

– Mais t'as dit…

– Je sais très bien ce que j'ai dit. Mais Pam a aussi dit qu'ils n'avaient pas arrêté de passer du siège du chauffeur à l'arrière de la camionnette. Peut-être, dans l'affaire Khoury, les témoins ont-ils eu l'impression qu'ils étaient trois parce que, quand on voit deux mecs monter à l'arrière d'un bahut et que celui-ci se met en route peu après, on pense assez normalement qu'il y a un troisième type au volant.

– C'est possible.

– On sait que ce sont les types qui ont tué Gotteskind. Gotteskind et Alvarez, c'est l'amputation et les endroits où on a retrouvé leurs doigts coupés qui réunissent leurs affaires, et quand on sait qu'Alvarez et Cassidy ont eu, toutes les deux, un sein tranché…

– D'accord, c'est pareil pour les trois affaires. Jusque-là, je te suis.

– Il y a aussi que ceux qui ont assisté à l'enlèvement de Gotteskind parlent de trois hommes, deux procédant au kidnapping proprement dit pendant que le troisième restait au volant. Il est possible qu'ils aient mal vu. Ou alors, il y avait effectivement trois bonshommes ce jour-là, et aussi le jour où ils ont tué Francine, mais, le soir où ils ont enlevé Pam, l'un d'entre eux est peut-être resté au lit avec la grippe.

– Ou à se branler, dit Elaine.

– Comme tu voudras. On pourrait demander à Pam si elle se rappelle les avoir entendus parler d'un troisième complice, genre : « Un cul comme ça, Mike, il apprécierait… »

– Et si c'était à lui qu'ils avaient ramené le nichon, hein ?

– Genre : « Hé, Mike, si t'avais vu celui qu'en a réchappé ! » ?

– Ça te ferait rien de m'épargner un peu ? Tu crois qu'ils vont arriver à lui arracher un bon signalement ?

– Si moi j'ai pas pu…

Pam avait dit ne pas se rappeler à quoi ressemblaient ses deux agresseurs et avait même précisé que, lorsqu'elle essayait de se les représenter, elle ne voyait que des visages aussi flous que s'ils les avaient cachés sous des bas nylon. C'était même ça qui avait fait de la première enquête un bel exercice gratuit lorsqu'ils lui avaient montré des livres remplis de trombines à examiner. Pam ne savait tout simplement pas ce qu'elle cherchait. Ils avaient alors fait appel à un technicien des portraits-robots, mais, là encore, l'opération s'était soldée par un échec.

– Tout le temps qu'elle était là, reprit Elaine, j'ai pas arrêté de penser à Ray Galindez.

Dessinateur attitré du NYPD, Ray Galindez avait un contact étonnant avec les témoins et pouvait en tirer des portraits remarquablement ressemblants. Deux de ses œuvres, montées et encadrées, étaient accrochées au mur de la salle de bains.

– J'ai eu la même idée que toi, lui dis-je, mais je ne vois pas ce qu'il pourrait lui arracher de plus que nous. S'il avait travaillé avec elle un ou deux jours après les faits, il aurait peut-être pu en sortir quelque chose, mais là… ça fait trop longtemps.

– Et l'hypnose ?

– Possible. Elle a sûrement refoulé tout ça et il n'est pas impensable qu'un hypnotiseur réussisse à la débloquer. Je n'en sais pas assez sur le sujet pour pouvoir dire. En plus, les jurés n'y croient pas beaucoup… et moi non plus d'ailleurs.

– Pourquoi ?

– Parce que j'ai le sentiment que les témoins sous

hypnose sont capables de s'inventer des souvenirs par pur désir de plaire. J'ai beaucoup de doutes sur les histoires d'inceste qu'on raconte à certaines séances des Alcooliques anonymes... surtout quand ça remonte tout d'un coup et jusqu'à des vingt ou trente ans après. Je ne doute pas que certaines soient vraies, mais j'ai souvent l'impression que pas mal d'entre elles tombent de nulle part parce que le malade a soudain très envie de faire plaisir à son thérapeute.

– Y a des fois où c'est vrai.

– Je ne le nie pas. Mais il y a aussi des fois où c'est rien que du baratin.

– Soit. Je t'accorde volontiers que c'est le trauma *du jour*[1] depuis quelque temps. Je vois déjà arriver l'époque où les femmes qu'auront pas le moindre petit souvenir d'inceste commenceront à se demander si papa les trouvait pas un peu trop laides. Dis, tu veux pas qu'on joue à « Je suis un vilain petit canard et toi t'es mon papa » ?

– Très peu pour moi.

– T'es pas drôle. Et si on jouait à « J'suis super cool et qu'est-ce que j'mouille et toi, comme t'es assis au volant de la voiture... » ?

– Il faut que j'aille louer une bagnole ?

– On pourrait faire semblant que, le canapé, c'en est une, mais bon... peut-être que ça serait un peu exagéré. Voyons voir ce qu'on pourrait faire pour que nos relations restent aussi excitantes que follement brûlantes. Je serais assez prête à t'attacher, mais te connaissant comme je te connais... tu serais capable de t'endormir.

– Surtout ce soir.

– Hmm, hmm. Et si on faisait semblant que les difformités, ça te fait bander un max et que, moi, j'ai plus qu'un néné ?...

– Dieu nous en garde !

– Ouais, bon, amen. J'ai pas envie de le *beshrei*[2],

1. En français dans le texte.
2. Yiddish pour « crier quelque chose sur les toits ».

comme dirait ma mère. Tu connais *beshrei*, vouaïe ? Je crois que c'est l'équivalent yiddish de l'exigence d'orgueil. « Ne le dis même pas, ça pourrait donner des idées à Dieu. »

– Alors, ne le fais pas.

– Bon… Chéri ? Ça te dirait d'aller au lit, tout simplement ?

– Enfin du solide.

15

Mardi, je dormis tard : Elaine était déjà partie lorsque je me réveillai. Un mot posé sur la table de la cuisine me donnait l'autorisation de rester aussi longtemps que je le désirais. Je me servis un petit déjeuner et regardai un peu CNN. Puis je sortis, me promenai une bonne heure et terminai ma balade au Citicorp Building, juste à temps pour la réunion de midi. Après, j'allai voir un film dans la IIIe Avenue, remontai jusqu'à la Frick Gallery à pied, regardai les tableaux, pris un bus jusqu'en bas de Lexington Avenue et réussis à assister à une réunion à deux rues de la gare de Grand Central, où les banlieusards se donnaient un mal de chien pour ne pas s'arrêter au bar.

La réunion ayant pour thème la Onzième Etape – elle aborde la manière de chercher Dieu en priant et méditant –, la discussion fut, pour l'essentiel, impitoyablement intellectuelle. J'en sortis enfin et décidai de me payer un taxi en guise de récompense. Deux m'ayant filé sous le nez, je m'apprêtais à en attraper un troisième lorsqu'une femme en costume tailleur et nœud papillon me coiffa au poteau et me fit dégager à coups de coude. Je n'avais certes pas beaucoup prié ou médité, mais je n'eus guère de mal à deviner la volonté de Dieu en cette affaire : Il voulait que je rentre chez moi en métro.

John Kelly, Drew Kaplan et Kenan Khoury me demandaient de les rappeler. Ça faisait beaucoup de monde à la lettre K… et les Kong n'avaient même pas téléphoné. Il y avait un quatrième message, mais celui-là ne comportait pas de nom. Juste un numéro. Assez perversement, ce fut ce dernier appel que je décidai de retourner en premier.

Je composai le numéro, l'appareil de mon correspondant me renvoya une tonalité au lieu d'un signal de sonnerie. J'en conclus qu'on nous avait coupés, raccrochai, puis compris enfin. Je refis le numéro, entrai le mien avec mes touches poussoir dès que j'eus de nouveau droit à la tonalité et raccrochai une deuxième fois.

Cinq minutes plus tard, mon téléphone sonnait. Je décrochai, T. J. me lança aussitôt :

– Salut, Matt ! C'est quoi qui cuit, Louis ?

– Tu as un biper ?

– Ça surprend, non ? Faut dire qu'y a pas longtemps d'ça j'ai gagné cinq cents dollars d'un coup et que... Qu'est-ce t'attendais de moi ? Que j'm'achète des bons du Trésor ? Y avait une promo, le biper et les trois premiers mois d'service pour à peine cent quatre-vingt-dix-neuf dollars. T'en veux un ?... J't'emmène au magasin pour être sûr qu'on t'traite comme y faut.

– Je crois que je vais attendre un peu. Qu'est-ce qui se passe au bout des trois mois ? On te reprend le biper ?

– Mais non, mec ! Il est à moi, c't'engin. Faut juste que j'paye pour qu'on l'débranche pas du réseau. J'arrête de payer, l'appareil est toujours à moi, mais quand t'appelles y fait plus rien.

– Je ne vois pas à quoi ça sert de l'avoir s'il ne fait plus rien.

– Y a des tas de gus qu'en ont quand même. Ils le portent tout l'temps sur eux et on l'entend jamais biper parce que, les mecs, ça fait longtemps qu'y paient plus.

– C'est combien par mois ?

– Y m'l'ont dit, mais j'ai oublié. C'est pas grave. Vu comment je vois les choses, quand je s'rai au bout des trois mois, c'est toi qui régleras mes frais mensuels rien que pour m'avoir à ta botte.

– Pourquoi voudrais-tu que je fasse un truc pareil ?

– Parce que j'suis indispensable, mec. Un facteur clé que j'suis, moi, dans ton fonctionnement d'opératoire.
– Parce que tu as de la ressource ?
– Tu vois ? Ça, tu comprends vite !

J'essayai Drew, mais il n'était pas à son bureau et je n'avais pas envie de le déranger chez lui. Je n'appelai pas davantage Kenan Khoury ou John Kelly, en me disant qu'ils pouvaient attendre. J'achetai une tranche de pizza et un Coca au coin de la rue, puis je gagnai Saint-Paul pour assister à ma troisième réunion de la journée. Je ne me souvenais pas de m'en être tapé autant depuis longtemps. Je ne savais pas à quand ça remontait, mais ça ne datait pas d'hier.

Ce n'était d'ailleurs pas que je me serais senti en danger de boire. Jamais l'idée de prendre un verre n'avait été aussi éloignée de moi. Je ne me sentais pas davantage assailli de problèmes, ou incapable de prendre des décisions.

Ce que je ressentais, je le compris, n'était autre qu'une impression d'affaissement général, d'épuisement. La nuit blanche que j'avais passée au Frontenac m'avait coûté, mais ses effets avaient été atténués par quelques bons repas et neuf heures d'un sommeil ininterrompu. Cela dit, j'étais encore sous le choc. J'avais beaucoup travaillé à mon enquête, je m'y étais même absorbé entièrement, et, brusquement, tout était fini.

Sauf que, bien sûr, il n'en était rien. On n'avait toujours pas identifié les tueurs, et quant à les appréhender… Il me semblait avoir fait de l'excellent boulot, j'avais obtenu des résultats significatifs, mais l'affaire ne connaissait toujours pas le moindre début de conclusion. Bref, ce que j'éprouvais ne ressemblait guère au bel épuisement qu'on ressent à avoir mené son affaire à terme. Fatigue ou pas, j'avais encore des promesses à tenir. Et des kilomètres à me taper.

Je me trouvais donc à une autre réunion, dans un endroit calme et sûr. Je bavardai avec Jim Faber pendant la pause et quittai les lieux avec lui lorsque tout fut fini. Il n'avait pas le temps de prendre un café, mais je le raccompagnai un bon bout de chemin. Arrivés à un coin de rue, nous nous arrêtâmes pour parler pendant quelques minutes. Puis je rentrai chez moi et, une fois encore, m'abstins d'appeler Kenan Khoury. Mais je téléphonai à son frère. Son nom avait surgi dans la conversation que j'avais eue avec Jim et, ni l'un ni l'autre, nous ne nous rappelions avoir vu Peter de toute la semaine. Je composai le numéro, mais n'obtins pas de réponse. J'appelai Elaine et bavardai un peu avec elle. En passant, elle m'apprit que Pam Cassidy avait téléphoné pour dire qu'elle n'appellerait plus – ce qui signifiait que Drew lui avait recommandé de couper tout contact avec nous jusqu'à plus ample informé et qu'elle entendait bien le faire savoir à Elaine pour que celle-ci ne s'inquiète pas trop.

Le lendemain matin, mon premier coup de fil fut pour Drew. Il me rapporta que tout s'était passé relativement bien, Kelly s'étant montré certes dur en affaires, mais pas au point de sombrer dans le déraisonnable.

– Si tu veux faire un souhait, poursuivit-il, souhaite-lui donc de devenir riche.

– A qui ? A Kelly ? Comme si on pouvait s'enrichir en bossant à la Criminelle ! Il n'y a rien à grapiller dans cette branche-là.

– Pas à Kelly, voyons ! A Ray !

– A qui ?

– Au tueur ! s'exclama-t-il. Au type à la corde de piano, pour l'amour du ciel ! Ça t'arrive d'écouter tes clients ?

Pam n'était pas ma cliente, mais ça, Drew l'ignorait. Je lui demandai pourquoi diable il aurait fallu souhaiter à Ray de faire fortune.

– Mais pour qu'on puisse le traîner devant les tribunaux jusqu'à ce qu'il ait plus un sou !

– Je préférerais le voir derrière des barreaux pour le restant de ses jours.

– Oui, moi aussi, reconnut-il, mais nous savons l'un comme l'autre tout ce qui peut arriver au prétoire. Une chose que je sais absolument aujourd'hui, c'est que, si jamais ils l'inculpent, je peux le poursuivre au civil jusqu'à ce qu'il ait plus un centime en poche. Mais, pour ça, faudrait d'abord qu'il ait quelques dollars à se faire prendre, pas vrai ?

– Sait-on jamais ? lui renvoyai-je.

Ce que je savais, c'était qu'il n'y avait guère de millionnaires à Sunset Park, mais ce n'était pas le moment de lui parler de cet endroit-là. En plus, je n'avais aucune raison de supposer que nos deux bonshommes (deux, ou trois d'ailleurs) habitaient effectivement à Sunset Park. Ray aurait tout aussi bien pu avoir une suite au Pierre [1].

– Ce que je sais, moi, me renvoya Drew, c'est que j'aimerais bien trouver quelqu'un à traîner devant les tribunaux. Peut-être que ce fumier s'est servi d'une camionnette de service. Ouais, j'aimerais bien avoir un accusé avec un parent qui aurait assez de fric pour que ma cliente puisse récolter quelque chose de décent. Après tout ce qu'elle a subi, elle le mérite bien.

– Côté mérites, ton scénario aurait aussi celui de rentabiliser ton travail *pro bono*, non ?

– Et alors ? Je vois pas ce qu'il y a de mal à ça ! Mais que je te dise quand même : c'est vraiment pas mon souci majeur. Et je rigole pas.

– Bon, bon.

– C'est une chouette fille, Pam, reprit-il. Courageuse, dure à cuire, mais avec quelque chose d'innocent tout au fond, si tu vois ce que je veux dire.

– Je vois ce que tu veux dire.

– Quand je pense que ces salauds lui ont fait subir des trucs pareils ! Elle t'a montré ce qu'ils lui avaient fait ?

– Elle m'en a parlé.

1. Un des plus grands palaces de New York.

– Elle m'en a parlé à moi aussi, mais, en plus, elle me l'a montré. On se dit que, de le savoir d'avance, ça devrait aider, mais, crois-moi, côté visuel, c'est dur à supporter.

– Sans blague, lui rétorquai-je. Elle t'a aussi montré celui qui lui reste pour que tu sois plus à même d'apprécier l'étendue des dégâts ?

– T'as l'esprit mal tourné, tu sais ?

– Je sais… enfin, c'est ce que tout le monde arrête pas de me dire.

J'appelai Kelly à son bureau, on me répondit qu'il était parti au tribunal. Lorsque j'eus laissé mon nom, le flic qu'on m'avait passé me dit :

– Je suis sûr qu'il va avoir envie de vous causer. Donnez-moi votre numéro et je le bipe.

Un peu plus tard, Kelly m'appela et nous décidâmes de nous retrouver dans un endroit qui avait nom The Docket[1], à une rue de Borough Hall. Je n'y étais jamais allé, mais ne me sentis nullement dépaysé par rapport à *x* autres bars-restaurants du bas Manhattan, où la clientèle va du flic à l'avocat et où la décoration mélange allégrement le cuir, le cuivre jaune et le bois de teintes sombres.

Point que nous avions négligé d'aborder en nous donnant rendez-vous, Kelly et moi ne nous étions jamais rencontrés. Je n'eus pourtant aucun mal à le reconnaître : c'était le portrait tout craché de son père.

– J'arrête pas d'entendre ça depuis que je suis né, me dit-il.

Il prit son demi sur le comptoir et nous allâmes nous installer à une table du fond. Notre serveuse avait le nez écrasé, paraissait d'une bonne humeur communicative et connaissait bien Kelly. Lorsque celui-ci lui demanda comment était le pastrami, elle lui répondit :

– C'est trop gras pour toi. Tu ferais mieux de commander le roast-beef.

1. Soit « le Bordereau ».

Nous prîmes des sandwichs au roast-beef : tranches fines, nombreuses et joliment empilées, pain de seigle, frites bien croustillantes et sauce au raifort qui aurait arraché des larmes à une statue.

– C'est bien, comme endroit, dis-je.

– Y a pas mieux. J'y mange tout le temps.

Il avala une deuxième Molson avec son sandwich. Je commandai un cream soda, puis, la serveuse m'ayant fait non de la tête, demandai un Coca. Kelly enregistra, mais ne dit rien sur le moment. Nos boissons nous ayant été apportées, il me lança quand même :

– Vous buviez, non ?

– C'est votre père qui vous l'a dit ? Je ne buvais pourtant pas énormément à cette époque-là.

– Non, ce n'est pas de lui que je le tiens. J'ai passé quelques coups de fil à droite et à gauche, histoire de me renseigner un peu sur vous. Et j'ai appris que vous aviez eu pas mal d'ennuis avec la bibine, mais que vous aviez arrêté.

– Ce n'est pas faux.

– Alcooliques Anonymes, à ce que je sais ? Superbe, cette organisation… d'après tout ce que j'en ai entendu dire.

– Y a des plus. Mais c'est quand même pas là qu'il faut aller quand on a envie de boire quelque chose de bon.

Il lui fallut une seconde pour comprendre que je plaisantais. Il rit, puis me dit :

– C'est là que vous l'avez rencontré, le… le mystérieux petit ami ?

– Je ne suis pas censé répondre à cette question.

– Comme si vous étiez prêt à me dire des trucs de toute façon !

– Il n'en est pas question.

– Ça ne me gêne pas. Je n'ai pas l'intention de vous faire beaucoup chier là-dessus. Vous avez réussi à faire venir Pam, c'est déjà ça, et il faut le reconnaître. Je ne suis jamais vraiment ravi de voir un témoin se pointer avec son avocat à la traîne, mais, les choses étant ce qu'elles sont, c'est ce qu'elle avait de mieux à faire. Sans compter que Kaplan n'est pas une ordure absolue. Vous faire bouffer votre chapeau au tribunal, il y est toujours prêt, mais ça fait partie de son boulot et ils sont tous comme ça. Qu'est-ce qu'il faudrait faire ? Pendre tous les avocats de la création ?

– Il y a des tas de gens qui ne diraient pas non.

– La moitié de ceux qui nous entourent, dit-il en montrant la salle. C'est vrai que, l'autre moitié étant faite d'avocats... Mais bon... Kaplan et moi sommes tombés d'accord pour ne pas parler de ça à la presse. Il m'a même dit qu'il était sûr et certain que vous n'y verriez aucun inconvénient.

– Effectivement.

– Si nous avions un bon portrait-robot de ces deux types, l'affaire se présenterait sous un jour meilleur, mais je lui ai fait rencontrer le dessinateur et, tout ce qu'elle a pu nous dire, c'est qu'ils avaient chacun deux yeux, un nez et une bouche. Elle n'est pas très sûre côté oreilles. Il est pas impossible qu'ils en aient eu chacun deux, mais elle refuse d'en jurer. Ça serait comme de faire passer une photo du pin's *Be happy !* en page 5 du *Daily News* et de demander : « Reconnaissez-vous cet homme ? » Non, tout ce qu'on a, c'est que les trois affaires sont liées et que nous les traitons comme s'il y avait *serial killer*. Cela dit, l'avantage qu'il y aurait à rendre tout ça public... En dehors de foutre une trouille pas possible aux populations, je vois pas ce qu'on obtiendrait de plus.

Nous ne fîmes pas durer le déjeuner. Kelly devait être de retour à son bureau avant 14 heures afin de témoigner dans une histoire d'homicide sur fond de trafic de drogue, ce qui était très exactement le genre d'affaires qui l'empêchait de jamais avoir un bureau bien rangé.

– Sans compter que c'est dur de pas s'en foutre quand ils se zigouillent mutuellement, reprit-il. Quant à se casser le cul pour essayer de les coincer… Qu'est-ce que j'aimerais qu'ils finissent par légaliser tout ça ! Et Dieu m'est témoin que j'aurais jamais cru arriver à penser un truc pareil !

– Enfin quelqu'un qui avoue !

– Ça s'entend partout, maintenant. Les flics, les procureurs, tout le monde le dit. Il y a bien encore quelques types de la DEA pour continuer à chanter la même chanson, genre « La guerre contre la drogue, on va la gagner », mais… Je sais pas… ils y croient peut-être, mais, moi, je préférerais croire à la petite souris. Au moins aurait-on une chance de trouver un *quarter* sous son oreiller !

– Comment pouvez-vous justifier qu'on légalise le crack ?

– Oui, je sais, c'est dégueulasse. Mon grand favori, c'est l'*angel dust*[1]. On s'en prend une seule dose et c'est fini : direct le nirvana et attention les violences ! Le mec se réveille, il a zigouillé quelqu'un et il se souvient de rien. Il sait même plus s'il a pris son pied. Bref… est-ce que ça me plairait qu'on vende du PCP chez le marchand de bonbons du coin ? Je peux évidemment pas dire oui, mais la question serait plutôt de savoir s'il s'en vendrait plus comme ça qu'aujourd'hui où ça se fait devant le même magasin de bonbons, justement…

– Et là, moi, je n'ai pas la réponse.

– Personne ne l'a. De fait, on n'en vend même plus tant que ça, du PCP, ces derniers temps, mais c'est pas que la clientèle s'en désintéresserait. C'est tout bêtement que le crack a déjà beaucoup envahi le marché. Et donc, voici la bonne nouvelle qui vient de tomber, mesdames et messieurs qui vous passionnez pour la question : le crack est en train de nous aider à remporter la victoire sur la drogue !

Nous partageâmes l'addition et nous serrâmes la

1. Ou « poussière d'ange », nom argotique du PCP.

main en sortant. Je lui promis de le contacter si jamais je pensais à quelque chose d'intéressant pour lui, il jura de m'avertir si jamais il découvrait un fait important.

– Je peux déjà vous dire qu'on va mettre des tas de gens sur l'affaire. C'est exactement le genre de types qu'on a tous très envie de virer de la circulation.

J'avais dit à Kenan Khoury que je passerais le voir plus tard dans l'après-midi, et je me dirigeais vers Colonial Road. Le Docket se trouve dans Joralemon Street, où le quartier de Brooklyn Heights vient mourir au pied de Cobble Hill. Je pris vers l'est, en direction de Court Street, descendis cette rue jusqu'à Atlantic Avenue et passai devant le cabinet de Drew Kaplan et le restaurant syrien où j'étais allé dîner avec Peter. Je tournai dans Atlantic Avenue et longeai la devanture d'Ayoub de façon à visualiser le kidnapping *in situ*. Je songeais à prendre un bus pour rejoindre Colonial Road, mais j'arrivai trop tard à l'arrêt de la IVe Avenue. En plus, c'était une superbe journée de printemps et j'appréciais beaucoup ma promenade.

Je marchai pendant plus de deux heures. Consciemment au moins, je n'avais jamais envisagé de me rendre à Bay Ridge à pied, mais c'est quand même ce que je finis par faire. Au début, je m'étais dit que je marcherais un peu avant de sauter dans le premier bus qui passerait, mais, en arrivant à la première rue de Brooklyn qui porte un numéro au lieu d'un nom, je m'aperçus que je n'étais déjà plus qu'à mi-chemin du cimetière de Green-Wood. Je coupai jusqu'à la Ve Avenue, entrai dans le cimetière et, à pas lents, déambulai parmi les tombes pendant un petit quart d'heure. L'herbe était tendre comme elle ne l'est qu'aux premiers jours du printemps et les pierres tombales étaient couvertes de fleurs, en terre ou en pots.

Le cimetière couvre une vaste étendue de terrain et je n'avais aucune idée du carré où Leila Alvarez avait été jetée aux objets trouvés. On l'avait peut-être indiqué dans les journaux, mais je l'avais oublié depuis longtemps et... la belle affaire de toute façon ! Ce n'était quand même pas que j'allais découvrir des trucs extraordinaires en me branchant sur telle ou telle autre vibration émanant du carré d'herbe où on avait couché la victime. Je veux bien croire qu'il y a des gens qui fonctionnent comme ça et que des types sont capables de vous retrouver des objets, voire des gamins perdus, grâce à une baguette de sourcier, et même qu'il en est certains pour déceler des auras qui, moi, m'échappent totalement (cela dit, je n'étais pas très sûr de vouloir accorder de tels pouvoirs à la dernière petite amie en date de Danny Boy), mais non : rien à faire, je n'y arrive pas.

Il n'empêche : fouler de tels lieux aurait pu me donner des idées et m'autoriser à établir des liens qui, sans cela, ne me seraient jamais venus à l'esprit. Qui peut dire comment tout ça marche, en fait ?

Et si j'étais quand même venu là pour me mettre, Dieu sait comment, en relation avec la demoiselle Alvarez ? Et si, au fond, j'avais seulement voulu goûter au plaisir de passer cinq minutes à fouler l'herbe tendre en regardant les fleurs ?

Je pénétrai dans le cimetière par l'entrée de la 25e Rue et le quittai six cents mètres plus bas, par la sortie de la 34e. J'avais traversé tout Park Slope et me retrouvai au nord de sa partie Sunset, à deux rues à peine du petit parc qui donne son nom au quartier.

Je le traversai à pied, puis, en commençant par celle qui fait l'angle de la 41e Rue et de New Utrecht Avenue, l'une après l'autre, j'examinai les six cabines téléphoniques d'où les ravisseurs avaient appelé les Khoury. Celle qui m'intéressait le plus se dressait dans la Ve Avenue, entre les 49e et 50e Rues. Les kidnappeurs s'en étant servi à deux reprises, je me dis que c'était la plus proche de leur QG. Au contraire des autres, qui étaient installées sur le trottoir, elle se trouvait à l'entrée d'une laverie automatique ouverte vingt-quatre heures sur vingt-quatre.

L'une et l'autre bien en chair, deux femmes occupaient les lieux. La première pliait du linge pendant que, assise sur une chaise appuyée contre le mur en béton, la deuxième lisait un numéro de *People* avec la photo de Sandra Lee en couverture. On ne s'intéressait à personne, moi y compris. Je déposai un *quarter* dans l'appareil et appelai Elaine. Quand elle eut décroché, je lui dis :

– Est-ce que toutes les laveries automatiques sont équipées d'une cabine téléphonique ? Est-ce la règle ? Y en a-t-il partout dans ce genre d'établissement ?

– As-tu seulement idée du nombre d'années que j'ai dû attendre pour qu'enfin tu me le demandes ? me renvoya-t-elle.

– Bon, et alors ?

– Tu me prends sans doute pour une encyclopédie ambulante, et ça me flatte, mais il faut quand même que je te dise une chose : ça fait au moins deux ou trois éternités que je n'ai pas mis les pieds dans une laverie automatique. De fait, je ne suis même pas très sûre d'en avoir jamais fréquenté. Il y a des machines à laver dans la cave de mon immeuble. Bref, je ne peux pas répondre à ta question, mais je peux t'en poser une : pourquoi me demandes-tu ça ?

– Parce que deux des appels passés aux Khoury le soir de l'enlèvement l'ont été d'une cabine située dans une laverie automatique de Sunset Park.

– Et c'est de là que tu m'appelles ?

– Exact.

– Et après ? Pourquoi serait-il important de savoir si d'autres laveries automatiques sont équipées de cabines téléphoniques ? Ne me le dis pas, je vais essayer de deviner toute seule… Euh, non… je n'arrive pas à deviner toute seule. Pourquoi ?

– Je me disais que nos lascars devaient habiter drôlement près d'ici pour penser à utiliser cette cabine. Comme il n'y a pas moyen de la voir de la rue, il faut vivre tout près d'ici pour songer à s'en servir en cas de besoin... sauf si toutes les laveries automatiques du monde sont équipées de cabine...

– Disons que... les laveries automatiques, je ne sais pas. Celle qu'ils ont installée dans les sous-sols de mon immeuble n'en a pas. Et toi, comment tu fais pour ton linge ?

– Moi ? Il y a une laverie au coin de la rue.

– Avec une cabine ?

– Je ne sais pas. Je laisse mon linge le matin et je le reprends le soir, quand je ne l'oublie pas. Ils se chargent de tout. Je le leur donne sale, ils me le rendent propre.

– Je parie qu'ils séparent même pas les couleurs !

– Qu'ils... quoi ?

– Laisse tomber.

Je quittai la laverie et pris un *café con leche* au boui-boui cubain du coin de la rue. Ce fumier de Ray avait parlé dans cet appareil. J'étais à deux pas de ma proie.

Il ne pouvait pas ne pas habiter dans le quartier. Et pas seulement dans le quartier, non : à moins d'une ou deux rues de la laverie, c'était certain. M'imaginer que je commençais à sentir sa présence dans un rayon d'une petite centaine de mètres ne me posa aucun problème. Mais... conneries que tout ça. Il était inutile de miser sur les vibrations du lieu : je n'avais qu'à essayer de deviner ce qui s'était passé, et rien de plus.

Ils l'avaient repérée dès qu'elle était partie de chez elle, l'avaient suivie jusque Chez D'Agostino, s'étaient planqués lorsque l'employé du magasin l'avait accompagnée jusqu'à sa voiture, et l'avaient de nouveau suivie jusqu'à Atlantic Avenue. Ils l'avaient embarquée devant chez Ayoub et s'étaient vite éloignés, avec leur victime à l'arrière de la camionnette. Mais dans quelle direction ?

Il y en avait des dizaines de possibles. Vers une ruelle de Red Hook ? Une impasse derrière un entrepôt ? Un garage ?

Plusieurs heures séparant l'enlèvement du premier appel téléphonique, je me dis qu'ils avaient dû en passer une bonne partie à lui faire subir le même sort qu'à Pam Cassidy. Après l'avoir enfin tuée, ils étaient rentrés chez eux, s'ils ne s'y trouvaient pas déjà, et s'étaient garés dans leur parking. Avec l'inscription qu'il portait (une société de réparation de postes de télé), leur véhicule était repérable. Ils avaient donc dû le maquiller, ou en effacer l'inscription si celle-ci y avait été effectuée avec de la peinture lavable. A condition d'avoir l'équipement adéquat dans leur garage, ils pouvaient même avoir repeint entièrement la camionnette.

Et après ? Une petite séance d'équarrissage pour étudiants bouchers de première année ? S'y étaient-ils mis tout de suite ou avaient-ils repoussé à plus tard ? La question était sans importance.

A 15 h 38, ils avaient passé leur premier appel, et à 16 h 01 le second (celui de Ray) – de la laverie automatique. Plusieurs autres avaient suivi, jusqu'au sixième, qui, donné à 20 h 01, avait fait sortir les Khoury de chez eux pour aller livrer la rançon. Juste après, Ray, ou un autre, s'était posté de manière à pouvoir observer la cabine de Flatbush Avenue et l'appeler dès l'arrivée de Kenan.

Mais était-ce même bien nécessaire ? Ils avaient dit à Kenan de s'y trouver à 20 h 30... ils auraient très bien pu appeler la cabine toutes les minutes en commençant un peu avant l'heure convenue : en décrochant, Kenan aurait eu l'impression que les ravisseurs appelaient juste au moment où son frère et lui arrivaient.

Ce qui n'avait aucune importance non plus. Qu'ils aient procédé de cette manière-là ou d'une autre, le résultat était le même : ils avaient passé leur coup de fil, Kenan y avait répondu et les deux frères s'étaient rendus à Veterans Avenue, où un (ou plusieurs) des ravisseurs se trouvait déjà en position. Un autre appel avait alors été passé, au moment même, c'est probable, où Khoury arrivait à la cabine, les kidnappeurs voulant alors être en mesure de voir les deux frères s'éloigner du magot.

Ce résultat obtenu et les Khoury ayant effectivement laissé la voie libre, ils avaient compris que personne ne restait en arrière pour surveiller la voiture. Ray et son (ou ses) ami(s) s'étaient alors emparés de l'argent et avaient filé.

Non.

L'un d'entre eux, au moins, avait traîné dans le coin et vu les Khoury fouiller en vain dans la voiture. D'où le coup de téléphone qu'ils leur avaient passé à la cabine : « Rentrez chez vous, elle y arrivera sans doute avant vous. » Après quoi, pendant que les Khoury retournaient à Colonial Road, ils avaient rejoint leur quartier général. Garé la camionnette et…

Non. La camionnette n'avait pas bougé du garage. Ils ne l'avaient pas encore entièrement maquillée et le corps de Francine se trouvait probablement toujours à l'arrière. Ils s'étaient donc servi d'un autre véhicule pour gagner Veterans Avenue.

La Ford Tempo, qu'ils auraient volée pour l'occasion ? Possible. Ou une troisième voiture, la Tempo ayant été piquée, puis conservée, pour n'être utilisée qu'à une seule fin : la livraison des restes.

Les possibilités étaient innombrables.

Mais, d'une manière ou d'une autre, ils avaient dû sortir la Tempo avec le corps massacré de Francine à l'intérieur. Ils dépècent le cadavre, en emballent chaque morceau dans du plastique et ferment tous les sacs avec du ruban adhésif. Ils fracturent le coffre, le remplissent comme une armoire frigorifique, gagnent Colonial Road dans deux voitures séparées et se garent au bout de la rue. Le type qui conduisait la Tempo remonte dans la voiture de son comparse et tout le monde rentre au bercail.

Et a la joie d'y retrouver quatre cent mille dollars et la satisfaction d'avoir mené l'affaire à son terme sans un seul accroc.

Il ne leur reste alors plus qu'une tâche à accomplir :

appeler les Khoury pour qu'ils aillent voir la Tempo garée au bout de la rue. Le boulot est fait, le triomphe total, mais il faut absolument que l'adversaire ait le nez dans la merde. Quoi de plus tentant que de se servir de son propre téléphone, celui qui est là, sur la table ? Khoury n'a pas prévenu les flics, il n'a pas davantage fait appel à des renforts, il s'est séparé de son fric sans histoires, comment pourrait-il jamais savoir d'où lui vient ce dernier appel ?

Après tout, au diable les...

Mais non, minute : on a tout fait bien comme il faut jusque-là, on s'est montré totalement pro, pourquoi diable faudrait-il tout baiser au dernier moment ? Quel intérêt cela pourrait-il présenter ?

D'un autre côté, jouer les fanas du professionnalisme n'est pas de mise non plus. Jusqu'à maintenant on s'est servi chaque fois d'une cabine différente en s'assurant qu'elle était bien toujours à au moins dix rues de la précédente – il ne faudrait pas que quelqu'un s'imagine de remonter la filière ou de surveiller une des cabines.

Sauf que rien de tel ne s'est passé. La chose est maintenant claire : personne n'a jamais rien fait de semblable et il n'est donc nul besoin de prendre plus de précautions que les circonstances n'en exigent. Se servir d'une cabine, oui, c'est le minimum – mais pourquoi ne pas prendre la plus commode, celle qu'on a choisie en premier parce que c'était la mieux placée ?

Et, pendant qu'on y est, pourquoi ne pas en profiter pour laver son linge ? Le boulot a laissé des traces, les habits sont sales, pourquoi ne pas démarrer une petite machine ?

Non, c'est peu probable – pas quand on a quatre cent mille dollars alignés sur la table de la cuisine. Laver ces habits-là, on ne le ferait pas. On s'en débarrasserait et on en achèterait des neufs.

Je fis toutes les rues proches de la laverie et couvris ainsi le rectangle délimité par les IVe et VIe Avenues en largeur, les 48e et 52e Rues en longueur. De fait, je ne cherchais pas grand-chose de particulier. Cela dit, j'aurais probablement regardé à deux fois toute camionnette bleue portant des inscriptions sur les côtés. Je désirais surtout me familiariser avec le voisinage et voir si quelque chose m'y tirait l'œil.

Question population et économie, le quartier était assez divers, et on y trouvait aussi bien des baraques abandonnées et tombant en ruine que des maisons où leurs yuppies de propriétaires se livraient à de grands travaux de rénovation. Il y avait des rues entières d'habitations à bon marché, certaines de ces dernières toujours recouvertes d'un vrai patchwork de bardeaux en aluminium et goudron, d'autres enfin débarrassées de ce genre d'« améliorations » et ramenées à la brique rejointoyée. On y voyait encore des rangées de bâtisses en bois, avec pelouse sur le devant (certaines converties en parking, d'autres maisons ayant, elles, déjà des garages particuliers). Mères qui se baladent avec des ribambelles de marmots, nombreux adolescents débordant d'une folle énergie, types en train de réparer leur bagnole, traînant sur les marches du perron ou sirotant des trucs enfermés dans des sacs en papier marron [1], on vivait beaucoup dans la rue.

Lorsque j'eus couvert tout mon périmètre, je me demandai si j'avais vraiment fait œuvre utile, mais fus sûr et certain d'être passé devant la maison où tout était arrivé.

Un peu plus tard, je m'arrêtai devant une autre maison où un crime avait été perpétré.

Après être allé jeter un coup d'œil à la cabine téléphonique la plus au sud de Brooklyn puisqu'elle se trouve au croisement de la Ve Avenue et de la 60e Rue, j'avais rejoint la IVe Avenue et, en longeant la devan-

1. Aux USA, il est interdit de se promener avec une bouteille d'alcool ou de vin à la main.

ture de Chez D'Agostino, étais entré dans Bay Ridge. Arrivé à Senator Street, je songeai soudain que j'étais à moins de deux ou trois rues de l'endroit où Tommy Tillary avait assassiné sa femme. Je me demandai si je parviendrais à le repérer après toutes ces années et, au début, j'eus bien du mal à le faire parce que je m'étais mis à chercher dans la mauvaise direction. Dès que j'eus compris mon erreur, je trouvai la maison tout de suite.

Elle était un peu plus petite que je ne le croyais (comme la classe à l'école communale qu'on a fréquentée), mais, en dehors de cela, ne différait guère du souvenir que j'en avais gardé. Je restai un bon moment devant et levai les yeux sur la fenêtre du troisième étage. Tillary avait longtemps enfermé son épouse au grenier, puis l'en avait fait descendre un jour et l'avait tuée de façon qu'on pense à un meurtre de cambrioleurs.

Margaret... Voilà comment elle s'appelait, cela me revint brusquement : Margaret – mais Tommy l'appelait Peg.

Il l'avait tuée pour de l'argent. Assassiner pour ça m'a toujours paru une très mauvaise raison, mais il est possible que je n'attache pas assez d'importance au fric, et trop à la vie. Cela étant, et je vous l'accorde, ça vaut déjà mieux que de tuer pour le plaisir.

C'était à l'occasion de cette affaire que j'avais fait la connaissance de Drew Kaplan, qui était le défenseur de Tillary lors de sa première mise en accusation. Celui-ci avait été acquitté et, lorsqu'il avait été arrêté pour le « meurtre » de sa petite amie, Kaplan l'avait encouragé à se faire représenter par quelqu'un d'autre.

La maison paraissait en bon état. Je me demandai qui l'avait rachetée et si le présent propriétaire savait ce qui s'y était déroulé. Le bâtiment ayant changé plusieurs fois de mains au fil des ans, il n'était pas impossible qu'il ignorât tout de l'histoire : le quartier était plutôt calme et ses habitants avaient tendance à se tenir tranquilles.

Je restai encore quelques instants et repensai à cette époque où je buvais beaucoup. Mon Dieu ! Tous les gens que j'avais connus ! La vie que j'avais menée !

Cela remontait à loin. Enfin… pas tellement, tout dépendait de la façon dont on comptait.

16

– Je ne pensais pas que vous feriez comme ça, dit Kenan. Mener l'enquête jusque-là, tout rassembler et... tout refiler aux flics.

Je recommençai à lui expliquer que la décision m'avait paru on ne peut plus claire et que, à mes yeux en tout cas, je n'avais pas tellement le choix. On en était maintenant arrivé à un stade où les flics pouvaient se lancer dans des tas de recherches avec une efficacité autrement plus grande que la mienne et, surtout, j'avais, moi, réussi à leur donner l'essentiel de ce que j'avais découvert sans jamais leur parler de mon client ou de son épouse décédée.

– Non, ça, j'avais compris, dit-il. Je vois très bien pourquoi vous avez agi comme vous l'avez fait. Mais pourquoi ne pas leur laisser une part du boulot ? C'est quand même pour ça qu'ils sont là, non ? Je m'y attendais pas, c'est tout. Je me voyais déjà en train de les traquer, tout se terminant par une course-poursuite en bagnole et un règlement de comptes général ou autre connerie de ce genre. Je sais pas, moi... peut-être que je passe trop de temps assis devant ma télé.

Il me faisait plutôt l'effet de quelqu'un qui passait trop de temps en avion, trop de temps enfermé chez lui et trop de temps à boire trop de cafés dans des cuisines et arrière-salles de bars. Il ne s'était pas rasé, il avait les cheveux emmêlés et aller chez le coiffeur ne lui aurait pas fait de mal. Il avait maigri et perdu pas mal de tonus musculaire depuis la dernière fois que je l'avais vu, son beau visage était tiré et de grands cernes noirs se dessinaient sous ses yeux sombres. Il portait des pantalons clairs en coton, une chemise en soie couleur bronze et des pantoufles dans lesquelles il se promenait sans chaussettes, le genre même de tenue qui, d'habitude, lui conférait une élégance tranquille. Sauf que, là, tout était fripé, voire un rien minable.

– Disons que les flics les coincent, enchaîna-t-il. C'est quoi, la suite ?

– Tout dépend du dossier qu'ils vont pouvoir constituer. L'idéal serait d'avoir des monceaux de preuves matérielles les reliant à un ou à plusieurs de nos meurtres. A défaut de ça, je verrais assez bien un de nos assassins témoigner contre ses complices en échange d'une promesse de réduction des charges.

– On cafte, quoi.

– Exactement.

– Mais pourquoi lui accorder cette réduction ? La fille est quand même témoin, non ?

– Seulement pour le crime dont elle a été victime, et là, on est en dessous de l'inculpation pour meurtre. Le viol et la sodomie commis sur un adulte non consentant font partie des crimes de la catégorie B, lesquels ne vont jamais chercher qu'entre six et vingt-cinq ans de prison. Réussir à les faire accuser de meurtre, c'est les coller en face de la réclusion à perpétuité.

– Et son nichon coupé ?

– Ça ne dépasse pas l'agression caractérisée, et c'est encore moins cher payé que le viol et la sodomie. Dans les quinze ans, maximum.

– Moi, ça me semble très léger, tout ça, dit-il. A mes yeux, c'est nettement pire que l'assassinat, ce qu'ils lui ont fait. Tu bousilles quelqu'un, bon, c'est peut-être que tu pouvais pas faire autrement ou qu'y avait un motif qui se tenait. Mais là... mutiler quelqu'un comme ça, rien que pour le plaisir... C'est quoi, ces mecs ?

– Des malades ou des salauds, à vous de choisir.

– Vous savez ce qui me rend fou là-dedans ? C'est de penser à ce qu'ils ont infligé à Francine.

Il s'était remis debout et faisait les cent pas devant moi. Il traversa la pièce, alla regarder par la fenêtre, puis, le dos tourné, ajouta :

– J'essaie de pas y penser. J'essaie de me dire qu'ils l'ont tuée tout de suite, que, comme elle se débattait, ils l'ont frappée pour qu'elle se tienne tranquille, mais qu'ils l'ont cognée trop fort et qu'elle est morte. Comme ça, pouf ! Sur le coup. (Il se tourna vers moi et ses épaules s'affaissèrent.) Et puis ça change quoi, bordel ? Quoi qu'ils lui aient fait, c'est fini, maintenant. Elle a cessé de souffrir. Elle a passé, elle est plus que cendres. Et ce qui n'est pas cendres est avec Dieu, si c'est comme ça que ça marche. Enfin... elle est en paix, ou alors elle s'est transformée en oiseau, en fleur, ou Dieu sait quoi d'autre. Ou alors... elle a passé, un point c'est tout. Je sais pas comment ça fonctionne, je sais pas ce qui se passe après la mort. Personne ne le sait.

– Non, personne.

– Y en a qui disent des conneries, genre qu'ils ont eu des expériences de mort proche et que ça leur aurait fait comme de passer dans un tunnel où ils auraient rencontré Jésus ou alors leur oncle préféré et, tout d'un coup, y a toute la vie qui vous défile devant les yeux... Peut-être que ça se passe comme ça. Je sais pas. Peut-être que ça marche comme ça uniquement quand c'est une expérience de mort proche, mais pas la vraie. Parce que peut-être que la vraie, c'est tout autre chose. Qui sait ?

– Pas moi.

– Non, bon, et d'ailleurs, on s'en tape, non ? On verra bien quand ça nous arrivera. C'est quoi, le maximum, pour le viol ? Vous avez dit vingt-cinq ans...

– D'après le Code, oui.

– Et la sodomie ? Qu'est-ce que ça couvre, légalement ? Juste l'anal ?

– Non, l'anal et l'oral.

Il fronça les sourcils.

– Il vaudrait mieux que j'arrête. Dès qu'on parle de ces trucs, je traduis ça en termes de Francine et c'est pas possible, je peux pas continuer à me rendre fou comme ça. On choperait vingt-cinq ans pour enculer une nana et quinze ans seulement pour lui trancher les nichons ? Y a quelque chose qui va pas, dans tout ça.

– Ça risque d'être dur de changer le Code.

– Non, je cherche juste un moyen que ça soit la faute au système, c'est tout. En plus, vingt-cinq ans, c'est même pas assez. Et la réclusion à vie non plus. C'est des bêtes, ces types, il faudrait les tuer, putain !

– La loi ne peut pas le faire.

– Non, elle peut pas, dit-il. Mais ça ne me gêne pas. Tout ce que je veux, c'est qu'on me les retrouve. Après... advienne que pourra. Ils vont en taule ? C'est pas très compliqué d'y buter un mec. Les types qu'ont envie de se faire des ronds, c'est pas ça qui manque, au gnouf. Ou alors, ils s'en sortent au tribunal, ou ils décrochent la liberté sous caution et ils sont dehors... et là non plus, c'est pas difficile de se les faire... (Il hocha la tête.) Non mais, écoutez-moi ça ! Quasi que je serais le Parrain et que je serais en train de planifier mes contrats ! Qui sait ce qui va se passer ? Peut-être que je serai plus aussi enragé à ce moment-là, peut-être que, à ce moment-là, vingt-cinq ans de taule, ça me paraîtra assez... Qui sait ?

– Et si on avait la chance de les serrer avant les flics ? lui demandai-je.

– Comment ça ? En traînant ses fesses dans Sunset Park sans même savoir où regarder ?

– Et en se servant de certains indices qu'aura découverts la police. Parce qu'elle va sûrement envoyer tout ce qu'elle a aux services du FBI spécialisés dans le profil des *serial killers*. Peut-être aussi que notre témoin va pouvoir se boucher certains trous de mémoire et nous donner enfin un portrait assez ressemblant pour qu'on puisse travailler avec.

– Bref, vous ne laissez pas tomber ?

– Pas question.

Il réfléchit un instant, puis acquiesça d'un signe de tête.

– Vous me redites combien je vous dois, déjà ?

– J'ai donné mille dollars à la fille. L'avocat ne prend rien pour l'assistance juridique. Les techniciens en informatique qui sont allés farfouiller dans les archives de la compagnie du téléphone ont eu droit à mille cinq cents dollars et la chambre d'hôtel m'en a coûté cent cinquante... plus cinquante de caution que je n'ai même pas essayé de récupérer. Disons que ça nous fait deux mille sept cents dollars, en chiffres ronds.

– Hmm, hmm.

– J'ai eu d'autres frais, mais j'ai trouvé raisonnable de les régler moi-même. Il ne s'agissait pas de dépenses courantes et je ne voulais pas attendre votre autorisation... Si ça vous gêne, je suis prêt à en discuter.

– Parce qu'il y aurait quelque chose à en dire ?

– J'ai l'impression que quelque chose vous turlupine.

Il poussa un grand soupir.

– Sans blague ! La première fois qu'on a discuté après mon retour, vous m'avez bien dit que vous en aviez parlé à mon frère, non ?

– C'est exact. Mais, comme il n'avait pas la somme, je l'ai sortie de ma poche. Pourquoi me demandez-vous ça ?

– Il ne l'avait pas, ou bien il vous a demandé d'attendre que je vous donne le feu vert ?

– Il ne l'avait pas. Il m'a même certifié que vous couvririez les dépenses sans faire d'histoires, mais qu'il n'avait tout simplement pas assez de liquide pour m'avancer ce que je lui demandais.

– Vous en êtes sûr ?

– Absolument. Pourquoi ? Où est le problème ?

– Il ne vous a pas dit qu'il pourrait vous passer du fric à moi ? Rien dans ce genre-là ?

– Non. En fait, même...

– Ouais ? En fait même, quoi ?

– Il m'a dit que vous aviez sans doute du fric chez

vous, mais qu'il n'y avait pas accès. Il s'est montré assez ironique, sur le thème « Pas question de filer la combinaison du coffre à un junkie, même quand ledit junkie, c'est le frangin ».

– Il a dit ça ?

– Je ne sais pas si c'était à vous qu'il pensait, mais l'idée était bien qu'il faudrait être fou pour donner ce genre de renseignements à un drogué auquel personne ne peut faire confiance de toute façon.

– Et donc, il parlait en termes généraux ?

– C'est l'impression que j'ai eue.

– Ça aurait pu être personnel, cette remarque, dit-il, et il ne se serait pas trompé. Je ne lui confierais jamais des sommes pareilles. C'est mon grand frère et je suis sûr qu'il ferait tout pour me sauver la vie, mais de là à lui filer des quantités de liquide aussi importantes ! Non, ça, je ne le ferais certainement pas.

Je gardai le silence.

– Je lui ai parlé, l'autre jour, reprit-il. Il était censé passer ici et il n'est pas venu.

– Ah.

– Autre chose : le jour où je suis parti, il m'a conduit à l'aéroport et je lui ai passé cinq mille dollars. En cas d'urgence. Ce qui fait que, quand vous lui en avez demandé deux mille sept cents…

– Moins que ça. Je lui ai fait part de mon problème samedi après-midi, soit bien avant d'avoir besoin de mille dollars de plus pour la fille Cassidy. Je ne me souviens plus du chiffre que j'ai avancé. Entre mille cinq cents et deux mille, c'est probable.

Il secoua la tête.

– Vous y comprenez quelque chose, vous ? Parce que moi, non, je n'y arrive pas. Vous l'appelez samedi et il vous dit que je ne rentre pas avant lundi, mais que vous n'avez qu'à avancer la somme, il n'y a pas de problème, je vous la rendrai ? C'est bien ce qu'il a dit ?

– Oui.

– Mais pourquoi faire un truc pareil ? Je comprendrais

qu'il n'ait pas voulu toucher à mon fric s'il pensait que je ne serais peut-être pas d'accord. Et plutôt que de vous dire non et de passer pour un salaud, je comprendrais encore qu'il vous ait dit qu'il ne les avait pas. Mais là, qu'est-ce qu'il fait, au fond, sinon dire oui à la dépense et garder le pognon en même temps ? J'ai pas raison ?

– Si.

– Lui avez-vous laissé entendre que vous aviez énormément de liquide ?

– Non.

– Parce que, bon, je comprendrais qu'il se soit dit que si vous en aviez autant que ça, vous n'aviez qu'à avancer la somme. Sinon… Matt, je n'aime pas vous dire ça comme ça, mais ça ne me plaît pas beaucoup, cette histoire.

– Moi non plus.

– J'ai l'impression qu'il a repiqué.

– Ça y ressemble.

– Il garde ses distances, il dit qu'il va venir et il ne vient pas, je l'appelle, il ne répond pas… A quoi ça ressemble, hein ?

– Ça fait une semaine et demie que je ne l'ai pas vu à une seule réunion. C'est vrai que nous n'allons pas toujours aux mêmes, mais…

– … mais ça ne vous étonne pas de le rencontrer de temps en temps.

– Non.

– Et moi, je lui passe cinq mille dollars au cas où il y aurait des ennuis et, dès qu'il y en a, il dit qu'il ne les a pas. Qu'est-ce qu'il en a fait ? Ou alors, s'il ment, pourquoi les a-t-il planqués ? Deux questions, mais une seule réponse, on le dirait bien : J-U-N-K. Je ne vois rien d'autre.

– Il pourrait y avoir une autre explication.

– Je serais ravi de l'entendre.

Il décrocha le téléphone, composa un numéro et s'empêcha d'exploser pendant que ça sonnait. Au bout de dix coups, il renonça.

– Pas de réponse, mais ça ne veut rien dire. Quand il se terrait dans son coin avec sa bouteille, il pouvait rester des journées entières sans répondre à personne. Un jour, je lui ai demandé pourquoi il ne décrochait jamais, juste ça, et il m'a répondu que comme ça, moi, j'étais sûr qu'il était là. C'est un drôle de pervers, mon frère.

– Il est malade, c'est tout.

– Accro, vous voulez dire ?

– Nous, on préfère parler de maladie. Mais ça revient sans doute au même.

– Il a largué la drogue, vous le savez ? Il était très amoché, mais il a réussi à s'arrêter… sauf que c'est à ce moment-là qu'il s'est mis à l'alcool.

– C'est ce qu'il m'a dit.

– Ça fait combien de temps qu'il est abstinent ? Plus d'un an, c'est ça ?

– Un an et demi.

– On pourrait quand même croire que quand on a tenu aussi longtemps, c'est gagné pour toujours.

– Personne ou presque ne tient jamais plus d'une journée à la fois.

– Ouais, ouais, dit-il d'un ton impatient. C'est au jour le jour, je connais tout ça par cœur : j'ai déjà entendu la chanson. Quand il s'est arrêté de boire, il était toujours fourré ici. Francey et moi passions notre temps à lui faire du café et à l'écouter blablater sans arrêt. Tout ce qu'il entendait aux réunions, il nous le rapportait à la maison et nous en remplissait les oreilles. Mais on s'en foutait : du moment qu'il continuait à reprendre sa vie en main… Et puis, un jour, il m'a dit qu'il ne pouvait plus traîner des heures et des heures avec moi : ça risquait de foutre tous ses efforts de sobriété en l'air. Sauf que, maintenant, Dieu sait où il est, avec son sachet de dope et sa bouteille de whisky ! Sobriété, mon cul, oui !

– Vous ne pouvez pas l'affirmer, Kenan.

Il se tourna vers moi.

– C'est quoi, alors, pour l'amour de Dieu ? Qu'est-ce

qu'il fout avec cinq mille dollars en poche ? Il s'achète des billets de loterie ? Je n'aurais jamais dû lui passer autant de fric. C'était trop tentant. Tout ce qui lui arrivera sera de ma faute.

– Non, lui répondis-je. Si vous lui aviez donné une boîte de cigares pleine d'héroïne en lui disant : « Tiens, tu veux pas me garder ça en attendant que je rentre ? », oui, ça aurait été de votre faute. La tentation aurait été effectivement trop forte, et pour n'importe qui. Mais maintenant qu'il ne boit plus et ne consomme plus de drogue depuis plus d'un an et demi, il sait parfaitement comment se conduire dans ce genre de situation. Si l'argent lui avait fait peur, il aurait pu le déposer à la banque ou demander à un ami des AA de le lui garder un moment. Qu'il ait repiqué ou pas, on ne le sait pas encore. Cela dit, et quoi qu'il ait fait, ce n'est pas vous qui l'y avez contraint.

– Je lui ai facilité la tâche.

– Ça n'est jamais très compliqué. Je ne sais pas combien coûte une dose par les temps qui courent, mais un verre, c'est deux dollars, et ça suffit pour être bien.

– Ça ne vous tiendrait quand même pas très longtemps, non ? Alors qu'avec cinq mille dollars... Ça devrait lui permettre de s'en payer une sacrée tranche, et pendant un bon bout de temps, vous ne pensez pas ? Qu'est-ce que ça coûte, la bibine ? Vingt dollars par jour quand on picole à la maison ? Deux ou trois fois plus quand on fait ça au café ? L'héroïne, c'est nettement plus cher, mais de là à s'en shooter pour plus de deux cents dollars par jour dans les veines ! Sans compter qu'il lui faut un certain temps pour repartir à fond la caisse. Même à s'en goinfrer comme un porc, ça devrait lui demander un mois pour ne plus avoir un sou vaillant.

– Il ne se shootait pas.

– C'est ça qu'il vous a dit ?

– Ce n'est pas vrai ?

Il secoua la tête.

– C'est ce qu'il disait et c'est vrai qu'il y a eu un moment où il faisait que sniffer. Mais pour s'être piqué, il s'est piqué. Mentir arrondissait un peu les angles. Sans compter qu'il avait une sainte trouille que les femmes apprennent qu'il se shootait et ne veuillent plus coucher avec lui. Pas qu'il les aurait culbutées comme des dominos, non… mais c'est pas une raison pour se compliquer la vie. D'après lui, elles auraient pu se dire qu'il partageait ses seringues avec d'autres et avoir peur qu'il soit séropositif.

– Et il ne les partageait pas ?

– C'est ce qu'il dit. Et il a subi le test et, non, il a pas le virus…

– Qu'est-ce qu'il y a ?

– Je réfléchissais… Et s'il s'était shooté avec d'autres et n'était jamais allé se faire tester pour le sida ? Il pourrait très bien avoir menti là-dessus aussi.

– Et vous ?

– Quoi, et moi ?

– Vous vous shootez ? Ou bien vous vous faites seulement des lignes ?

– Je ne suis pas un drogué.

– Peter m'a dit que vous sniffiez au moins un sachet par mois.

– Quand est-ce qu'il vous a dit ça ? Samedi dernier au téléphone ?

– Non, une semaine avant. C'était après une réunion. Nous avons dîné et passé un bout de soirée ensemble.

– Et il vous a dit ça ?

– Il m'a dit qu'il s'était trouvé chez vous quelques jours plus tôt et que vous étiez raide défoncé. Il a ajouté qu'il vous l'avait fait remarquer, mais que vous aviez tout nié en bloc.

Kenan regarda par terre un instant.

– Oui, dit-il en baissant la voix, c'est vrai. Il me l'a fait remarquer et j'ai effectivement nié. Je pensais que ça avait marché.

– Eh non.

– Non, faut croire que non. Ça m'embêtait de lui mentir, mais pas de me camer. Je ne me droguais jamais devant lui et je ne l'aurais certainement pas fait si j'avais su qu'il allait venir, mais… se taper un petit sachet tous les trente-six du mois n'a jamais fait de mal à personne, et surtout pas à moi…

– Comme vous voudrez.

– Il vous a dit « une fois par mois » ? Tenez, je doute même que ça soit autant que ça. Moi, je dirais dans les sept ou huit fois par an. Ça n'a jamais dépassé ça, mais c'est vrai que je n'aurais pas dû lui mentir. J'aurais dû lui dire : « Ouais, j'étais malheureux comme les pierres, je me suis camé, et alors ? » Parce que, moi, je peux faire ça plusieurs fois par an et ça va jamais plus loin, alors que lui, il suffit qu'il en reprenne juste un rien pour que tout lui retombe dessus… Même qu'un jour on lui a piqué ses godasses pendant qu'il roupillait dans le métro ! Parce que ça lui est arrivé, vous savez ? Sur la ligne D. En chaussettes dans le métro, qu'il s'est retrouvé !

– C'est arrivé à des tas de gens.

– Vous compris ?

– Non, mais ça aurait pu.

– Vous êtes alcoolique, c'est ça ? J'ai bu un coup avant que vous arriviez et, si vous m'aviez demandé si je l'avais fait, je vous aurais répondu que oui. Je n'aurais pas menti. Alors, pourquoi est-ce que j'ai menti à mon frère ?

– Parce que c'est votre frère.

– Oui, il y a de ça. Et merde, tiens ! Ça me fout la trouille, ce truc.

– Il n'y a rien à faire pour le moment.

– Si, si… tenez, voilà ce que je vais faire : je roule partout dans les rues jusqu'au moment où je le retrouve. Vous regardez d'un côté, histoire de voir si on tomberait pas sur les fumiers qui ont tué ma femme, et moi je regarde de l'autre pour retrouver mon frère. Ça vous va comme plan ? (Il fit la grimace.) En attendant, je vous dois de l'argent. Qu'est-ce qu'on a dit, déjà ? Deux mille sept cents ?

Il avait des billets de cent dans sa poche, il en sortit vingt-sept, sa liasse en étant tout d'un coup singulièrement aplatie. Il me tendit la somme, je trouvai un endroit où la mettre.

– Et pour vous, c'est quoi la suite, maintenant ? me demanda-t-il.

– Je ne lâche pas, lui répondis-je. Ce que je vais faire dépendra en partie de la direction que prendra l'enquête de police, mais…

– Non, me coupa-t-il, ce n'est pas ça que je voulais dire. « C'est quoi la suite, maintenant ? », ça voulait dire… vous sortez ce soir ? Vous avez des trucs à faire en ville ? Vous…

– Ah… ça ?

Il me fallut réfléchir un instant.

– Je vais probablement retourner à ma chambre d'hôtel. Je suis debout depuis ce matin, j'ai envie de prendre une douche et de me changer.

– Vous avez l'intention de rentrer à pied ou vous voulez prendre le métro ?

– Ben… Non, je ne rentre pas à pied.

– Et si je vous ramenais ?

– Vous n'êtes pas obligé.

– Comme si j'avais autre chose à faire ! dit-il en haussant les épaules.

Dans la voiture, il me demanda où se trouvait la laverie automatique et me dit qu'il voulait y jeter un coup d'œil. Nous nous y rendîmes, il gara la Buick en face et arrêta le moteur.

– Bref, on est en planque, lança-t-il. C'est bien comme ça qu'on dit, n'est-ce pas ? Ou bien c'est seulement un truc de la télé ?

– Une planque durant souvent des heures entières, lui répondis-je, j'espère bien que ce n'est pas ça que nous allons nous taper.

– Moi non plus. C'est juste que j'avais envie de rester ici quelques instants. Je me demande combien de fois je suis passé devant cet endroit. Et pas une fois il ne m'est arrivé de songer à m'y arrêter pour donner un coup de fil. Matt, vous êtes sûr que ce sont les mêmes qui ont tué les deux femmes et mutilé la fille ?

– Oui.

– Parce que Francine, c'était pour le fric... Alors que les autres, c'était uniquement pour... comment dire ? le plaisir ? Pour se distraire ?

– Je sais. Mais les ressemblances sont trop précises et trop frappantes. Ce sont sûrement les mêmes, ce n'est pas possible autrement.

– Et pourquoi moi, hein ?

– Que voulez-vous dire ?

– Je veux dire : pourquoi s'en sont-ils pris à moi ?

– Parce qu'un trafiquant de drogue, c'est la cible idéale : beaucoup de liquide et d'excellentes raisons de se tenir à l'écart des flics. On en a déjà parlé. Un des types semblait beaucoup s'intéresser à la drogue. Il n'arrêtait pas de demander à Pam si elle connaissait des trafiquants et si elle se camait. Il est clair que le sujet l'obsédait.

– Ça explique bien le côté trafiquant, mais je ne suis pas seul sur la place... (Il se pencha en avant et se cala les coudes sur le volant.) Je me demande même si on sait que j'en suis un. Je n'ai jamais été arrêté et mon nom n'a jamais paru dans les journaux. Mon téléphone n'est pas sur écoutes et il n'y a pas de micros dans ma maison. Je suis sûr que mes voisins n'ont pas la moindre idée de ce que je fais pour gagner ma vie. La DEA a enquêté sur moi il y a un an et demi, mais ils ont été obligés de laisser tomber parce qu'ils n'arrivaient à rien. Quant à la police de New York, je doute même qu'elle sache que je respire. Ce que j'aimerais bien savoir, c'est comment un petit dégénéré qui aime zigouiller des nanas et a envie de se faire un trafiquant de drogue peut avoir eu des renseignements sur moi. D'où ma question : pourquoi moi ?

– Je vois.

– Au début, je me suis dit que, en fait, la cible, c'était moi. Vous voyez… je me suis dit qu'il y avait un type qui voulait me faire du mal avant de me liquider. Mais, d'après vous, non : ce ne serait pas le cas. D'après vous, il vaudrait mieux chercher du côté d'une bande de cinglés que ça exciterait de violer et d'assassiner des bonnes femmes. Au bout d'un certain temps, on se dit que ça serait bien que ça paie, on décide de s'attaquer à un trafiquant de drogue, et c'est moi qu'on choisit. Ce qui fait que ça ne me mènerait à rien de chercher du côté des gens que je connais professionnellement… quelqu'un qui pourrait croire que je l'ai baisé dans une affaire et que ça serait une bonne façon d'égaliser au score. Je ne dis pas pour autant qu'il n'y aurait pas des cinglés qui trafiqueraient, mais…

– Non, non, je comprends ce que vous dites… et vous avez raison. La cible, vous ne l'êtes qu'accidentellement. Ils cherchent un trafiquant, et comme vous êtes celui dont ils ont entendu parler…

– Oui, mais… comment ?

Il hésita, puis ajouta :

– Il y a un moment où je me suis dit…

– Allez-y.

– Bah… je ne crois pas que ça ait grand sens, mais.. Mon frère raconte bien son histoire à ses réunions des AA, n'est-ce pas ? Il se lève devant tout le monde et il raconte ce qu'il a fait et comment ça l'a mené là où il est ? Et… il doit bien dire comment son frère gagne sa vie, non ? J'ai pas raison ?

– C'est-à-dire que… Je savais bien que Pete avait un frère qui trafiquait dans la drogue, mais je ne connaissais pas votre nom et ne savais pas où vous habitiez. Je ne savais même pas que votre frère s'appelait Peter.

– Si vous le lui aviez demandé, il vous l'aurait dit. Et après, ça ne doit pas être très sorcier de trouver le reste. « Dites, j'ai l'impression de connaître votre frère. Il habite bien à Bushwick ? – Non, il habite à Bay Ridge.

– Ah bon ? Quelle rue ?... » Je sais pas. Peut-être que c'est un peu tiré par les cheveux...

– Pour moi, oui. Je vous accorde qu'il y a de tout aux réunions des AA et que rien ne s'oppose à ce qu'un *serial killer* y assiste lui aussi. On sait très bien que bon nombre de tueurs célèbres étaient alcooliques... et toujours saouls quand ils passaient aux actes. Cela dit, je n'ai jamais entendu dire qu'un seul d'entre eux ait arrêté de boire grâce aux Alcooliques anonymes.

– Mais ça n'est pas impossible ?

– Non, effectivement. Tout est possible. Il n'empêche... si nos amis habitent dans les environs de Sunset Park et que votre frère va à ses réunions à Manhattan...

– Oui, vous avez raison. Ils vivent à deux kilomètres de chez moi et moi je les imagine à Manhattan en train de m'espionner par l'intermédiaire de mon frère ! Evidemment, quand je lui ai dit ça, je ne savais pas qu'ils étaient de Brooklyn.

– Quand vous lui avez dit quoi ?

Il me regarda, la douleur se marquant sur son front

– Quand je lui ai dit qu'à ses réunions il ferait mieux de cesser de bavasser sur ce que je fais... quand je lui ai dit que c'était peut-être comme ça qu'ils m'avaient trouvé et avaient décidé de s'en prendre à Francine... (Il se détourna pour regarder la laverie automatique par la vitre de la portière.) C'était en allant à l'aéroport avec lui. Je me suis un peu échauffé. Il me faisait chier pour des trucs, je ne sais même plus de quoi il s'agissait, et... et je lui ai balancé ça. Pendant une seconde, il m'a regardé comme si je venais de lui flanquer un coup de poing dans l'estomac. Après, il a dit quelque chose... enfin, vous voyez... comme quoi ça le touchait pas, qu'il allait pas prendre ça au sérieux, qu'il savait bien que je faisais rien qu'à cracher ma bile.

Il mit le contact.

– Rien à foutre de cette laverie, dit-il au bout d'un moment. Je vois pas des masses de gens en train de faire la queue pour passer un coup de téléphone. On se tire d'ici ?

– D'accord.

Puis, deux ou trois rues plus loin :

– Et s'il continuait de ruminer ça ? Si ça lui était resté sur l'estomac ? Si... s'il se demandait si ça serait pas vrai ? (Il me jeta un rapide coup d'œil.) Vous croyez que c'est ça qui l'a poussé à repiquer au truc ? Parce que, moi, ça aurait très bien pu me suffire.

Nous étions arrivés à Manhattan lorsqu'il me lança :

– Ecoutez. J'ai envie de passer chez lui... juste cogner à sa porte. Vous m'accompagnez ?

La serrure ne marchait pas, il poussa la porte de l'immeuble.

– Tu parles d'une sécurité ! s'écria-t-il. Génial, l'endroit !

Nous entrâmes et gravîmes deux volées de marches. Ça puait les crottes de souris et le linge souillé. Kenan s'arrêta devant une porte, écouta un instant, puis frappa en appelant son frère. Pas de réponse. Il recommença, n'obtint pas plus de résultats, poussa la porte et découvrit qu'elle était fermée à clé.

– J'ai peur de ce que je risque de trouver, dit-il. En même temps, j'ai encore plus peur de partir comme ça.

Je sortis une vieille carte Visa de mon portefeuille et m'en servis pour forcer la serrure. Kenan me regarda avec un respect inhabituel.

La pièce était vide et en désordre. Les draps du lit traînaient à moitié par terre, du linge avait été empilé sur un fauteuil en bois. Je repérai le Livre et quelques brochures des Alcooliques anonymes sur la commode en chêne. Je ne vis rien qui aurait pu me faire songer à de la drogue, mais il y avait une carafe sur la table de nuit. Kenan la porta à son nez et renifla.

– Je ne sais pas, dit-il. Qu'est-ce que vous en pensez ?

Le verre était sec à l'intérieur, mais je crus y sentir une vague odeur d'alcool. Je me faisais peut-être des idées. Ce n'aurait pas été la première fois que j'aurais senti de l'alcool là où il n'y en avait pas.

– Je n'aime pas fouiller dans ses affaires, dit Kenan. Il n'en a pas beaucoup et il a le droit au respect. C'est juste que je le voyais tout bleu avec une seringue dans le bras…

De retour sur le trottoir, il ajouta :

– Bah, au moins, il a de l'argent. Il aura pas besoin de voler. A moins qu'il se soit mis à la coke. Parce que, là, ça vous nettoie le portefeuille en moins de deux. Mais… il a jamais tellement aimé. Il aime les trucs profonds, Petey, il aime bien descendre tout ce qu'il y a de plus bas.

– Je crois comprendre.

– Ouais. S'il n'a plus de blé, il pourra toujours revendre la Camry de Francey. Il n'a pas les papiers, mais, comme elle est encore cotée dans les huit à neuf mille dollars, il trouvera bien quelqu'un pour la lui reprendre à quatre ou cinq cents. Ce qui est parfaitement sensé pour un junkie.

Je lui rapportai la blague de Pete sur la différence entre l'alcoolo et le junkie : l'un comme l'autre, ils vous piqueraient votre portefeuille, mais le junkie vous aiderait à le retrouver.

– Ouais, dit-il en hochant la tête. Ça résume parfaitement la situation.

17

Plusieurs choses se produisirent pendant la semaine qui suivit.

Je me rendis trois fois à Sunset Park, deux fois seul, la troisième accompagné de T. J. Ne sachant plus trop quoi faire un après-midi, je le bipai et il me rappela presque aussitôt. Nous nous retrouvâmes à la station de métro de Times Square et fîmes le trajet ensemble jusqu'à Brooklyn. Nous déjeunâmes dans un *delicatessen* et prîmes un *café con leche* au boui-boui cubain avant d'aller nous balader dans les environs. Nous parlâmes beaucoup et, si je n'appris pas grand-chose sur son compte, il en apprit pas mal sur le mien… à condition qu'il ait écouté.

Nous attendions une rame de métro pour rentrer à Manhattan lorsqu'il me lança :

– Tu m'dois rien pour aujourd'hui, vu qu'on a rien glandé…

– Le temps que tu as passé avec moi ne compte pas ?

– Quand j'travaille, oui, mais comme là on f'sait juste qu'à traîner ! Faut quand même voir que traîner, j'fais ça gratis depuis toujours.

Un autre soir, j'étais sur le point de quitter ma chambre pour me rendre à une réunion lorsque je reçus un coup de fil de Danny Boy. Résultat, je gagnai un restaurant italien de Corona où trois petits vauriens s'étaient récemment mis à dépenser des sommes folles. Le renseignement me paraissait léger (Corona se trouve au nord du Queens, soit à des années-lumière de Sunset Park), mais je me donnai quand même la peine d'aller le vérifier et sirotai un San Pellegrino à l'eau en attendant que trois types en costard de soie veuillent bien se pointer et commencer à jeter leur argent par les fenêtres.

La télé était allumée et, au bulletin de 22 heures de Channel 5, j'eus droit à la photo de trois bonshommes qu'on venait d'arrêter pour l'agression à main armée d'un diamantaire de la 47e Rue.

– Non mais, hé ! s'écria le barman, regardez-moi ça ! Ça fait trois soirs qu'ils passent ici, ces trouducs ! Et attention le pognon qu'ils claquent ! C'est comme s'ils arrivaient pas à s'en débarrasser assez vite ! Je me disais bien que ça devait venir de quelque part...

– Ils l'ont gagné à la bonne vieille mode d'autrefois, lâcha mon voisin. Ils l'ont piqué.

Je me trouvais à quelques rues du Shea Stadium, mais toujours à des centaines de kilomètres de Wrigley, où, l'après-midi même, les Mets avaient perdu – de peu –, devant les Cubs. Les Yankees recevaient les Indians sur leur terrain. Je gagnai la station de métro à pied et rentrai à mon hôtel.

Un autre jour, Drew Kaplan m'annonça par téléphone que Kelly et ses collègues de la Criminelle de Brooklyn avaient l'intention d'expédier Pam à Washington. Ils voulaient qu'elle rencontre les spécialistes du National Center for the Analysis of Violent Crime du FBI, à Quantico. Je lui demandai quand elle partait.

– Elle ne part pas, me répondit-il.

– Elle a refusé ?

– Sur les conseils de son avocat.

– Je sais pas, moi. Les relations publiques ont toujours été le point fort du FBI, mais ce qu'on dit de leur laboratoire de recherches sur les *serial killers* est assez impressionnant. A mon avis, elle devrait y aller.

– Dommage que tu ne sois pas son avocat, me renvoya-t-il. Mais moi, ce sont ses intérêts à elle que j'ai pour mission de défendre, mon ami. De toute façon, la montagne a décidé d'aller à Mahomet. Ils lui envoient un type dès demain.

– Tu me diras comment ça s'est passé ? Enfin... si ça coïncide avec ce que, toi, tu crois être l'intérêt bien compris de ta cliente...

Il rit.

– Te mets pas en rogne, Matt. Pourquoi faudrait-il qu'elle aille se bringuebaler à Washington ? Qu'il monte plutôt ici, le technocrate.

Après le passage du spécialiste des profils psychologiques, Drew me rappela pour m'informer que la séance ne l'avait pas vraiment décoiffé.

– Il m'a paru un rien nonchalant, dit-il, comme si ça ne valait pas tellement le coup de s'occuper d'un type qui n'a tué que deux bonnes femmes avant d'en couper une troisième en rondelles. Faut croire que, plus la liste est longue, plus ça leur procure de données à analyser.

– L'idée est raisonnable.

– Ouais. Mais c'est une maigre consolation pour ceux qui se trouvent au bas de la pile. Ils auraient probablement préféré qu'on attrape le type au début de sa série plutôt que de lui laisser tout le temps d'accumuler des tas d'indices pour les banques de données. Le mec a raconté à Kelly qu'ils avaient établi un profil vraiment solide pour un allumé de la côte Ouest. Ils sont maintenant capables d'affirmer qu'il a fait collection de timbres quand il était petit et de dire l'âge qu'il avait quand on lui a fait son premier tatouage. Cela étant, ils n'ont toujours pas arrêté ce fils de pute et le score serait du genre 42 à 0... avec pas mal de chances pour que ça fasse quatre de mieux au bout du compte.

– De là à ce que Ray et ses petits copains lui paraissent un rien ridicules...

– Sans parler de la fréquence des agressions. Ça aussi, ça ne l'a pas ravi. D'après lui, les *serial killers* feraient généralement preuve d'une activité plus soutenue. Ce qui veut dire qu'ils n'attendent pas des mois avant de repasser à l'attaque. Conclusion ? Il semblerait que nos amis n'aient pas encore trouvé leur rythme. Ou alors, ils ne viendraient à New York que de temps en temps et feraient l'essentiel de leur boulot de tueurs ailleurs.

– Erreur, lui renvoyai-je, ils connaissent trop bien la ville pour ça.

– Pourquoi dis-tu ça ?

– Hein ?

– Comment sais-tu qu'ils connaissent bien la ville ? Parce qu'ils avaient fait cavaler les Khoury dans tous les coins de Brooklyn. Mais ça, je ne pouvais pas le lui dire.

– Ils se sont débarrassés de leurs victimes dans deux cimetières de banlieue, lui répondis-je, et après, à Forest Park. Comme s'il était courant qu'un type qui n'est pas d'ici ramasse une fille dans Lexington Avenue et termine sa soirée dans un cimetière du Queens !

– Tout le monde pourrait en faire autant s'il y avait erreur sur la fille, me rétorqua-t-il. Laisse-moi réfléchir à ce qu'il a dit d'autre… Il a dit qu'ils devaient avoir dans les trente ans et avoir été sacrément battus quand ils étaient mômes. Bref, des banalités au kilomètre. Mais il a quand même dit un truc qui, moi, m'a flanqué froid dans le dos.

– C'est-à-dire ?

– Il faut voir que ce type, ça fait vingt ans qu'il bosse dans son secteur, qu'il a pratiquement assisté à la fondation du Centre. Il est pas loin de la retraite et, d'après lui, c'est aussi bien.

– Pourquoi ? Parce qu'il est au bout du rouleau ?

– C'est plus grave que ça. Il prétend que ces incidents augmentent salement et que, vu la courbe qui se dessine, ils risquent fort de monter en flèche d'ici la fin du siècle. La tuerie comme activité sportive, qu'il appelle ça. D'après lui, ça devrait être le grand passetemps des années quatre-vingt-dix.

Chose qu'on n'aurait jamais faite à l'époque où je commençais à m'en sortir, on invite maintenant des gens qui ont moins de trois mois d'abstinence aux réunions des AA. Après s'être présentés, ils nous disent depuis combien de temps ils ne touchent plus à l'alcool, ce genre de proclamation étant souvent salué par des applaudissements. Sauf à Saint-Paul, où, deux mois durant, un type avait pris l'habitude de passer deux soirs par semaine et d'entamer la réunion par un retentissant : « Je m'appelle Kevin, je suis alcoolique et j'ai un jour d'abstinence. J'ai bu hier soir, mais depuis ce matin, c'est fini ! » Les gens en ayant eu assez de ce genre de déclaration, à la réunion suivante il avait été voté (après beaucoup de débats) qu'on laisserait complètement tomber les applaudissements. A supposer qu'un type nous assène : « Je m'appelle Al et je ne bois plus depuis onze jours », nous ne lui renvoyons plus maintenant que : « Salut, Al. »

Ce mercredi-là, en redescendant de Brooklyn Heights à Bay Ridge à pied, j'allai me faire rembourser mes frais par Kenan Khoury. Le mardi suivant, à la réunion de 20 h 30, quelqu'un nous lança :

– Je m'appelle Peter, je suis alcoolique et drogué, et j'ai deux jours d'abstinence.

– Salut, Peter, lui répondit tout le monde.

J'avais prévu d'aller le voir pendant la pause, mais me retrouvai en pleine conversation avec ma voisine et, lorsque enfin je le cherchai des yeux, il avait disparu. Je lui téléphonai de l'hôtel un peu plus tard, mais personne ne décrocha. J'appelai son frère.

– Peter ne boit plus, lui annonçai-je. Enfin… il ne buvait plus il y a une heure. Je l'ai vu à la réunion.

– Je viens de lui parler. Il a encore presque tout l'argent et la voiture est intacte. Je lui ai dit que je m'en foutais, mais que je me faisais beaucoup de souci pour lui. Il m'a répondu qu'il allait bien. Comment vous a-t-il paru ?

– Je ne l'ai pas vu. Je l'ai juste entendu parler et, quand j'ai essayé de le retrouver, il avait déjà filé. Je voulais seulement vous dire qu'il est toujours en vie.

Kenan me fit savoir qu'il appréciait. Deux soirs plus tard, il m'appela de la réception :

– Je suis garé en double file. Vous avez dîné ? Allez, descendez. On se retrouve devant l'entrée.

Une fois dans la voiture, il ajouta :

– Vous connaissez Manhattan mieux que moi. A vous de choisir où on va.

Nous nous rendîmes au Paris Green, dans la IXe Avenue. Bryce m'y accueillit en me saluant par mon prénom et nous donna une table en terrasse, Gary me gratifiant de grands gestes théâtraux derrière le bar. Kenan commanda un verre de vin et moi un Perrier.

– Bel endroit, dit-il.

Nous commandâmes.

– Je sais pas, moi, reprit-il. Je n'avais aucune raison de venir à Manhattan, mais... je suis monté dans la voiture et me suis mis à rouler. Je ne savais pas où aller. Autrefois, je faisais ça tout le temps. Je roulais pour rouler et ajouter ma modeste contribution à la pénurie de carburant et à la pollution générale de l'atmosphère. Ça vous est déjà arrivé ? Mais non, que je suis bête ! Vous n'avez pas de voiture. Imaginons que vous vouliez sortir de New York un week-end. Qu'est-ce que vous faites ?

– J'en loue une.

– Ben oui, évidemment, dit-il. J'y avais pas pensé. Et vous faites ça souvent ?

– Assez, quand le temps s'y prête. Mon amie et moi allons souvent dans le nord de l'Etat, ou en Pennsylvanie.

– Ah ? Vous avez une amie ? Je me demandais justement... Vous êtes ensemble depuis longtemps ?

– Pas très.

– Qu'est-ce qu'elle fait, si ce n'est pas trop indiscret ?

– Elle est historienne d'art.

– Oh... super ! s'écria-t-il, drôlement bien !

– Ça a l'air de l'intéresser.

– Non, je voulais dire : elle doit être drôlement bien, votre amie. Ça doit être une personne intéressante…

Il avait l'air en meilleure forme, avec ses cheveux peignés et sa barbe rasée, mais paraissait encore fatigué et plutôt nerveux.

– C'est juste que je sais pas quoi faire de ma peau. Je reste à la maison et ça me rend dingue. Ma femme est morte, mon frère fait Dieu sait quoi, mes affaires sont en train de capoter et je sais pas quoi faire.

– Vos affaires ?

– C'est peut-être rien, ou alors tout… J'ai arrangé un deal, pendant mon dernier voyage. Je devrais recevoir un arrivage dans le courant de la semaine prochaine.

– Vous feriez peut-être mieux de ne pas m'en parler.

– Du hasch opiacé, vous avez déjà pris ? Non… si vous faisiez uniquement dans l'alcool, vous devez pas connaître.

– En effet.

– Arrivage de Turquie, *via* Chypre… d'après ce qu'on m'a dit.

– Où est le problème ?

– Le problème, c'est que j'aurais pas dû entrer dans ce deal. Y a des gens là-dedans auxquels j'ai de bonnes raisons de ne pas faire confiance et je me suis fourré dans cette histoire pour le pire motif qui soit : je voulais juste avoir quelque chose à faire.

– Je peux vous aider pour tout ce qui concerne la mort de votre femme. J'ai le droit de le faire, quelle que soit la manière dont vous gagnez votre vie, et je peux même enfreindre quelques lois à droite et à gauche en votre nom. Mais je ne peux absolument pas travailler pour ou avec vous dans tout ce qui touche à votre profession.

– Petey prétend que travailler pour moi l'aurait sûrement poussé à repiquer au truc. C'est un facteur qui compte, pour vous ?

– Non.

– Vous n'y touchez pas, un point c'est tout.

– Voilà.

Il réfléchit un moment, secoua la tête et reprit :

– Je peux comprendre. Et respecter. D'un autre côté, j'aimerais bien vous avoir avec moi : votre soutien me rendrait confiance. En plus, c'est très lucratif. Mais vous le savez…

– Bien sûr.

– Mais c'est pas propre… c'est ça ? J'en suis conscient. Comme si je ne pouvais pas le savoir ! C'est un boulot pas propre.

– Quittez-le !

– J'y pense. Je n'ai jamais envisagé de faire ça toute ma vie. Je me disais toujours : encore deux ou trois ans, encore deux ou trois coups, encore un peu d'argent à déposer sur les comptes offshore… Le coup classique, n'est-ce pas ? Ce que j'aimerais qu'ils légalisent tout ça ! Que ça soit enfin simple pour tout le monde !

– Un de mes amis flics m'a dit exactement la même chose l'autre jour.

– Sauf que ça n'arrivera jamais. Ou alors si, peut-être. Que je vous dise : moi, ça me soulagerait.

– Qu'est-ce que vous feriez ?

– Je vendrais autre chose, me répondit-il en riant. J'ai rencontré un type pendant ce voyage, un Libanais, comme moi. J'ai traîné un peu avec lui à Paris. « Kenan, qu'il me dit un jour, faut absolument que tu te tires de là. Ça vous tue l'âme, ce boulot. » Il voudrait que je me mette en affaires avec lui… Et vous savez dans quoi il est ? C'est un trafiquant d'armes, nom de Dieu ! Il vend des armes ! « Mec, que je lui ai répondu, mes clients, ils font jamais que se tuer tout seuls. Mais les tiens, eux, ils tuent. – C'est pas pareil, qu'il insiste. Moi, je bosse avec des gens bien, des gens respectables. » Et alors, il commence à m'énumérer tous les gens importants qu'il connaît, des types de la CIA et de tas d'autres services secrets. Bref, c'est pas impossible que je largue la came pour devenir un gros marchand de mort. Ça vous plairait mieux ?

– Il n'y a pas d'autre choix ?

– Vous parlez sérieusement ? Non, bien sûr que non. Je pourrais acheter et vendre n'importe quoi. Je sais pas... Il est possible que mon vieux ait un peu déconné côté trucs phéniciens, mais on peut pas dire que notre peuple ne serait pas composé de marchands qui travaillent dans le monde entier. Quand j'ai laissé tomber la fac, la première chose que j'ai faite a été de voyager. Je suis allé voir la famille. Des Libanais, il y en a sur toute la planète. J'ai une tante et un oncle au Yucatan et des cousins dans toute l'Amérique latine. Je suis même allé en Afrique... j'ai de la famille du côté de ma mère dans un pays qui s'appelle le Togo. J'en avais jamais entendu parler avant d'y aller. Toujours est-il que cette partie-là de ma famille bosse dans le trafic de devises à Lomé... Lomé, c'est la capitale du Togo. Ils ont toute une série de bureaux dans un immeuble de la ville. Pas de panneau à l'entrée et il faut se taper un étage, mais ça se passe quand même au nez et à la barbe de tout le monde. Du matin au soir, il y a des gens qui se ramènent chez eux avec du fric à changer... des dollars, des livres, des francs, des traveller's... De l'or ! Ils achètent et vendent de l'or ! Ils le pèsent et te calculent le prix... Toute la journée durant, il y a de l'argent qui circule sur une grande table. J'arrivais pas à croire la quantité de fric qu'ils manipulaient. Quand j'étais gamin, j'avais jamais vu beaucoup de liquide et, là, il y en avait des tonnes ! Ils se font peut-être qu'un ou deux pour cent par transaction, mais faut voir le volume !... Ils vivaient en dehors de la ville, dans une espèce de palais entouré d'un mur d'enceinte. C'était gigantesque, mais il fallait bien pouvoir abriter tous les serviteurs. Moi qui avais grandi dans Bergen Street, où je devais partager ma chambre avec mon frère, je découvrais des cousins qui avaient dans les cinq ou six serviteurs par personne, enfants y compris, et j'exagère pas. Au début, je me sentais assez mal à l'aise, je trouvais que c'était du gaspillage, mais on m'a expliqué. Quand on est riche, on est obligé d'employer des tas de gens. On crée des emplois, quoi… on fait des trucs pour le peuple. « Reste », qu'ils me disaient. Ils voulaient me prendre avec eux. Au cas où j'aurais pas aimé le Togo, ils avaient de la belle-famille qui faisait exactement la même chose au Mali. Mais le Togo, c'est mieux, disaient-ils.

– Vous pourriez y retourner…

– Recommencer sa vie dans un autre pays, c'est des trucs qu'on fait à vingt ans.

– Et vous en avez quoi ? Trente-deux ?

– Trente-trois. C'est un peu vieux pour redémarrer à zéro.

– Vous ne seriez peut-être pas obligé de commencer en faisant des paquets.

Il haussa les épaules.

– Ce qu'il y a de marrant, c'est que, Francine et moi, on en avait discuté. Ça ne lui plaisait pas beaucoup parce qu'elle avait peur des Noirs. L'idée de se retrouver avec une poignée de Blancs dans un pays rempli de Noirs lui foutait la trouille. « Et s'ils décidaient de prendre le pouvoir, hein ? », qu'elle me disait. Et moi, je lui répondais : « Comme s'ils devaient prendre quoi que ce soit ! C'est leur pays. Ils le possèdent déjà. » Mais elle était pas très rationnelle là-dessus… (Son ton s'était durci.) Et qui c'est qui l'oblige à monter dans une camionnette ? Qui c'est qui finit par la tuer ? Des Blancs. On passe toute sa vie à avoir peur d'un truc et c'en est un autre qui vous tombe dessus… (Il me regarda droit dans les yeux.) En fait, c'est comme s'ils l'avaient pas tuée, juste comme s'ils l'avaient… effacée. Elle a cessé d'exister. J'ai même pas eu droit à un corps. Je n'ai eu droit qu'à des bouts… qu'à des morceaux. Quand je suis allé à la clinique de mon cousin en pleine nuit, c'est des morceaux de ma femme que j'ai réduits en cendres. Elle est partie et, moi, j'ai un grand trou dans ma vie et je sais pas quoi y mettre dedans.

– On dit qu'il faut laisser le temps au temps.

– Il ferait mieux de m'en prendre ! Du temps, j'en ai à

revendre ! Je suis tout seul chez moi vingt-quatre heures sur vingt-quatre et y a des moments où je cause dans le vide. Et tout haut, encore !

– Tous ceux qui ont vécu avec quelqu'un le font. Ça vous passera.

– Même que si ça devait pas me passer, ça changerait quoi ? Vu qu'il n'y a qu'à moi que je cause, ça gêne pas tellement les autres, pas vrai ?

Il avala une gorgée d'eau et ajouta :

– Et puis, y a la baise. Je sais pas quoi faire. Je suis pas encore mort, vous savez ? Je suis jeune, c'est naturel.

– Il y a une minute, vous étiez trop vieux pour recommencer votre vie en Afrique.

– Vous savez bien ce que je veux dire... J'ai des désirs et non seulement je sais pas quoi en faire, mais en plus j'ai honte de les avoir. Que je baise ou que je baise pas, je me sens infidèle de vouloir seulement coucher avec une autre. Et d'ailleurs... qui voudrait coucher avec moi si j'en avais envie ! Parce que, qu'est-ce qu'il faudrait faire ? Aller baratiner des bonnes femmes dans les bars ? Fréquenter des bains-douches avec masseuses coréennes bigleuses pour te faire branler ? M'organiser des rendez-vous galants ? Emmener une nana au ciné et lui faire la conversation ? J'essaie de m'imaginer en train de faire tout ça et je préfère rester à la maison à me branler tout seul... Sauf que, ça non plus, je ne le fais pas, parce que j'aurais l'impression de la tromper... (Il se redressa brusquement, l'air gêné.) Je vous demande pardon. Je ne voulais vraiment pas vous infliger toutes ces conneries. J'avais pas prévu de vous dire tout ça. Je ne sais pas ce qui m'a pris.

J'appelai mon historienne d'art dès que j'eus regagné mon hôtel. Elle n'était pas encore rentrée de son cours. Je lui laissai un message sur son répondeur et me demandai si elle allait me rappeler.

Nous nous étions disputés quelques soirs auparavant.

Après le dîner, nous avions loué un film qu'elle était seule à avoir envie de voir et peut-être cela m'avait-il agacé, je ne sais pas. Toujours est-il que le courant ne passait pas très bien entre nous. Après le film, elle avait fait une remarque déplacée et je lui avais suggéré d'essayer de parler un peu moins comme une pute. En temps ordinaire, ça aurait pu être une offre de paix acceptable, mais j'avais lancé ça comme si je croyais vraiment ce que je disais et Elaine s'était empressée de m'assener une repartie plus que cinglante.

Je m'étais excusé, elle en avait fait autant, nous étions tombés d'accord pour reconnaître que ce n'était pas grave, mais, personne n'en étant vraiment convaincu, quand l'heure était venue d'aller nous coucher, nous avions préféré le faire à des kilomètres l'un de l'autre. Le lendemain, nous avions évité d'aborder la question et depuis lors cette affaire empoisonnait l'atmosphère chaque fois que nous ouvrions la bouche – ou ne l'ouvrions pas, d'ailleurs.

Elaine me rappela aux environs de 23 h 30.

– Je viens d'arriver, dit-elle. Nous sommes allées boire un coup à plusieurs après le cours. Comment a été ta journée ?

– Passable.

Nous parlâmes de ma journée pendant quelques minutes encore, puis je lui demandai s'il était trop tard pour que je fasse un saut chez elle.

– Moi aussi, j'aimerais beaucoup te voir…, me dit-elle.

– … mais il est trop tard ?

– J'en ai peur, mon chéri. Je suis lessivée et je n'ai plus qu'une envie : prendre une douche et sombrer. Ça ne t'ennuie pas trop ?

– Non.

– On se rappelle demain ?

– Ouais, ouais. Dors bien.

Je raccrochai et lançai un « Je t'aime » à la pièce vide, les murs me renvoyant aussitôt mes paroles en écho. Nous étions devenus très habiles à ne jamais dire ces mots lorsque nous nous trouvions ensemble. Je m'écoutai les prononcer et me demandai s'ils reflétaient bien la vérité.

Quelque chose me tarabustait, mais je n'arrivais pas à savoir de quoi il s'agissait. Je pris une douche, ressortis de la cabine, m'essuyai et, debout devant la glace apposée au-dessus du lavabo de la salle de bains, compris soudain ce qui me préoccupait.

Tous les soirs, il y a deux réunions des AA à minuit. La plus proche se tenait dans la 46e Rue Ouest, j'y arrivai juste au moment où ça commençait. Je me servis une tasse de café, m'assis et, quelques instants plus tard, entendis une voix qui disait :

– Je m'appelle Peter, je suis alcoolique et drogué.

Bien, me dis-je.

– Et j'ai un jour d'abstinence.

Pas si bien que ça quand même. Mardi, il en avait deux et aujourd'hui il n'en avait plus qu'un. Je songeai combien il devait être difficile d'essayer de rattraper le canot de sauvetage et de ne pas arriver à l'agripper. Puis je cessai de penser à Peter Khoury parce que, si j'étais là, c'était d'abord et surtout pour me faire du bien à moi.

J'écoutai attentivement la suite, mais serais bien en peine de vous rapporter ce que j'entendis. Lorsque le modérateur en eut fini et déclara la séance ouverte, je levai tout de suite la main et fus désigné.

– Je m'appelle Matt et je suis alcoolique, dis-je. Ça fait deux ou trois ans que je m'abstiens de boire, il s'est passé des tas de choses depuis que je suis venu ici pour la première fois et il y a des moments où j'oublie que c'est toujours sacrément la merde dans ma tête. Je vis une phase difficile avec mon amie et je ne m'en aperçois que maintenant. Avant d'arriver, je me sentais mal dans ma peau et il a fallu que je reste cinq minutes sous la douche pour comprendre ce que je ressentais, et alors, j'ai vu que c'était de la peur, oui, j'ai peur... Et je ne sais même pas de quoi. J'ai l'impression que, si je me laissais aller, je découvrirais que j'ai peur de tout, absolument tout. J'ai peur de vivre avec cette femme et j'ai peur de ne pas vivre avec elle. J'ai peur de me réveiller un matin et de voir un vieillard me regarder dans la glace. J'ai peur de mourir seul dans une chambre d'hôtel et que personne ne me trouve avant que l'odeur de mon cadavre ait traversé les murs et tout empesté... Enfin, quoi... Je me suis habillé et je suis venu ici, parce que je ne veux pas boire, parce que je ne veux pas éprouver ce que j'éprouve et parce que, après toutes ces années, je ne sais toujours pas si ça m'aide de me répandre en paroles comme je le fais en ce moment... Mais bon, si : ça aide. Merci.

Je me dis que j'avais dû donner l'impression d'être un vrai désastre ambulant, mais on apprend vite à se foutre de l'impression qu'on donne et je m'en foutais, effectivement. Je n'avais eu aucun mal à tout lâcher parce que je ne connaissais personne dans la salle – hormis Peter Khoury. Mais, avec un jour d'abstinence, celui-ci ne devait pas être encore capable de comprendre des phrases entières – et encore moins de s'en souvenir cinq minutes plus tard.

Sans compter que je n'avais peut-être pas laissé une impression aussi désastreuse. A la fin, nous nous levâmes et dîmes la prière de la sérénité. Quand tout fut terminé, un homme qui se trouvait deux rangées devant moi vint me demander mon numéro de téléphone. Je lui tendis une de mes cartes de visite.

– Je ne suis pas souvent chez moi, lui dis-je, mais vous pouvez me laisser un message.

Nous bavardâmes quelques instants, puis je me mis en quête de Peter Khoury. Il était déjà parti. S'était-il éclipsé avant la fin ou juste après ? Je n'en savais rien, mais il n'était pas là.

Je me doutais bien qu'il n'avait aucune envie de me voir et pouvais comprendre. Je me souvenais du mal que j'avais eu au début : gagner quelques jours, puis recommencer à boire, puis s'arrêter de nouveau, puis...

encore et encore. En plus, Peter avait le désavantage de s'être abstenu pendant longtemps : l'humiliation de perdre tout cela avait dû être dure. Il allait probablement lui falloir un bon bout de temps pour recommencer à se respecter un peu.

En attendant, il ne buvait toujours pas. Il n'avait certes qu'un jour d'abstinence, mais a-t-on jamais vraiment plus que cela, au fond ?

Ce samedi après-midi-là, je m'octroyai une pause sports télévisés et appelai l'opératrice. Je lui annonçai que j'avais perdu la carte où on expliquait la manière d'enclencher le transfert d'appels. Je l'imaginai en train de vérifier des bordereaux, de s'apercevoir que je n'avais jamais souscrit le moindre abonnement à ce service et d'appeler les flics pour bloquer immédiatement toutes les issues de l'hôtel. « On repose ce téléphone, Scudder, et on sort les mains en l'air ! »

Avant même que je sois arrivé au bout de ces pensées, l'opératrice m'avait branché sur un disque où une voix synthétisée par ordinateur m'expliqua ce que je devais faire. Je n'arrivais pas à écrire assez vite et dus répéter l'opération une deuxième fois.

Juste avant de quitter ma chambre pour me rendre chez Elaine, je suivis les instructions à la lettre et fis en sorte que tous les appels qu'on me passerait soient automatiquement transférés sur la ligne de mon amie. Enfin... théoriquement. Je ne croyais guère à cette manœuvre.

Elaine avait acheté des billets pour une pièce qu'on donnait au Manhattan Theatre Club. Yougoslave, l'œuvre était du type boueux avec brusques changements d'atmosphère. J'eus le sentiment que certaines de ses qualités avaient disparu à la traduction, mais ce qui passait la rampe n'en demeurait pas moins assez intense. Je m'enfonçai dans des profondeurs du moi qu'on n'avait pas jugé bon d'éclairer.

Le metteur en scène ayant oublié de prévoir un entracte, l'affaire tenait encore plus du calvaire qu'il n'était nécessaire. Nous en réchappâmes aux environs de 21 h 45. Pas trop tôt : lessivés, que nous étions. Les acteurs ayant salué, les lumières revinrent dans la salle et nous nous traînâmes dehors d'un air hébété.

– Puissant remède, non ?

– Ou poison, me corrigea-t-elle. Je suis vraiment désolée. J'arrête pas de choisir des navets depuis quelque temps. D'abord ce film que tu n'as pas supporté et maintenant ceci !

– J'ai pas franchement détesté, lui dis-je. J'ai juste l'impression de m'être tapé dix rounds de boxe et d'avoir pas mal encaissé.

– T'as une idée du message que c'était censé véhiculer ?

– C'est sans doute beaucoup plus évident en serbo-croate, mais... ce qu'on voulait nous dire ? Non, aucune idée. Que le monde est pourri, probablement.

– Comme s'il y avait besoin d'aller au théâtre pour le savoir, dit-elle. Lire le journal suffit amplement.

– Ah, mais peut-être que ce n'est pas pareil en Yougoslavie.

– Allez, chéri, c'est fini.

– Je n'en suis pas sûr. Je me tape de sacrées sautes d'humeur depuis quelque temps. Ça doit être mon affaire. On a marqué quelques points, je me suis dit qu'on avançait, et maintenant tout est bloqué et, moi aussi, je me sens complètement coincé. Mais je ne veux pas que ça nous affecte, nous. Tu comptes beaucoup pour moi, Elaine, et notre relation est très importante.

– Même chose pour moi.

Nous bavardâmes, certaines choses semblant s'éclaircir un peu bien que la sensation de malaise dans laquelle la pièce nous avait plongés ne fût pas facile à dissiper. Nous rentrâmes à son appartement, où elle se passa ses messages téléphonés pendant que j'allais aux toilettes. Quand j'en ressortis, Elaine avait un drôle d'air.

– Qui est Walter ? me demanda-t-elle.

– Walter ?...

– « Juste pour dire bonjour, rien d'important ; voulait juste vous faire savoir qu'il était toujours vivant. Vous rappellera sans doute un peu plus tard. »

– Ah ! dis-je. C'est un type que j'ai rencontré à une réunion avant-hier soir. Il a arrêté de boire il n'y a pas très longtemps.

– Et tu lui as donné mon numéro ?

– Non. Pourquoi voudrais-tu que j'aie fait ça ?

– C'est ce que je me demande.

– Ah, mon Dieu ! m'écriai-je, la vérité se faisant soudain jour en moi. On dirait donc que ça marche…

– De quoi parles-tu ?

– Le transfert d'appels. Je t'ai dit que les Kong m'avaient branché là-dessus quand ils faisaient mumuse avec la compagnie du téléphone… Je l'ai enclenché cet après-midi.

– Pour qu'on t'appelle ici ?

– Exact. Je ne croyais pas que ça marcherait, mais apparemment je me suis trompé. Qu'est-ce qu'il y a ?

– Rien.

– Tu es sûre ?

– Naturellement. Tu veux écouter le message ? Je peux te le repasser.

– Non. Ce n'est pas la peine s'il n'a rien dit d'autre.

– Je peux l'effacer, alors ?

– Bien sûr.

Elle le fit, puis ajouta :

– Je me demande ce qu'il a pensé quand il a composé ton numéro et qu'il est tombé sur un message enregistré par une femme.

– En tout cas, il ne s'est pas dit qu'il avait fait une erreur. Sinon, il n'aurait pas laissé de message.

– Je me demande ce qu'il s'est imaginé en m'entendant.

– Il s'est imaginé une femme mystérieuse avec une voix très sexy.

– Il doit penser qu'on est ensemble. A moins qu'il ne sache que tu vis seul.

– Tout ce qu'il sait de moi, c'est que je ne bois plus et que je suis fou.

– Fou ?

– J'ai lâché pas mal de conneries à la réunion où je l'ai rencontré. Pour ce qu'il sait de nous, je pourrais tout aussi bien être vicaire et toi gardienne de la cure.

– Tiens donc ! Voilà un jeu auquel nous n'avons jamais joué : le vicaire et la gardienne de la cure... « Bénissez-moi, mon père, car je suis très vilaine et mérite sans doute une bonne fessée. »

– Ça ne m'étonnerait pas.

Elle sourit, je lui ouvris grands les bras, le téléphone choisit ce moment-là pour sonner.

– Réponds, dit-elle. C'est probablement Walter.

Je décrochai, une voix de basse me demandant aussitôt si on pouvait parler à Miss Mardell. Je tendis l'écouteur à Elaine sans mot dire et passai dans la pièce voisine. Je gagnai la fenêtre et contemplai les lumières qui brillaient de l'autre côté de l'East River. Au bout de quelques minutes, Elaine vint me rejoindre et resta debout à côté de moi. Elle ne me parla pas du coup de fil, je me gardai bien d'y faire allusion. Dix minutes après, le téléphone ayant sonné à nouveau, Elaine décrocha et me dit que c'était pour moi. Walter. Comme on l'apprend aux jeunes recrues des AA, il se servait beaucoup du téléphone. Je ne lui parlai pas longtemps, raccrochai, puis dis à Elaine :

– Excuse-moi. Ce n'était pas une bonne idée.

– C'est-à-dire que... tu es souvent ici. Les gens devraient pouvoir te joindre.

Quelques minutes ayant passé, elle ajouta :

– Décroche l'appareil. Je vois pas pourquoi on devrait chercher à nous joindre ce soir.

Le lendemain matin, je débarquai chez Joe Durkin sans prévenir et finis par aller déjeuner avec lui et deux de ses amis de la Criminelle. Je rentrai à l'hôtel et m'arrêtai à la réception pour voir si on m'avait laissé des messages. Personne n'avait appelé. Je montai à ma chambre, pris un livre et, à 15 h 20, le téléphone sonna. C'était Elaine.

– T'as oublié de débrancher ton transfert automatique, me dit-elle.

– Et merde ! m'écriai-je. C'est pas étonnant que j'ai pas de message ici. Je viens d'arriver. J'ai passé toute la matinée dehors et ça m'est complètement sorti de l'esprit. J'allais rentrer directo et arranger ça… et j'ai oublié. Ça a dû te rendre dingue…

– Non, mais…

– Mais… comment as-tu fait pour me joindre ? Ça aurait pas dû rebondir et te renvoyer un signal occupé ?

– C'est ce que ça a fait la première fois. Mais j'ai appelé la réception et c'est eux qui t'ont sonné.

– Ah.

– Il est clair que ça ne transfère pas les appels qui passent par le standard.

– Bien sûr que non.

– Y a T. J. qui t'a appelé, mais c'est pas important. Matt… y a aussi Kenan Khoury qui vient juste… Il faut que tu le rappelles tout de suite. Il a dit que c'était très urgent.

– Vraiment ?

– « Question de vie ou de mort et, plus probablement, de mort. » Je ne sais pas ce que ça veut dire, mais il n'avait pas l'air de plaisanter.

Je rappelai Kenan aussitôt.

– Matt ! s'écria-t-il. Dieu merci ! Surtout ne quittez pas. Je viens d'avoir mon frère sur l'autre poste. Vous êtes chez vous, n'est-ce pas ? Bon, restez en ligne, je vous retrouve dans une seconde.

Il y eut un déclic, puis un autre environ une minute plus tard, et Kenan se remit à parler.

– Il arrive à votre hôtel, dit-il, il vous attendra en bas.

– Qu'est-ce qu'il a ?

– Qui ça ? Petey ? Rien du tout, il va très bien. Il vient juste vous chercher pour vous emmener à Brighton Beach. C'est pas le moment de déconner avec le métro. Y a pas le temps pour ça.

– Quoi ? Qu'est-ce qu'il y a, à Brighton Beach ?

– Des tas de Russes, et justement… Comment je pourrais vous dire ça ? Il y a un Russe qui vient de m'appeler pour me dire qu'il avait le même genre de problèmes que moi.

A mon avis, ça ne pouvait signifier qu'une chose, mais je tins à m'en assurer.

– Sa femme ?

– Non… pire. Ecoutez… faut que j'y aille. Je vous retrouve là-bas.

18

A la fin septembre, Elaine et moi passâmes un après-midi idyllique à Brighton Beach. Nous prîmes la ligne Q, descendîmes au terminus et suivîmes Brighton Beach Avenue à pied, ici en traînant les marchés aux légumes, là en léchant les vitrines. Après quoi nous explorâmes le quartier, avec ses modestes maisons à ossature en bois et ses réseaux de ruelles, passages et contre-allées. L'essentiel de la population était constitué de Juifs russes, dont beaucoup venaient à peine d'arriver, les environs en ayant tout à la fois un air extrêmement étranger et fondamentalement new-yorkais. Nous dînâmes dans un restaurant géorgien, puis nous arpentâmes les planches jusqu'à Coney Island en regardant des gens nettement plus courageux que nous piquer une tête dans l'océan. Après avoir passé une heure à l'Aquarium, nous rentrâmes enfin chez nous.

Aurions-nous croisé Iouri Landau ce jour-là que nous ne lui aurions sans doute même pas accordé un regard. Il nous aurait paru chez lui, comme il avait dû l'être avant dans les rues de Kiev ou d'Odessa. Grand et large de carrure, il avait la tête des travailleurs jadis représentés sur les fresques murales de style réaliste-socialiste. Le front était imposant, les pommettes hautes, les plans du visage anguleux et la mâchoire proéminente. Il avait les cheveux flasques et d'un brun moyen, et n'arrêtait pas de secouer la tête pour se les ôter de devant les yeux.

Il avait la cinquantaine, ou pas loin, et vivait aux Etats-

Unis depuis dix ans. Il y était arrivé avec son épouse et sa fillette alors âgée de quatre ans, Ludmilla. Il avait fait du marché noir en Union soviétique et, sitôt débarqué à Brooklyn, avait fréquenté toutes sortes de marginaux qui, une affaire conduisant à une autre, l'avaient vite aiguillé sur le trafic de drogue. Où il avait réussi, mais c'est là le genre même de boulot où personne ne s'en sort jamais « sans plus ». A moins de se faire tuer ou mettre en prison, on y réussit en général fort bien.

Quatre ans auparavant, les médecins s'étaient aperçus que sa femme avait un cancer des ovaires déjà métastasé. La chimio l'avait maintenue en vie pendant deux ans et demi. Elle avait eu l'espoir de voir sa fille terminer ses études primaires, mais était morte à l'automne. Ludmilla, qui avait alors décidé de se faire appeler Lucia, n'avait passé son diplôme qu'au printemps suivant, puis s'était inscrite en première année à Chichester Academy, petit collège privé situé à Brooklyn Heights. Le coût des études y était certes élevé, mais ce qu'on exigeait des élèves ne l'était pas moins et l'école savait placer ses diplômés dans les grandes facs de l'Ivy League ou dans les universités féminines du type Bryn Mawr et Smith.

Lorsqu'il avait commencé à avertir ses collègues du risque de kidnapping qu'ils couraient, Kenan avait bien failli oublier Iouri Landau. Les deux hommes ne se fréquentaient guère. C'est à peine s'ils se connaissaient et, plus important encore, Kenan voyait en Landau quelqu'un d'invulnérable : Mme Landau était déjà morte.

S'il n'avait même pas songé à sa fille, Kenan avait néanmoins passé un coup de fil à son concurrent, celui-ci y voyant aussitôt la confirmation du bien-fondé de certaines dispositions qu'il avait lui-même arrêtées après avoir décidé d'envoyer Lucia à Chichester Academy. Au lieu de la laisser s'y rendre en bus ou en métro, Landau avait en effet chargé une société de limousines de la prendre devant chez lui à 7 h 30 et de la reprendre à la sortie de l'école à 14 h 45. Lorsque Lucia voulait aller chez une copine, c'était une voiture avec chauffeur qui l'y emmenait, Mlle Landau ayant alors pour consigne d'appeler la boîte dès qu'elle désirait rentrer chez elle. Dans le quartier, Lucia se promenait généralement avec son chien. Ridgeback de Rhodésie, l'animal, qui, de fait, était fort doux, avait l'air assez féroce pour décourager puissamment son monde.

Or, tôt cet après-midi-là, le téléphone avait sonné au secrétariat de la Chichester Academy. Un gentleman au langage châtié avait expliqué que, assistant de M. Landau, il aurait bien aimé qu'on libère Mlle Ludmilla une demi-heure à l'avance, une urgence à caractère familial s'étant soudain présentée. « Je me suis arrangé avec la société de limousines, avait-il dit à la secrétaire, et ils vont vous envoyer un véhicule. Il devrait arriver devant l'école à 14 h 15, mais il est possible que ce ne soit pas le même chauffeur que ce matin. » Au cas où il y aurait eu des problèmes, il ne fallait surtout pas appeler M. Landau chez lui, mais téléphoner à un certain M. Petibone, dont on allait lui donner le numéro sans tarder.

La secrétaire n'avait pas eu à appeler, aucune difficulté n'ayant surgi après l'énoncé de cette requête. On avait fait appeler Lucia (personne à l'école ne la connaissant sous son prénom de Ludmilla) et on l'avait informée qu'elle pourrait sortir en avance. A 14 h 10, la secrétaire avait regardé par la fenêtre et vu une camionnette vert foncé (ou était-ce une fourgonnette ?) se garer juste devant l'entrée, dans Pineapple Street. Le véhicule ne ressemblait certes pas aux familiales General Motors dernier modèle qui amenaient et reprenaient régulièrement la jeune fille, mais c'était bien évidemment celui qu'on attendait. Peint en lettres blanches, le nom de la société de louage était très clairement visible sur les portières. LIMOUSINES CHAVERIM, OCEAN AVENUE. Et, comme tous ses collègues, le chauffeur qui avait fait le tour de la camionnette pour ouvrir la portière à Lucia portait un blazer bleu et la casquette qui convenait.

Lucia était montée sans aucune hésitation. Après avoir fermé la portière et fait le tour du véhicule en sens inverse, le chauffeur s'était installé au volant. La camionnette ayant atteint le coin de la rue, la secrétaire avait cessé de s'intéresser à l'affaire.

Les élèves sortant à 14 h 45, le chauffeur habituel s'était pointé quelques instants plus tard, dans l'Oldsmobile grise modèle Regency Brougham qu'il avait utilisée pour amener Lucia le matin même. Après s'être garé le long du trottoir, il s'était préparé à attendre patiemment, la demoiselle, il le savait bien, mettant souvent jusqu'à vingt minutes pour sortir de l'établissement. Il aurait attendu tout ce temps, voire davantage, sans se plaindre le moins du monde si, le reconnaissant, une des camarades de Lucia ne lui avait dit qu'il devait faire erreur : « Elle est sortie en avance, lui avait-elle lancé. On est venu la chercher, disons... il y a une demi-heure. – Allez ! s'était-il récrié, pensant qu'elle plaisantait. – Non, c'est vrai ! Son père a appelé le secrétariat et y a une de vos bagnoles qu'est passée la prendre. Vous n'avez qu'à demander à Mlle Severance si vous me croyez pas ! »

Le chauffeur n'était pas allé chercher confirmation de la nouvelle auprès de Mlle Severance. L'aurait-il fait que celle-ci aurait presque certainement appelé la résidence des Landau et, très probablement aussi, la police. Au lieu de cela, il s'était servi de sa radio de bord pour appeler sa dispatcheuse et lui demander ce que signifiait ce bordel. « Si elle avait besoin de se faire prendre plus tôt, s'était-il écrié, vous auriez pu m'envoyer ! Ou alors, si c'était pas possible, vous auriez pu m'avertir de pas aller la chercher à l'heure habituelle ! »

Bien sûr, la dispatcheuse n'avait rien compris à son discours. Puis, lorsque enfin elle avait commencé à deviner ce qui s'était passé, elle s'était dit que, va savoir pourquoi, M. Landau avait décidé de faire appel à une autre compagnie. Elle aurait très bien pu laisser tomber à ce moment-là. Il n'était en effet pas impossible que le standard ait été saturé lorsque M. Landau avait appelé. Ou alors celui-ci n'avait pas pu attendre. Qui sait même si, ayant décidé d'aller lui-même chercher sa fille, il ne s'était pas trouvé dans l'impossibilité d'avertir ? Mais, quelque chose la tarabustant, la dispatcheuse avait décidé de chercher le numéro de Iouri Landau dans l'annuaire et l'avait appelé.

Au début, Iouri n'avait pas compris pourquoi elle faisait tant d'histoires. Bon, et alors quoi ? Quelqu'un de chez Chaverim ayant fait une boulette, deux voitures étaient allées chercher Lucia à l'école au lieu d'une, le deuxième chauffeur se tapant le trajet pour rien... Comme s'il y avait vraiment de quoi le déranger ! Puis il avait commencé à sentir qu'il se passait des choses. Il avait recueilli autant de renseignements que possible auprès de la dispatcheuse, s'était excusé pour les ennuis que l'affaire avait pu lui occasionner et l'avait fait dégager de la ligne.

Il avait ensuite appelé l'école et, en parlant avec Mlle Severance, avait appris l'histoire du coup de fil que son prétendu assistant, un certain M. Petibone, avait passé au secrétariat de Chichester Academy. Aucun doute n'était plus permis : quelqu'un avait fait sortir sa fille de l'école avant l'heure et l'avait embarquée dans une camionnette. On avait kidnappé Ludmilla !

A ce moment-là, Mlle Severance avait, elle aussi, deviné ce qui était arrivé, mais Landau avait réussi à la dissuader d'appeler la police. Il valait mieux régler ça sans faire de bruit. « On est très religieux du côté de sa mère, lui avait-il expliqué. Des orthodoxes de la plus belle eau... presque des fanatiques, si vous voulez mon avis. Ils arrêtent pas de me casser les pieds pour que je retire Ludmilla de votre école et que je la mette dans une boîte cent pour cent kascher de Borough Park ! C'est fou, non ?... Ne vous faites pas de souci. Je suis sûr que Ludmilla sera de retour chez vous dès demain matin. » Sur quoi, il avait raccroché et commencé à trembler.

Ils tenaient sa fille. Que voulaient-ils, ces fumiers ? Il leur donnerait tout ce qu'ils voudraient, tout ce qu'il avait. Mais qui étaient-ils ? Et, au nom du Dieu tout-puissant, qu'est-ce qu'ils voulaient ?

Mais... quelqu'un n'avait-il pas parlé de kidnapping quelques semaines auparavant ?

Enfin il s'était rappelé et avait téléphoné à Kenan. Qui m'avait averti aussitôt.

Iouri Landau occupait l'appartement avec jardins suspendus d'un immeuble en brique de douze étages de Brightwater Court. Dans le vestibule dallé, casquette, veste en tweed et carrure impressionnante, deux jeunes Russes nous fouillèrent. Peter ignora superbement le portier en uniforme et informa les deux malabars qu'il s'appelait Khoury et que M. Landau nous attendait. Un garde du corps monta avec nous dans l'ascenseur.

Il n'était pas loin de 16 h 30 lorsque nous arrivâmes à l'appartement. Iouri venait juste de recevoir le premier appel des ravisseurs. Il était encore sous le choc.

– Un million de dollars ! s'écria-t-il. Où voulez-vous que je trouve un million de dollars ? Qui c'est qui me fait ça ? Des nègres ? Les allumés de la Jamaïque ?

– Ce sont des Blancs, dit Kenan.

– Ma Louchka ! Comment c'est possible ? Dans quel pays sommes-nous ?... (Il s'interrompit en nous voyant.) C'est vous le frère, reprit-il en s'adressant à Peter. Et vous ?

– Matthew Scudder.

– Vous travaillez pour Kenan... Bien. Merci d'être venus, tous les deux. Mais comment êtes-vous arrivés ici ? Vous êtes entrés, simplement ? J'avais posté deux gardes dans le vestibule et ils devaient... (Il aperçut l'homme qui nous avait accompagnés.) Ah, te voilà, Dani ! Très bien. Retourne dans le vestibule et garde l'œil ouvert.

Puis, ne s'adressant à personne en particulier, il marmonna :

– Parce que maintenant je poste des gardes… L'écurie est cambriolée et je ferme la grange à clé. Pourquoi ? Qu'est-ce qu'il leur reste à me prendre, maintenant ? Dieu m'a enlevé ma femme, l'immonde salaud, et maintenant ces fumiers me piquent ma Loudy, ma Louchka… (Il se tourna vers Kenan.) Même si j'avais collé des types en bas dès que tu m'as appelé, à quoi ça sert ? Ils piquent ma fille à l'école, ils la volent à la barbe de tout le monde. J'aurais dû faire comme toi. Tu l'as envoyée à l'étranger, n'est-ce pas ?… (Kenan et moi échangeâmes un regard.) Quoi ? Tu m'as pas dit avoir envoyé ta femme à l'étranger ?

– C'était l'histoire qu'on avait inventée, Iouri.

– L'histoire ? Pourquoi t'as besoin d'histoire ? Qu'est-ce qui s'est passé ?

– On l'a kidnappée.

– Ta femme ?

– Oui.

– Combien ils t'ont demandé ?

– Un million. On a réussi à les faire baisser.

– Combien ?

– Quatre cent mille.

– Et tu as payé ? Ils te l'ont rendue ?

– J'ai payé.

– Kenan ! s'écria-t-il en le prenant par les épaules, dis-moi, s'il te plaît. Ils te l'ont rendue, non ?

– Morte.

– Oh non !… (Il vacilla comme s'il avait reçu un coup et se couvrit le visage du bras.) Me dis pas ça, Kenan.

– Monsieur Landau…

Il m'ignora et attrapa Kenan par le bras.

– Mais tu as payé, reprit-il. Tu les as pas arnaqués ? Tu as pas essayé de les baiser ?

– J'ai payé, Iouri. Et ils l'ont tuée quand même.

Ses épaules s'affaissèrent.

– Pourquoi ? lança-t-il à cet immonde salaud de Dieu tout-puissant qui lui avait enlevé sa femme. Pourquoi ?

J'intervins :

– Monsieur Landau, lui dis-je, ce sont des types très dangereux. Ils sont vicieux et totalement imprévisibles. En plus de Mme Khoury, ils ont déjà tué au moins deux autres femmes. Ils n'ont sans doute aucune intention de vous rendre votre fille vivante. J'ai peur qu'elle ne soit déjà morte. C'est même plus que probable.

– Non.

– Si elle est vivante, nous avons encore une chance. Mais c'est à vous de décider ce que vous voulez faire.

– Que voulez-vous dire ?

– Vous pourriez vouloir appeler la police.

– Ils ont dit : « Pas de flics. »

– Naturellement. Que voulez-vous qu'ils disent d'autre ?

– La dernière chose que je veux, c'est que les flics fourrent leur nez dans mes affaires. Dès que j'aurai la rançon, ils voudront savoir d'où ça vient. Mais si ça me ramène ma fille… Qu'en pensez-vous ? Nous avons de meilleures chances de la retrouver si nous appelons les flics ?

– Non, mais ça permettrait peut-être de coincer vos types plus facilement.

– Je m'en fous ! Je veux d'abord retrouver Lucia.

Elle est morte, me dis-je. Mais, au fond, je n'en savais rien et Iouri n'était pas obligé d'accepter cette idée.

– Je ne crois pas que mettre les flics dans le coup à ce stade augmenterait beaucoup vos chances de récupérer votre fille vivante. Je pense même que ça pourrait avoir l'effet contraire. Dès que les kidnappeurs comprendront que les flics sont sur l'affaire, ils iront au moins cher et se tireront. Et votre fille y passera.

– Bon, rien à foutre des flics. On se débrouille tout seuls. Et maintenant, la suite ?

– Il faudrait que je passe un coup de fil.

– Allez-y. Non, attendez : je veux que la ligne soit libre. Ils ont appelé, j'ai causé avec le type, j'avais des millions de questions à poser et il a raccroché. « Dégagez la ligne, on vous rappellera », il a dit. Prenez le téléphone de ma fille, dans l'autre pièce. Les mômes ! Pendus au téléphone soir et matin, jamais possible d'appeler la maison. J'ai installé l'attente automatique, mais ça a rendu tout le monde fou furieux. Tout le temps à cliqueter dans l'oreille qu'il faut pas quitter parce qu'il y a un appel ! Horrible. Je m'en suis débarrassé, je lui ai pris une ligne à elle, elle pouvait causer autant qu'elle voulait. Dieu, prends-moi tout ce que j'ai, mais rends-la-moi !

J'appelai le biper de T. J. et y entrai le numéro inscrit sur le téléphone Snoopy de Ludmilla. A en juger par le décor de sa chambre, Snoopy et Michael Jackson semblaient tenir une place importante dans la mythologie intime de la jeune fille. Je fis les cent pas en attendant que T. J. me rappelle et trouvai une photo de famille posée sur la coiffeuse en émail blanc. On y voyait Iouri en compagnie d'une femme aux cheveux noirs et d'une demoiselle, elle aussi aux cheveux noirs, mais très bouclés et lui tombant en cascade jusqu'au-dessous des épaules. Ludmilla semblait avoir dans les dix ans. Une autre photo la montrait seule. Ludmilla était plus âgée, le cliché ayant été pris lors de la remise officielle des diplômes de son école, au mois de juin précédent. Elle avait les cheveux plus courts et l'air très sérieux et mûr pour son âge.

Le téléphone sonna, je décrochai aussitôt.

– Eh là ! s'écria-t-on, qui c'est qui d'mande T. J. ?

– Matt à l'appareil.

– Alors, *man* ! Qu'est-ce qui s'trame, Bertram ?

– Des affaires sérieuses. C'est une urgence et j'ai besoin de ton aide.

– Tu l'as.

– Est-ce que tu peux me trouver les Kong ?

– Quoi… tout d'suite ? Y a des fois où y sont pas faciles à joindre, tu sais ? Jimmy Hong a un biper, mais y l'a pas toujours sur lui.

– Essaie de le joindre et donne-lui le numéro d'ici.
– D'accord. C'est tout ?
– Non. Tu te rappelles la laverie où on est allés la semaine dernière ?
– Je veux !
– Tu saurais y retourner ?
– Ligne R jusqu'à la 45e, une rue d'plus pour arriver à la Ve Avenue, et quatre ou cinq de mieux pour la lav'li-lav'lette.
– Je ne pensais pas que tu aurais fait aussi attention.
– Mais merde, *man* ! J'fais toujours attention, moi. J'sommes totalement attentif.
– Et pas seulement plein de ressources ?
– Attentif et plein d'ressources, *man* ! Les deux à la fois !
– Tu peux y aller tout de suite ?
– Tout d'suite ? Faut pas appeler les Kong d'abord ?
– Tu les appelles et après tu y vas. Tu es loin du métro ?
– J'suis jamais loin du métro. Même que j'te cause de la cabine que les Kong y m'ont libérée. Au coin d'la VIIIe Avenue et d'la 43e Rue.
– Tu m'appelles dès que t'es arrivé là-bas.
– Parfait ! Y a des gros trucs en route, c'est ça ?
– Très gros, lui répondis-je.

Je laissai la porte de la chambre ouverte de façon à pouvoir entendre le téléphone et repassai dans la salle de séjour. Peter Khoury s'était planté devant la fenêtre et contemplait l'océan. Nous n'avions guère parlé en venant, mais il avait tenu à m'informer qu'il n'avait ni bu ni pris de dope depuis la réunion où je l'avais vu.
– Ce qui fait que j'en suis à cinq jours, dit-il.
– Génial.
– On suit la ligne officielle, c'est ça ? Un ou vingt, on dit combien ça fait de jours et l'autre s'écrie : « Génial ! Tu n'as pas bu aujourd'hui et c'est ça qui compte. » Comme si je savais ce qui compte, à l'heure qu'il est !

Je rejoignis Kenan et Iouri et nous commençâmes à parler. Le téléphone de la chambre restait muet, mais au bout d'un petit quart d'heure celui de la salle de séjour se manifesta. Iouri décrocha.

– Oui, Landau à l'appareil, dit-il en nous jetant un regard entendu.

Il renversa la tête en arrière pour ne pas avoir les cheveux dans les yeux et ajouta :

– Je veux parler à ma fille. Il faut que vous me laissiez lui parler.

Je m'approchai, il me tendit l'appareil.

– J'espère que la fille est toujours en vie, dis-je.

Il y eut un moment de silence, puis ceci :

– Mais qui c'est, ce petit con ?

– La meilleure chance que vous ayez de procéder à un échange sans bavures : la fille contre le fric, et vaudrait mieux ne pas faire de mal à la demoiselle. Vous imaginez pas de jouer au plus malin. On arrête les conneries tout de suite, sinon il risque d'y avoir de l'orage. On la veut en vie et en bon état, sans ça on traite pas.

– Rien à foutre !

Un deuxième silence ayant suivi, je me dis que l'homme allait ajouter quelque chose, mais il raccrocha.

Je rapportai la conversation à Iouri et à Kenan. Iouri eut l'air inquiet : je risquais de tout foutre en l'air en adoptant des positions trop dures. Kenan lui répondit que je savais ce que je faisais. Je n'en étais pas aussi sûr, mais appréciai le coup de main.

– Le plus important, repris-je, c'est de tout faire pour garder votre fille en vie. Ils savent forcément qu'ils ne pourront pas nous imposer leurs exigences s'ils ne commencent pas par nous donner la preuve qu'ils ont un otage vivant à échanger contre la rançon.

– Sauf que si vous les prenez pour des fous…

– Ils le sont déjà. Je vous comprends : surtout, ne leur donner aucune raison de tuer votre fille. Seulement voilà : des raisons, ils n'en ont pas besoin. La tuer est déjà au menu. Par contre, de bonnes raisons de la garder en vie, ça, il faut leur en donner.

Kenan approuva.

– Je leur ai obéi à la lettre, dit-il. J'ai fait tout ce qu'ils voulaient. Et ils me l'ont renvoyée…

Il hésita, j'achevai sa phrase en silence : … en morceaux.

Mais Kenan, qui n'avait toujours pas dit à Iouri la manière dont son épouse avait été assassinée, s'abstint encore de le faire :

– … ils me l'ont renvoyée morte.

– Il va nous falloir du liquide, enchaînai-je. Combien avez-vous ? Quelle somme pouvez-vous rassembler ?

– Mon Dieu, je sais pas ! dit-il. Du liquide, j'en ai pas beaucoup. Ces salauds voudraient pas de la cocaïne ? J'en ai quinze kilos à dix minutes d'ici… (Il regarda Kenan.) Tu veux me l'acheter ? Tu me dis combien tu veux payer.

Kenan secoua la tête.

– Je te prête ce que j'ai dans mon coffre, Iouri. Je suis déjà dans la panade à cause d'un deal de hasch qui risque de merder. J'ai avancé du pognon et je crois que c'était une erreur.

– C'est quoi, comme hasch ?

– Turquie *via* Chypre. De l'opiacé. Mais ça change quoi puisqu'il n'arrivera pas ? Je dois avoir dans les cent mille dollars dans mon coffre. Je fonce à la maison et je te les rapporte. Tu n'auras qu'à les prendre.

– Tu sais que j'ai de quoi te rembourser…

– Te fais pas de souci pour ça.

Landau écrasa quelques larmes, sa voix se brisant brusquement lorsqu'il tenta de parler. C'est à peine s'il pouvait articuler.

– Ecoutez-moi ce type. Je le connais presque pas, ce putain d'Arabe, et il me file cent mille dollars !

Il prit Kenan dans ses bras et le serra sur son cœur en sanglotant.

Le téléphone sonna dans la chambre de Lucia. J'allai répondre.

C'était T. J., qui m'appelait de Brooklyn.

– J'suis à la laverie, dit-il. Qu'est-ce que j'fous maint'nant ? J'attends qu'y ait un Blanc qui s'pointe pour passer un coup de fil ?

– Voilà. Il devrait arriver dans pas longtemps. Si tu pouvais garer ta carcasse au restaurant d'en face et surveiller l'entrée de la laverie…

– Vais faire mieux qu'ça, mec. Vais m'coller dans la laverie, jouer le gus qui surveille son linge… un d'plus, un d'moins, hein ? Le quartier est assez coloré pour qu'un négro y fasse pas trop grosse impression. Les Kong t'ont appelé ?

– Non. Tu as réussi à les joindre ?

– Je les ai bipés et j'ai entré ton numéro, mais si Jimmy a pas son biper sur lui, c'est quasi tout comme s'il bipait pas, son machin… non ?

– Le coup de l'arbre dans la forêt, c'est ça ?

– Tu me r'passes le film ?

– Laisse tomber.

– On s'tient au courant.

L'autre téléphone ayant sonné, Iouri décrocha :

– Un instant, dit-il.

Et il me passa la communication.

Ce fut une autre voix que j'entendis, plus douce et plus cultivée. Méchante aussi, mais la colère qui faisait trembler l'autre en était absente.

– Faut-il comprendre que nous avons un nouveau joueur ? dit l'inconnu. Je ne pense pas que les présentations aient été faites.

– Je suis un ami de M. Landau. Mon nom n'a aucune importance.

– C'est qu'on aimerait savoir à qui on a affaire.

– Dans un sens, lui dis-je, on est tous du même côté, n'est-ce pas ? On veut tous que l'échange ait lieu.

– Il vous suffira de suivre nos instructions.

– Ce n'est pas aussi simple.

– Allons, voyons ! Nous vous disons ce qu'il faut

faire et vous le faites. Si vous voulez revoir la fille…
– Il faudrait d'abord me prouver qu'elle est vivante.
– Vous avez ma parole.
– Désolé.
– Ça ne vous suffit pas ?
– Vous avez perdu beaucoup de votre crédibilité lorsque vous nous avez renvoyé Mme Khoury en piteux état.
Il y eut un silence, puis ceci :
– Intéressant, ça. Vous n'avez pas beaucoup d'accent, pour un Russe, vous savez ? Et les intonations de Brooklyn ne se font guère entendre dans vos paroles non plus. Pour ce qui est de Mme Khoury, les circonstances étaient particulières. Son mari a voulu marchander… tout à fait dans le style de sa race, genre on casse les prix. Nous, on a cassé… je vous laisse finir vous-même.
Et Pam Cassidy, pensai-je en moi-même. Qu'avait-elle donc fait pour vous exciter pareillement ? Mais je ne lui répondis que ceci :
– Nous ne discutons pas le prix.
– Vous paierez le million exigé ?
– En échange de la fille… vivante et en bonne santé.
– Je vous assure qu'elle l'est.
– Je vous répète qu'il me faut plus que votre parole. Passez-la-nous, que son père puisse lui parler.
– Je crains que ce ne…, commença-t-il tandis qu'un disque enregistré lui demandait de remettre des pièces pour pouvoir continuer à parler. Je vous rappellerai, dit-il.
– Plus de *quarters* ? Donnez-moi votre numéro. Je vous rappelle.
Il rit et mit fin à la conversation.

J'étais seul avec Iouri lorsque l'appel suivant arriva. Kenan et Peter étaient partis collecter tous les fonds qu'ils pourraient rassembler avec l'un des deux gardes du corps. Iouri leur avait donné une liste de noms et de numéros de téléphone, les deux frères en ayant ajouté d'autres. L'affaire aurait été plus simple si nous avions pu téléphoner de l'appartement, mais celui-ci n'avait que deux lignes et je tenais à ce que l'une et l'autre soient libres.

– Vous n'êtes pas dans le business, dit Iouri. Vous êtes flic, non ?

– Détective privé.

– Détective privé. Donc vous travaillez pour Kenan. Et maintenant, vous travaillez pour moi, c'est ça ?

– Je travaille, point. Je n'essaie pas de me faire payer par vous, si c'est ça que vous voulez dire.

Il écarta la question d'un geste de la main.

– C'est un bon business, mais pas si bon non plus. Vous voyez ?

– Je crois.

– Je veux lâcher. C'est pour ça que j'ai pas de liquide. Je fais des tonnes de fric, mais je le veux pas en liquide et je le veux pas en marchandise. J'ai des parkings, j'ai un restaurant, je diversifie, vous savez ? Dans peu de temps, fini la dope, complètement. Beaucoup d'Américains commencent comme gangsters, non ? Et finissent comme hommes d'affaires réglo.

– Des fois.

– Il y en a qui sont gangsters pour toujours. Mais pas tous. Il y aurait pas eu Devorah, j'aurais déjà tout plaqué.

– Votre femme ?

– Les factures d'hosto, les honoraires de médecins… mon Dieu, qu'est-ce que ça coûtait ! Pas d'assurance. On était blancs-becs, qu'est-ce qu'on savait de la Blue Cross [1], hein ? Pas d'importance. J'ai payé. Et avec joie. J'aurais payé plus pour la garder vivante, n'importe quoi j'aurais payé. J'aurais vendu mes couronnes en or si ça avait pu lui donner un jour de plus. J'ai payé des centaines de milliers de dollars et elle a eu tous les jours que les docteurs pouvaient lui donner… Et quels

1. Soit la Croix-Bleue, grande mutuelle d'assurances médicales américaines.

jours ! Qu'est-ce qu'elle a souffert, la pauvre femme ! Mais elle voulait toute la vie qu'il y avait, vous savez ?

Il se passa une large patte sur le front et allait ajouter quelque chose lorsque le téléphone sonna. Sans un mot, il me montra l'appareil du doigt.

Je décrochai.

– On essaie encore ? me demanda le même homme qu'avant. J'ai peur que la fille ne puisse pas venir au téléphone. C'est hors de question. Comment pourrions-nous vous convaincre qu'elle est en bonne santé ?

Je couvris l'écouteur.

– Quelque chose que votre fille serait seule à savoir...

Iouri haussa les épaules.

– Le nom du chien ?

J'ôtai ma main de l'écouteur :

– Demandez-lui de vous dire... Non, attendez une minute.

Je couvris à nouveau l'écouteur et m'adressai à Iouri :

– Ils pourraient le connaître. Ça faisait plus d'une semaine qu'ils la filaient, ils sont au courant de votre emploi du temps, ils l'ont certainement vue promener le chien et entendue l'appeler. Donnez-moi autre chose.

– On avait un autre chien avant, dit-il. Un petit noir et blanc qui s'est fait écraser par une voiture. Louchka était toute petite quand on lui a donné.

– Elle s'en souviendrait encore ?

– Qui pourrait l'oublier ? Elle l'adorait.

– Le nom du chien, dis-je dans l'écouteur, et le nom de celui d'avant. Demandez-lui de vous décrire les deux et donnez-nous leurs noms.

L'idée l'amusa.

– Un seul ne suffit pas. Il vous en faut deux ?

– Oui.

– De façon que vous soyez doublement rassuré ? Je vais vous accorder ce plaisir, l'ami.

Je me demandai ce qu'il allait faire.

Il avait appelé d'une cabine. J'en étais certain. Il

n'était pas resté assez longtemps en ligne pour arriver au bout de son *quarter*, mais il n'allait pas modifier sa façon de procéder maintenant que tout lui souriait pareillement. Il était dans une cabine et devait trouver les noms et signalements de deux chiens avant de me rappeler.

Mais... et s'il n'avait pas appelé de la cabine de la laverie ? S'il avait téléphoné d'une cabine située à un coin de rue, et assez loin de chez lui pour qu'il s'y soit rendu en voiture ? Dans ce cas, il devait être en train de retourner chez lui. Il se gare, il entre dans sa baraque, il demande à Lucia Landau de lui dire les noms des deux chiens et, après seulement, il reprend sa voiture pour gagner une autre cabine et me transmettre le renseignement.

Etait-ce ainsi que j'aurais procédé ?

Peut-être, mais pas sûr. Peut-être que j'aurais dépensé un autre *quarter* pour m'éviter de courir et de perdre du temps. Aurais-je appelé la maison où mon partenaire était en train de garder la fille ? A lui de lui retirer le bâillon un moment et de venir me donner mes réponses ?

Si seulement nous avions eu les Kong.

Je songeai, et ce n'était pas la première fois, que tout aurait été nettement plus facile si Jimmy et David s'étaient installés dans la chambre de Lucia, leur modem branché au cul de Snoopy et leur ordinateur ouvert sur la coiffeuse. Ils auraient pu s'occuper de la ligne de la fille et surveiller celle du père, et au premier appel nous aurions su instantanément d'où ça venait.

Si Ray avait appelé chez lui pour avoir le nom des chiens, nous l'aurions coiffé au poteau et, avant même qu'il ait une idée de l'identité de ses clebs, nous aurions su où se trouvait Lucia. Il n'aurait même pas eu le temps de me relayer l'information que nous aurions eu des voitures aux deux endroits, l'aurions cueilli à sa cabine ou aurions entamé le siège de sa maison.

Mais je n'avais pas les Kong sous la main. Tout ce que j'avais, c'était un T. J. qui traînait dans une laverie de Sunset Park et attendait patiemment que quelqu'un se serve du téléphone. Même que si T. J. n'avait pas été assez dépensier pour se payer un biper, je n'aurais même pas eu ça.

– Ça rend fou, dit Iouri. Rester assis, regarder le téléphone et attendre que ça sonne.

Ça, ils prenaient leur temps. Il était maintenant clair que, pour une raison ou pour une autre, Ray – car c'était sous ce prénom que je pensais à lui, j'avais même été à deux doigts de l'appeler ainsi au cours de la conversation – n'avait pas téléphoné chez lui. Conséquence : compter dix minutes pour le trajet de retour, dix de plus pour obtenir les réponses voulues de la bouche de la jeune fille, et dix de mieux pour retrouver une cabine et nous appeler. Moins s'il se dépêchait. Plus s'il s'arrêtait pour acheter un paquet de cigarettes en route ou si, Lucia étant inconsciente, il fallait d'abord la ramener à la réalité.

Et donc, compter une demi-heure. Peut-être plus, peut-être moins, mais au moins ça, en gros.

Si elle était morte, ça pourrait prendre plus longtemps. Et donc, imaginer qu'elle l'est. Se dire qu'ils l'ont tuée d'entrée de jeu, qu'ils l'ont tuée avant d'appeler son père pour la première fois. C'était certainement la solution la plus simple. Aucun risque d'évasion. Aucun problème pour la faire tenir tranquille.

Et si elle était morte ?

Ils ne pouvaient pas le reconnaître. A le faire, ils se seraient interdit toute idée de rançon. Ils n'étaient certes pas à plaindre, avec les quatre cent mille dollars qu'ils avaient raflés à Kenan moins d'un mois auparavant, mais rien ne disait qu'ils n'avaient pas envie de plus. L'argent, on en veut toujours plus. Dans le cas contraire, ils n'auraient pas appelé, ni peut-être même kidnappé Lucia. Emballer une fille au hasard n'est pas très compliqué quand on n'a d'autre but que celui de se donner ce genre de frissons. Jouer les malins est inutile.

Et donc… qu'allaient-ils faire ?

Je me dis qu'ils allaient sans doute essayer de nous raconter des salades. Nous dire qu'elle était KO, droguée, et qu'elle n'arrivait pas à se concentrer assez pour répondre à des questions. Ou alors ils allaient inventer et nous affirmer que c'étaient bien les noms qu'elle leur avait donnés.

Nous saurions alors qu'ils mentaient et qu'il y avait quatre-vingt-dix-neuf chances sur cent pour que Lucia soit morte. Mais on ne croit que ce qu'on veut croire et, nous, nous voudrions croire à l'infime possibilité qu'elle soit encore en vie, ce qui nous amènerait probablement à payer de toute façon : si nous ne le faisions pas, il ne nous resterait plus rien à attendre, absolument plus rien.

Le téléphone sonna. Je décrochai d'un geste sec, c'était un petit crétin qui s'était trompé de numéro. Je me débarrassai de lui mais, trente secondes plus tard, il remit ça. Je lui demandai le numéro qu'il avait composé : c'était le bon, mais à Manhattan. Je lui rappelai qu'il devait d'abord composer l'indicatif régional.

– Oh, mon Dieu, gémit-il. J'arrête pas de faire ça ! Qu'est-ce que je peux être bête !

– Des appels comme ça, j'en ai eu, ce matin, me dit Iouri. Des types qui se gouraient de numéro. Fait chier.

J'acquiesçai d'un hochement de tête. Le ravisseur avait-il appelé pendant que je me débarrassais de cette andouille ? Et, si oui, pourquoi ne rappelait-il pas ? La ligne était libre maintenant. Qu'est-ce qu'il attendait, bordel ?

Peut-être avais-je commis une erreur en exigeant que les ravisseurs me prouvent que Lucia était vivante. Si elle était morte depuis le début, je ne faisais que les obliger à se démasquer. Au lieu de jouer le coup au bluff, ils pouvaient très bien décider d'arrêter les frais et de filer se mettre à couvert.

Auquel cas je pourrais bien passer toute ma vie à attendre que le téléphone sonne : on n'entendrait plus jamais parler de nos ravisseurs.

Iouri avait raison : ça rendait vraiment fou de rester assis à regarder fixement un combiné, à attendre qu'il veuille bien sonner.

De fait, il n'y eut que douze minutes de dépassement sur la demi-heure que j'avais prévue. Le téléphone sonna, je décrochai aussitôt et saluai Ray, qui me renvoya :

– J'aimerais quand même bien savoir ce que vous foutez dans cette histoire. Vous trafiquez sûrement dans la drogue. Vous êtes un gros bonnet ?

– Vous vous apprêtiez à répondre à quelques questions, lui rappelai-je.

– J'apprécierais assez que vous me donniez votre nom, insista-t-il. Qui sait s'il ne me dirait pas quelque chose.

– J'en ai autant à votre service.

Il rit.

– Oh, je ne crois pas. Mais pourquoi êtes-vous si pressé, mon bon ami ? Vous avez peur que je remonte la filière téléphonique ?

Je l'imaginai en train de pousser Pam à bout : « Choisis-en un, Pam. Y en a un pour moi et un pour toi, alors, c'est lequel que tu veux, ma petite ? »

– C'est vous qui appelez, pas l'inverse, lui fis-je remarquer.

– Ça, c'est vrai, reconnut-il, mais bah… Le nom du clebs, c'est bien ça que vous voulez ? Voyons, voyons… quels sont les grands favoris ? Fido, Towser, King ? Rover… ça plaît encore, non ?

Je me dis : Merde, elle est morte. Il continua :

– Et… Spot, hein ? « Allez, Spot, cours, cours ! » C'est pas trop mal, pour un ridgeback de Rhodésie.

Sauf que, ça, il l'aurait su rien qu'en filant Lucia pendant quelques jours.

– Le chien s'appelle Watson, lâcha-t-il enfin.

– Watson…

A l'autre bout de la pièce, le grand chien changea de position et dressa les oreilles. Iouri acquiesça de la tête.

– Et l'autre ?

– Et quoi encore ! s'écria mon correspondant. Combien il vous en faut, de ces chiens ?

J'attendis.

– Elle n'a pas pu me dire à quelle race il appartenait. Elle était toute petite quand il est mort. D'après elle, il fallait le piquer. Le terme est assez bête, vous ne trouvez pas ? Quand on tue des trucs, on devrait au moins avoir le courage d'appeler ça par son nom. Vous ne dites rien… Vous êtes toujours avec nous ?

– Je suis toujours avec vous.

– Et donc, j'en déduis que c'était un bâtard. Comme beaucoup d'entre nous. Bon, alors… le nom pose problème. C'est du russe et j'arriverai peut-être pas à prononcer ça correctement. A propos, l'ami… il est comment, votre russe ?

– Un peu rouillé.

– Rusty[1], c'est un bon nom, pour un chien. Peut-être que c'était Rusty, après tout… Vous êtes pas bon public, l'ami. C'est pas facile de vous faire rire.

– Je suis trop captivé, lui renvoyai-je.

– Ah, si seulement c'était vrai ! On pourrait avoir de belles conversations… entre captifs et captivés. Mais bon… Une autre fois, peut-être.

– Voire.

– Et comment ! Mais c'est bien le nom du chien que vous voulez, n'est-ce pas ? Même s'il est mort ? A quoi ça vous sert de savoir son nom, hein ? Quand on veut tuer son chien, on lui donne un nom qui lui file la rage… Pas de réaction ?

J'attendis.

– Peut-être que je prononce mal, mais il s'appelait Balalaïka.

– Balalaïka…

– C'est le nom d'un instrument de musique… enfin, à ce qu'elle raconte. Alors, qu'est-ce que vous en dites ? Ça sonne juste ?

1. Nom de chien très commun, mais aussi « rouillé » en anglai

Je regardai Iouri Landau. Son hochement de tête était sans équivoque. A l'autre bout du fil, Ray continuait de parler, mais rien de ce qu'il disait ne m'arrivait clairement aux oreilles. Je me sentais la tête légère et dus m'adosser au comptoir de la cuisine pour ne pas tomber.

Ludmilla était vivante.

19

Dès que j'eus raccroché, Iouri me tomba dessus et, comme un gros ours, me serra fort sur son cœur.

– Balalaïka, répéta-t-il comme si ce nom avait un pouvoir magique, Balalaïka ! Elle est vivante ! Ma Louchka est vivante !

J'étais toujours dans ses bras lorsque la porte s'ouvrit pour livrer passage aux frères Khoury et au garde du corps de Landau, Dani. Kenan tenait à la main une vieille sacoche en cuir à fermeture Eclair, Peter transportant un sac en plastique des magasins Kroger.

– Elle est vivante ! leur cria Iouri. (Il secoua la tête.) Ils m'ont dit le nom du chien ! Elle s'est rappelé qu'il s'appelait Balalaïka ! Elle est vivante !

Je ne sais pas si tout cela disait grand-chose aux Khoury, mais l'idée générale était claire.

– Et maintenant, tout ce qu'il vous faut, c'est un million de dollars, dit Kenan.

– L'argent, on trouve toujours.

– C'est bien vrai, dit Kenan. Les gens ne le comprennent pas, mais il n'y a rien de plus vrai.

Il ouvrit sa sacoche en cuir et commença à en sortir des liasses qu'il aligna en rangs sur le plateau de la table en acajou.

– T'as de chouettes amis, Iouri, reprit-il. Et ce qu'il y a de bien avec eux, c'est qu'ils ne font pas trop confiance aux banques. Les gens voient vraiment pas combien l'économie d'un pays peut dépendre de ses liquidités ! Dès qu'on dit « liquide », on pense drogue et jeu.

– Alors que c'est seulement la partie visible de l'iceberg, dit Peter.

– Exactement. Il n'y a pas que le racket, dans la vie. Il y a aussi les teintureries et les salons de coiffure et de beauté. Tous les endroits où il y a tellement de liquide qui circule qu'on peut se faire une double comptabilité et écrémer au moins la moitié du paquet avant impôts.

– Sans oublier les petits bars, renchérit Peter. Iouri... tu sais que tu devrais être grec ?

– Grec ? Pourquoi faudrait que je sois grec ?

– Des petits bars grecs, il y en a à tous les coins de rue ! C'est que j'y ai travaillé, moi, dans ces endroits ! Dix employés rien que dans mon équipe et, là-dessus, il y en avait six qu'on payait en liquide. Que dalle dans les livres de comptes... Et pourquoi ça ? Parce qu'il y a tellement de liquide pas déclaré qu'il faut pas que les dépenses soient trop élevées. Quand ils déclarent trente *cents* pour chaque dollar qui tombe dans la caisse, c'est bien le grand maximum. Et tu sais pas le petit bonus qu'il y a en plus ? La loi précise bien qu'il y a huit pour cent de taxe d'Etat à prélever sur chaque transaction. Mais sur les soixante-dix pour cent des ventes qui ne sont jamais déclarées, ils peuvent quand même pas reverser la taxe à l'Etat, non ? Et donc, raflé ça aussi... Du profit net, ni taxes ni impôts, et jusqu'au dernier *cent* !

– Y a pas que les Grecs, dit Iouri.

– Non, mais, eux, ils en ont fait une science exacte. Si t'étais grec, t'aurais qu'à taper vingt patrons de boui-boui. Tu parles comme ils ont pas tous cinquante mille dollars au coffre ou planqués sous le matelas ou sous une latte de parquet dans la penderie ! T'en tapes seulement vingt et tu l'as, ton million.

– Mais je suis pas grec, dit Iouri.

Kenan lui demanda s'il connaissait des diamantaires.

– Parce que, eux, du liquide, ils en ont beaucoup aussi.

Peter déclara qu'une bonne partie de leurs transactions s'effectuait à l'aide de reconnaissances de dettes qui circulaient dans tous les sens. Kenan maintint que le commerce des diamants nécessitait quand même du liquide, Iouri lui faisant alors remarquer que tout cela n'avait aucune importance étant donné qu'il ne connaissait personne dans cette profession.

Je les laissai à leur discussion et passai dans la pièce voisine.

Je voulais appeler T. J. et sortis le morceau de papier sur lequel les Kong avaient répertorié les appels passés au numéro de Kenan. J'y trouvai celui de la laverie automatique, mais hésitai : T. J. aurait-il la présence d'esprit de décrocher ? Et cela le mettrait-il dans une situation embarrassante s'il y avait des gens autour de lui ? Sans compter que si c'était Ray qui décrochait... Il y avait peu de chances, mais...

Puis je me rappelai qu'il y avait un moyen plus simple de parler à T. J. : je n'avais qu'à le biper pour qu'il me rappelle. Je semblais décidément avoir beaucoup de mal à assimiler les dernières innovations en matière de technique téléphonique. Mes réflexes étaient toujours et automatiquement ceux d'un dinosaure.

Je retrouvai son numéro de biper dans ma poche, mais, avant même que j'aie pu le composer, le téléphone sonna. C'était T. J.

– Le mec vient juste de s'barrer, me lança-t-il tout excité. Il a téléphoné de la cabine.

– C'était peut-être quelqu'un d'autre.

– Que dalle, Val. Un vrai fumier. Tu l'regardes un coup, ce gus, et tu sais qu'c'est une ordure. C'est bien à toi qu'y causait, non ? Le flash que j'ai eu ! Mec, que j'me suis dit, c'est sûrement Matt qui y cause, à c'type.

– C'est vrai, mais il y a quand même dix bonnes minutes qu'on a raccroché. Si c'est pas quinze.

– Ouais, ouais, ça colle assez bien.

– Tu ne devais pas me rappeler tout de suite ?

– Pas pu. Fallait que j'le file, non ?

– Tu l'as suivi ?

– Qu'est-ce tu crois ? Que j'allais m'casser en courant dès que j'le verrais ? Bon, d'accord, on est pas partis bras d'ssus bras d'ssous, mais quand y s'est barré j'y ai laissé une ou deux minutes d'avance et j'suis sorti pour lui filer l'train.

– C'est dangereux, T. J. C'est un tueur, ce type.

– Et alors ? Faudrait qu'ça m'impressionne ? T'aurais oublié que c'est dans le Deuce que j'passe la moitié de mon existence ! Comme si y avait moyen de s'y balader sans suivre au moins deux ou trois tueurs à la fois !

– Où est-il allé ?

– Il a tourné à gauche et a r'monté la rue jusqu'au croisement.

– De la 49e, donc ?

– Ouais. Et après, il a traversé l'avenue et il est entré au *delicatessen*. Il y est resté à peine une ou deux minutes avant d'ressortir. Il a pas dû leur demander d'lui faire un sandwich, il est pas resté assez longtemps pour ça. Mais il a pu s'prendre un pack de six. C'était assez la taille du truc qu'il avait à la main en sortant.

– Et après, où est-il allé ?

– Il est rev'nu sur ses pas. Non mais, hé ! Y m'a croisé, c't'enfoiré ! Il a retraversé la Ve Avenue et il est r'parti droit vers la laverie. Merde, que j'me suis dit, j'peux pas entrer derrière lui. Va falloir que j'attende dehors qu'il ait fini de causer dans l'bigo.

– Ce n'est pas ici qu'il a appelé.

– Ben non. Même qu'il a pas appelé du tout vu qu'il est pas entré dans la laverie. Il est monté dans sa bagnole et il a filé. J'savais même pas qu'il en avait une avant qu'y monte dedans. Elle était garée juste en face de la laverie, là où on peut pas la voir quand on est à l'endroit où j'étais.

– Voiture ou camionnette ?

– J'ai dit « bagnole », non ? J'ai essayé d'la filer, elle aussi, mais y avait pas moyen. J'lui avais laissé un peu moins d'une rue d'avance, vu qu'j'avais pas envie d'lui coller l'train de trop près jusqu'à la laverie, et quand j'suis arrivé il était déjà monté dans sa bagnole. J'ai pas eu l'temps d'dire ouf. Quand j'suis arrivé au coin de la rue, y avait pu personne.

– Mais tu l'as bien regardé ?

– Qui ça ? Lui ? Ouais, ouais, j'l'ai vu.

– Tu pourrais le reconnaître ?

– Mais dis, hé ? Et ta mère, tu la r'connaîtrais pas, toi ? Qu'est-ce que c'est, c'te question ? Un mètre quatre-vingts, quatre-vingt-cinq kilos, cheveux bruns très clairs, lunettes à montures marron en plastique. Chaussures montantes en cuir noir, pantalons bleu marine et veste bleue à fermeture Eclair. Plus une chemise de sport que j'ai jamais rien vu d'plus nul. A carreaux bleus et blancs ! Est-ce que j'pourrais le r'connaître ? Tu m'mets avec le flic dessinateur dont tu m'as causé et en cinq minutes on t'sort un portrait-robot qu'une photo, c'est rien à côté.

– Tu m'impressionnes, T. J.

– Ah ouais ? La bagnole, c'était une Honda Civic, genre gris-bleu, un peu naze. Jusqu'à c'qu'y monte dedans, je m'disais que je l'suivrais jusqu'à chez lui... C'est un mec qu'a kidnappé quelqu'un, non ?

– Oui.

– Qui ça ?

– Une fillette de quatorze ans.

– Ah, l'ordure ! s'écria-t-il. Si j'l'avais su, j'l'aurais serré de plus près et je m's'rais dépêché.

– Tu t'es démerdé comme un chef.

– Bon, et maintenant, j'ai assez envie d'aller faire le tour du quartier. Histoire de voir où y s'est garé.

– Tu es sûr de reconnaître sa voiture ?

– Ben... comme j'ai déjà l'numéro... Des Honda, y en a partout, mais comme c't'immatriculation-là, y doit pas y en avoir des tonnes...

Il me donna le numéro, que je notai. Puis je commençai à lui dire combien j'appréciais ce qu'il avait fait lorsqu'il m'arrêta.

– Ecoute, mec, me lança-t-il d'un ton exaspéré, jusqu'à quand on va jouer à c'truc que, toi, t'es toujours drôlement émerveillé chaque fois que j'fais juste c'qu'y faut, hein ?

– Il va nous falloir plusieurs heures pour ramasser les fonds, dis-je à Ray lorsqu'il rappela. Il n'a pas tout et ça ne va pas être facile de trouver le reste à l'heure qu'il est.

– Vous n'êtes pas en train d'essayer de faire baisser les prix, n'est-ce pas ?

– Non. Mais, si vous voulez toute la somme, il faudra patienter un peu.

– Combien avez-vous ?

– Je ne sais pas exactement.

– Je vous rappelle dans une heure.

– Vous pouvez téléphoner, dis-je à Iouri. Il ne rappellera pas avant une heure. Combien y a-t-il ?

– Un peu plus de quatre cent mille, répondit Kenan. Même pas la moitié.

– Ce n'est pas assez.

– Je sais pas, moi. Y a quand même qu'il peut pas la vendre à tout le monde, ma fille. Si vous lui dites qu'on n'a pas plus et que c'est à prendre ou à laisser, qu'est-ce qu'il peut faire ?

– Si on savait seulement de quoi il est capable…

– Ouais. J'oublie toujours que c'est un fou furieux.

– Tout ce qu'il veut, c'est une raison, et une seule, de tuer la fille. (Je n'avais aucune envie d'insister sur ce point devant Iouri, mais il le fallait.) C'est ça qui les motive avant tout : ils aiment tuer. Elle est vivante, il est prêt à ne pas la tuer tant qu'elle lui permettra d'accéder au magot, mais il n'hésitera pas à la zigouiller dès qu'il sentira qu'il peut s'en tirer ou qu'il n'y a plus moyen de palper le fric. Je ne peux pas lui dire qu'on n'a qu'un demi-million. Je préférerais me pointer avec ce qu'il y a et lui dire que c'est tout ce qu'on a, en espérant qu'il ne les compte pas avant qu'on ait la fille.

Kenan réfléchit un instant, puis me dit :

– L'ennui là-dedans, c'est que ce suce-bite sait déjà très bien à quoi ça ressemble, quatre cent mille dollars.

– Essaie de voir s'il n'y a pas moyen d'en récolter davantage, lui répondis-je avant de repartir téléphoner avec le Snoopy.

Il y avait jadis un service qu'on pouvait appeler au Department of Motor Vehicles [1]. On donnait son matricule de flic et le numéro de la plaque d'immatriculation de la voiture qu'on voulait retrouver, et quelqu'un se mettait à chercher et vous filait le renseignement en un rien de temps. Je n'avais plus ce numéro et pensais qu'il était depuis longtemps hors service.

Je téléphonai à Durkin, mais il n'était pas passé au commissariat. Kelly n'était pas à son bureau, lui non plus, et le faire chercher n'aurait servi à rien étant donné qu'il n'aurait pas été en mesure de me rendre ce service à distance. Je me rappelai le jour où j'étais allé prendre le dossier Gotteskind et repensai à Bellamy, le flic qui, assis au bureau voisin de celui de Durkin, menait grand monologue avec son terminal d'ordinateur.

J'appelai le commissariat de Midtown North [2] et l'eus tout de suite.

– Matt Scudder à l'appareil, dis-je.

– Eh ! s'écria Bellamy. Comment va ? J'ai peur que Joe soit pas là.

– Ce n'est pas grave. Vous pourrez peut-être me renseigner à sa place. L'autre jour, je me baladais en bagnole avec une copine à moi et il y a un fils de pute en Honda Civic qui lui a arraché son pare-chocs et qui s'est barré… Comme ça ! Sans même essayer de se cacher !

– Ben merde, alors ! Et vous étiez dans la bagnole quand ça s'est produit ? Il faut être drôlement con pour

1. Equivalent US du Service des mines.
2. Soit le district nord de Manhattan Centre.

se faire un délit de fuite pareil ! Il devait être saoul ou raide défoncé.

– Ça ne m'étonnerait pas autrement. Le problème, c'est que…

– Vous avez le numéro ? Je vous le cherche tout de suite.

– Ça serait sympa.

– Y a vraiment pas de quoi. Vous attendez une seconde ? J'en cause à mon ordinateur.

J'attendis.

– Merde ! s'écria-t-il à nouveau.

– Qu'est-ce qu'il y a ?

– Ben… ils ont changé le mot de passe pour entrer dans cette putain de banque de données. Je fais tout comme y faut et y veut pas que j'entre, ce fumier d'ordinateur. *Mot de passe non valide*, qu'il me dit. Rappelez-moi demain et je vous garan…

– C'est que… j'aimerais beaucoup m'occuper de ça ce soir. Avant qu'il ait le temps de dessaouler, si vous voyez ce que je veux dire.

– Oh, je vois ! Si je pouvais vous aider…

– Il n'y a personne que vous pourriez appeler ?

– Si, dit-il avec véhémence. Il y a bien la salope du service des archives, mais elle va me dire qu'elle a pas le droit de me filer le renseignement. C'est toujours la même merde, avec elle.

– Dites-lui que c'est une urgence. Un Code Cinq.

– Vous me répétez ça, un peu ?

– Vous n'avez qu'à lui dire que c'est un Code Cinq et qu'il vaudrait mieux qu'elle vous file le mot de passe avant que ça refoule dans les circuits jusqu'à Cleveland.

– Jamais entendu ça avant, dit-il. Vous restez en ligne ? J'essaie tout de suite.

Il me mit en attente. Sur le mur d'en face, Michael Jackson me coulait des regards fous entre les doigts de son gant blanc. Bellamy reprit l'écouteur.

– Putain, mais c'est que ça a marché, en plus ! Urgence, Code Cinq ! Droit dans la merde bureaucratique, qu'on a taillé. J'ai eu le mot de passe en trois secondes ! Attendez, j'entre ça dans l'ordinateur... Et voilà ! C'est quoi, le numéro d'immatriculation ? (Je le lui communiquai.) Voyons ce que ça donne. Bon... ça n'a pas pris longtemps. Il s'agit d'une Honda Civic, modèle deux portes, couleur étain... Etain ? Comme s'ils pouvaient pas dire « gris » ! Mais bon, ça, vous vous en foutez. Le propriétaire est un certain... vous avez un crayon ?... un certain... Callander, Raymond Joseph... (Il m'épela le nom de famille.) Adresse : 34 Penelope Avenue. C'est dans le Queens, mais où ? Vous avez déjà entendu parler de cette avenue, vous ?

– Non, je ne pense pas.

– Ça alors ! J'y habite, moi, dans le Queens, et j'en ai jamais entendu causer. Attendez... le code postal ! 11379. C'est dans le Middle Village, non ? Jamais entendu parler de cette avenue-là, moi.

– Je trouverai.

– Oui, bon... vous avez l'air assez motivé, non ? J'espère que personne a été blessé.

– Non. Juste de la tôle froissée.

– Vous le coincez comme il faut, hein ? Se barrer comme ça ! D'un autre côté... si vous déclarez l'accident, la prime d'assurance de votre copine risque de monter. Le mieux, ça serait peut-être que, lui et vous, vous vous arrangiez à l'amiable, mais c'est probablement ça que vous aviez en tête, n'est-ce pas ? (Il rit.) Code Cinq ! Ça, on peut pas dire que ça lui ait pas foutu le feu au cul, à cette salope ! Je vous revaudrai ça, mec.

– N'en parlons plus.

– Non, non, je plaisante pas. J'arrête pas de me faire chier avec ça. Avec tous les maux de tête que ça va m'économiser...

– Eh bien, mais... si vous pensez vraiment que vous me devez quelque chose...

– Allez-y.

– Je me demandais seulement s'il aurait pas un petit casier, notre M. Callander.

– Alors là, rien de plus facile à vérifier. Y aura pas besoin de Code Cinq ce coup-là parce que, le mot de passe, je le connais ! Vous attendez une seconde… Non.

– Rien ?

– Pour ce qui est de l'Etat de New York, non, il a rien. Un vrai boy-scout, ce monsieur. Code Cinq ! Non, mais… Et ça veut dire quoi, à propos ?

– Disons que… c'est au plus haut niveau.

– Faut croire.

– Si jamais ils vous font suer, m'entendis-je lui dire, vous n'avez qu'à leur balancer qu'ils sont censés savoir qu'un Code Cinq périme et annule toutes les procédures en cours.

– « Périme et annule toutes les procédures en cours… »

– Exactement. Mais ce n'est pas un truc à utiliser pour des riens.

– Dieu non ! s'écria Bellamy. Ça serait dommage de gaspiller un machin pareil !

Pendant un instant, je crus que nous tenions une piste. J'avais enfin un nom, et une adresse… mais ce n'était malheureusement pas celle que je voulais. Mes ravisseurs à moi se trouvaient à Brooklyn, dans le quartier de Sunset Park, et l'adresse que m'avait communiquée Bellamy me renvoyait dans le Queens, du côté du Middle Village.

J'appelais les Renseignements du Queens et composai le numéro qu'on me donna. J'entendis quelque chose qui ressemblait à une tonalité enrouée, puis un disque m'informa que le numéro n'était plus en service. Je rappelai les Renseignements et leur rapportai l'information. L'opératrice vérifia ses listes et me dit que la ligne avait été coupée récemment, personne n'ayant encore eu le temps d'enregistrer le changement. Je lui demandai si mon correspondant avait un nouveau numéro, elle me répondit que non. Je lui demandai si elle pouvait me dire à quelle date exactement remontait la coupure, elle me répondit que c'était un renseignement confidentiel.

J'appelai les Renseignements de Brooklyn et demandai à l'opératrice de me trouver le numéro d'un certain Callander Raymond, Callander R. ou Callander R. J. Elle me fit remarquer que ce patronyme pouvait s'épeler autrement et vérifia bien plus de noms que je n'aurais pu l'imaginer. Il y avait deux ou trois numéros pour des Callander R., et un pour un Callander R. J., mais les adresses étaient trop lointaines : elles allaient de Greenpoint à Brownsville et n'avaient rien à voir avec Sunset Park.

A perdre la raison, mais quoi ?... C'était comme ça depuis le début. Quelque chose me mettait la puce à l'oreille, je faisais une découverte importante, mais, pour finir, cela ne me menait nulle part. Retrouver la trace de Pam Cassidy en était l'exemple parfait. Du néant le plus total nous avions réussi à faire sortir un témoin encore vivant, nos efforts n'ayant pour tout résultat que d'amener les flics à exhumer trois dossiers en panne et à les fondre en un.

Pam nous avait fourni un prénom. Maintenant, j'avais aussi un nom de famille, et même un deuxième prénom, grâce à T. J. et au coup de pouce de Bellamy. J'avais aussi une adresse, mais elle avait dû cesser d'être bonne au moment même où la ligne de téléphone avait été coupée.

Il n'empêche : le bonhomme n'allait pas être trop difficile à retrouver. C'est toujours plus facile quand on sait qui on cherche, et je savais enfin assez de choses sur lui pour le coincer. Il suffirait d'attendre le matin et de disposer de quelques jours.

Sauf que, non, ça ne suffisait plus vraiment : c'était tout de suite qu'il fallait le retrouver, ce type.

Kenan s'était installé au téléphone, Peter se tenant près de la fenêtre du living. Iouri avait disparu. Je rejoignis Peter, qui m'informa qu'il était parti collecter des fonds supplémentaires.

– Je pouvais pas regarder tout ce fric, ajouta-t-il. Ça

me flanquait une de ces angoisses ! Accélération du rythme cardiaque, mains moites… tout, quoi !

– Vous aviez peur de quoi ?

– Je ne sais pas. Ça me donnait une envie folle de repiquer au truc, c'est tout. Vous me feriez passer un test d'association de mots que tout serait centré sur l'héro. Si c'était un Rorschach, toutes les taches d'encre ressembleraient à un junk qui se plante une seringue dans les veines.

– Sauf que vous ne l'avez pas fait, Peter.

– Comme si ça changeait quoi que ce soit ! Je sais que je vais replonger. C'est plus qu'une question de temps. C'est beau, tout ça, non ?

– Quoi, l'océan ?

Il acquiesça d'un signe de tête.

– Sauf qu'on peut plus le voir vraiment. Ça doit être bien d'habiter un endroit où on peut voir de l'eau. Une fois, j'ai eu une petite amie qui était astrologue. Elle m'a dit que l'eau, c'était mon élément. Vous y croyez, vous, à ces trucs ?

– Je ne m'y connais pas trop.

– Elle avait raison : mon élément, c'est bien l'eau. Les autres, j'aime pas trop. L'air… j'ai jamais aimé faire de l'avion. Quant à cramer dans un incendie ou me faire mettre en terre… Mais la mer, c'est notre mère à tous, non ?… à ce qu'on dit.

– Peut-être.

– En plus, c'est l'océan, ça. Pas seulement un fleuve ou une rivière. Là, y a rien que de l'eau, jusqu'à l'horizon. Ça va même plus loin que tout ce qu'on voit. Je me sens propre rien qu'à la regarder.

Je lui donnai une petite tape sur l'épaule et le laissai à sa contemplation. Kenan ayant lâché le téléphone, je m'approchai pour lui demander où on en était côté fric.

– Un poil en dessous du demi-million, dit-il. J'arrête pas d'appeler ceux qui me doivent des trucs et Iouri fait pareil. J'ai l'impression qu'on n'arrivera pas à en trouver beaucoup plus.

– Je connais bien quelqu'un, mais il est en Irlande, lui dis-je. Tout ce que j'espère, c'est qu'ils auront l'impression de tenir un million. En fait, il faut seulement que ça résiste au petit décompte qu'ils feront tout de suite.

– Et si on gonflait un peu les paquets ? En trichant de cinq billets sur chaque liasse de cent, on pourrait déjà s'en faire un dixième de plus.

– Ce qui est parfait jusqu'au moment où les types sortent une liasse au hasard et la comptent de bout en bout.

– Très juste, dit-il. Au premier regard, c'est vrai que ça fera nettement plus gros que ce que je leur ai filé. Moi, y avait que des billets de cent. Ici, il y a à peu près un quart du total en billets de cinquante. Vous savez qu'il y a un moyen de gonfler tout ça, non ?

– En y mettant du papier ?

– Je pensais plutôt à des billets de un dollar. Le papier a la même épaisseur, la couleur est identique, il n'y a que le montant qui change. Disons qu'on a une liasse où il devrait y avoir cinquante billets de cent, soit un total de cinq mille dollars. On la trafique en mettant dix billets de cent au-dessus et dix de cent au-dessous, les trente autres n'étant que des billets de un. Au lieu d'avoir cinq mille dollars, on en a deux, mais qui ressemblent énormément à cinq. Même en étalant la liasse, on n'a que du vert.

– Ça change rien au problème. Ça marche si le type ne vérifie pas un paquet trafiqué de trop près. Si jamais il le fait, il voit que le compte n'est pas le même et, tout de suite, y a même pas à discuter, il sait qu'on a essayé de le baiser. Et si c'est un malade qui ne cherche qu'une excuse pour tuer…

– … il tue la fille, boum, et c'est fini.

– C'est ça le problème avec tout ce qui est un peu trop évident. Dès qu'il pourra se dire qu'on a essayé de l'arnaquer…

– … il prendra ça pour une insulte. Ouais, dit Kenan

en hochant la tête. Mais peut-être qu'ils compteront pas les piles. Disons qu'on fait des tas de cinq mille en coupures de cinquante et de cent mélangées et qu'on y ajoute la moitié en billets de cinquante… ça fait combien de liasses pour arriver au demi-million ? Cent si c'est tout en billets de cent et donc… entre cent vingt et cent trente si on fait comme ça, non ?

– Ça m'a l'air juste.

– Je sais pas, moi… vous les compteriez, vous ? On compte quand c'est pour de la came, et dans ces cas-là on a tout le temps : on s'installe, on compte le fric et on vérifie la marchandise. Ici, c'est pas pareil. Et même… vous savez comment ils comptent, les gros trafiquants ? Ceux qui font des deals d'un million ?

– Je sais que les banques ont des machines capables de vous compter une liasse aussi vite qu'y passent les billets…

– C'est vrai que ça existe, dit-il, mais, la plupart du temps, ils font ça au poids. Ils savent combien ça pèse, ils foutent le fric sur une balance et…

– C'est comme ça qu'ils faisaient, vos cousins du Togo ?

Il sourit rien que d'y repenser.

– Non, eux, c'était différent. Ils comptaient tous les billets. Mais ils n'étaient pas pressés.

Le téléphone sonna. Nous nous regardâmes. Je décrochai, c'était Iouri qui appelait de sa voiture pour nous dire qu'il arrivait. Quand j'eus raccroché, Kenan me lança :

– Chaque fois que ça sonne…

– Je sais… on pense que c'est lui. Tout à l'heure, quand vous étiez partis, on a eu un type qui s'était trompé de numéro. Il a appelé deux fois de suite parce qu'il oubliait toujours de composer l'indicatif de Manhattan.

– Fait chier. Quand j'étais gamin, on avait un numéro qui était à un chiffre près celui d'une pizzeria au croisement de Prospect et de Flatbush. Vous imaginez pas les appels qu'on recevait.

– Ça devait être agaçant.

– Pour mes parents, oui. Petey et moi, on adorait. On prenait la commande, genre : « Moitié fromage, moitié saucisse ? Pas d'anchois ? Oui, m'sieur, on vous prépare ça. » Et on les laissait crever de faim ! Ignobles, qu'on était.

– Le pauvre mec de la pizzeria…

– Oui, je sais. Y a plus beaucoup de gens qui m'appellent en se trompant de numéro, maintenant. Mais vous savez pas quoi ? J'en ai eu deux le jour où Francine a été enlevée. Oui, le matin même… comme si Dieu essayait de me faire passer un message, de m'avertir. Merde, tiens ! Quand je pense à ce qu'elle a dû supporter. Et à ce que la fillette doit se taper en ce moment…

– Kenan, lui dis-je, je sais comment il s'appelle.

– Comment il s'appelle… Qui ça ?

– Le mec qui appelle. Pas le gentil qui fait pendant au brutal dans le petit numéro qu'ils ont monté, non… l'autre. Celui qui s'occupe du baratin.

– Vous me l'avez déjà dit. Il s'appelle Ray.

– Ray Callander. Je connais son ancienne adresse dans le Queens. Je connais l'immatriculation de sa Honda.

– Je croyais qu'il avait une fourgonnette.

– Il a aussi une Honda Civic, deux portes. On va le coincer, Kenan. Peut-être pas ce soir, mais on va le coincer.

– C'est très bien, dit-il lentement. Mais il faut que je vous dise quelque chose… Vous savez que je me suis fourré dans cette histoire à cause de ce qui est arrivé à ma femme, non ? C'est pour ça que je vous ai engagé, c'est d'abord pour ça que je suis sur le coup. Sauf que, à l'heure qu'il est, tout ça, je m'en tape. Pour l'instant, tout ce qui compte, c'est la fillette, Lucia, Louchka, Ludmilla, elle a des tas de prénoms différents et je sais pas comment l'appeler, même que je l'ai jamais vue, mais… Mais pour moi, tout ce qui compte, c'est de la retrouver.

Merci, mon Dieu, me dis-je en moi-même.

Parce que non : comme c'est écrit sur les T-shirts,

quand on a des alligators jusqu'au trou de balle, il n'y a pas moyen d'oublier que la première chose à faire, c'est de drainer le marécage. Savoir où nos deux types se terraient dans Sunset Park et si ce serait ce soir, demain, voire jamais, que je les coincerais n'avait aucune importance. Dès le lendemain matin, je pourrais refiler tout ce que j'avais à John Kelly et le laisser reprendre le flambeau. Savoir qui allait coincer Callander et si celui-ci se taperait quinze ou vingt ans de taule, voire perpète, savoir s'il mourrait au fond d'une ruelle sous les coups de Kenan ou sous les miens n'avait aucune importance non plus. Savoir s'il s'en tirerait, avec ou sans l'argent, savoir… Tout cela pourrait avoir son importance, certes, mais demain. Et même si ça n'en avait aucune… Non, ce soir, rien de tout cela ne comptait.

Brusquement, tout était clair, aussi clair que ça aurait dû l'être depuis le début. En dehors de récupérer la fillette, rien ne comptait. Rien, absolument rien.

Iouri et Dani arrivèrent un peu avant 20 heures. Iouri portait un sac de voyage dans chaque main, la compagnie aérienne qui lui en avait fait cadeau ayant depuis longtemps disparu dans les limbes d'une OPA amicale. Dani, lui, tenait une pochette en plastique.

– Eh ! s'écria Kenan. Enfin, on peut démarrer !

Peter battit des mains. Je ne l'imitai pas, mais ressentis la même excitation. C'en était à croire que l'argent était pour nous.

– Kenan, viens ici une minute, dit Iouri. Regarde ça.

Il ouvrit l'un des deux sacs de voyage et en renversa le contenu, tout en liasses de cent, chacune de celles-ci entourée d'une bande portant le tampon de la Chase Manhattan Bank.

– Superbe, dit Kenan. Qu'est-ce t'as fait, Iouri ? Un retrait pas autorisé ? Comment tu t'es démerdé pour trouver une banque à dévaliser à une heure pareille ?

Iouri lui tendit une liasse. Kenan en ôta la bande et regarda le billet du dessus.

– Y a pas besoin de vérifier, c'est ça ? dit-il. Tu me le demanderais pas si tout était bon. C'est des faux, non ? (Il regarda de plus près, sortit le billet du dessus et jeta un coup d'œil au suivant.) Des faux… mais impeccables. Ils ont tous le même numéro ? Non… celui-là est différent.

– Trois numéros différents, dit Iouri.

– Ça passerait pas à la banque. Ils ont des scanners qui le verraient tout de suite. En dehors de ça, moi, ils me paraissent impeccables, tes billets. (Il en froissa un, le tint à la lumière et l'examina en plissant les paupières.) Papier superbe, l'encre a l'air bonne et ils sont tous usagés. Il a dû les tremper dans du marc de café et les essorer avec une machine à laver Maytag. Pas de Javel, on y va mollo avec l'adoucisseur. Matt ?

Je sortis un vrai billet… enfin, ce qui devait en être un, de mon portefeuille et le plaçai à côté de celui que Kenan venait de me tendre. J'eus l'impression que Benjamin Franklin avait l'air un tantinet moins serein sur le faux, voire un rien plus fripon. Mais ce détail ne m'aurait certainement pas arrêté dans des circonstances plus ordinaires.

– Très joli, dit Kenan. Et tout ça pour la modique somme de…

– Soixante pour cent du total. Soit quarante *cents* le dollar.

– Chérot, non ?

– La qualité, c'est pas donné, dit Iouri.

– C'est vrai. Et c'est plus propre que la dope, ce trafic-là. Faut quand même voir que, là-dedans, y a jamais personne qui prend des coups.

– Ça fout l'économie en l'air, dit Peter.

– Vraiment ? Une goutte d'eau dans l'océan, oui ! Une banque de dépôts qui capote, et ça vous fout nettement plus l'économie en l'air que vingt ans de faux billets[1] !

1. Allusion au scandale bancaire qui affecta la présidence de George Bush.

– C'est un prêt, dit Iouri. Sans intérêt si on rapporte tout. Sinon, c'est dû. Quarante *cents* par dollar.

– Vachement correct, le mec.

– Il me rend un service. Moi, ce que je veux savoir, c'est s'ils vont s'en apercevoir. Parce que s'ils…

– Ils ne s'en apercevront pas, dis-je. Ils regarderont ça à toute vitesse, la lumière ne sera pas bonne, et penser à des faux billets… non. Le coup des bandes avec le tampon de la banque est astucieux. C'est lui qui les imprime aussi ?

– Oui.

– Il faut refaire un peu les paquets. On se servira des bandes de la Chase, mais on sortira six billets de chaque liasse, trois au-dessus et trois au-dessous, et on les remplacera par des vrais. Combien y a-t-il en tout, Iouri ?

– Deux cent cinquante mille en faux. Et Dani en a encore pour un peu plus de soixante mille. Quatre mecs différents, qu'il a fallu pomper !

Je fis le calcul.

– Ça doit nous faire dans les huit cent mille. Ça devrait aller.

– Dieu soit loué, dit Iouri.

Peter ôta la bande d'une liasse de faux billets et regarda longuement ces derniers en hochant la tête. Kenan prit une chaise et commença à enlever six billets de chacun des paquets qu'il avait devant lui.

Le téléphone sonna.

20

– C'est chiant, dit-il.

– Je trouve aussi.

– Peut-être qu'on se donne plus de mal que ça n'en vaut. Vous savez, des dealers, il y en a à tous les coins de rue, et les trois quarts d'entre eux ont des femmes ou des filles. On ferait peut-être mieux de s'arracher. Peut-être que le client d'après se montrera plus coopératif.

C'était notre troisième entretien depuis que Iouri était revenu avec ses sacs de voyage remplis de faux billets. Le ravisseur nous avait appelés toutes les demi-heures – d'abord pour nous proposer un rendez-vous pour le transfert des fonds, puis pour trouver à redire à tout ce que je lui proposais.

– Surtout s'il apprend comment on arrache ! reprit-il. Je m'en vais vous la couper en tout petits morceaux, moi, la jeune Lucia. Et, dès demain, je me remets en chasse.

– Je suis prêt à coopérer.

– On le dirait pas. Avec ce que vous fabriquez…

– Il faut absolument qu'on se voie en face à face. Vous, pour vérifier le fric, et nous, pour nous assurer que la fille est en bon état.

– Et vous en profitez pour nous tomber dessus, c'est ça ? Vous pourriez très bien surveiller toute la zone. Dieu sait combien vous pourriez y poster de types armés… On n'a pas les mêmes moyens, nous.

– Ça ne vous empêche pas de nous contraindre au match nul. Il vous suffira de tenir la fille en respect.

– En lui mettant un couteau sur la gorge ?
- Si vous voulez.
- La lame tout près de la peau ?
– Et nous, on vous passe le fric, enchaînai-je. Vous vous débrouillez pour tenir la fille pendant qu'un autre vérifie que le compte y est. Après, vous portez l'argent à la bagnole pendant que votre partenaire continue de tenir la fille en respect. Votre troisième homme, lui, est toujours posté à un endroit où nous ne pouvons pas le voir et où il nous met en joue avec son fusil.
– Quelqu'un pourrait passer derrière lui…
– Comment ? lui demandai-je sèchement. Vous serez les premiers sur place ! Vous nous verrez arriver, et tous en même temps encore. Vous aurez la maîtrise du terrain et ça équilibrera notre avantage numérique. Votre garde du corps pourra couvrir votre retraite et, de toute façon, vous serez tranquille vu que nous aurons récupéré la fille et que l'argent se trouvera déjà entre les mains de votre partenaire dans la voiture, soit hors de portée de feu.
– J'aime pas les trucs en face à face, me renvoya-t-il.
C'est vrai qu'il ne pouvait guère compter sur la présence d'un troisième homme pour couvrir sa retraite. J'étais en effet à peu près certain qu'ils n'étaient que deux – de troisième homme, il n'y en avait pas. Cela étant, lui laisser croire que nous pensions le contraire lui donnerait peut-être un peu plus d'assurance. C'était moins la puissance de feu qui faisait la valeur de ce troisième larron que le fait que, à nos yeux, il serait bien là.
– Disons qu'on se met à cinquante pas, reprit-il. Vous déposez le fric à mi-distance et vous retournez vers vos lignes. Nous amenons la fille, nous aussi à mi-parcours, l'un d'entre nous s'immobilise, lui met le couteau sur la gorge, comme vous dites…
Comme tu l'as dit, toi, pensai-je en moi-même.
– … pendant que l'autre se retire avec l'argent. A ce moment-là, je libère la fille, qui court vers vous pendant que je recule.
– Pas question. Vous auriez le fric et la fille en même

temps alors que, nous, nous serions à l'autre bout du terrain.

On tournait en rond. Un disque enregistré nous interrompit pour nous demander de remettre des pièces. Callander glissa son *quarter* dans la fente sans rater un instant de la négociation. Il ne se souciait plus qu'on remonte son appel – on n'en était plus à ce stade. Ses communications devenaient de plus en plus longues.

Si j'avais réussi à joindre les Kong, nous aurions pu le cueillir dans la cabine où il continuait de parler.

– Bon, et si on essayait autre chose, lui dis-je. On se met à cinquante mètres d'écart, exactement comme vous le voulez. Etant donné que vous êtes déjà sur les lieux, vous nous voyez arriver. Vous nous montrez la fille, je m'approche de vous avec le fric.

– Seul ?

– Oui. Et sans armes.

– Vous pourriez dissimuler un pistolet…

– Avec une valise pleine de fric dans chaque main ? Je ne vois vraiment pas comment un pistolet que j'aurais caché sur moi pourrait beaucoup me servir !

– Continuez…

– Vous vérifiez le fric. Quand vous êtes satisfait, vous laissez partir la fille. Elle rejoint son père et le reste de nos gens. Votre partenaire se barre avec le fric. Vous et moi, nous attendons. Alors, et alors seulement, vous partez et je rentre chez moi.

– Vous pourriez me sauter dessus…

– Alors que je suis sans armes et que, vous, vous avez un couteau et… tenez, même un pistolet si vous voulez ? Sans compter que votre tireur d'élite est planqué derrière un arbre et qu'il peut aligner tout le monde avec son flingue. Non, vous avez tous les avantages ! Je ne vois pas le problème que ça pourrait vous poser.

– Vous verrez mon visage.

– Mettez un masque.

– Ça diminue la visibilité. Et vous seriez quand même capable de donner mon signalement après…

Je me dis : Merde, après tout… risquons le tout pour le tout.

– Je sais déjà à quoi vous ressemblez, Ray, lui lançai-je.

Je l'entendis reprendre son souffle, puis ce fut le silence, si long que je me demandai s'il n'avait pas raccroché.

– Qu'est-ce que vous savez d'autre sur moi ?

– Je sais votre nom… et de quoi vous avez l'air. Je sais aussi pas mal de choses sur vos victimes. J'en connais même une que vous avez ratée.

– Ah ! la sale pute ! gronda-t-il. Elle aura entendu mon prénom.

– Je sais aussi votre nom de famille.

– Prouvez-le.

– Pourquoi faire ? Vous ne vous en souvenez pas ? Vous avez bien un agenda, non ? Regardez dedans.

– Qui êtes-vous ?

– Vous n'êtes pas foutu de le trouver tout seul ?

– Vous êtes flic.

– Si je l'étais, il y aurait des tas de voitures bleu et blanc arrêtées devant chez vous.

– Vous savez pas où c'est.

– Et si on disait le Middle Village ? Penelope Avenue ?

Je l'entendis presque se détendre.

– Impressionnant, dit-il.

– Et puis… vous en connaissez, vous, des flics qui joueraient le coup comme ça ?

– Vous bossez pour Landau ?

– Vous brûlez. Nous sommes dans le même bateau… oui, partenaires. Je suis marié à sa cousine.

– Pas étonnant que nous n'ayons pas pu…

– Pas pu quoi ?

– Rien. Je ferais mieux de me tirer. Je tranche la gorge à la donzelle et je disparais.

– Et vous êtes un homme mort, lui renvoyai-je. En moins d'une heure, vous avez un avis de recherche sur tout le territoire et l'assassinat de Gotteskind et d'Alvarez sur le dos. Vous composez, et je vous garantis que je laisse passer une semaine avant de faire quoi que ce soit... plus si je peux. Même que, si c'est possible, je repousse jusqu'à la fin des temps.

– Et pourquoi donc ?

– Parce que vous croyez que j'ai envie que ça s'ébruite ? Vous installer à l'autre bout du pays, vous le pouvez. Les dealers, c'est pas ça qui manque, à Los Angeles. Et les femmes qui adorent se faire embarquer dans de jolies fourgonnettes neuves non plus.

Il garda le silence un instant, puis me dit :

– Répétez-moi votre plan. Tout le truc... depuis le moment où nous arrivons sur place.

Je lui redétaillai le scénario point par point. Il m'interrompait de temps en temps pour me poser des questions auxquelles je répondais aussitôt. Pour finir, il me lança :

– Si seulement je pouvais vous faire confiance !

– Ah ben ça, alors ! m'écriai-je. Comme si ça n'était pas plutôt à moi de vous faire confiance, à vous ! C'est quand même moi qui vais me porter à votre rencontre sans armes et avec un sac de fric dans chaque main ! Et vous pouvez toujours m'abattre si vous décidez que ma gueule ne vous inspire pas confiance.

– C'est vrai que je pourrais, dit-il.

– Mais qu'il vaudrait mieux n'en rien faire, lui précisai-je. Non, pour vous comme pour moi, il vaudrait beaucoup mieux que la transaction se déroule comme prévu. On en sortirait tous gagnants.

– Moins un million de dollars pour vous.

– Et si ça collait avec mes petits plans à moi, hein ?

– Comment ça ?

– A vous de deviner, lui répondis-je en lui laissant le soin de se casser la tête à imaginer mes priorités familiales et la stratégie que, peut-être, j'allais employer pour feinter mon associé.

– Intéressant, dit-il. Où voulez-vous faire l'échange ?

La question ne me prit pas au dépourvu. Je lui avais

déjà proposé des tas d'autres lieux et m'étais gardé celui-là pour la fin.

– Le cimetière de Green-Wood.

– Je crois savoir où c'est.

– Je veux ! C'est là que vous avez balancé Leila Alvarez. C'est assez loin du Middle Village, mais vous y êtes déjà allé une fois sans problème. Ecoutez… il est 21 h 20. Le cimetière a deux entrées côté Ve Avenue, la première à la hauteur de la 25e Rue, la deuxième dix rues plus bas. Prenez l'entrée 25e Rue et avancez une vingtaine de mètres vers le sud une fois à l'intérieur. Nous entrerons par le portail de la 35e et remonterons vers vous.

Je lui exposai tout le plan, tel un fana des jeux de guerre recréant la bataille de Gettysburg.

– 22 h 30, lui dis-je enfin. Ça vous donne plus d'une heure pour arriver. Il n'y a pas de circulation à cette heure-ci, ça ne devrait pas vous poser de problème. Ou alors… vous avez besoin de plus de temps ?

De fait, une heure lui suffisait amplement. De Sunset Park, où il se trouvait, il lui faudrait à peine cinq minutes en voiture. Mais, ça, je n'avais aucune raison de lui faire comprendre que je n'en ignorais rien.

– Ça devrait aller, dit-il.

– Et vous aurez tout le temps de vous organiser. Nous entrerons par la 35e à 22 h 40. Ça vous donne dix minutes d'avance, plus les dix autres qu'il nous faudra pour remonter jusqu'à vous.

– Et vous vous arrêtez à cinquante mètres de nous…

– Oui.

– Et vous faites le reste du chemin tout seul. Avec le fric…

– Absolument.

– C'était mieux avec Khoury. Y avait qu'à lui faire « Bouh ! » pour qu'il détale comme un lapin.

– Ce n'est pas très difficile de comprendre pourquoi. Cela dit, ce coup-ci, il y a deux fois plus de fric à la clé.

– C'est vrai, reconnut-il. Leila Alvarez… Ça fait une paie que j'ai pas pensé à elle… (Le ton de sa voix s'était fait presque rêveur.) Elle était vraiment chouette. Du premier choix. (Je gardai le silence.) Seigneur, qu'est-ce qu'elle pouvait avoir peur ! Pauvre petite conne. Terrifiée, qu'elle était !

Lorsque enfin je raccrochai, je dus m'asseoir. Kenan me demanda si ça allait. Je lui répondis que oui… ça allait.

– Vous n'avez pas l'air en grande forme. Un petit verre ne vous ferait pas de mal, mais comme c'est sans doute la seule chose que vous ne vouliez pas…

– Effectivement.

– Iouri a fait du café. Je vais vous en chercher une tasse.

Quand il me l'eut apportée, je lui dis :

– Ça va mieux. Mais ça retourne, de causer avec un fumier pareil.

– Je sais.

– Je me suis un peu découvert. Je lui ai dit certaines choses. Je sentais que c'était la seule façon de le faire bouger. Il fallait absolument qu'il ait l'impression de contrôler entièrement la situation. Je lui ai fait comprendre que je savais parfaitement qu'il n'était pas tout à fait aussi fort qu'il le croyait.

– Vous savez qui c'est ? me demanda Iouri.

– Je sais son nom. Je sais à quoi il ressemble et j'ai le numéro d'immatriculation de sa voiture.

Je fermai les yeux un instant et sentis à nouveau sa présence à l'autre bout du fil. Je commençais à deviner comment il fonctionnait.

– Oui, je sais qui c'est…

J'expliquai ce que j'avais mijoté avec Callander, commençai à faire un croquis, puis compris brusquement que nous avions besoin d'un plan des lieux. Iouri dit qu'il avait bien une carte de Brooklyn dans son appartement… mais où ? Kenan se rappela que Francine en avait toujours une dans la boîte à gants de sa Toyota et Peter descendit la chercher.

Nous avions débarrassé la table. Tout l'argent, maintenant réparti en liasses où les faux billets ne se voyaient pas, se trouvait enfermé dans deux valises. J'étalai le plan sur la table, y traçai l'itinéraire que nous emprunterions pour nous rendre au cimetière et y indiquai les deux entrées côté ouest. Puis j'expliquai comment nous procéderions, montrai l'endroit où nous nous tiendrions et détaillai la manière dont s'effectuerait l'échange.

– Ça vous met en première ligne, fit remarquer Kenan.

– Ne vous inquiétez pas pour moi.

– Si jamais il imaginait de tenter quelque chose.:.

– Je ne le pense pas.

« Vous pouvez toujours m'abattre », lui avais-je dit. « Oui, je le pourrais », m'avait-il répondu.

– C'est moi qui devrais porter les valises, dit Iouri.

– Elles ne sont pas si lourdes que ça, lui répondis-je. Je devrais pouvoir m'en débrouiller.

– Vous plaisantez, mais je suis sérieux. C'est ma fille. C'est moi qui devrais être devant.

Je secouai la tête. Je ne pourrais jamais lui faire confiance si jamais il s'approchait de Callander à ce point : la tentation de lui sauter à la gorge serait trop forte. Mais j'avais une meilleure raison à lui donner.

– Je veux que Lucia puisse se sauver en courant. Si vous êtes au milieu, elle voudra rester à côté de vous. C'est ici que j'ai besoin de vous, lui dis-je en lui montrant un point de la carte. Il faut que vous puissiez l'appeler.

– Vous aurez une arme…, fit Kenan.

– Il y a des chances, mais je ne vois pas à quoi ça pourrait me servir. S'il essaie quelque chose, je n'aurai pas le temps de la sortir et, s'il ne fait rien, je n'en aurai pas besoin. Cela étant, j'aimerais porter un gilet en Kevlar.

– Le truc avec les mailles pare-balles ? D'après ce qu'on m'a dit, ça n'arrêterait même pas un couteau.

– Ça dépend. Des fois oui, des fois non. Ça n'arrête

pas toujours les balles non plus, mais il y a au moins une chance que ça marche.

– Vous savez où en trouver un ?

– Pas à cette heure-ci. Bah… j'y renonce. Ce n'est pas très important.

– Ah non ? C'est pas l'effet que ça me fait.

– Je ne sais même pas s'ils seront armés.

– Vous rigolez ! J'en arrive même à me demander s'il y a un seul type pas armé dans tout New York ! Et le troisième larron ? Le tireur d'élite ? Le mec planqué derrière sa tombe pour pouvoir flinguer tout le monde, hein ? Avec quoi croyez-vous qu'il va bosser ? Avec une fronde ?

– Il faudrait d'abord qu'il existe, ce troisième homme. C'est moi qui en ai parlé le premier et Callander a été assez futé pour ne pas me contredire.

– Vous croyez vraiment qu'ils vont tenter le coup à deux ?

– Ils n'étaient pas plus quand ils ont kidnappé la fille de Park Avenue. Je ne les vois pas essayant de recruter un troisième mec pour un truc pareil. Ne pas oublier qu'il s'agit d'un crime sadique qui s'est transformé en transaction commerciale, et pas du tout d'une opération professionnelle ordinaire où on pourrait recruter du monde. Certains témoins semblent penser qu'un troisième homme aurait pris part aux enlèvements auxquels ils ont assisté, mais ils se sont peut-être imaginé qu'il y avait un conducteur parce que c'est comme ça que tout le monde aurait joué l'affaire. Cela étant, à supposer qu'il n'y ait eu que deux types au départ, l'un d'eux aurait très bien pu faire le chauffeur. Et, d'après moi, c'est comme ça que ça s'est passé.

– Bref, on peut oublier le troisième.

– Non. Et c'est ça l'emmerdant. Il faut absolument compter sur sa présence.

J'allai reprendre du café à la cuisine. Lorsque je revins, Iouri me demanda combien je voulais d'hommes.

– Il y aura vous, Kenan, Peter, Dani et Pavel, récapitula-t-il. Pavel est en bas, vous l'avez vu en entrant. J'ai trois gardes de plus qui sont prêts à venir. Je n'ai qu'à donner des ordres.

– Et moi, je peux en avoir une douzaine, dit Kenan. Qu'ils aient eu du fric à donner ou pas, tous les gens avec qui j'ai parlé m'ont dit la même chose : « Si vous avez besoin d'un coup de main, on est là. » (Il s'appuya sur la carte.) On pourrait les laisser se mettre en position, puis ramener une douzaine de gardes du corps supplémentaires répartis dans trois ou quatre voitures. On boucle les deux sorties et on les coince. Vous hochez la tête, mais… Pourquoi pas ?

– Je veux qu'ils puissent se barrer avec l'argent.

– Vous voulez même pas essayer de reprendre le pognon ? Même après qu'on aura récupéré la fille ?

– Non.

– Mais pourquoi donc ?

– Parce qu'il serait complètement fou de se lancer dans un règlement de comptes en pleine nuit dans un cimetière, ou de se flinguer dans des bagnoles qui fonceraient dans tout Park Slope. Une opération de ce genre ne se justifie que quand on domine parfaitement la situation et, ici, il y a trop de trucs qui pourraient faire capoter l'affaire. Ecoutez… Je lui ai fait accepter le plan en le lui présentant comme un match nul, et j'y ai mis le paquet. En plus, pour un match nul, c'en est vraiment un. On récupère la fille, ils ramassent le fric, et personne ne rentre chez soi les pieds devant. Il n'y a pas cinq minutes, c'était tout ce qu'on voulait. C'est bien toujours comme ça qu'on voit les choses, non ?

Iouri acquiesça.

– Oui, bien sûr, dit Kenan, moi aussi, c'est tout ce que je veux depuis le début. C'est juste que… ça me les brise de les voir s'en tirer comme ça.

– Ils ne s'en sortiront pas. Callander croit qu'il a une semaine pour préparer ses bagages et filer, mais, cette semaine, il est loin de l'avoir. Il ne me la faudra même pas pour le retrouver. En attendant… on a besoin de combien d'hommes ? Pas plus que ce qu'on est déjà. Et disons… trois voitures. Dani et Iouri dans la première, Peter et… c'est Pavel qui est en bas ?… Peter et Pavel dans la Toyota. Moi, je pars avec Kenan dans la Buick. Il n'y a pas besoin de plus. Six hommes en tout.

Le téléphone sonna dans la chambre de Lucia. Je décrochai et parlai avec T. J., qui était revenu à la laverie mais n'avait pas réussi à retrouver la Honda garée le long d'un trottoir ou abandonnée dans une ruelle.

Je retournai à la salle de séjour.

– Non, sept ! dis-je.

21

Dans la voiture, Kenan me dit :

– J'envisageais de prendre le Shore Parkway et la voie rapide Gowanus. Ça vous va ?

Je lui répondis qu'il en savait plus long que moi sur ce chapitre.

– Ce môme qu'on va chercher… qu'est-ce qu'il fout dans le tableau ?

– C'est un gamin du ghetto qui traîne à Times Square. Dieu sait où il habite. Je ne le connais que par ses initiales… à condition que ce soient les siennes et qu'il ne les ait pas trouvées dans un paquet de nouilles alphabet ! Vous me croyez si vous voulez, mais il nous a filé un sacré coup de main. C'est lui qui m'a mis en contact avec mes as de l'ordinateur… et c'est lui qui a vu Callander et m'a donné le numéro d'immatriculation de sa Honda.

– Vous pensez qu'il va nous aider au cimetière ?

– J'espère vraiment qu'il ne va même pas s'y risquer, lui répondis-je. On passe le chercher parce que je n'ai pas envie qu'il rôde dans Sunset Park à jouer les types pleins de ressources au moment où Callander et ses types rentreront chez eux. J'aimerais bien qu'il se tienne à bonne distance des ennuis.

– Vous dites que c'est un gamin…

– Il a dans les quinze ou seize ans.

– Qu'est-ce qu'il veut faire plus tard ? Privé, comme vous ?

– C'est ce qu'il affirme en ce moment. Il ne veut

même pas attendre de grandir un peu et je ne peux pas lui en vouloir. Il y en a tellement qui n'y arrivent jamais.

– Qui n'arrivent jamais à quoi ?

– A grandir. Un Noir de quinze-seize ans qui traîne dans les rues ? Pas plus d'espérance de vie qu'une mouche dans du vinaigre… T. J., c'est un brave gosse. J'espère qu'il s'en sortira.

– Et vous savez vraiment pas comment il s'appelle ?

– Non.

– C'est quand même drôle, tout ça. Entre les Alcooliques anonymes et vos gamins des rues, vous en connaissez un sacré paquet, de gens qu'ont pas de nom de famille !

Un peu plus tard, il ajouta :

– Vous y pigez quelque chose, vous, au dénommé Dani ? C'est quoi, ce type ? Un parent à Iouri ?

– Aucune idée. Pourquoi ?

– Je réfléchissais, c'est tout. Deux mecs comme ça dans une Lincoln avec un million de dollars sur le siège arrière… On sait que Dani a une arme. Admettons qu'il aligne Iouri et qu'il se tire avec le pognon. On ne saurait même pas qui chercher… Juste un Russe avec une veste qui lui va pas tellement. Encore un type qu'a pas de nom de famille. Ça serait pas un copain à vous, des fois ?

– Iouri lui fait confiance.

– C'est sûrement un parent à lui. Il n'y a qu'à la famille qu'on peut faire confiance.

– De toute façon, ça ne fait même pas un million.

– D'accord, il n'y a que huit cent mille dollars. Mais vous allez quand même pas me dire que je mens parce que ça fait deux cent mille petits dollars en moins ?

– Et le bon tiers en faux billets…

– Bon, c'est vrai. Ça vaut quasiment pas le coup de les ramasser. Estimons-nous heureux que les deux guignols qu'on va retrouver au cimetière se donnent la peine de les prendre ! Sinon, on fout tout ça à la cave et on attend la prochaine collecte de papier organisée par les boy-scouts du quartier. Vous voulez me rendre un service ? Quand vous serez devant lui avec vos valises à la main… vous voudriez pas lui poser une question ?

– Si. Laquelle ?

– Demandez-lui pourquoi ils m'ont choisi, moi. Ça me rend toujours aussi dingue de pas comprendre.

– Ah, dis-je. Je pense déjà le savoir.

– Sans blague ?

– Si, si. Au début, je croyais qu'il trafiquait dans la drogue…

– C'est pas bête, mais…

– Mais, non, ce n'est pas un trafiquant, j'en suis presque certain. J'ai fait vérifier par un copain et il n'a pas de casier judiciaire.

– Moi non plus.

– Mais vous êtes une exception.

– C'est vrai. Et Iouri ?

– Plusieurs arrestations en Union soviétique, mais pas vraiment de taule. Ici, il s'est fait gauler pour une histoire de recel, mais la plainte a été retirée.

– Et rien du côté narcotiques ?

– Non.

– Bon… donc, Callander n'a pas d'ardoise. Ce qui fait qu'il n'est pas dans la dope, et donc…

– La DEA a essayé de vous coincer il n'y a pas très longtemps…

– Oui, mais ils sont arrivés à rien.

– J'ai un peu causé avec Iouri. Il aurait laissé tomber un deal parce qu'il avait l'impression qu'on essayait de le coincer. Des fédéraux… enfin, d'après lui.

Kenan se tourna vers moi, puis se força à regarder droit devant lui et déboîta pour doubler.

– Putain de Dieu ! s'écria-t-il. C'est comme ça qu'ils essaient de faire respecter la loi, maintenant ? Ils peuvent pas nous coincer par la voie régulière, alors ils nous flinguent nos femmes et nos filles ?

– Je crois que Callander a bossé pour la DEA, repris-je. Pas très longtemps sans doute, et certainement pas en qualité d'agent assermenté. Il n'est pas impossible qu'ils l'aient fait travailler comme indic, ou alors dans leurs bureaux… En tout cas, ça n'a pas dû aller très loin et il ne s'y est certainement pas éternisé.

– Pourquoi ?

– Parce qu'il est fou. Il y a de fortes chances pour qu'il soit rentré à la DEA parce qu'il a une obsession d'assez bas étage pour les dealers. Ça aide dans ce genre de boulot, mais pas trop quand ça dérape. Ecoutez, c'est juste une idée comme ça… mais j'ai senti quelque chose de bizarre quand je lui ai annoncé que j'étais l'associé de Iouri. J'ai eu l'impression qu'il voulait me dire que ça expliquait pourquoi ils avaient pas réussi à le coincer.

– Putain !

– Je pourrai le savoir demain ou après-demain si j'arrive à avoir quelqu'un à la DEA. Peut-être que son nom leur dira quelque chose. Ou alors, je fous le nez dans leurs dossiers sans autorisation si mes sorciers de l'informatique réussissent à les ouvrir.

Kenan eut l'air pensif.

– J'ai pas le sentiment d'avoir eu affaire à un flic

– Non, moi non plus.

– Sauf que le type dont vous parlez n'en serait pas vraiment un, c'est ça ?

– Non, ça serait plutôt un mordu. Un mordu des fédéraux, complètement axé sur les narcotiques.

– Il connaissait le prix de gros du kilo de coke, mais ça veut pas dire grand-chose. Votre copain T. J. le sait probablement lui aussi.

– Ça ne m'étonnerait pas.

– Et les copines d'école de Lucia aussi. Dans quel monde vivons-nous, quand même !

– Vous auriez dû être médecin.

– C'est ce qu'aurait voulu mon vieux, mais, non, je crois quand même pas. Par contre, j'aurais peut-être dû me lancer dans la contrefaçon. Le milieu est plus classe. Ça m'aurait au moins permis de ne pas avoir ces cons de la DEA sur le dos.

– Faux-monnayeur ? Vous auriez eu le Service secret !

– Seigneur ! s'écria-t-il. Quand c'est pas une chose, c'en est une autre !

– C'est ça, la laverie ? Le truc à droite ?

Je lui répondis que oui, il se gara devant, mais laissa tourner le moteur.

– On est à l'heure ? reprit-il. (Il consulta sa montre, jeta un coup d'œil à celle du tableau de bord.) Oui, ça ira. On est même un peu en avance.

J'observai l'établissement, mais T. J. sortit d'un encadrement de porte de l'autre côté de l'avenue, traversa cette dernière et monta à l'arrière de la voiture. Je fis les présentations, chacun proclamant aussitôt qu'il était ravi de faire la connaissance de l'autre. T. J. se rencogna sur la banquette pendant que Kenan enclenchait la vitesse.

– Ils arrivent à 22 h 30, dit Kenan. Et nous, on se pointe dix minutes plus tard et on remonte jusqu'à l'endroit où ils nous attendent, c'est ça ?... En gros ?

Je lui dis que oui, c'était ça... en gros.

– Ce qui fait qu'on sera face à face, chacun de son côté du *no man's land*, aux environs de 22 h 45... C'est bien sur ça qu'il faut compter... d'après vous ? insista-t-il.

– A peu de chose près.

– Et ça va prendre combien de temps pour faire l'échange et se tirer ? Une demi-heure ?

– Probablement beaucoup moins si rien ne cloche. Mais si ça se met à déconner dans tous les sens... ça sera une tout autre histoire.

– Oui, bon... alors espérons que tout ira bien. Je me demandais seulement, pour ressortir... mais non, ils ne doivent pas fermer les portes avant minuit.

– Fermer les portes ?

– Ben oui. Moi, j'aurais cru qu'ils fermaient plus tôt,

mais ça doit pas être le cas sinon vous auriez choisi un autre endroit.

– Merde !

– Qu'est-ce qu'il y a ?

– Ça ne m'a même pas effleuré ! Pourquoi ne l'avez-vous pas dit avant ?

– Qu'est-ce que vous auriez fait ? Vous auriez rappelé Callander ?

– Ben non, évidemment. Mais je n'ai jamais pensé à la fermeture. Les cimetières ne restent pas ouverts toute la nuit ? Pourquoi faudrait-il les fermer ?

– Pour empêcher les gens d'entrer, pardi !

– Mais pourquoi ça ? Il y aurait donc des gens qui mourraient d'envie d'y entrer ? Putain, celle-là, elle doit remonter à l'école primaire ! « Pourquoi y a des clôtures autour des cimetières ? »

– Ils ont sûrement des vandales, dit Kenan. Des mômes qui renversent les stèles et chient dans les bacs à fleurs.

– Vous croyez que des gosses seraient pas capables de sauter par-dessus une clôture ?

– Eh là ! s'écria-t-il. C'est pas moi qui fait les règlements, mec. Si c'était que de moi, tous les cimetières de la ville seraient ouverts vingt-quatre heures sur vingt-quatre. Entrée gratuite. Ça vous va ?

– Tout ce que j'espère, c'est que j'ai pas merdé. Si jamais ils se pointent et que les portes sont fermées...

– Eh ben quoi ? Qu'est-ce qu'y vont faire ? Fourguer la fille à la traite des Blanches en Argentine ? Ils vont sauter par-dessus la clôture, comme nous. En plus qu'il y a pas mal de chances pour que ça soit pas fermé avant minuit. Il y a sûrement des tas de gens qui doivent avoir envie de venir se recueillir sur la tombe d'un cher disparu après le boulot.

– A 11 heures du soir ?

Il haussa les épaules.

– Les gens qui bossent tard, ça existe. Ils sont employés à Manhattan, ils s'arrêtent pour boire un coup après le boulot, ils bouffent, et après ils doivent attendre une demi-heure pour attraper un métro parce que, eux, c'est des types comme j'en connais d'autres, ils sont tellement radins qu'ils veulent jamais se payer le taxi...

– Putain ! m'écriai-je.

– ... et il est déjà très tard quand ils arrivent à Brooklyn, et alors ils se disent : Tiens... et si je poussais jusqu'au cimetière de Green-Wood, histoire de voir où ils ont collé Tonton Vic que j'l'ai jamais vraiment encadré, même que, tiens, j'm'en vais aller pisser un bock sur sa tombe, hein ?

– Nerveux ?

– Oui, assez... Mais qu'est-ce que vous croyez, bordel ? C'est vous qui allez affronter deux ou trois tueurs avec rien que du fric à la main, non ? Moi, à votre place, je commencerais déjà à suer.

– Je n'en suis pas loin. Ralentissez, l'entrée est là. Je crois que c'est ouvert.

– Oui, on dirait. Vous savez, même si c'est le règlement de fermer, il y a pas mal de chances pour qu'ils se cassent pas trop la tête à boucler.

– Peut-être. On fait le tour ? Et après, on trouve une place où se garer pas loin de l'entrée ?

Nous fîmes le tour du cimetière en silence. Aucune circulation ou presque, et la nuit était calme. A croire que le silence qui régnait sur les tombes avait sauté la clôture pour étouffer tous les bruits extérieurs.

Nous étions quasi revenus à notre point de départ lorsque T. J. nous dit :

– On va dans un cimetière ?

Kenan se détourna pour cacher son sourire.

– Tu peux rester dans la voiture si tu préfères, dis-je.

– Pourquoi faire ?

– Ça serait plus confortable.

– Ecoute, *man*, me renvoya-t-il, les r'froidis m'ont jamais fait peur. Parce que c'est ça qu'tu crois, toi ? Tu crois qu'j'ai la trouille ?

– Au temps pour moi.

– Et comment, Clément ! Les morts, moi, ça m'gêne pas.

Les morts ne me gênaient pas, moi non plus. C'était plutôt certains vivants qui m'inquiétaient.

Nous nous retrouvâmes à l'entrée de la 35e Rue et nous faufilâmes tout de suite à l'intérieur pour ne pas attirer l'attention de passants éventuels. Pour l'instant, c'était Iouri et Pavel qui transportaient les fonds. Nous avions deux torches électriques à nous tous. Kenan en prit une. J'avais déjà l'autre à la main et j'ouvris le chemin.

Je ne me servais guère de ma lampe, l'allumant seulement lorsque j'avais besoin de voir où j'allais, ce qui n'était pas nécessaire les trois quarts du temps. La lune montait lentement dans le ciel et un peu de lumière tombait des lampadaires de la rue. Presque toutes en marbre blanc, les stèles se voyaient très bien dès qu'on s'habituait à l'obscurité. Je filai entre elles en me demandant sur les os de qui je marchais[1]. L'année précédente, un journal avait sorti un article indiquant où on enterrait les morts de la ville et dressant l'inventaire des tombes occupées par les célébrités des cinq bourgs de New York. Je ne m'y étais guère intéressé, mais crus me souvenir que bon nombre de personnalités new-yorkaises avaient choisi de se faire inhumer à Green-Wood.

Certains fans, ça aussi je l'avais lu, aimaient tellement visiter leurs tombes qu'ils en faisaient un véritable passe-temps. On photographiait, on prenait les empreintes de telle ou telle inscription intéressante. J'avais eu du mal à comprendre le plaisir qu'on pouvait tirer de pareilles expériences, mais ce n'était certainement pas plus fou que certaines des choses que j'aime faire moi-même. Cela dit, cette quête ne les conduisait

1. Dans les cimetières américains, les tombes se réduisent à une stèle et sont le plus souvent recouvertes de gazon.

dans les cimetières que pendant la journée. Ils n'allaient pas jusqu'à s'y balader en pleine nuit en essayant de ne pas se prendre les pieds dans tel ou tel bloc de granite qui dépassait du gazon.

En bon petit soldat que j'étais, je continuai d'avancer. Je restais assez près de la clôture pour voir les numéros des rues et ralentis lorsque j'arrivai à la hauteur de la 27e. Mes compagnons m'ayant rattrapé, je leur fis signe de se déployer en éventail sans plus progresser vers le nord. Puis je me tournai vers l'endroit où Raymond Callander était censé se tenir, pointai ma lampe dans sa direction et fis les trois appels lumineux convenus.

Longtemps, seuls le silence et l'obscurité me répondirent. Puis trois éclairs de lumière m'aveuglèrent, la source en étant toute proche et droit devant. Je calculai que les ravisseurs devaient se trouver à une centaine de mètres.

– Restez où vous êtes ! leur criai-je. Nous allons commencer à approcher.

– Pas trop près !

– Nous nous arrêterons à cinquante mètres, comme prévu.

Flanqué de Kenan et d'un des gardes du corps de Iouri, je fis la moitié du chemin, le reste de mes compagnons se tenant à proximité.

– Ça suffit comme ça, me lança Callander à un moment donné.

Mais nous étions encore trop loin l'un de l'autre.

J'ignorai son ordre et continuai d'avancer. Il fallait que Ray et moi soyons assez proches pour que quelqu'un puisse couvrir l'échange. Nous n'avions qu'un fusil et c'était Peter qui se l'était vu confier : il s'était montré bon tireur pendant un stage de six mois qu'il avait jadis effectué dans la garde nationale. Bien sûr, cela remontait à une époque où il ne s'était pas encore lancé, et pour longtemps, dans l'apprentissage de l'alcoolisme et de la drogue, mais, à l'entendre, c'était quand même lui le meilleur d'entre nous. Son arme était équipée d'une lunette télescopique, mais, celle-ci ne fonctionnant pas aux rayons infrarouges, ce serait à la lumière du clair de lune qu'il devrait viser. Il fallait donc absolument réduire la distance entre les deux équipes pour que tous ses coups puissent porter si jamais il devenait nécessaire d'ouvrir le feu.

Pas que ça aurait changé grand-chose pour moi, d'ailleurs. Peter ne commencerait à tirer que si les copains d'en face essayaient de tricher, et si jamais ils s'amusaient à ça, ce serait moi qu'ils flingueraient en premier. A supposer qu'il leur renvoie l'ascenseur, je ne serais plus là pour apprécier ses cartons.

Réjouissantes perspectives.

Lorsque enfin la distance fut réduite de moitié, je fis signe à Peter, qui s'écarta du chemin et alla se choisir un point d'appui pour tirer – une stèle assez basse sur laquelle il cala le canon de son arme. Je cherchai Ray et ses associés des yeux et ne vis plus que du noir. Tout le monde s'était replié dans l'ombre.

– Sortez de là, qu'on vous voie ! m'écriai-je. Et montrez-nous la fille !

Ils ressortirent de l'ombre. Deux formes vagues, puis la lumière qui s'améliore et... oui, ce sont bien deux personnes... un homme qui pousse une fille devant lui. J'entendis Iouri reprendre son souffle et priai le ciel qu'il garde son calme.

– Elle a le couteau sur la gorge, me lança Callander. Si jamais ma main se mettait à glisser...

– Vaudrait mieux pas.

– Alors faudrait voir à abouler le fric. Et on n'essaie pas de jouer au con.

Je me retournai, soulevai les deux valises et jetai un coup d'œil à mes troupes. Pas de T. J. Je demandai à Kenan ce qui lui était arrivé, il me répondit qu'il avait dû retourner à la voiture. « Bordel de Dieu, c'est à vous d'bosser ! », aurait-il précisé.

– J'ai pas l'impression qu'il adore les cimetières après le coucher du soleil.

– Et moi donc !

– Ecoutez, reprit Kenan. Pourquoi vous leur diriez pas qu'on a changé d'idée, que le fric est trop lourd pour que vous le portiez tout seul et que je vais vous aider ?

– Non.

– Faut que vous jouiez les héros, c'est ça ?

Je ne peux pas dire que je me sentais particulièrement héroïque à ce moment-là. Le poids des valises ne me poussait pas à une excessive désinvolture. J'avais l'impression qu'un des hommes était armé – ce n'était pas celui qui tenait la fille et, oui, tout laissait penser qu'il avait pointé son fusil sur moi –, mais je ne me sentais pas en danger de mort, à moins que, de notre côté, quelqu'un ne commence à paniquer, ne lâche une rafale et que ça ne se mette à voler dans tous les sens. Cela dit, si les tueurs avaient décidé de m'abattre, ils ne passeraient certainement pas aux actes avant d'avoir ramassé le fric. Ils étaient peut-être cinglés, mais, cons, ils ne l'étaient sûrement pas.

– Surtout, pas d'âneries, répéta Ray. Je sais pas si vous voyez, mais elle a le couteau juste sur la gorge.

– Je vois.

– C'est assez près comme ça. Posez les valises.

C'était Ray qui tenait la fille, Ray qui lui appuyait le couteau sur le cou. Je connaissais sa voix, mais, même sans cela, je l'aurais reconnu au signalement que T. J. m'en avait fait. Il s'était remonté la fermeture Eclair du blouson jusqu'au cou. Je n'arrivais pas à voir sa chemise lamentable, mais étais assez prêt à faire confiance à T. J. sur ce point : lamentable, sa chemise l'était certainement.

Plus grand que Ray, l'autre tueur avait des cheveux noirs mal peignés et des yeux qui, dans la pénombre, ressemblaient à deux trous qu'on aurait faits au tison dans un drap. Il ne portait pas de veste, juste une chemise en flanelle et des jeans. Je ne voyais pas ses yeux, mais sentis la colère qui y brûlait et me demandai ce que j'avais bien pu lui faire pour la provoquer. Alors que je lui apportais un million de dollars, il mourait d'envie de me buter.

– Ouvrez les sacs, dit-il.

– On libère la fille d'abord.

– Non. D'abord, on me montre le fric.

Le pistolet que Kenan avait tenu à me passer me grattait le creux des reins, canon glissé sous ma ceinture, crosse masquée par ma veste de sport. Il n'est jamais très commode de dégainer dans ces cas-là, mais j'avais les mains libres et pouvais tenter le coup.

Au lieu de cela, je m'agenouillai, défis les fermetures d'une des valises et l'ouvris pour lui montrer l'argent. Puis je me relevai. L'homme armé fit mine de se baisser, je l'arrêtai d'un geste de la main.

– Et maintenant, on la laisse filer, dis-je. Après, vous pourrez regarder tout ce que vous voudrez. C'est pas le moment de changer les règles du jeu, Ray.

– Ah, ma douce ! murmura-t-il. Ça fait vraiment peine de te voir partir.

Il la lâcha. A peine si j'avais pu la voir tellement Ray la tenait serrée dans son ombre. Malgré l'obscurité, je remarquai son air pâle et ses traits tirés. Bras plaqués le long du corps, épaules baissées, elle avait les mains croisées à la hauteur de la taille. On aurait dit qu'elle faisait tout ce qu'elle pouvait pour échapper à un tireur éventuel.

– Allez, viens, Lucia, lui dis-je.

Elle ne bougea pas.

– Ton père est là-bas, mon trésor. Va le rejoindre. Allez, file.

Elle fit un pas en avant, puis s'arrêta. Elle semblait vaciller et serrait de plus en plus fort une de ses mains avec l'autre.

– Allez, quoi ! lui cria Callander. Calte !

Elle le regarda, puis se tourna vers moi. J'avais du mal à deviner ce qu'elle voyait tant elle avait le regard flou et vide. J'aurais voulu la soulever de terre, la jeter sur mon épaule et la porter en courant jusqu'à l'endroit où se tenait son père.

Ou écarter le pan de ma veste, sortir mon pistolet et abattre ces deux fumiers sur place. Mais le tueur me tenait toujours en respect et Callander, lui aussi, avait sorti une arme de poing, en plus du long couteau qu'il continuait de serrer dans son autre main.

Je criai à Iouri d'appeler sa fille.

– Louchka ! hurla-t-il, Louchka ! C'est Papa ! Viens vite !

Elle reconnut sa voix. Son front se plissa sous l'effort, comme si elle faisait de son mieux pour comprendre chaque syllabe qu'elle entendait.

– En russe, Iouri ! lançai-je à Landau.

Il cria quelque chose que je fus incapable de comprendre, mais que Lucia, elle, pigea tout de suite. Elle desserra enfin les mains, fit un premier pas en avant, puis un deuxième.

– Qu'est-ce qu'elle a à la main ? demandai-je à Ray.

– Rien, me répondit-il.

Au moment où Lucia passait devant moi, je l'arrêtai et lui pris la main. Elle me la retira d'un geste brusque.

Deux doigts manquaient.

Je dévisageai Callander. Il avait presque l'air de s'excuser.

– C'était avant qu'on conclue l'affaire, me dit-il en guise d'explication.

Une deuxième volée de russe nous parvint aux oreilles. Lucia marchait déjà plus vite, sans pour autant courir vraiment. Elle semblait incapable de faire plus que traîner lourdement les pieds. A un moment donné, je me demandai même si elle allait arriver à tenir ce rythme déjà pitoyable.

Mais elle ne s'effondra pas et continua d'avancer. Je ne m'effondrai pas davantage, malgré les deux armes qui étaient toujours pointées sur moi. Image même de la fureur contenue, l'homme qui se tenait caché dans le noir me fixait du regard sans rien dire, tandis que

Callander observait Lucia. Il continuait de braquer son arme sur moi, mais ne pouvait s'empêcher de tourner la tête vers la fille. Même moi, je sentis à quel point il avait envie de la flinguer.

– Je l'aimais bien, cette petite, dit-il. Elle était chouette.

Le reste fut facile. J'ouvris la deuxième valise et reculai de quelques pas. Ray s'avança pour examiner le contenu des deux bagages pendant que son associé continuait de me tenir en joue. Les billets n'eurent droit qu'à un examen superficiel. Ray feuilleta bien une demi-douzaine de liasses, mais n'en compta aucune jusqu'au bout et n'essaya même pas de savoir combien il pouvait y en avoir. Il ne remarqua pas les faux billets. Il est vrai que personne ne les aurait remarqués…

Il boucla les valises, reprit son arme et s'écarta pendant que l'homme aux cheveux noirs sortait de l'ombre pour soulever les bagages en grognant sous l'effort. C'était le premier son que je lui entendais proférer.

– Une à la fois, lui dit Callander.

– Elles sont pas lourdes.

– Une à la fois, répéta-t-il.

– Tu me dis pas ce qu'y faut faire, tu veux ? lui renvoya l'homme.

Mais il reposa quand même une valise par terre avant de partir avec l'autre.

Il ne fut pas long à revenir, ni Ray ni moi n'ayant dit mot pendant son absence. Une fois de retour, il souleva la deuxième valise et déclara qu'elle était plus légère, comme si, peut-être, nous avions truandé sur la quantité.

– Elle sera plus facile à porter, lui renvoya Callander d'un ton plein de patience. Allez… va.

– Ray… on devrait le flinguer, ce bouffe-merde.

– Une autre fois.

– Putain de flic qui trafique dans la dope ! On devrait lui exploser la tronche.

Quand il fut parti, Callander me dit :

– Vous nous aviez promis une semaine de délai. Vous tiendrez parole ?

– Plus, si c'est possible.

– Désolé pour le doigt.

– Pour les deux, le repris-je.

– Comme vous voudrez… Il est difficile à contrôler.

Sauf que c'est toi qui as serré la corde de piano pour trancher le sein de Pam, me dis-je en moi-même.

– J'apprécie assez le délai, continua-t-il. Je pense qu'il est temps de changer de climat. Je ne crois pas qu'Albert voudra venir avec moi.

– Vous allez le laisser à New York ?

– Façon de parler.

– Comment l'avez-vous trouvé, ce type ?

Ma question le fit sourire.

– Oh, disons plutôt qu'on s'est trouvés tous les deux. Avec les gens qui ont des goûts très spéciaux, ça arrive assez souvent.

Le moment était étrange. J'avais enfin l'impression de parler à l'homme qui se cachait sous son masque. Les circonstances nous faisaient cadeau d'un instant assez rare.

– Je peux vous demander quelque chose ?

– Allez-y, dit-il.

– Pourquoi toutes ces femmes ?

– Ah, Dieu ! Faudrait un psychiatre pour le savoir, non ? Quelque chose d'enfoui dans mon enfance, sans doute. C'est pas toujours à ça que ça se réduit ? Sevré trop tôt ? Trop tard ?

– Ce n'est pas ce que je voulais dire.

– Ah ?

– Ça ne m'intéresse pas de savoir comment vous êtes devenu ce que vous êtes. Tout ce que je veux comprendre, c'est pourquoi vous faites des trucs pareils.

– Parce que vous croyez que j'ai le choix ?

– Je ne sais pas. Et vous ?

– Hmm. Pas facile à dire. L'excitation ? Le sentiment

de puissance ? L'intensité de la chose ?... Les mots me manquent. Vous voyez ce que je veux dire ?

– Non.

– C'est comme quand on descend une pente aux montagnes russes. Personnellement, les montagnes russes, je déteste ça, il y a des années que j'en fais plus, ça me tord les boyaux, mais... mais si au lieu de détester j'adorais, c'est à ça que ça ressemblerait... (Il haussa les épaules.) Je vous l'ai dit : les mots me manquent.

– Vous ne me faites pas l'effet d'un monstre.

– Pourquoi faudrait-il que j'en sois un ?

– Ce que vous faites est assez monstrueux. Mais... vous me paraissez humain. Comment pouvez-vous...

– Oui ?

– Comment pouvez-vous faire ça ?

– Bah, dit-il, c'est qu'elles ne sont pas réelles.

– Quoi ?

– Elles ne sont pas réelles, toutes ces bonnes femmes, répéta-t-il. Pas réelles du tout. Ce sont des jouets, rien de plus. Quand vous vous tapez un hamburger, c'est vraiment du bœuf que vous pensez manger ? Bien sûr que non. Vous vous tapez un hamburger.

Léger sourire, puis ceci :

– Tant qu'elles marchent dans la rue, oui, ce sont des femmes. Mais dès qu'elles montent dans la camionnette, c'est fini. Elles sont plus que des morceaux d'anatomie.

Un frisson me parcourut l'échine. Quand cela m'arrivait jadis, Tante Peg me disait qu'une oie avait dû marcher sur ma tombe. Bizarre, comme expression. Je me demande bien d'où elle vient.

– Mais... est-ce que j'ai le choix ? reprit-il. Je crois que oui. Ce n'est pas comme si je ne pouvais pas faire autrement dès qu'il y a pleine lune. Le choix, je l'ai toujours. Je peux toujours choisir de ne rien faire et je le fais... jusqu'au jour où je ne le fais plus. Comme quoi ce n'est peut-être pas vraiment un choix... Je peux repousser, mais il y a quand même un moment où je ne veux plus. Sans compter que repousser rend la chose encore plus fabuleuse. C'est peut-être pour ça que je le fais. J'ai lu quelque part qu'être adulte, c'est pouvoir retarder l'instant de la jouissance, mais je ne suis pas très sûr que c'était à ce genre de choses que pensait l'auteur du livre.

Il semblait sur le point de me faire d'autres confidences lorsque, quelque chose changeant brusquement en lui, l'occasion fut définitivement perdue.

– Pourquoi n'avez-vous pas peur ? me demanda-t-il d'un ton agacé. J'ai une arme pointée sur vous et vous faites comme s'il s'agissait d'un pistolet à eau.

– Vous avez une carabine longue portée braquée sur vous. Vous n'iriez pas loin.

– Sans doute, mais... et vous ? A quoi ça vous servirait ? On aurait peur à moins, vous savez. Vous êtes donc si courageux que ça ?

– Non.

– Bon... De toute façon, je ne vais pas tirer. Pour tout laisser à Albert ? Pas question. Cela dit, je crois qu'il est temps de retrouver l'anonymat de la nuit. Demi-tour... commencez à repartir vers vos amis.

– Entendu.

– Il n'y a jamais eu de troisième homme armé. Vous pensiez qu'il y en avait un ?

– Je n'en étais pas certain.

– Vous saviez très bien qu'il n'y en avait pas. Mais ça ne me gêne pas. Vous avez la fille, nous avons le fric. Tout a bien fonctionné.

– Oui.

– N'essayez pas de me suivre.

– Je ne le ferai pas.

– Non, je sais.

Il ne disait plus rien, je crus qu'il avait filé. J'avais fait une douzaine de pas lorsqu'il me rappela :

– Je suis navré pour les doigts, dit-il. C'était un accident.

22

– Tu causes pas beaucoup, dit T. J.

J'étais au volant de la Buick. Dès que Lucia était arrivée à côté de son père, celui-ci l'avait soulevée de terre, jetée sur son épaule et ramenée à sa voiture, Dani et Pavel filant aussitôt derrière eux. « Je lui ai conseillé de ne pas attendre, m'avait dit Kenan. Lucia avait besoin d'un médecin, Iouri en connaît un qui passera chez lui. »

Il ne restait plus que deux voitures pour nous quatre. Lorsque nous avions rejoint le groupe, Kenan m'avait jeté les clés de la Buick en me disant qu'il rentrerait avec son frère. « Venez à Bay Ridge, avait-il ajouté. On commandera une pizza ou autre. Après, je vous reconduirai tous les deux chez vous. »

Nous étions arrêtés à un feu rouge lorsque T. J. me fit remarquer que je ne causais guère. C'était indiscutable. Ni l'un ni l'autre, nous n'avions ouvert la bouche depuis que nous étions montés en voiture. J'étais toujours sous le coup de la conversation que je venais d'avoir avec Callander. En grommelant, je lui répondis que nos petites activités m'avaient beaucoup secoué.

– Peut-être, mais t'es resté cool, me renvoya-t-il. Putain ! Faire le pied d'grue à côté d'ces mecs !

– Où étais-tu ? On a cru que tu étais reparti a la voiture.

Il secoua la tête.

– J'suis passé derrière eux. Je m'disais que j'pourrais peut-être repérer l'troisième homme, celui avec le flingue.

– Il n'y a jamais eu de troisième bonhomme.

– Ça doit être pour ça qu'il était si difficile à voir. Toujours est-il que j'ai fait l'tour, que j'suis passé derrière eux et qu'j'ai filé par où ils étaient entrés. Et que j'ai r'trouvé leur bagnole.

– Comment as-tu fait ?

– C'était pas très compliqué. J'l'avais vue avant et c'était toujours la même Honda, non ? Alors, je m'suis adossé à un poteau et j'ai surveillé la voiture d'un œil. Au bout d'un moment, le type qu'avait pas d'veste est sorti du cimetière en courant et a j'té une valoche dans l'coffre. Après, il a fait d'mi-tour et il est r'parti à toute allure.

– Il allait chercher l'autre.

– Je sais. Même que je m'suis dit que pendant qu'il allait la chercher j'pourrais p't-être le débarrasser d'la première. Le coffre était fermé à clé, mais j'aurais pu l'ouvrir en appuyant sur l'bouton qu'y a à l'intérieur d'la boîte à gants… et vu qu'les portières étaient pas fermées…

– Je suis content que tu n'aies pas essayé.

– Ben, j'aurais pu, mais disons qu'le mec y r'vient brusquement et qu'y a plus la valise dans l'coffre : qu'est-ce qu'y fait, hein ? Y repart et y te flingue, c'est ça qu'y fait… enfin, y a des chances. Alors, je m'suis dit qu'c'était pas trop cool.

– Bien réfléchi, ça.

– Sauf que je m'suis aussi dit que, si c'était au ciné, je m'glisserais dans la bagnole pour me planquer entre les sièges. Y collent le fric dans la malle, y s'assoient dans la bagnole, pourquoi qu'ils iraient r'garder derrière, pas ? Bon, y rentrent chez eux, ou ailleurs si c'est là qu'ils ont décidé d'aller, et quand on arrive, moi, je r'ssors de la voiture et j't'appelle pour t'dire où c'est qu'on est. Mais bon, quand même… Eh là, T. J. ! que je m'suis dit, c'est pas un film et t'es p't-être un peu trop jeune pour mourir.

– Content que tu l'aies compris.

– En plus que si jamais t'avais pas été au même numéro, qu'est-ce que j'aurais foutu ? Alors, j'ai attendu. Et lui, y s'est pointé avec la deuxième valise, y l'a jetée dans l'coffre et il est monté dans la bagnole. Et l'autre, çui qui passait les coups de fil, il est arrivé et il a pris le volant. Et alors, y sont partis, et moi, je m'suis faufilé dans l'cimetière pour retrouver tout le monde. Bizarre, ce cimetière, mec. J'comprends qu'on ait envie de s'payer une dalle pour que tout l'monde sache qui c'est qu'y a d'ssous, mais quand y a des p'tites baraques par-dessus que c'est même mieux qu'là où on habitait quand on était vivant ! Tu voudrais un truc comme ça, toi ?

– Non.

– Moi non plus. Juste une p'tite dalle où y aurait que *T. J.* d'écrit dessus.

– Pas de dates ? Pas de nom ?

Il secoua la tête.

– Non, rien que *T. J.*, conclut-il. Et mon numéro de biper... disons.

Une fois de retour à Colonial Road, Kenan décrocha son téléphone pour essayer de trouver une pizzeria encore ouverte. Sans succès, mais cela n'avait pas d'importance. Personne n'avait faim.

– On devrait fêter ça, dit-il. On a récupéré la fille, elle est vivante, et regardez-moi la petite fête qu'on se paie !

– Il y a eu match nul, dit Peter. Je vois pas pourquoi il faudrait pavoiser. Personne n'a gagné, personne n'allume des pétards dans les rues. Quand la partie se termine comme ça, on se sent encore plus mal que si on l'avait perdue.

– Ça serait nettement pire si la fille était morte, lui fit remarquer Kenan.

– C'est parce qu'il ne s'agissait pas d'un match de football. C'était du vrai. N'empêche : il n'y a toujours pas de quoi pavoiser. Le méchant s'est quand même tiré avec le fric. Comme si on pouvait jeter son chapeau en l'air après ça !

– Ils ne sont pas au bout de leurs peines, dis-je à mon tour. Je leur donne encore un ou deux jours, mais c'est bien tout. Ils ne s'en sortiront pas.

Cela étant, je ne me sentais pas plus qu'eux d'humeur à fêter l'événement. Comme toute partie nulle, celle-là laissait un mauvais goût d'occasions manquées dans la bouche. T. J. pensait toujours qu'il aurait dû jouer les passagers clandestins à l'arrière de la Honda ou trouver une façon de suivre celle-ci jusqu'à son garage habituel. Peter avait raté plusieurs chances d'étendre Callander sans mettre personne en danger. Et moi aussi je découvrais des dizaines d'astuces qui m'auraient sans doute permis d'essayer de reprendre la rançon. Nous avions réussi notre coup, mais il aurait dû y avoir moyen d'aller plus loin.

– J'ai envie d'appeler Iouri, dit Kenan. Sa fille était dans un état lamentable. A peine si elle arrivait à marcher. Je crois qu'elle y a laissé nettement plus que deux doigts.

– J'ai peur que vous n'ayez raison, dis-je.

– Ils ont dû sacrément la malmener !

Il enfonça brutalement les touches de son téléphone et ajouta :

– J'aime pas penser à ça parce que ça me rappelle Francine et… (Il s'arrêta pour pouvoir parler à Iouri.) Euh, oui… Est-ce que Iouri est là ?… Je vous demande pardon. J'ai dû me tromper de numéro. Je suis vraiment désolé.

Il coupa la communication et poussa un soupir.

– Une Hispanique. Elle parlait comme si je venais de la tirer de son plumard. Bon Dieu ! Je déteste ça.

– Ah, les gens qui se gourent de numéros ! dis-je.

– Oui. Et je sais pas ce qu'il y a de pire : recevoir l'appel ou le donner. Ce que je peux me sentir con quand j'emmerde les gens comme ça !

– Ça vous est arrivé le jour où votre femme a été enlevée.

– Oui, bon… C'était comme des présages. Sauf que, à ce moment-là, ils ne me semblaient pas particulièrement menaçants. C'était plus agaçant qu'autre chose.

– Iouri a eu la même chose ce matin. Deux ou trois appels de gens qui…

– Et ça voudrait dire que… (Il fronça les sourcils, puis hocha la tête.) Quoi ?… Eux ? Callander qui aurait appelé pour s'assurer qu'il y avait bien quelqu'un à la maison ? C'est possible, mais… et après ?

– Et vous feriez ça d'une cabine, vous ?

Ils me regardèrent tous avec l'air de ne rien y comprendre.

– Disons que vous voulez passer un coup de fil qui ressemble à un mauvais numéro, expliquai-je. Vous avez l'intention de ne rien dire de façon que personne ne se souvienne de votre appel et vous vous donneriez quand même la peine de prendre votre voiture pour aller bigophoner d'une cabine située à sept ou huit rues de chez vous ? Vous ne vous serviriez pas plutôt de votre téléphone personnel ?

– C'est vrai que j'appellerais sans doute de chez moi, mais…

– Ben moi aussi, dis-je.

J'attrapai mon carnet et cherchai la feuille de papier que Jimmy Hong m'avait tendue après y avoir inscrit tous les appels passés aux Khoury. A ce moment-là, seuls m'intéressaient les coups de fil donnés par le ravisseur après sa première demande de rançon, mais Jimmy les avait tous notés à partir de minuit. J'étais sûr d'avoir eu cette liste entre les mains plus tôt dans la journée puisque c'était elle que j'avais consultée quand j'avais eu envie de rappeler T. J. à la laverie, mais où diable l'avais-je fourrée ?

Je la trouvai enfin et dépliai la feuille.

– Là, ça y est, dis-je. Deux fois deux appels à moins d'une minute d'écart… Les deux premiers ont été passés à 9 h 44 et les deux autres à 14 h 30. Numéro de téléphone : le… 243 74 36.

– Mince alors ! s'écria Kenan. Je me souviens juste qu'y a eu plusieurs appels. Je ne sais pas à quelle heure…

– Mais vous connaissez le numéro ?

– Redonnez-le-moi… (Il secoua la tête.) Non, ça ne me dit rien du tout. Pourquoi on appelle pas, histoire de voir ce que ça donne ?

Il tendit le bras vers le téléphone, je couvris sa main de la mienne.

– Surtout, ne pas les avertir.

– Les avertir de quoi ?

– Qu'on sait où ils sont.

– Parce qu'on le saurait ? Alors qu'on n'a qu'un numéro de téléphone ?

– Les Kong sont peut-être rentrés, dit T. J. Vous voulez que j'essaie ?

Je fis non de la tête.

– Je crois que je peux me débrouiller tout seul.

J'appelai les Renseignements. L'opératrice s'étant présentée, je lui dis :

– Officier de police Alto Sima, numéro de badge 2491-1907. Je voudrais que vous m'aidiez à retrouver une adresse. J'ai le numéro… que voici… Oui, c'est ça : 243 74 36… Oui. Merci.

Je me coinçai l'écouteur contre l'épaule et écrivis l'adresse avant de l'oublier.

– Le numéro est celui d'un certain A. H. Wallens, dis-je. C'est un ami à vous ? (Kenan me fit signe que non.) Je crois que le A est l'initiale d'Albert. C'est comme ça que Callander appelait son associé… (Je vérifiai l'adresse.) 692, 51e Rue.

– Sunset Park, dit Kenan.

– Oui, Sunset Park. A deux ou trois rues de la laverie.

– Enfin les prolongations ! s'écria Kenan. Allons-y !

C'était une maison à ossature en bois, et passablement négligée, cela se voyait, même à la faible lumière du clair de lune. Les planches à clin auraient eu besoin d'un bon coup de peinture et les buissons d'un bon coup de cisailles. Deux ou trois marches conduisaient à une véranda fermée par une porte-moustiquaire en grillage fin et dont le plancher s'affaissait visiblement en son milieu. Réparée par endroits avec des plaques de goudron, une allée en ciment courait le long du flanc droit de la bâtisse, jusqu'à un garage à deux places. La maison comportait une porte sur le côté et une autre derrière.

Nous arrivâmes dans la Buick, que nous garâmes dans la VIIe Avenue, près du coin de la rue. Nous avions tous des armes de poing. J'avais dû paraître surpris de voir Kenan tendre un revolver à T. J. car il m'avait longuement regardé avant de me dire : « Il nous accompagne, il a un flingue. Laissez-le venir avec nous, c'est un bon gars. Tu sais comment ça marche, T. J. ? C'est comme un appareil photo japonais : tu vises et t'appuies, c'est tout. »

La portière à crémaillère du garage était bouclée au cadenas. Il y avait une étroite porte en bois sur le côté, mais elle aussi était fermée à clé, et ce n'était pas avec ma carte de crédit que j'allais l'ouvrir. J'essayais de trouver le moyen de casser une vitre sans faire trop de bruit lorsque Peter me passa une torche électrique. Un instant, je crus qu'il voulait que je m'en serve pour briser la vitre et me demandai pourquoi. Puis je compris, collai l'extrémité de l'objet contre le carreau et allumai. La Honda Civic était bien là, et j'en reconnus le numéro. A côté d'elle se trouvait une camionnette de teinte sombre que j'eus plus de mal à voir, même en braquant le faisceau de ma torche dans la bonne direction. La plaque minéralogique n'était pas apposée à un endroit où j'aurais pu l'apercevoir, la couleur du véhicule était difficile à déterminer dans la pénombre, mais nous n'avions pas vraiment besoin d'en savoir plus : nous ne nous étions pas trompés de clients.

Il y avait des lumières allumées dans toute la maison. Plusieurs indices tendaient à prouver qu'il s'agissait d'un bâtiment destiné à une seule famille – une seule sonnette à la porte de côté, une seule boîte aux lettres accrochée à la porte près de la véranda –, mais rien ne nous disait dans quelle pièce se tenaient les ravisseurs. Nous fîmes lentement le tour de la bâtisse. Arrivé à l'arrière, je fis la courte échelle à Kenan et lui donnai une bonne poussée vers le haut. Il agrippa le rebord de la fenêtre, passa la tête par-dessus, resta un instant immobile, puis se laissa retomber par terre.

– C'est la cuisine, souffla-t-il. Le blondinet est en train de calculer le montant de la rançon. Il défait chaque liasse, il compte les billets et il aligne des chiffres sur une feuille de papier. Tu parles d'une perte de temps ! L'affaire est réglée… Qu'est-ce qu'il se casse la nénette à compter combien il a ?

– Et l'autre ?

– Je l'ai pas vu.

Nous répétâmes l'opération à d'autres fenêtres et essayâmes la porte de côté en passant. Elle était fermée à clé, mais un enfant aurait pu l'ouvrir d'un coup de pied. La porte de derrière, celle qui donnait dans la cuisine, ne paraissait pas poser de problèmes majeurs non plus.

Mais je n'avais pas envie de l'enfoncer avant d'être sûr que les deux lascars se trouvaient effectivement à l'intérieur.

Ayant gagné l'avant de la maison, Peter prit le risque de se faire repérer par un passant en se servant de la lame d'un couteau de poche pour repousser le pêne de la porte de la véranda. La porte intérieure était équipée d'une serrure plus solide, mais, là encore, il y avait une fenêtre qu'on pourrait casser si on voulait entrer en trombe dans la baraque. Peter ne brisa pas la vitre, regarda à l'intérieur et conclut qu'Albert ne se trouvait pas dans le living.

Il vint nous rapporter le fruit de ses observations. Je décidai qu'Albert devait être monté au premier, ou qu'il était parti se payer une bière dans un café. J'essayais encore de trouver un moyen de cueillir Callander sans faire de bruit avant de passer à la deuxième phase de l'opération lorsque T. J. attira mon attention d'un petit claquement de doigts. Je baissai la tête et vis qu'il s'était accroupi devant un soupirail.

Je le rejoignis, me baissai à mon tour et regardai à l'intérieur. T. J. promena le faisceau de sa lampe dans toute la cave, qui était vaste. Dans un coin de la pièce, un grand évier était installé, avec une machine à laver et une sécheuse à linge tout à côté. A l'autre bout se trouvait un établi, flanqué d'un certain nombre de grosses machines électriques. Au-dessus, un grand panneau en bois était fixé au mur. Des dizaines d'outils y pendaient à des chevilles.

Au premier plan, nous vîmes une table de ping-pong dont le filet s'était distendu. Une de nos valises était posée dessus – ouverte, et vide. Encore habillé comme au cimetière, Albert Wallens était assis à la table, sur une chaise à dossier à claire-voie. Il aurait très bien pu être occupé à compter l'argent de la valise si celle-ci n'avait pas été vide. Sans parler du fait qu'il aurait été passablement étrange de faire ça dans le noir : seule la lampe torche de T. J. éclairait la cave.

Sans le voir vraiment, je devinai que le cou d'Albert était pris dans une corde de piano, celle-là même, sans doute, qui avait servi à trancher le sein de Pam et, peut-être aussi, à tuer Leila Alvarez. Dans le cas présent, elle avait rencontré des os et des cartilages, au lieu de chairs qui ne résistent guère, et ne s'était donc pas montrée d'une précision aussi chirurgicale. Il n'empêche : elle avait bien fait son boulot. Le sang ayant eu toute latitude d'y entrer, mais pas d'en ressortir, la tête d'Albert avait gonflé d'une manière grand-guignolesque. Son visage ressemblait à une lune couverte de bleus. Ses yeux sortaient beaucoup de leurs orbites. Ce n'était pas mon premier mort par étranglement et je sus tout de suite à quoi j'avais affaire, mais c'était de loin ce que j'avais vu de plus horrible.

Côté risques, ça faisait déjà ça en moins.

Par la fenêtre, Kenan regarda une deuxième fois dans la cuisine et n'y remarqua aucune arme. J'eus le sentiment que Callander avait rangé la sienne. Ses enlèvements ne s'étaient jamais faits au fusil. Au cimetière, il n'avait pris un flingue que pour doubler le couteau qu'il tenait sur la gorge de Lucia, et il avait préféré recourir à la corde de piano lorsqu'il avait jugé l'heure venue de rompre son contrat d'association avec Albert.

Côté logistique, tout le problème se réduisait donc au temps qu'il nous faudrait pour passer de la porte par laquelle nous choisirions d'entrer à l'endroit où Callander faisait ses comptes. Entrer par-derrière ou par la porte latérale nous obligerait à grimper les marches qui conduisaient à la cuisine à toute vitesse. A passer par la véranda, nous serions contraints de traverser toute la maison pour en gagner l'arrière.

Kenan suggéra d'entrer tout doucement par la porte de devant. Il n'y aurait ainsi aucun risque que les marches se mettent à craquer, et cette porte était la plus éloignée de l'endroit où se tenait Callander. Occupé comme il l'était à dénombrer ses billets, il y avait des chances pour qu'il ne nous entende pas briser la vitre.

– Scotchons-la, dit Peter. Elle cassera, mais elle ne tombera pas par terre. Ça fera beaucoup moins de raffut.

– Les trucs qu'on apprend quand on est junkie ! marmonna Kenan.

Mais nous n'avions pas de scotch et tous les magasins du quartier qui auraient pu en avoir avaient fermé depuis belle lurette. T. J. fit remarquer qu'il devait sûrement y avoir ce qu'il fallait sur l'établi ou au-dessus, mais aller jusque-là nous aurait forcés à briser une autre vitre et la manœuvre nous parut d'un intérêt limité. Peter repartit jeter un coup d'œil à la véranda et nous informa que le plancher de la salle de séjour était couvert de moquette. Nous nous regardâmes tous et haussâmes les épaules.

– Après tout... pourquoi pas ? lança quelqu'un.

Je fis la courte échelle à T. J., qui regarda ce qui se passait dans la cuisine pendant que Peter allait casser la vitre de la porte de devant. Nous n'entendîmes rien de l'endroit où nous nous tenions et, apparemment au moins, Callander n'entendit rien lui non plus. Nous regagnâmes tous le devant de la maison et entrâmes par la porte en faisant attention à ne pas marcher sur des éclats de verre. Puis nous attendîmes, écoutâmes encore et encore, et lentement, sans faire aucun bruit, nous nous enfonçâmes dans la maison silencieuse.

Lorsque nous arrivâmes enfin à la porte de la cuisine, Kenan et moi nous trouvions à la tête de la colonne. Nous tenions l'un et l'autre une arme à la main. Raymond Callander n'avait pas bougé de la table et nous montrait son profil. Il avait une liasse de billets dans une main et un crayon dans l'autre. Pour un comptable qui s'y connaît, le crayon est certes une arme redoutable, mais bien moins impressionnante qu'un revolver ou un couteau.

Je ne sais pas combien de temps j'attendis. Sans doute guère plus de quinze ou vingt secondes, et encore, mais cela me parut une éternité. Puis, quelque chose ayant changé dans la position de ses épaules, j'eus l'impression que Dieu sait comment il avait enfin senti notre présence.

– Police ! lui criai-je. Ne bougez pas.

Il ne bougea pas. Il ne tourna même pas les yeux vers moi. Il resta figé sur place, comme si, une phase de sa vie s'achevant, une autre venait à peine de commencer. Puis il se tourna vers moi pour me regarder, son visage ne montrant ni peur ni colère – seulement une profonde déception.

– Vous m'aviez dit une semaine, gémit-il. Vous me l'aviez promis.

Tout l'argent avait l'air d'être là. Nous en remplîmes une valise. La deuxième se trouvait à la cave et personne n'avait très envie d'aller l'y chercher.

– Je dirais bien à T. J. d'y foncer, chuchota Kenan, mais vu la manière dont il a réagi au cimetière... Non, descendre dans une cave où il y a un cadavre lui foutrait trop les jetons.

– Vous dites ça rien que pour me forcer à y aller ! grogna T. J. Vous essayez de m'flanquer la trouille.

– Ouais, reconnut Kenan. Je me doutais bien que tu dirais un truc comme ça.

T. J. leva les yeux au ciel, puis descendit chercher la valise. Il remonta avec et nous lança :

– Putain, qu'est-ce que ça schlingue là-bas en bas ! Les morts, ça pue toujours aussi méchant ? Si jamais j'tue quelqu'un, rappelez-moi de faire ça d'loin.

L'atmosphère était bizarre. Nous ne cessions de tourner et de virer autour de Callander en faisant comme s'il n'était pas là et lui nous facilitait les choses en ne bougeant pas d'un poil et en la fermant obstinément. Assis comme il l'était, il paraissait tout petit, faible et bien incapable de quoi que ce soit. Je savais qu'il n'était rien de tout cela, mais sa passivité et son air ébahi en donnaient l'impression.

– Tout est emballé, annonça Kenan en bouclant les serrures de la deuxième valise. A renvoyer tout de suite à Iouri.

– Tout ce qu'il voulait, c'était récupérer sa fille, dit Peter.

– Bah, c'est jour de chance. Il récupère l'argent en plus.

– Il a dit que le fric, il s'en foutait, insista Peter d'un ton rêveur. L'argent ne comptait pas.

– Petey... tu serais quand même pas en train de me dire des choses sans me les dire ?

– Il ne sait pas qu'on est venus ici.

– Non, c'est vrai.

– C'est juste une idée comme ça.

– Non.

– Ça fait un paquet de fric. Et t'as plongé assez sérieusement y a pas longtemps, pas vrai ? Ton deal de hasch ne risquerait pas de passer aux chiottes, des fois ?

– Et alors ?

– Et alors, quand Dieu te donne la chance de t'y retrouver, c'est jamais bon de Lui cracher dans l'œil.

– Oh, Petey ! s'écria Kenan. T'as oublié ce que le père nous disait toujours ?

– Il nous disait toujours des tas de conneries, le père ! lui renvoya Peter. Comme si on l'avait jamais écouté !

– Il disait de jamais voler à moins que ça soit un million de dollars. Tu te souviens pas ?

– Ben, c'est le moment d'y aller, non ?

Kenan secoua la tête.

– Non, tu te trompes. Y a que huit cent mille dollars, y en a un quart qu'est en faux billets, et je parle même pas des cent trente mille que j'y ai foutus moi-même, ce qui nous laisse, quoi ?... tu veux me le dire ? Quatre cent et des poussières ? Quatre cent vingt à tout casser...

– Ça te renflouerait quand même assez, non ? Quatre cent mille que ce trouduc t'as piqués, plus les dix que t'as filés à Matt, plus les frais, ça fait quoi ? Quatre cent vingt ou pas loin.

– J'ai pas envie de me renflouer.

– Quoi ?

Kenan regarda fixement son frère.

– J'ai pas envie de me renflouer, répéta-t-il. J'ai payé le prix du sang pour Francey et tu voudrais que je fauche l'argent du sang à Iouri ? Putain, tu l'as drôlement, la mentalité du junkie, tu sais ? On pique le portefeuille et on aide le mec à le chercher ? C'est ça ?

– Ouais... t'as raison.

– Non, parce que... Pour l'amour du ciel, Petey !

– Non, non, t'as raison. Tu as tout à fait raison.

– Vous m'aviez fourgué des faux billets ? demanda Callander.

– Tiens, y a Ducon qui se réveille ! dit Kenan. Je commençais à oublier que t'étais là. Qu'est-ce que t'as ? T'as peur qu'on te surprenne à dépenser ton fric ? Eh ben, coco, figure-toi que tu sais pas tout. Tu le dépenseras jamais, ton blé.

– C'est vous l'Arabe… le mari ?

– Et alors ?

– Rien. Je me demandais.

– Ray, lui dis-je, où est l'argent que vous avez pris à M. Khoury ?

– On se l'est partagé.

– Et après ?

– Je sais pas ce qu'Albert a fait de la moitié qui lui revenait. Tout ce que je sais, c'est qu'elle est pas dans la maison.

– Et la vôtre ?

– Dans un coffre. First Mercantile Bank de Brooklyn, croisement de New Utrecht et du Fort Hamilton Parkway. J'y passerai demain matin avant de quitter la ville.

– Voyez-vous ça ! s'écria Kenan.

– J'arrive pas à me décider pour la voiture. Entre la Honda et la camionnette…

– Il plane un peu, le monsieur, non ?… Matt, je crois qu'il dit la vérité pour le pognon. La moitié qu'il a mise à la banque, on peut l'oublier tout de suite. La moitié d'Albert, je sais pas. On pourrait retourner toute la baraque, mais je crois pas qu'on la retrouverait. Qu'est-ce que vous en pensez ?

– Il y a peu de chances.

– Il l'a probablement enterrée dans le jardin. Ou alors au cimetière, bordel ! Ou ailleurs… Merde, tiens. J'étais pas censé l'avoir, ce fric. Je le sais depuis le début. Faisons ce qu'on a à faire et filons.

– Il reste quand même une décision à prendre, lui rappelai-je.

– Comment ça ?

– Je peux le livrer aux flics. Les preuves à charge ne manquent pas. Il a le cadavre de son associé à la cave et la camionnette qui est au garage doit être pleine de fibres, de traces de sang et Dieu sait quoi encore. Pam Cassidy n'aura aucun mal à le reconnaître et à dire que c'est lui qui l'a mutilée. Et comme il y aura d'autres preuves pour Leila Alvarez et Marie Gotteskind…

D'après moi, il devrait compter sur trois perpètes, plus vingt ou trente ans de prison en guise de bonus.

– Vous me garantissez la perpète ?

– Non, lui répondis-je. Dès qu'on touche au système judiciaire, garantir quoi que ce soit est impossible. Il finira sans doute à l'hôpital psychiatrique de Matteawan et en sortira les pieds devant. Cela dit, tout est possible, vous le savez bien. Je ne le vois pas en train de se faire la malle en patins à glace, mais j'ai déjà dit ça pour des gens qui s'en sont tirés sans passer une seule journée en taule.

Kenan médita mes paroles.

– Pour en revenir à notre accord ..., dit-il enfin. Nous n'avons jamais stipulé que vous l'embarqueriez, n'est-ce pas ?

– Je sais. C'est bien pour ça que je vous rappelle que c'est à vous de choisir. Sauf que, si vous optez pour l'autre solution, il faudra d'abord me donner le temps de disparaître.

– Vous ne voulez pas en être ?

– Non.

– Parce que vous n'approuvez pas ?

– Là n'est pas la question.

– Mais ce n'est pas le genre de chose que vous feriez ?

– Non, dis-je, ce n'est pas ça non plus. M'arroger les prérogatives du bourreau, j'ai déjà fait. Mais ce n'est pas un rôle dans lequel j'aimerais m'installer.

– Non, bien sûr.

– En plus, il n'y a aucune raison pour que je m'y remette dans le cas présent. Je pourrais le fourguer à la Criminelle de Brooklyn sans que ça m'empêche de dormir.

Il réfléchit, puis me dit :

– Mais moi, non. Je pourrais pas.

– C'est bien pour ça que je vous répète que c'est à vous de choisir.

– Oui, bon, ben... faut croire que c'est fait. Et je m'en démerderai tout seul.

– Bien. Dans ce cas, je m'éclipse.

– Ouais. Vous et tous les autres, dit-il. Tenez, voilà ce qu'on va faire. C'est vraiment dommage qu'on soit pas venus avec deux bagnoles. Matt... vous, T. J. et Petey, vous allez rapporter le fric à Iouri.

– Il y en a aussi à vous. Vous voulez reprendre votre argent d'abord ?

– Non. Vous ferez le partage là-bas, vous voulez bien ? Je n'ai pas envie de me retrouver avec les faux billets.

– Ils sont tous dans les liasses entourées d'une bande de la Chase Manhattan, dit Peter.

– Ouais. Sauf qu'ils ont tous été mélangés quand cette tête de nœud s'est mise à les compter, alors, vous les triez chez Iouri, OK ? Et après vous passez me reprendre. Disons, dans... vingt minutes pour aller chez Iouri et vingt minutes pour en revenir, vingt minutes pour faire le boulot là-bas... disons une heure. Dans une heure-une heure et quart vous me reprenez au coin de la rue.

– Parfait.

Il s'empara d'une valise.

– Allez, dit-il. On les porte à la voiture. Matt... vous me le lâchez pas des yeux.

Ils partirent, T. J. et moi restant pour surveiller Raymond Callander. Nous avions tous les deux une arme, mais, dans l'état où se trouvait notre prisonnier, une tapette à mouches aurait suffi à le tenir en respect. A peine s'il avait l'air d'être là.

Je le regardai et me souvins de la conversation que nous avions eue au cimetière, de ce bref instant où quelque chose d'humain avait parlé en lui. Je décidai de tenter à nouveau l'expérience, histoire de voir ce qu'il en sortirait cette fois.

– Vous songiez vraiment à laisser Albert ici ? lui demandai-je.

– Albert ?... répéta-t-il.

Il dut réfléchir un instant avant de me répondre :

– Non. J'allais juste nettoyer un peu avant de partir.
– C'est-à-dire ?
– Le couper en morceaux avant de l'emballer. C'est pas les sacs en plastique qui manquent dans le placard.
– Et après ? Vous l'auriez livré à quelqu'un dans le coffre de sa voiture ?
– Ah... ça ! dit-il en se souvenant. Non, ça, c'était pour le bénéfice de l'Arabe. Mais c'est pas difficile. On éparpille un peu, dans des poubelles et des bennes à ordures du coin... Y a jamais personne pour le remarquer. On fout ça avec les déchets d'un restaurant et ils mettent tout ensemble : chutes de viande.
– Ce n'est pas la première fois que vous faites ça...
– Oh, non ! s'exclama-t-il. Des femmes, y en a eu beaucoup plus que vous le croyez... (Il regarda T. J.) Y a même une Noire, ça me revient. Elle était à peu près de la même couleur que vous.
Il poussa un soupir et conclut :
– Je suis fatigué.
– Ça ne sera pas long.
– Vous allez me laisser avec lui et il va me tuer. Putain d'Arabe...
De Phénicien, pensai-je.
– On se connaît, vous et moi, reprit-il. Je sais que vous m'avez menti, je sais que vous êtes revenu sur votre promesse, mais vous ne pouviez pas faire autrement. Cela dit, vous et moi, on a quand même parlé. Comment pouvez-vous le laisser me tuer ?
Geignard et querelleur. Je ne pus m'empêcher de songer à Eichmann dans le box des accusés, en Israël. Comment pouvions-nous lui faire ça ?
Je repensai aussi à une question que je lui avais posée au cimetière et lui resservis la réponse assez remarquable qu'il m'avait faite.
– Vous êtes monté dans la camionnette, lui dis-je.
– Je ne comprends pas.
– Dès qu'on monte dans la camionnette, c'est fini. C'est plus que des morceaux d'anatomie.

A 2 h 45, comme prévu nous reprîmes Kenan devant une bijouterie de la VIIIe Avenue, à deux pas de chez Albert Wallens. Voyant que je m'étais mis au volant, il me demanda où était passé son frère. Je lui répondis que nous l'avions lâché dans Colonial Road quelques minutes plus tôt. Il avait décidé de repartir avec la Toyota, puis avait changé d'avis et déclaré qu'il irait se coucher tout de suite.

– Ah ouais ? Moi, je suis tellement à cran qu'il fau drait me taper sur la tête avec un maillet pour me faire dormir… Non, restez au volant, Matt.

Il fit le tour de la voiture et regarda T. J., qui s'était vautré sur la banquette arrière comme une poupée en chiffon.

– Le marchand de sable est passé, fit-il. Ce sac de voyage me dit quelque chose, mais j'espère que, cette fois-ci, il n'est pas bourré de faux billets.

– Vos cent trente mille dollars y sont, lui répondis-je. On a fait de notre mieux. Je ne pense pas qu'il y ait de la bourre.

– S'il y en a, c'est pas grave. Ces faux sont presque aussi bons que des vrais. Moi, je dirais qu'il faut prendre par la voie rapide Gowanus. Vous savez comment la rattraper, d'ici ?

– Je crois.

– Après, on file par le tunnel ou par le pont… à vous de voir. Mon frère vous a proposé de prendre l'argent et de me le garder au chaud ?

– Je lui ai dit que j'étais tenu de vous le remettre en mains propres.

– Oui, bon… joli tour de diplomatie. Ah… j'aimerais bien pouvoir reprendre un truc que je lui ai dit. Non, parce que… lui balancer qu'il avait la mentalité d'un junkie ! C'est vache de dire ça à quelqu'un.

– Il l'a reconnu avec vous.

– C'est ce qu'il y a de pire : on sait tous les deux que c'est vrai… Etonné de revoir son fric, le Iouri ?

– Hébété.

Il rit.

– Ça !… Comment va sa fille ?

– Le docteur dit qu'elle s'en sortira.

– Ils l'ont salement amochée, non ?

– Ça ne sera pas facile de faire le tri entre les dégâts corporels et le choc psychologique. Ils n'ont pas arrêté de la violer et j'ai cru comprendre qu'il y avait des lésions internes… en plus des deux doigts qu'il lui manque. Elle était sous sédatifs, naturellement. Et je crois que le docteur a aussi filé quelque chose à Iouri.

– Il devrait faire pareil pour nous.

– Iouri l'a proposé. Il voulait aussi me passer du fric.

– J'espère que vous l'avez pris.

– Non.

– Pourquoi ?

– Pourquoi ? Je ne sais pas. Tout ce que je peux vous dire, c'est que c'est pas inhabituel, ces trucs-là, chez moi.

– Et ça ne correspond guère à ce qu'on vous a appris au commissariat du 78e Secteur.

– Et ça ne correspond guère à ce qu'on m'a appris au 78e, c'est vrai. Je lui ai dit que j'avais déjà un client et qu'il m'avait réglé. Il n'est pas impossible que votre histoire de prix du sang m'ait fait des choses.

– Putain, mais c'est dingue, ça ! C'était du boulot, et du bon, encore ! Il veut vous filer du fric, pourquoi vous le prenez pas ?

– Ne vous inquiétez pas. Je lui ai dit qu'il pouvait donner quelque chose à T. J.

– Combien lui a-t-il passé ?

– Je ne sais pas. Un petit quelque chose.

– Deux cents dollars, dit T. J.

– Ah, t'es réveillé, T. J. ? Je croyais que tu dormais.

– Non. J'avais juste fermé les yeux.

– Vous lui collez au train, au Matt, dit Kenan. Je crois qu'il vous fait du bien.

– Sans moi, y s'y retrouverait pas, le mec.

– C'est vrai, ça, Matt ? Sans lui, vous vous y retrouveriez pas ?

– Absolument, lui répondis-je. Sans lui, personne ne s'y retrouverait jamais.

Je pris la voie express Brooklyn-Queens, puis le pont. Arrivé du côté Manhattan, je demandai à T. J. où il voulait que je le dépose.

– Le Deuce m'irait très bien, dit-il.

– Il est 3 heures du matin.

– Oui, mais c'est pas comme s'y avait des portes ! C'est jamais fermé, André.

– T'as un endroit où dormir ?

– Hé… j'ai du fric plein les poches, non ? Je m'disais justement qu'y serait p't-êt' bon d'aller voir s'ils m'ont gardé ma chambre au Frontenac. Je m'prends deux ou trois douches, je m'fais monter des trucs… Non, non, j'ai un endroit où dormir. Inutile de t'faire du souci pour moi.

– De toute façon, t'avions d'la ressource, pas ?

– Tu peux rigoler, mais tu sais bien qu'oui.

– Et tu fais gaffe, en plus.

– Ouais, ouais : j'avions de la ressource et j'faisions gaffe. Les deux, m'sieur.

Nous le lâchâmes au coin de la VIIIe Avenue et de la 42e Rue Ouest et tombâmes sur un feu rouge à la 44e. Je regardai des deux côtés, il n'y avait personne… mais je n'étais pas très pressé. J'attendis que le feu passe au vert.

– Je pensais pas que vous y arriveriez, dis-je.

– Quoi ? Callander ? (J'acquiesçai de la tête.) J'en étais pas sûr non plus. J'ai jamais tué personne. Etre assez en colère pour le faire, oui, y a toujours un moment où ça arrive, mais la colère, ça passe.

– Oui.

– C'était un rien du tout, ce mec, vous savez ? Un type complètement insignifiant. Même que je me suis demandé si j'allais le buter, ce ver de terre. Mais je savais qu'il fallait le faire. Et j'ai trouvé le moyen.

– Comment ça ?

– Je l'ai fait causer, dit-il. J'ai commencé à lui poser des questions et lui, au début, y répondait des trucs de rien du tout, mais j'ai continué et j'ai réussi à lui délier la langue. Il m'a dit ce qu'ils avaient fait à la fille de Iouri.

– Ah.

– Ce qu'ils lui ont fait et comment elle était terrorisée... Tout, quoi ! Une fois qu'il s'y est mis, y a plus eu moyen de l'arrêter. Quasi qu'il revivait la scène ! Non, parce que, vous voyez... c'est pas comme à la chasse, où il faut empailler la tête du cerf et l'accrocher au mur une fois qu'on l'a tué. Lui, dès qu'il en avait fini avec une nana, il ne lui restait plus que des souvenirs. Alors, pouvoir les ressortir et y passer le plumeau pour qu'on voie bien comme c'était beau, il aimait assez.

– Il a parlé de votre femme ?

– Oui, il en a parlé. En plus, ça lui plaisait beaucoup. Même chose que quand il me l'a rendue en morceaux : il fallait absolument qu'il me foute le nez dans la merde. J'avais envie qu'il la ferme, je ne voulais pas entendre, mais... merde, tiens, vous savez ? C'est pas comme si elle était encore là. Je l'ai quand même donnée aux flammes, non ? Ça pouvait plus lui faire de mal. Alors, je l'ai laissé dire tout ce qu'il avait à dire et, après, j'ai pu lui faire tout ce dont j'avais envie.

– Vous l'avez tué.

– Non.

Je le regardai.

– J'ai jamais tué personne. Je suis pas un tueur, moi. Je l'ai regardé et je me suis dit : Non, toi, je vais pas te tuer, espèce de petit fumier.

– Et ?...

– Comme si je pouvais tuer des gens ! Je devais être médecin, moi, je vous l'ai pas dit ?

– Si, si. Une idée à votre père.

– Je devais être médecin... et Petey architecte, parce que, lui, c'était un rêveur alors que moi, j'avais l'esprit pratique, et donc je devais être médecin. « Y a pas mieux au monde, qu'il me disait, le vieux. On fait du bien aux gens et on gagne sa vie comme il faut. » Il avait même décidé le genre de médecin que je devais être. « Fais-toi chirurgien, qu'il me répétait. C'est là qu'il est, le pognon. C'est l'élite, ces gars-là, le dessus du panier. »

Il resta longtemps silencieux, puis reprit en ces termes :

– Alors, bon... ce soir, chirurgien, je l'ai été.

Il s'était mis à pleuvoir, mais ça ne tombait pas fort. Je n'enclenchai pas les essuie-glaces.

– Je l'ai descendu à la cave, enchaîna-t-il. A la cave... là où il y avait son pote, et il avait raison, T. J. : qu'est-ce que ça pouvait puer, là-dedans ! Faut croire que les sphincters, y a toujours un moment où y lâchent quand on meurt comme ça. J'ai cru que j'allais dégueuler, mais non, j'ai pas vomi. Faut croire que je m'étais habitué... J'avais pas d'anesthésiant, mais ça n'a pas posé problème vu qu'il s'est évanoui d'entrée de jeu. J'avais son couteau, un grand machin avec une lame d'environ quinze centimètres de long, et y avait toutes sortes d'outils sur son établi... tout ce qu'on voulait, non... vraiment.

– Inutile de me raconter, Kenan.

– Non, non, s'écria-t-il, vous vous trompez ! C'est exactement ça que je dois faire : vous raconter. Que vous ne vouliez pas écouter, c'est autre chose, mais, moi, il faut que je vous raconte.

– D'accord.

– Je lui ai arraché les yeux, reprit-il, pour qu'il puisse plus jamais les poser sur une femme. Et je lui ai aussi tranché les mains, pour qu'il puisse plus jamais en toucher une. J'ai utilisé des garrots pour qu'il perde pas tout son sang en crevant. Des tourniquets en fil de fer. Et ses mains, je les lui ai coupées au tranchoir... Putain ! qu'est-ce que c'est méchant, ces engins-là ! C'est ça qu'ils devaient utiliser pour... euh...

Il respira fort, expiration, inspiration, expiration, inspiration.

– ... démembrer leurs cadavres, continua-t-il. Et j'y ai baissé le pantalon. Je voulais pas le toucher, mais je me suis forcé. Et j'y ai tout coupé parce qu'il en aurait plus jamais besoin. Et après, je suis passé aux pieds. Et je les lui ai sectionnés, ouais : ses saloperies de pieds… parce que, quoi ? c'était pas qu'il allait se balader nulle part, pas vrai ? Et ses oreilles aussi, parce que qu'est-ce qu'il allait en faire, hein ? Et sa langue… enfin, un bout, parce que j'arrivais pas à l'avoir en entier, alors j'ai tiré dessus avec des pinces, je la lui ai sortie de la gueule et j'ai coupé ce que j'ai pu parce que c'est quand même pas qu'on aurait envie de l'écouter, ce mec, non ? Comme si on pouvait avoir envie d'écouter ses merdes ! Arrêtez la voiture !

Je freinai et me garai le long du trottoir. Il ouvrit la portière et vomit dans le caniveau. Je lui passai un mouchoir qu'il jeta par terre après s'être essuyé la bouche.

– Je vous demande pardon, dit-il en refermant la portière. Je croyais que j'avais fini de dégobiller… qu'y avait plus rien dans le réservoir.

– Ça va mieux ?

– Oui, je crois que oui. Vous savez… je vous ai dit que je l'avais pas tué, mais je sais pas si c'est vrai. Il respirait encore quand je l'ai lâché, mais il pourrait bien être mort à l'heure qu'il est. Et, s'il est pas mort, il y reste pas grand-chose à espérer. Une vraie boucherie, ce que j'y ai fait. Pourquoi j'ai pas pu lui tirer une balle dans la tête, tout bêtement ? Pan et c'est fini, et…

– Pourquoi ne l'avez-vous pas fait ?

– Je ne sais pas. Je devais penser : Œil pour œil, dent pour dent. Il me la rend en pièces, je lui rends la monnaie. Enfin… je sais pas. Y devait y avoir de ça… (Il haussa les épaules.) Merde, tiens. C'est fait. Il vit ou il meurt, je m'en fous. C'est terminé.

Je me garai devant l'entrée de mon hôtel. Nous descendîmes de voiture et nous nous tînmes gauchement au bord du trottoir. Il me montra le sac de voyage et me demanda si je voulais un peu d'argent. Je lui répondis que ce qu'il m'avait déjà versé couvrait largement mes dépenses. En étais-je bien sûr ? Oui, j'en étais tout à fait sûr.

– Bon, dit-il, si vous en êtes sûr… Appelez-moi un de ces quatre. On ira dîner ensemble. Non, sérieux…

– Je vous appellerai.

– Prenez bien soin de vous, dit-il. Allez vous reposer un peu.

23

Mais je n'arrivai pas à dormir.

Je pris bien une douche avant de me mettre au lit, mais ne parvins pas à trouver une position dans laquelle je puisse rester plus de dix secondes. J'étais trop agité pour même seulement songer au sommeil.

Je me relevai, me rasai, enfilai des vêtements propres, allumai la télé, fis le tour des chaînes et finis par éteindre le poste. Je sortis et marchai jusqu'au moment où enfin je trouvai un endroit où boire un café. Il était 4 heures, les bars étaient fermés. Et je n'avais pas envie de boire. De fait, je n'y avais pas pensé de la nuit, mais fus quand même heureux de voir que rien n'était ouvert.

Je terminai mon café et me remis à errer. J'étais soucieux, aller jusqu'au bout de ce qui me préoccupait serait plus facile à faire en marchant. Pour finir, je revins à mon hôtel et, un peu après 7 heures, hélai un taxi qui m'amena à la réunion de 7 h 30, dans Perry Street. Celle-ci s'étant achevée à 8 h 30, j'avalai mon petit déjeuner dans un café grec de Greenwich Avenue en me demandant si le propriétaire des lieux écrémait la taxe d'Etat comme Peter Khoury nous l'avait expliqué. Je repris un taxi pour rentrer au Northwestern. Kenan aurait été fier de moi : je me payais des taxis à tour de bras.

Je téléphonai à Elaine dès que je fus remonté à ma chambre. J'eus droit à son répondeur. Je laissai un message et attendis qu'elle me rappelle. Il était 10 h 30 lorsqu'elle le fit.

– J'espérais que tu me passerais un coup de fil, dit-elle. Je commençais à me demander ce qui se passait. Après ton appel…

– Il s'est passé des tas de choses, lui répondis-je, et j'aimerais bien t'en parler. Je peux venir ?

– Maintenant ?

– A moins que tu n'aies autre chose de prévu…

– Non, non, j'ai rien de prévu.

Je descendis prendre mon troisième taxi de la matinée.

Dès qu'elle m'eut ouvert, Elaine scruta mon visage et parut troublée par ce qu'elle y découvrait.

– Entre, dit-elle. Assieds-toi. J'ai fait du café. Tu te sens bien ?

– Ça va, lui répondis-je. C'est juste que je n'ai pas réussi à fermer l'œil de la nuit.

– Encore ? Faudrait voir à ce que ça ne devienne pas une habitude.

– Je ne crois pas.

Elle m'apporta une tasse de café. Nous nous assîmes dans son living-room, elle sur le canapé, moi dans un fauteuil, et, en commençant par la première conversation que j'avais eue avec mon client la veille, je lui racontai tout ce qui s'était passé, jusqu'aux dernières paroles que Kenan Khoury avait prononcées avant de me déposer devant chez moi. Pas une fois Elaine ne m'interrompit et ne laissa son attention se relâcher. Tout lui rapporter ainsi, sans rien omettre, en allant même jusqu'à lui répéter certaines conversations pratiquement mot pour mot, me prit longtemps, mais elle resta suspendue à mes lèvres.

Quand j'eus fini, elle me dit :

– J'en suis toute bouleversée… Tu parles d'une histoire !

– L'ordinaire d'une nuit à Brooklyn, rien de plus.

– Mouais… Mais ça m'étonne que tu m'aies tout raconté.

– Moi aussi. Enfin… ce n'est pas pour te dire ça que je suis venu te voir.

– Ah ?…

– Mais je ne voulais quand même pas passer ça sous silence parce que… parce que je ne veux pas qu'il y ait des trucs dont on ne parle pas entre nous. En fait, c'est ça que je suis venu te dire. Je vais à des réunions où je lâche des tas de trucs à des tas d'inconnus, des trucs que je ne me permets jamais de te dire, et… c'est bête.

– Je sens que je vais avoir peur.

– Tu n'es pas la seule.

– Tu veux reprendre du café ? Je pourrais…

– Non. Ce matin, j'ai regardé Kenan partir en voiture et je suis tout de suite monté me coucher, mais les seules choses qui me soient venues à l'esprit étaient celles que je ne t'avais pas dites. On pourrait croire que c'était ce qu'il m'avait raconté qui m'empêchait de dormir, mais non… Je n'y pensais même pas. Il n'y avait pas assez de place pour ça dans ma tête parce que, dans ma tête, il n'y avait que la conversation que j'avais avec toi. Evidemment, elle était plutôt à sens unique vu que tu n'étais pas là pour me renvoyer la balle…

– Il y a des fois où c'est plus facile, me fit-elle remarquer. On invente les reparties des autres… enfin, de l'autre ?… De toi, de… de moi ?

– Il vaudrait mieux qu'on te les écrive si c'est comme ça qu'elles doivent te sortir de la bouche quand c'est toi qui les invente, lui renvoyai-je. Oh, et puis… la seule façon de le dire, c'est de le dire. Je n'aime pas la façon dont tu gagnes ta vie.

– Ah.

– Je ne savais pas que ça m'embêtait, enchaînai-je, et, au début, ça ne devait pas me faire grand-chose. Il est même possible que ça m'ait un peu excité, mais… seulement au début… au début de nous deux. Après, il y a eu un moment où je me disais que ça m'était égal… et après, il y en a eu un autre où je savais bien que ça m'emmerdait mais où j'essayais de te faire croire le contraire… Sans compter que… je ne voyais pas de quel droit j'aurais pu te dire quoi que ce soit. Je savais très bien dans quoi je mettais les pieds. Tes occupations faisaient partie du lot. Te dire de changer ceci mais de garder cela, je ne voyais pas très bien où était la limite à ne pas franchir.

Je gagnai la fenêtre et regardai de l'autre côté du fleuve. Le Queens est le bourg des cimetières, il y en a partout, alors que Brooklyn ne possède que celui de Green-Wood.

Je me retournai vers Elaine et lui lançai :

– En plus, j'avais la trouille de te dire quoi que ce soit. Ça pouvait nous conduire à l'ultimatum, genre « Tu arrêtes de faire des passes ou je refous plus les pieds ici ». Tu aurais très bien pu choisir la deuxième solution… Sans compter que si tu avais choisi la première !… A quoi cela m'engageait-il ? Cela t'aurait-il donné le droit de me dire ce qui ne te plaisait pas dans ma façon de vivre ? Imaginons que tu aies arrêté de coucher avec des clients… Cela m'aurait-il interdit de baiser à droite et à gauche ? De fait, je ne couche qu'avec toi depuis qu'on s'est remis ensemble, mais j'ai quand même vaguement dans l'idée que j'ai le droit de chercher ailleurs. Ça ne s'est jamais produit et… une fois ou deux, j'ai même, et volontairement, tout fait pour que ça n'arrive pas, mais ce n'était pas comme si je m'y étais senti obligé. Ou alors… seulement en secret. Et ça, je n'étais pas prêt à le dévoiler. Ni à toi, ni à moi… Qu'est-ce qu'on fabrique, tous les deux ? Faut-il qu'on se marie ? Je ne crois pas en avoir envie. Marié, je l'ai déjà été et je n'ai guère aimé. En plus que j'étais pas très bon non plus… Alors quoi ? Choisir de vivre ensemble ? Je ne crois pas en avoir envie non plus. Je n'ai jamais vécu avec personne depuis que j'ai quitté Anita et les garçons, et ça remonte à loin, tout ça. Il y a des trucs qui me plaisent beaucoup dans le fait de vivre seul et je ne pense pas avoir envie d'y renoncer… Mais ça me ronge de savoir que tu vas avec d'autres mecs. Je sais qu'il n'y a pas d'amour là-dedans, je sais que, côté baise, ça ne va pas loin non plus, je sais que ça ressemble plus à la séance de massage qu'à la bonne partie de jambes en l'air, mais quand même… le savoir ne m'aide pas beaucoup… En fait, ça se fout en travers de tout. Tiens, ce matin… je t'ai téléphoné et tu as mis une heure à me rappeler. Je me suis demandé où tu étais, mais non : pas question de te le demander… J'avais bien trop peur d'apprendre que tu étais avec un client. Ou alors que tu ne me répondes pas et que, moi, je me demande ce que tu me caches.

– J'étais chez le coiffeur, dit-elle.

– Oh… Ça te va bien.

– Merci.

– Tu as changé de coiffure, non ? Ça te va vraiment bien. Je n'avais pas remarqué, c'est vrai que je ne remarque jamais rien… mais ça me plaît.

– Merci.

– Bon, je ne sais pas où je vais avec tout ça, mais… je me suis dit qu'il fallait que je t'en parle… que je te raconte ce qui me trotte dans la tête. Je t'aime, Elaine. Je sais que c'est un mot que nous ne prononçons jamais et que, moi, c'est sans doute parce que je ne sais vraiment pas ce que ça signifie, mais bon… que ça veuille dire ceci ou que ça veuille dire cela, c'est ça que j'éprouve pour toi. Ce qu'on fait ensemble est important pour moi. C'est même si important que ça finit par me poser un problème : j'ai tellement la trouille que notre truc se transforme en quelque chose que je n'aimerais pas que je ne m'y lance pas à fond.

Je m'arrêtai pour reprendre mon souffle.

– Bon, ben… c'est à peu près tout. Je ne savais pas que j'allais te dire tout ça et je ne sais pas si c'est sorti comme il faut, mais ça y est, c'est fait.

Elle me regardait droit dans les yeux. J'avais du mal à soutenir son regard.

– Tu es un homme très courageux, dit-elle enfin.

– Non, je t'en prie.

– « Non, je t'en prie » ! Tu vas pas me dire que t'avais pas peur ! Quand je pense que, moi, je crevais de trouille et que c'était même pas moi qui parlais !

– Oui, j'avais peur.

– Mais c'est ça, être courageux ! Etre courageux, c'est faire ce dont on a peur. Comparé à ça, marcher sur tes types armés au cimetière, c'est du gâteau.

– Le plus marrant là-dedans, c'est que je n'avais même pas la trouille… là-bas, lui répondis-je. Je n'arrêtais pas de me dire que j'avais déjà vécu assez longtemps pour ne pas me soucier de mourir jeune.

– Tu parles d'une consolation !

– Sauf que, assez bizarrement, c'en était quand même une. En fait, j'avais surtout peur qu'il arrive quelque chose à la fille et que ça soit de ma faute parce que j'aurais fait une connerie ou pas agi comme il fallait. Dès qu'elle a retrouvé son père, je me suis détendu. Au fond, je devais croire qu'il ne m'arriverait rien de grave.

– Dieu merci, tu es sain et sauf…

– Qu'est-ce que t'as ?

– Rien… Quelques larmes, c'est tout.

– Je ne voulais pas…

– Tu ne voulais pas quoi ? Me toucher droit au cœur ? Ne t'excuse pas, je t'en prie.

– D'accord.

– Bon, y a mon mascara qui coule, mais… et alors ?

Elle s'essuya les yeux avec un mouchoir en papier et ajouta :

– Qu'est-ce que c'est intimidant ! Je me sens toute conne.

– A cause de ces quelques larmes ?

– Non… à cause de ce qu'il va quand même falloir que je te dise. Bon… à mon tour, OK ?

– OK.

– Surtout, tu ne m'interromps pas. Il y a quelque chose que je t'ai pas dit et ça me rend toute chose et je sais pas par où commencer et… Bon, alors… je vais le lâcher tout d'un coup. J'arrête.

– Hein ?

– J'arrête. J'arrête de baiser… d'accord ?… Ah, mon Dieu ! Si tu voyais ta tête ! J'arrête de baiser avec d'autres mecs que toi, hé, ballot ! Voilà, oui… j'arrête.

– Tu n'es pas obligée de prendre cette décision, insistai-je. Je voulais juste te dire ce qui me trotte dans la tête et…

– T'avais promis de pas m'interrompre.

– Je te demande pardon, mais…

– Je t'ai pas dit que j'arrêtais tout de suite. En fait, j'ai arrêté il y a trois mois. Sinon plus… Aux environs du premier de l'an. Peut-être même avant Noël. Non, je crois qu'y a eu un mec après Noël. Je pourrais chercher…

– Ça n'a aucune importance. De la même façon, je pourrais, si je voulais, célébrer le jour où j'ai arrêté de boire, mais… Je ne sais pas.

Me taire n'était pas facile. J'avais des choses à dire, des questions à lui poser, mais je la laissai continuer.

– Je sais pas si je te l'ai jamais dit, reprit-elle, mais, il y a quelques années de ça, j'ai compris que la prostitution m'avait sauvé la vie. Avec l'enfance que j'avais eue, ma mère folle et l'espèce d'adolescente que j'étais devenue, je pense que j'aurais fini par me suicider ou par trouver quelqu'un qui m'aurait flinguée. Eh bien non… En fait, j'ai commencé à vendre mon cul et ça m'a fait comprendre que je valais quelque chose… en tant qu'être humain… La prostitution, ça bousille des tas de filles, et vraiment, mais moi, Dieu sait comment, ça m'a sauvée… Je me suis fait une petite vie. J'économisais mon fric, j'investissais, j'ai acheté cet appartement… Pour finir, ça a plutôt bien marché… Mais je sais plus quand l'été dernier, j'ai commencé à sentir que ça ne fonctionnait plus. A cause de nos relations, à cause de notre truc à nous… Je me suis dit que tout ça, c'était complètement *meshugga*[1], que ce

1. « Fou », « insensé », en yiddish.

que, toi et moi, on vivait ensemble, c'était à part et que ce que je foutais pour le fric, ça se passait vraiment ailleurs, mais… j'avais de plus en plus de mal à cloisonner. Je me sentais infidèle, ce qui est quand même assez bizarre, non ?… et surtout… je me sentais sale, et ça c'était un truc que je n'avais jamais éprouvé en faisant la pute, ou alors j'avais pas dû m'en rendre compte… Bref. Un jour, je me suis dit : Elaine, t'as duré plus longtemps que beaucoup d'autres et c'est pas non plus que tu serais de la première jeunesse pour être encore dans le circuit. Sans parler de toutes ces nouvelles maladies qui traînent. . Et puis quoi ? T'as quand même sacrément mis la pédale douce depuis quelques années, et dis… y en aurait combien, des cadres supérieurs qui se jetteraient par la fenêtre si tu remettais la clé au tableau ?… Mais j'avais peur de te le dire. Et d'un, comment je pouvais savoir que j'aurais pas envie d'y repiquer un jour ? J'ai pensé qu'il valait mieux ne pas fermer toutes les issues. Et après, quand j'ai averti mes réguliers que j'avais pris ma retraite, quand j'ai soldé les comptes et fait tout ce qu'il fallait hormis changer mon numéro de téléphone, j'ai eu peur de te le dire parce que je ne savais pas ce que ça donnerait. Et si tu voulais plus de moi ? Et si je cessais de t'intéresser ? Et si, à tes yeux, j'étais plus qu'une espèce de vieille peau qui passe son temps à suivre des cours du soir en fac ? Peut-être que tu allais te sentir piégé et te dire que je te poussais au mariage… Peut-être que, toi, t'aurais envie de te marier ou de vivre avec moi, alors que moi j'ai jamais été mariée à personne mais que, comme j'en ai jamais eu envie non plus… Et vu que j'ai toujours vécu seule depuis que je suis partie de chez ma mère, que j'y suis habituée et que je me débrouille très bien comme ça… Et si jamais y en avait un qui voulait se marier et l'autre pas ? Où est-ce que ça nous aurait conduits ? Alors, le voilà, mon sale petit secret… enfin, si tu veux appeler ça comme ça et, bon Dieu, tiens… j'aimerais drôlement pouvoir arrêter de pleurer parce que, si je suis peut-être plus un canon, j'aimerais au moins être présentable et… C'est vrai que j'ai l'air d'un raton laveur ?

– Juste la figure.

– Eh ben…, dit-elle, c'est déjà ça. Comme toi t'es un vieil ours ! Dis, tu le savais que t'étais rien qu'un vieil ours ?

– C'est ce que tu dis.

– Parce que c'est vrai. T'es mon grand ours à moi et je t'aime.

– Je t'aime, moi aussi.

– Ça fait très cadeau des rois Mages, tout ça, tu trouves pas ? C'est une très belle histoire… Et à qui on va la raconter ?

– Surtout pas à un diabétique.

– Parce que ça le foutrait dans le coma à cause de la guimauve… c'est ça ?

– J'en ai peur. Mais… c'est quoi, tous ces rendez-vous mystérieux où tu vas ? Je croyais que… enfin, tu sais…

– Tu croyais que j'allais tailler des pipes à des mecs dans des chambres d'hôtel ? Ben non. Des fois, je passe tout simplement chez mon coiffeur.

– Comme ce matin.

– Et oui. Et d'autres fois, je vais chez mon psy et…

– Je ne savais pas que tu voyais un psy.

– Deux fois par semaine depuis la mi-février. Y a une bonne part de mon identité qu'est restée coincée dans ce que j'ai fait pendant toutes ces années et, brusquement, je me suis retrouvée avec des tas de merdes à régler. Je crois que ça me fait du bien de lui parler, à cette femme… (Elle haussa les épaules.) Je suis aussi allée à deux ou trois réunions d'Al-Anon [1].

– J'ignorais.

– Je vois pas comment t'aurais pu le savoir ! Je te l'ai jamais dit. Je pensais que ça me donnerait des idées pour arriver à te supporter ! Mais comme tout leur truc,

1. Groupes de soutien pour les parents et amis d'alcooliques.

c'est centré sur la manière de se supporter soi-même ! Quelle bande de tricheurs !

– Ouais, des vrais faux jetons, tous ces fumiers !

– Bon, bref, dit-elle, je me sens toute conne d'avoir gardé tout ça pour moi, mais comme j'ai fait la pute pendant des années et des années et que l'honnêteté avec soi-même, ça ne fait pas exactement partie du profil psychologique nécessaire au boulot…

– Au contraire des flics.

– Ben voyons ! Ah, mon pauvre ours ! Debout toute la nuit à cavaler avec des cinglés dans tout Brooklyn ! Et dire que tu vas pas pouvoir dormir avant des heures et des heures !

– Ah bon ?

– Ben oui, quoi ? Vu que t'es mon seul exutoire sexuel à partir de tout de suite… Non mais, hé ! tu te rends compte de ce que ça signifie ? Quand je pense que je pourrais même être carrément insatiable !

– On voit ça de plus près ?

Et, plus tard, elle me dit :

– T'es sûr d'avoir jamais couché avec une autre depuis qu'on est ensemble ?

– Sûr et certain.

– Bah… y a quand même des chances pour que ça t'arrive un jour. Presque tous les hommes le font. Et c'est une professionnelle qui te parle.

– C'est possible, dis-je. Mais pas aujourd'hui.

– Non, pas aujourd'hui. Mais, si jamais tu le faisais, sache que c'est pas la fin du monde. A condition de revenir à la maison, là où c'est ta place.

– Comme tu veux, chérie.

– « Comme tu veux, chérie » ! T'as envie de dormir et c'est tout. Mais pour ce qui est de l'autre truc… on peut se marier ou rester célibataires, et on peut aussi vivre ensemble ou pas vivre ensemble. On pourrait même vivre ensemble sans se marier. Tu crois qu'on pourrait se marier sans vivre ensemble ?

– Il suffirait de vouloir.

– Tu crois vraiment ? Tu sais à quoi ça ressemble, ça ? A une histoire belge. Mais peut-être que, pour nous, ça marcherait. Tu pourrais garder ta chambre d'hôtel minable et… plusieurs soirs par semaine, t'enclencherais ton transfert d'appels et tu viendrais passer la nuit avec *moi*[1]. Et on pourrait… tu sais pas quoi ?

– Non… Quoi ?

– A mon avis, c'est une affaire qu'il va nous falloir reprendre au jour le jour.

– L'expression est bonne, lui répondis-je. Je vais essayer de ne pas l'oublier.

1. En français dans le texte.

24

Deux ou trois jours plus tard, suite à un coup de fil anonyme, les policiers du 72e Secteur se rendirent à la maison qu'Albert avait héritée à la mort de sa mère, trois ans plus tôt. Ils y tombèrent sur le dénommé A. H. Wallens. Ouvrier du bâtiment au chômage, ce monsieur, âgé de vingt-huit ans, spécialiste des agressions sexuelles caractérisées et rixes diverses, avait plusieurs condamnations à son casier. Il était mort et avait une corde de piano serrée autour du cou. Dans la cave, les policiers du 72e trouvèrent aussi quelque chose qui ressemblait beaucoup au corps mutilé d'un autre individu. Agé de trente-six ans, cet homme s'appelait Raymond Joseph Callander. Ses états de service montraient qu'il avait travaillé sept mois comme employé civil au bureau de New York de la Drug Enforcement Agency. Ce Raymond Joseph Callander était encore vivant. On l'avait aussitôt emmené au centre médical des Maimonides. Il y avait bien repris conscience, mais, incapable de communiquer, n'avait plus fait que pousser des petits croassements incohérents jusqu'au moment où, deux jours plus tard, il avait fini par mourir.

Dans la maison de Wallens et dans deux véhicules rangés dans le garage adjacent, on avait encore découvert de nombreux indices matériels reliant les deux hommes à plusieurs homicides dont la Criminelle de Brooklyn pensait depuis peu qu'ils étaient l'œuvre d'une équipe de *serial killers*. Plusieurs hypothèses furent alors avancées pour expliquer toutes ces trouvailles, la plus convaincante étant celle qui laissait entendre qu'un troisième homme aurait fait partie de l'équipe et tué ses deux associés avant de prendre la fuite. Une autre, à laquelle tous ceux qui avaient vu Callander, ou analysé sérieusement le tableau clinique de ses blessures, accordaient moins de crédit, suggérait que, ayant perdu tout contrôle de lui-même, Ray Joseph aurait garrotté son associé avant de se lancer, « par instants », dans des véritables orgies d'automutilation. Etant donné qu'il avait, Dieu sait comment, réussi à se séparer de ses mains, de ses pieds, de ses yeux et de ses parties génitales, l'expression « par instants » était loin de faire le tour de la question.

Ce fut Drew Kaplan qui représenta les intérêts de Pam Cassidy lorsqu'un journal à sensations demanda à celle-ci la permission de publier son histoire. Ce récit fut intitulé « J'ai donné un sein aux équarisseurs de Sunset Park » et lui rapporta ce que Kaplan appela une « jolie somme à cinq chiffres ». Au cours d'une conversation que je pus avoir avec elle en l'absence de son avocat, je pus assurer Pam qu'Albert et Ray étaient bien les deux hommes qui l'avaient enlevée et qu'il n'y en avait pas de troisième. « Vous voulez dire que c'est vraiment comme ça que Ray s'est tué ? », s'étonna-t-elle. Elaine lui répondit qu'il y avait des choses que personne n'était censé connaître.

Environ huit jours après la mort de Callander, soit vers la fin de la semaine qui suivit notre petite balade au cimetière, Kenan Khoury m'appela de la réception : il s'était garé en double file devant l'hôtel et ça aurait vraiment été bien si j'avais pu descendre boire un café avec lui.

Nous allâmes au coin de la rue et entrâmes au Flame, où nous nous assîmes à une table près de la fenêtre.

– Je passais dans le quartier, dit-il. J'ai eu envie de vous dire bonjour. Ça fait plaisir de vous revoir.

Cela me fit plaisir, à moi aussi. Il avait l'air d'aller bien et je le lui dis

– C'est que… j'ai pris des décisions, me répondit-il. Je vais faire un petit voyage.

– Ah bon ?

– Pour être plus précis, je quitte le pays. J'ai réglé des tas de problèmes qui traînaient et j'ai vendu la maison.

– Aussi vite ?

– C'était en succession directe, je l'ai vendue cash. Pour deux fois rien. Les nouveaux propriétaires sont coréens. Le vieux est venu à la signature avec ses deux fils… et un sac en plastique plein d'argent ! Vous vous rappelez quand Peter disait que c'était bien dommage que Iouri ne soit pas grec… qu'il aurait pu rassembler bien plus de fonds s'il l'avait été ? Eh ben, c'est coréen qu'il aurait dû être ! Parce que, eux, ils font des affaires et ils savent même pas ce qu'est un chèque, une carte de crédit, une fiche de paye, les impôts ou autre. Tout se règle en billets verts. Ils m'ont filé le liquide, je leur ai donné l'acte de vente, et j'ai cru qu'ils allaient crever de plaisir quand je leur ai montré le système d'alarme. Ils ont adoré ! C'est vrai que c'est le dernier cri, ce truc. Adorer, ils peuvent.

– Où partez-vous ?

– D'abord, je file à Belize, chez des parents à moi. Après, direction le Togo.

– On reprend l'affaire familiale ?

– On verra bien. Mais j'y resterai un petit moment, ça, c'est sûr. Faudrait d'abord que j'aime et que je puisse y vivre. Je suis un môme de Brooklyn, moi, vous savez ? C'est là que je suis né et que j'ai grandi. Je ne sais pas si j'arriverai à tenir longtemps aussi loin de mon quartier. Il est pas impossible que je crève d'ennui au bout de trois semaines.

– Ou que vous aimiez à la folie.

– Pas moyen de savoir sans essayer, non ? Je peux toujours revenir.

– Evidemment.

– Mais c'est pas une mauvaise idée de partir maintenant. Je vous avais parlé de mon affaire de hasch, non ?

– Vous m'aviez dit que vous n'y croyiez pas trop.

– Oui, bon. J'ai laissé tomber. Et j'y avais pourtant mis beaucoup de fric, mais… j'ai laissé tomber. Si je l'avais pas fait, on serait en train de se causer au parloir.

– Il y a eu une descente ?

– Et comment ! Ils avaient même une invitation pour moi ! Mais comme j'avais arrêté les frais avant, même si les mecs bavassent, et je suis sûr qu'ils le feront, les feds auront jamais rien de solide contre moi. Les citations à comparaître et autres conneries dans le genre, j'en ai pas tellement besoin, vous savez ? J'ai jamais été arrêté et donc… pourquoi pas ficher le camp d'ici pendant que je suis encore toute vierge, hein ?

– Vous partez quand ?

– L'avion décolle de JFK dans, quoi ?… six heures ? Je vais commencer par fourguer ma Buick à un concessionnaire de Rockaway Boulevard et prendre ce qu'il voudra bien m'en donner. « Vendu, que je lui dirai, à condition que vous me conduisiez à l'aéroport… » C'est à cinq minutes de sa boutique. A moins que vous vouliez une voiture… Non ? Je vous la laisse pour la moitié de la cote, j'ai plus envie de me faire chier.

– Je ne saurais pas quoi en faire.

– Bon… au moins j'aurai essayé. Ça, on pourra pas dire que j'aurai pas tout fait pour vous empêcher de le prendre, ce putain de métro ! Et si je vous en faisais cadeau ?… Non, je rigole pas. Vous m'emmenez à Kennedy et elle est à vous. Tenez ! Si vous la voulez pas, vous l'amenez à la ferraille et vous gardez la monnaie.

– Je ne ferais jamais un truc pareil et vous le savez bien.

– Ben, vous pourriez quand même. Alors… vous la voulez vraiment pas ? C'est le seul problème que j'ai pas réglé. Il y a quelques jours de ça, j'ai vu des parents de Francine et je leur ai dit plus ou moins la vérité. J'ai essayé de pas trop parler d'horreurs, mais… Il y a un moment où c'est plus possible de maquiller les choses et où il faut bien voir qu'une femme qui était bonne, douce et belle est morte sans la moindre raison… (Il se prit la tête dans les mains.) Nom de Dieu ! On croit que c'est fini et, pan, ça vous reprend à la gorge et… L'essentiel, c'est que j'aie dit à sa famille qu'elle était morte. Je leur ai raconté que c'était un attentat terroriste, on était à Beyrouth, un truc politique, des cinglés… vous voyez ? Ça s'est passé à toute vitesse et elle a pas souffert, et les terroristes se sont fait tuer par une milice chrétienne et on a fait un service religieux privé, pas de publicité parce que rien ne devait être ébruité… Même que, vu sous un certain angle, c'est pas complètement n'importe quoi et que j'aurais bien aimé que ça se passe comme ça… enfin, vite et sans douleur.

– Qui sait si ça ne s'est pas passé comme ça ?

– Sauf que non… La fin, je l'ai sue, Matt. Vous vous rappelez ? Il m'a raconté ce qu'ils lui avaient fait… vous savez ?

Il ferma les yeux et respira un grand coup.

– Bon, on change de sujet, reprit-il. Vous avez vu mon frère à vos réunions ?… Quoi ? Qu'est-ce qu'il y a ? Ça aussi, c'est un truc sensible ?

– D'une certaine manière, oui, lui répondis-je. AA, c'est un programme anonyme, et il est de tradition de ne jamais parler de ce qui s'y passe. Pas question non plus de dire qui y était ou n'y était pas. J'ai un peu triché parce que nous étions tous embarqués dans la même histoire, mais, en règle générale, ce n'est pas une question à laquelle je peux répondre.

– Ce n'était pas vraiment une question.

– Que voulez-vous dire ?

– Que j'avais juste envie de lancer des filets… et de voir ce que vous saviez ou ne saviez pas. Et merde, tiens ! Merde de merde de merde… je trouverai jamais le moyen de lâcher ça gentiment. Avant-hier soir, les flics m'ont appelé. C'est vrai que… la Toyota étant à mon nom, on voit pas tellement qui ils auraient pu appeler d'autre.

– Quoi ? Qu'est-ce qui s'est passé ?

– Ils ont retrouvé la voiture abandonnée au milieu du pont de Brooklyn.

– Ah, putain de Dieu, Kenan !

– Ouais.

– Je suis vraiment navré.

– Je sais, Matt, je sais que vous l'êtes. C'est sacrément triste, non ?

– Oui.

– C'était un mec bien, Petey, un mec vraiment bien. Il avait ses faiblesses, mais qui c'est qui n'en a pas ?

– Ils sont sûrs que…

– Personne ne l'a vu sauter par-dessus la rambarde et ils ont pas retrouvé le corps, mais ils m'ont dit qu'il y avait vraiment peu de chances pour que… J'espère qu'ils y arriveront jamais, d'ailleurs. Et vous savez pourquoi ?

– Je crois.

– Oui, bien sûr que vous le savez. Il vous a dit qu'il voulait être jeté à la mer, non ?

– Pas ouvertement. Mais il m'a dit que l'eau, c'était son élément et qu'il voudrait surtout pas brûler ou qu'on le mette en terre. L'allusion était claire et la façon dont il en parlait…

– Comme s'il attendait le moment avec impatience ?

– Oui. Comme s'il n'attendait plus que ça.

– Ah, merde, tiens ! Il m'a appelé, je sais pas, moi… un ou deux jours avant ? Comme quoi, si jamais il lui arrivait quelque chose, je devais tout faire pour que son corps soit jeté à la mer. Alors je lui ai dit : « Oui, bien sûr que oui, Petey : j'te réserve un salon sur le *Queen Elizabeth II*, putain de merde, et j'te balance par un hublot. » Et on a ri ensemble et moi j'ai raccroché… et j'ai tout oublié jusqu'au moment où ils m'ont dit qu'ils avaient trouvé sa bagnole sur le pont. Il aimait beaucoup les ponts, Petey.

– Il me l'avait dit.

– Ah oui ? Déjà quand il était tout petit, il… il voulait toujours que notre père y passe en bagnole. Les ponts, il pouvait pas s'en rassasier. A ses yeux, il y avait rien de plus beau au monde. C'est vrai que celui d'où il a sauté… le pont de Brooklyn… c'est vrai qu'il est drôlement beau, en plus.

– Oui.

– Sauf que c'est la même eau que celle qui coule sous tous les autres et… Bah, enfin il est en paix, le pauvre. Au fond, il devait le vouloir depuis toujours. Les seuls instants de paix qu'il connaissait, c'est quand il se shootait de l'héro dans les veines, et, en dehors du flash, le truc le plus chouette dans l'héro, c'est que c'est exactement comme la mort. Mais la mort temporaire. C'est même ça qu'il y a de bien. Ou de mal, je sais plus, ça dépend du point de vue.

Quelques jours plus tard, alors que je m'apprêtais à me coucher, le téléphone sonna. C'était Mick.

– Tu te lèves de bien bonne heure, lui fis-je remarquer.

– Allons bon.

– Il est pas 6 heures du matin chez toi ? Vu qu'il en est 1 ici…

– Tu as raison, me répondit-il. Et tu sais pas quoi ? Ma montre s'est arrêtée et je me disais que tu pourrais peut-être me donner l'heure.

– C'est sans doute le meilleur moment pour appeler… la communication est parfaite.

– Vachement claire, non ?

– Comme si tu étais tout à côté.

– Je veux, oui ! s'écria-t-il. Vu que je suis chez Grogan !… Ecoute, Rosenstein m'a tout arrangé. Mon vol a été retardé, sinon j'aurais déjà atterri il y a quelques siècles.

– Je suis content que tu sois rentré.

– Pas autant que moi. C'est un chouette pays, l'Irlande, mais je vois pas qui pourrait avoir envie d'y vivre. A part ça, comment tu te portes ? Burke me dit qu'il t'a pas beaucoup vu au bar.

– Non, pas des masses.
– Alors pourquoi t'y descendrais pas ta carcasse ?
– Pourquoi pas, en effet ?
– Enfin un homme bien ! me renvoya-t-il. Je te prépare une cafetière et je me décapsule une petite bouteille de Jameson ? J'ai des tas d'histoires à te raconter.
– J'en ai quelques-unes de mon côté.
– Bon, alors… on se fait la nuit ? D'accord ? Et au petit matin on va à la messe des bouchers ?
– On pourrait, lui répondis-je. Même que ça ne me surprendrait pas.

DU MÊME AUTEUR

Y a qu'à se baisser
Gallimard, « Série noire », 1962
et « Carré noir », 1985

Haute Voltige
Gallimard, « Série noire », 1968

Faites sauter la Reine !
Gallimard, « Série noire », 1969

Sacrés lascars !
Gallimard, « Série noire », 1970

Le Monte-en-l'air dans le placard
Gallimard, « Super noire », 1979

Vol et volupté
Gallimard, « Série noire », 1981

Meurtres à l'amiable
Gallimard, « Série noire », 1984

L'Aquarium aux sirènes
Gallimard, « Série noire », 1984

Le Voleur insomniaque
Gallimard, « Carré noir », 1984

Des fois ça mord
Gallimard, « Série noire », 1985

Beau doublé pour Tanner
Gallimard, « Carré noir », 1986

Le Blues des alcoolos
Gallimard, 1987
et « Série noire », n° 2106

Huit Millions de façons de mourir
Gallimard, 1989
et « Folio Policier », n° 269

Huit Millions de morts en sursis
Gallimard, « Série noire », n° 1989
Drôles de coups de canif
Gallimard, 1990
et « Série noire », n° 2245

Un ticket pour la morgue
Gallimard, 1992
et « Série noire », n° 2289

Une danse aux abattoirs
Gallimard, « Série noire », 1993
et « Folio Policier », n° 180

Meurtre à cinq mains
(en collaboration avec Sarah Caudwell, Tony Hillerman, Jack Hitt, Peter Lovesey, Donald E. Westlake)
Seuil, « Policiers », 1993
et « Points Policier », n° P108

Le Voleur qui aimait Mondrian
Gallimard, « Série noire », 1995

Le Diable t'attend
Seuil, « Policiers », 1995
et « Points Policier », n° P282

Tous les hommes morts
Seuil, « Policiers », 1996
et « Points Policier », n° P389

Tuons et créons, c'est l'heure
Seuil, « Policiers », 1996
et « Points Policier », n° P432

Le Blues du libraire
Seuil, « Policiers », 1997
et « Points Policier », n° P533

Même les scélérats…
Seuil, « Policiers », 1997
et « Points Policier », n° P555

La Spinoza Connection
Seuil, « Policiers », 1998
et « Points Policier », n° P648

Au cœur de la mort
Seuil, « Policiers », 1998
et « Points Policier », n° P768

Ils y passeront tous
Seuil, « Policiers », 1999
et « Points Policier », n° P793

Le Bogart de la cambriole
Seuil, « Policiers », 1999
et « Points Policier », n° P888

L'Amour du métier
Seuil, « Policiers », 2000
et « Points Policier », n° P909

Errance
Gallimard, « Série noire », 2000

Les Péchés des pères
Seuil, « Policiers », 2000
et « Points Policier », n° P950

La Longue Nuit du sans-sommeil
Seuil, « Policiers », 2001
et « Points Policier », n° P1017

Les Lettres mauves
Le Seuil, « Policiers », 2001
et « Points Policier » n° P1048

Trompe la mort
Seuil, « Policiers », 2002
et « Points Policier », n° P1070

Cendrillon, mon amour
Seuil, « Policiers », 2003
et « Points Policier », n° P1240

Lendemains de terreur
Seuil, « Policiers », 2004
et « Points Policier », n° P1345

Le Cambrioleur en maraude
Seuil, « Policiers », 2005
et « Points Policier », n° P1497

Les Fleurs meurent aussi

Seuil, « Policiers », 2006
et « Points Policier », n° P1693

Le Blues du tueur à gages

Seuil, « Policiers », 2007
et « Points Policier », n° P2027

Mensonges en tous genres

Seuil, « Policiers », 2008

RÉALISATION : PAO ÉDITIONS DU SEUIL
IMPRESSION : CPI BRODARD ET TAUPIN À LA FLÈCHE
DÉPÔT LÉGAL : JUIN 1995. N° 25577-5. (50492)
IMPRIMÉ EN FRANCE